在阅读中展开，人生的可能

CONTENT
肯特文化

你是我眼中的最美

诗海淘情，词山问爱

吴俣阳 著

白居易 使我思君朝与暮

天津出版传媒集团
百花文艺出版社

图书在版编目（CIP）数据

白居易：使我思君朝与暮 / 吴俣阳著 . -- 天津：百花文艺出版社，2017.9
ISBN 978-7-5306-7305-8

Ⅰ . ①白… Ⅱ . ①吴… Ⅲ . ①散文集—中国—当代
Ⅳ . ① I267

中国版本图书馆 CIP 数据核字 (2017) 第 183204 号

选题策划：盛世肯特　　版式设计：翟程程
责任编辑：刘　勇　张　雪　　封面设计：梧　白

出版人：汪惠仁
出版发行：百花文艺出版社
地址：天津市和平区西康路 35 号　　邮编：300051
电话传真：+86-22-23332651（发行部）
+86-22-23332656（总编室）
+86-22-23332478（邮购部）
主页：http://www.baihuawenyi.com
印刷：北京市平谷县早立印刷厂
开本：880×1230 毫米　1/32
字数：280 千字
印张：11
版次：2017 年 9 月第 1 版
印次：2017年9 月第1 次印刷
定价：39.80 元

【题记】

我用海的眼睛，掬一捧咸咸的泪水，
望你，望她，望杨柳拂面，
穿越千年的长相思，只为途中与你相依。

目录

第一卷

长相思：泪眼凌寒冻不流

窗外飞舞的前尘的柳絮，纠缠了后世的白雪，不管几分归于泥土，几分流入眼中，那半寸迷离，都痴痴凝结了那一年初恋的春色。初识她时，他十一岁，她七岁；恋上她时，他十九岁，她十五岁，正是情窦初开的年纪；而写下这首《邻女》的时候，他和她却已注定咫尺天涯，曾经让他心醉的「我爱你」，曾经令人痛心的「对不起」，都留在了他的记忆深处。

第一章 邻女

娉婷十五胜天仙，白日姮娥旱地莲。

何处闲教鹦鹉语？碧纱窗下绣床前。

——白居易《邻女》

静谧的夜晚，倚在芭蕉树掩映的窗口，借着室内柔和朦胧的灯光，仔细诵读白居易的《邻女》，你会发现，这首诗的字字句句，皆若出水芙蓉般朵朵绽放在你的眼里，清丽而不冶艳，娇娆而不妖媚，瞬间便芬芳了你遥远而又缥缈的心思。“何处闲教鹦鹉语？碧纱窗下绣床前。”低低念一句，禁不住想要踩着岁月的纤尘，去他红袖添香的书房问个究竟，那个时候，他到底用了怎样的痴绝恋语，才演绎出了那如诗若画般的倾世情缘？

一直希望能穿越时光的隧道，去大唐，去长安，去洛阳，去符离，去江州，觅他诗句中的婉丽，让那些在转角处被寻见的清芬不留一点余地地沁入我饥渴的心田，于眼波流转的刹那，拾取满地的清欢，正如夜幕时分，打开CD，听邓丽君的《在水一方》，任那靡靡之音真真切切地在耳边萦绕，仿佛海边吹来的一缕清新凉风，令人瞬间沉醉在梦幻的世界里，不由自主地领略一出不羁的惊艳。

“绿草苍苍，白雾茫茫，有位佳人，在水一方。”听到这旋律，脑海里便开始浮现出白居易《邻女》里描绘的佳人模样。佳人，或许只是文人笔下亦真亦幻、朦胧迷离、可望而不可即的一个剪影，无法靠近，更无法触摸。但我知道，于他而言，她是真切暖心的存在，她的美丽不只停留在纸墨上，还徜徉在他的心底，即便历经千年的变迁，依然是他心海深处最潋滟的那抹涟漪。

然而，此去经年，她终究还是模糊成了他眼中易冷的烟花，恰似一抹蓝色的月光，穿越前世今生的依恋涉水而来，又在他忧伤的注目中足踏莲花而去，只留下一缕飘香的清风日复一日地在他耳边呢喃着她曾经的风情万种。她仿佛是点缀在玉树上的琼花，清新可人，柔情似水，每一次顾盼回眸之间漫溢的都是纯真无邪的气息；又好似一朵挂在天边的彩云，飘逸，轻盈，缠绵，婀娜，总是任缥缈的身影伫立在那些心仪她的俊男的梦中。如此清丽出尘的她，又怎能不让他为之心旌荡漾？

“绿草萋萋，白雾迷离，有位佳人，靠水而居。”然而，白居易笔下的佳人究竟有着何等的风情，能够让他始终牵挂留恋，至死不渝？她，会不会就是七夕月下长生殿里，那“一骑红尘妃子笑，无人知是荔枝来”的倾国倾城？她，会不会就是西子湖畔雷峰塔下，那白衣飘飘、寻寻觅觅、千年等一回的绝色佳人？她，会不会就是怀抱浓愁，无言独上西楼，剪不断、理还乱，望断天涯路，冷冷清清、凄凄惨惨，怎一个愁字了得的青衣女子？她，会不会就是那裙裾飞扬，胭脂淡染，发髻上斜插一支碧玉簪，伴在书生案边研墨又焚香的妩媚红袖？

不，她不是。她仿佛唐诗宋词中轻拨琴弦、浅唱哀曲、临风飞舞的一剪梅；宛若画师笔下嫣然含羞、临水伫立的画中女子；更是男人们感叹、向往、追索的丽影，无论何时何地，总能让人回眸深凝，久久不能释怀。是的，她就是她，超越所有想象而又未曾远离红尘，既不是后人神往的前朝任何一位国色天香，亦不是书中虚构出的风华绝代，只是一个真实而又鲜活的存在，一句话，一个凝眸，便妖娆了一整个世界，也甜醉了他遥望或是近距离探望的眼。

“我愿逆流而上，依偎在她身旁，无奈前有险滩，道路又远又长。我愿顺流而下，找寻她的方向，却见依稀仿佛，她在水的中央。”她与他，拥有不尽的山盟海誓，不完的海枯石烂；她与他，情比天长，意比地久；她与他，难舍难弃，如梦似幻。他总是把她的身影深深地刻在梦里，又不停地在现实中找寻，甚至把她当作一种追求的理想、期待的希望，即使道路再艰难、再曲折，也不轻言放弃，依然固执地在所有的山高水长里寻觅她的芳踪。为此，他甘愿化作河中的青荇，永远都荡漾在她清浅的柔波中；为此，他甘愿化作一只小羊，时刻跟在她的身边，只盼她拿着细细的皮鞭不断轻轻抽打在身上，始终都守候着一份美好的憧憬。只要爱还在，任凭岁月怎样蹉跎，时光怎样变迁，即使前方被山川河流阻隔，依然不改那份执着、那份依恋，哪怕寻找的路上布满荆棘丛林，哪怕移动的步履疲惫不堪，依然对她一往情深。

“我愿逆流而上，与她轻言细语，无奈前有险滩，道路曲折无已。我愿顺流而下，找寻她的足迹，却见仿佛依稀，她在水中伫立。”或许正因为有了这样的绝色佳人，才有了爱情的缠绵，才有了白头偕老、情定三生的诺言，才有了千古绝唱的佳话。尽管佳人的身影太迷离，太遥不可及，然而那清新典雅、婆娑迷人的姿态却仍像一块巨大的磁石牢牢吸引着多情的少年，令他朝思暮想。无论寻找的结果怎样，都愿意坚守那块阵地，躲在她的天空里，魂牵梦绕，继续尝试寸断柔肠的爱情，不悔，不改，不醉，不休，只愿与她朝朝暮暮碎语呢喃，用满怀的深爱走完那段倾心倾情而又刻骨铭心的人生旅途。

倾耳，邓丽君的靡靡之音仍然弥漫在我温暖的蜗居里，如涓涓细流，柔润可亲地触动着我的每根神经，让我在千年之后，仍愿追逐白居易的脚步，跋涉在万水千山中，将那风姿迷人的邻女苦苦地追寻。

到底，是怎样一个女子，能让“诗魔”白居易至死念念不忘？我一遍遍重复听着《在水一方》动人凄婉的旋律，茫茫之中，却看到她缥缈的倒影轻敲着古老的青石板，一路蜿蜒在朦胧雨巷里，如栀子花一样芳香，若丁香花一样忧郁，依稀徜徉在月下湖畔的亭台楼阁中，牵引着唐时的小桥流水，浅浅地嵌在我的神魂中，于是，一切的一切都变得扑朔迷离起来。

她究竟是谁？佳人？邻女？瑰丽繁奢的大唐已不复存在，只余寂寞的佳人踯躅在时空的隧道里，依依守着那轮亘古的明月，任流年浸在悠长的笛声中，与我翘首遥望。古典，淡雅，羞涩，婉约，她在水的一方，我看见，有红袖添香的手，在静谧的月色中轻轻剪下一段惊艳的时光，任其缓缓流进五彩斑斓的梦中，然后十指轻弹，一曲婉转的琴音便悄然落在了与他相扣的思念里。她采下前世未了的眷恋，在模糊了的青铜镜前，勾素眉，染铅华，忙忙碌碌，碌碌忙忙，却依然掩不住积淀在心底的那份难耐的惆怅与不尽的忧伤。春花已逝，秋月重来，叹一声寂寞清秋冷，却有谁来暖她一颗渐趋悲凉的心？梧桐影素心，万籁俱寂的深夜，她只能枯守一份落寞怅然，在摇曳的灯火下，以一纸娟秀的小字，独品那幽寂难成语的味道，用满腹的伤怀萦绕整个雨季的孤单流芳，继续等他在水中央。

他走了，从此以后，一个人的思念里，即便灯红酒绿，舞尽霓裳，又该如何回首寻觅流逝的情怀？爱已成断章，旧墨研无声，陪她点滴到天明的，除了漏声，唯余心恸。挥挥手，只能让这满怀的痴念都随同那无法排遣的相思嵌入光阴深处，然后，在风声的左右，装出一副与己无关的冷漠表情，踏着爱的足迹，于春秋四季的交替中来来回回地追忆曾经的情深不悔，祭奠而今的刻骨铭心。

几度轮回，花落花又开，晨曦总是以欢喜的心情锁上黑夜的帷幕，而她依然沉溺在沧海变桑田的忧伤里，斜倚前人留下的雕花轩窗，小心翼翼地与他隔雨相望，却不知此去经年，除了她，还有谁会为他在秋月难圆的日子里添一件梦的衣裳，任他轻盈地走回她守候的世界。柔情绕指写相思，然而，写来写去，涂鸦的却只是她一个人的低眉牵惆怅，还有那份看似无动于衷，实则早已山崩地裂的守望。她无路可逃，亦无路可退，所以只能任那一抹孤单凄清的身影永远孤寂地淌在找寻或是守候的路上，无怨无悔。

娉婷十五胜天仙，白日姮娥旱地莲。
何处闲教鹦鹉语？碧纱窗下绣床前。
——白居易《邻女》

他不能给她名分，不能给她一生的幸福，两袖烟雨便甩出注定了的结局，所以痛定思痛后，唯有选择离别。然而，他一生一世却都枕着她那年的芳姿，徘徊不出心的梦魇，终身失魂落魄，一首《邻女》更是将对她的无限思念消磨在纸笺上，却又无法觅到原谅自己的借口。

这首《邻女》看似信手涂鸦，却美得宛若沉入水中的珍珠，周身流溢着无限伤感与惆怅，然又泛着诱惑的璀璨光芒，正如他诗中的："娉婷十五胜天仙，白日姮娥旱地莲"，那些眷恋的岁月，那些眷恋的年华，在他笔下，自是美得不可方物。

窗外飞舞的前尘的柳絮，纠缠了后世的白雪，不管几分归于泥土，几分流入眼中，那半寸迷离，都痴痴凝结了那一年初恋的春色。初识她时，他十一岁，她七岁；恋上她时，他十九岁，她十五岁，正是情窦初开的年纪；而写下这首《邻女》的时候，他和她却已注定咫尺天涯，曾经让他心醉的"我爱你"，曾经令人痛心的"对不起"，都留在了他的记忆深处。

风中独步，细数过往，他经历了很多，也失去了很多。一朝决绝，千般情思一念休。蓦然回首，水复东流，那惊鸿一瞥究竟是彼此前世修了多久的缘？他泪眼迷离，怅坐窗下，捧一纸素笺，轻轻浅浅地叹，缘起缘灭天注定，红尘中又有谁不期望身边有个知心的人儿朝夕相伴？他白居易也不能例外，只是岁月匆匆，人生漫漫，生命的路太长，变数太多，有些人注定是生命里的过客，或许有缘相识，但却无缘相守，正如那一世里他最眷恋的她——湘灵。

为了他所爱的人，为了自己深情的恋，他也曾刻意地努力过，可最后还是劳燕分飞，天涯海角，无从相思。那些年，他只想，花前月下，房前屋后，与她执手相望，听小桥流水，让痴心的欢笑招展在她娇媚的眉眼间；他只想，亭台楼阁，雕栏花榭，共她提笔雕画西厢晓梦，让她明媚的身姿永远荡漾在他守望的目光中；他只想，淮水之畔，万花丛中，与她携手共挽河床碧露，同听一曲《春江花月夜》，让所有的欢喜都酿成他们共守的清欢；他只想，喧嚣柳巷，嘈杂闹市，与她手牵手、肩并肩，逃得半世逍遥，笑唾滚滚红尘里的熙熙攘攘、名闻利养。殊不知，梦中的绮丽画卷尚未摹尽，柳丝后轻轻一个转身便换了离歌切切、烟消云散，而那样撩人的春色也只能继续徜徉在心底了。

世间情爱，从古至今，皆如粉墨一场戏，该怎么演，该何时承上启下，该怎样收场，半点也不由人，他深深浅浅地叹。戏中有她，戏中有他许她一生的诺言，而她，却甘心固守在那出折子戏中坐等天明，直到三千青丝换白发，依然要等他回来圆他当初给过的誓言。然而，又是什么时候，他撇下了深红浅绿的花笺，骑着高头骏马，过隙梨园，留下几笔“乐天”落款，却任一件染上墨迹的青衫长袍，转瞬间又拂起了她远隔天涯的珠帘泪梦？告别了水墨丹青，看梨花一一凋零在爱的枝头，他却留给她一袭脱不下的戏里霓裳，任她在梦里穿越了上下五千年，时而仰望秦时的明月，时而驻足在汉时的边关，时而感受着胡马度不过阴山的安然，但自始至终，也未能带她逃脱一场爱情酿成的灾难。

回首，枫桥语断，寒山孤寂，一泓并不清洌的运河水，携着从远古漂来的一怀深情，继续在窗下和着《在水一方》的靡靡之音，于我耳畔萦绕不去，恰似他在《邻女》里那番不经意的描摹，别有一种湿润的声息在时空的流年里缓缓弥漫。其实，她不该遭遇任何的灾难，深情如斯，他该给她永恒的幸福与欢喜，不是吗？为什么给不了，是他难为还是不曾努力过？

我不知道，他离去的时候，湘灵是否会悲恸欲绝、痛不欲生，但我知道，失意与悲伤左右是逃不开的。恍惚中，我看到千年之前的她把思念的泪珠定格在柔润的唇边，枕着一宿的无眠，在昏黄的光线下，一个人，一袭青衣，孤单地行走在寂寂的天穹下，每一个步履都走得匆促却又无力。夜晚的清新淡薄不了她忧郁的愁丝，她紧蹙着眉头继续徘徊在他曾经走过的路上，究竟，要怎么做，才能将没有他的日子过得难忘而又欢喜？

她踯躅的脚步里，又是一个缤纷的初秋。草绿花红，刻意的繁盛里却粘满寥落之意；波光荡漾，翩跹的蝴蝶从不管她心里的凄惨，依然成双入对地出没。她跣足披发，蒙上面纱随风摇曳，裙裾飘飘，思绪连连，总是驻足在潋滟水边望向他远去的方向莞尔笑着，那心底深藏着的模糊而又清晰的身影，宛然在眼前，却又远在天边。虽然等待中的她总是添了几许单薄的味道，而远在千年之后的我却以为，唯有此时、此景，伊人才愈显娇柔，愈显别样的清新可人，可她的清芬，她的隐忍，她的不舍，她的孤寂，他又懂得了几分？

吹面不寒杨柳风。或许是芦苇高逾百尺，水边的她方才显得扑朔迷离，且愈来愈恣意而缠绵；或许是烟水苍茫，最终都在眼底羽化成一种奇异的色彩，转瞬便描摹出一个空灵缥缈的意境，才增添了她神秘莫测的朦胧。然而，吸引我的不只是朦胧，还有她追寻恋人如梦如幻、如痴如醉的情，和无限的惆怅失意与萧瑟的秋，以及伊人高洁的寻索和唯美的追求。也许她指尖流转的只是瞬间的心绪，然而，那心绪却可以宠坏所有敏感细腻的心。

深蓝的夜幕下，星星在我守望的空间里一颗一颗明亮起来。夜风中，天高云淡，四野茫茫，梦中的苇丛起伏摇曳，水中的月亮凄婉幽邃，且染朦胧诗意，而湘灵便是那个隐在他文字背后的女子，只可远观，不可亵玩。夜软，云柔，灯影斜，静伏案前，我轻轻吟诵着《邻女》，一字一句，如慢慢品一杯醇厚的香茗，反复、反复地品，直至无言。那一刻，我的发梢、眉尖，甚至唇齿之间都凝驻着薰衣草的幽香，我知道，那撩人的香气来自遥远的中唐，来自她顾盼的凝望。

“娉婷十五胜天仙，白日姮娥旱地莲。”那一年，她只有十五岁，却出落得貌胜天仙，唯有嫦娥和莲花才可以与之媲美。是啊，她美得是那样的动人心魄，又怎能不让刚刚年届十九的他钟情于心？十一岁那年因避家乡战乱，他随母亲陈氏将家迁至父亲白季庚任官所在地徐州符离，并很快与比他小四岁的邻家女子相识。她的名字叫湘灵，长得娇俏可爱，且精通音律。于是，两个稚年的孩童很快便成了朝夕不离、青梅竹马的玩伴。

湘灵。他很喜欢她的名字。每次看到她，他总是未曾开言便早已笑意盎然，而她却是羞涩地看着他，轻轻唤他“乐天哥哥”。乐天和湘灵。呵呵。他紧紧拽着她的手，和她一起去郊野嬉戏，去河边捉鱼，到树上掏鸟窝，每次都能引得她情不自禁地放声嬉笑。

在他眼里，小湘灵是个没心没肺的女孩，似乎他喜欢的事她都喜欢，只要能让她尾随在他身后，无论叫她做什么，她都心甘情愿，且乐在其中。就这样，他们一起度过了生命中最快乐的八年，无忧无虑的八年，直至她出落成一个大姑娘，他才倏忽发现，原来，曾经那个整天跟在自己身后的小女孩已在他心里生了根发了芽，他终是无可救药地爱上了她。

“何处闲教鹦鹉语？碧纱窗下绣床前。”爱情是奇妙而又不可理喻的。爱上她，他便是世间那个最幸福的男人。对她的恋，无声而细腻，却有一种温暖，朴素而自然，就像心冷时的一杯热茶，身寒时的一件棉衣，实实在在浸入他的血液，融入他的骨髓，令他时时被这种感情燃烧着，温暖着。这温暖的感觉犹如一盏茶的清香，一杯酒的甘醇，一阕诗歌的浪漫，一窗烛光的温馨……

他喜欢看她站在碧纱窗下绣床前逗弄鹦鹉时的神情，活泼、温婉，却又透着些许调皮与古灵精怪。打认识她的那天起，他就发现她是个极富爱心的女子，她总是喜欢收养那些无家可归的小动物，小兔子、小山鸡、小燕子，年复一年，日复一日，从不间断。那一年，情窦初开的他从野外捡回一只受伤的鹦鹉，她二话没说，连忙抱着鹦鹉回房替它包扎伤口，几个月的工夫，就将它养成了一只毛羽丰润、人见人爱的鸟儿。她教它学说简单的语言，每次望着从窗下路过的他都会浅浅淡淡地笑，然后伸手点着它的额头，逗它对着他叫乐天哥哥。

“乐天哥哥！乐天哥哥！”那只鹦鹉果然通了人性，只要他来，便会望着他没完没了地叫，引得左邻右舍一听到鸟语声起便知他又和湘灵腻在一起了。母亲陈氏为此大发雷霆，提醒他已是十九岁的成年男子，而湘灵也已届及笄之年，自古男女有别，不能再像从前那样无所顾忌地跟湘灵玩在一起了。是啊，他已是成年男子，再这样跟湘灵缠在一起算什么呢？他是母亲的希望，更是白氏家族的希望，所有人都指望他能考中进士，光宗耀祖，这个时候又岂是他儿女情长之际？

痛定思痛后，他决定闭门苦读诗书，不再踏足湘灵之门。然而闭门苦读了半个月的书后，他还是按捺不住对湘灵的思念，背着母亲，偷偷跑去与湘灵见面。

“乐天哥哥……”她潸然泪下，目光迷离地望向神情染着些许落寞的他。

“湘灵！”他早已不由自主地紧紧拉住了她那双纤若柔荑的手，眼中尽是离别之后的凄楚。

“我以为你再也不会来了。”她望着他轻轻哽咽着，痴痴地怀抱着那心底瞬间落泪的记忆和那脸庞间一道微凉，许久，许久，嘴角上扬，憔悴的脸庞才露出了一抹酸涩的微笑。

“乐天哥哥，乐天哥哥！”碧窗下的鹦鹉也昂起头，望着他兴奋地叫唤起来。

“你看，它又来了。”他伸手指着鹦鹉，望向她扮着鬼脸。

“白夫人知道你又来了，肯定会生气的。”她忽地又锁起愁眉，“乐天哥哥，我……”

“湘灵，我……”他瞪大眼睛，怔怔盯着她，鼓足勇气，努着嘴唇，一字一句地说，“我想过了，我会向母亲禀明我们的关系，让她同意咱们的婚事。”

“什么？”湘灵吃惊地瞪着他，面庞陡地红了起来，慌忙低下头，嗫嚅着嘴唇，忧喜参半地说，“乐天哥哥，你……”

“我是认真的。”

“可是……”

“怎么，你不喜欢我，不想嫁给我吗？”

“我……”她抬起头，羞涩地盯他一眼，又迅即低下头去，“我……”

“你等着，我这就回去跟母亲大人说！”他不顾她的阻拦，拔腿就跑了回去。然而等待着他的却是母亲陈氏的怒不可遏。陈氏说什么也不会让儿子娶一个平民女子为妻的，以前儿子还小，所以才任由着他的性子让他跟湘灵整天腻在一起，现如今他已长大成人，她又如何能眼睁睁看着他继续与湘灵厮守在一处？

“荒唐！可笑！”陈氏瞪着他咆哮着，“湘灵？你想娶湘灵？你知道自己是什么身份，她是什么身份吗？”

“是的，我想娶湘灵。”他认真地说。

“我们白家可是世代官宦，她湘灵家是什么？一个布衣家庭出身的女子，她有什么资格当我白家的儿媳？”

“可我们是真心相爱的。”

“真心相爱？你才多大？刚刚十九岁，你懂得什么叫爱？还有湘灵，只不过是个十五岁的孩子，她又懂什么叫爱？你以为这还是小时候玩的过家家时扮夫妻游戏吗？”

“母亲大人！”

“你给我闭嘴！”陈氏气得浑身发抖，“告诉你，要娶湘灵为妻，除非等我死了！不，就算我死了，做鬼也不会同意把那个女人娶进白家来的！”

他不知道，母亲对他要娶湘灵的态度为什么那么决绝。她明知道他从小就喜欢湘灵，可为什么偏偏要以门第的观念来阻止他们结合？是的，湘灵没有显赫的身世，可她美丽温柔，还很善解人意，难道这些都不能让她有资格成为白家的儿媳吗？

蓦然回首，他看到躲在窗下偷听他们谈话的湘灵。她泪如雨下，望见他时几乎是落荒而逃。慌乱中，她的银钗掉在了地上，一袭乌黑的秀发随风飘舞，瞬间零乱在他悲伤的泪滴中。

湘灵！他大声地唤她，却被陈氏狠心地拦住。“你今天要走出这个门，以后就别再回来！也别再认我这个母亲！”

他没有办法，唯有和着泪，看着娇小玲珑的湘灵从他眼前远去，心碎成了一片一片。“娉婷十五胜天仙，白日姮娥旱地莲。何处闲教鹦鹉语？碧纱窗下绣床前。”千年后，我继续念着《邻女》诗，悲伤着他的悲伤，绝望着她的绝望，却恨他的文字惹得原本处于温暖中的我感到一种刺骨的痛，怕自己承受不住这种绝美，也怕这种无奈的孤寂将自己包裹，那实在是太灰、太暗、太冷，我甚至听得见他隐藏在文字后的哽咽声。

灯影斜，拦不住人生多少时光；月光冷，遮不住人间多少离别。白居易的诗句如同暗夜里冶艳盛放的花一样妖娆、神秘、迷人，宛如明净的天空，仿佛一阵轻风掠过，便把我带到“半亩方塘一鉴开，天光云影共徘徊”的世外桃源。那里的天空明净得如同平静的湖面，云朵清澈得恰似湘灵的泪滴；那里的水透明得像诗，可以用眼睛感受它的清新脱俗，却看不到任何的粗鄙与蛮荒。品味着这样散淡的文字，与其说是才华，不如说是情怀，白居易的诗淡泊隽永，在后人细细的品味中，被过滤得更清澈，积淀得更醇厚。

其实，生活有时就是千转百回，也许只是一次邂逅，却总有一个缥缈的影子在眼前闪烁，弱水三千，在梦里萦绕。也许是空间距离或心理距离的缘故，若隐若现，才会牵引出惆怅的情愫，令人辗转反侧。

万籁俱寂，合上窗幔，继续轻听一曲《在水一方》，我一脸安详，优哉游哉。所谓伊人，不在远方，就在彼岸。恍惚中，却又听得天边水畔有人在轻轻地反复吟唱："蒹葭苍苍，白露为霜。所谓伊人，在水一方。"

是她，是他的湘灵，正穿越千年的时光，在我窗前缥缈朦胧，可望而不可即。而我的心，却随着他为她写下的诗句起起伏伏着，仿佛这些文字便是一个守望者，正等待着懂它的人出现，充满了神奇，令人神往。

Tips:

《邻女》是白居易早期的情诗，诗中描绘了作者十九岁那年在徐州符离（今安徽宿县）与十五岁的邻家女孩湘灵互生爱慕、坠入情网的经过，由衷地赞美了湘灵的美丽与悦耳的嗓音。从诗作的内容来看，应是二人分手后的回忆之作，具体创作年份待考。

湘灵，有资料称其父亲是湖南人，母亲是河南灵璧人，具体不可考，是白居易的初恋，也是他一生念念不忘的至爱。但这段情从一开始就不被白母陈氏看好，无论白居易怎么哀求、湘灵如何努力，终其一生，他们也未能成为彼此的伴侣，唯余千古遗恨。

第二章 寄湘灵

泪眼凌寒冻不流，每经高处即回头。

遥知别后西楼上，应凭栏干独自愁。

——白居易《寄湘灵》

唐德宗贞元十年（794年），已官居检校大理少卿兼襄州别驾的白季庚病逝于襄阳官舍，终年六十六岁。四年后，即贞元十四年，年届二十七岁的白居易在母亲陈氏殷殷期盼的目光中，为了生计和前程着想，不得不离开符离，只身前往江西浮梁，投靠身为浮梁主簿的长兄白幼文。

八年了，与她相恋，至今已历经整整八个年头。她已不是十五岁的妙龄女子，为了那份纤手相凝的痴爱，二十三岁的她依然静立窗下，默默守候着他迎亲花轿的来临。然而，她等来的却是一次又一次的失望，一次又一次的别离。

他已不是第一次离开符离，八年间，他去过长安，回过洛阳，到过襄阳，可这一次，听说他要前往浮梁，她的心却有着与往日不同的惊慌。也许，这一去，便是她和他最后的离别，当他紧紧握住她的手，要她安心等他回来之际，她近乎失措地望向他，早已是涕泪交流。

乐天，她轻轻念着他的字，心，莫名地，疼痛。他真的还会回来吗？抬头，望着空中飘浮而过的点点白云，任忧伤侵袭着她周身每一个细胞，她感到天地间积攒的所有无助都不约而同地向她奔赴而来，片刻的工夫，便将一个曾经完整的她剥离得支离破碎，惨不忍睹。浸染着芳菲的微微细雨中，一转眼，春红凋零，片片花瓣随风而落，而她就在那漫天纷飞的花瓣中翩翩起舞，用《踏摇娘》演绎出的不舍为他送行。

白色纱衣，以玳瑁璎珞配之，云髻上斜簪的银钗步摇紧随舞姿摇曳，而那远黛眉山，是适才他在闺房之中才为她细细描上去的。那一瞬，指钩琴弦，微风拂面，淡雅的尘香萦绕在思念独白的口齿间。他抬首，努力挤出一个微笑，千怜万爱地看着她，却不知道该用什么方式去温暖她那颗愈来愈悲凉的心。

“湘灵。”

她轻轻回首，却看到他如墨般深邃的眼眸。

四目相对，款款深情，在暗中流转。望着她，他突然有种想哭的感觉，曾以为，以高傲的姿态仰望蓝天，就会使自己逃避掉忧郁和失败，没曾想，在她面前，潇洒和癫狂迷惑了自我后，竟无法找到泪腺的突破口，唯有紧握她的双手，要将体内所有的温暖都传遍她冰了的身体。

她的手变得冰凉。他知道，失去了他的轻抚，这双纤手从此便会变得不再温暖，可她仍然用心底仅存的那一点微薄的希望，努力着想从他身上攫取所有的温存。他知道，她爱得辛苦，爱得痴迷，爱得卑微，爱得失去了尊严，而他却不能给她一丝一毫的安慰，却还在不断伤着她的心，让她在每一次与他相聚后都陷入深深的痛苦之中，无法自拔。他恨自己，可他无能为力，在母亲陈氏面前，他显得比她更加卑微。母亲的意愿自是不能违背的，但他仍然坚信，假以时日，母亲一定会被他们的真情感动，同意他把湘灵娶进门来的。

这么好的姑娘，除了门第悬殊外，母亲还能有什么理由拒绝她成为白家的儿媳？于是他等，等过了二十岁，二十五岁，一直蹉跎至二十七岁仍然未婚。儿子的心思，陈氏一一看在眼里，她知道，一切的指责威逼都是毫无用处的，于是她避重就轻，许诺等他考中进士后再来谈论与湘灵的婚事。

“相信我，我不会让你等得太久的。”他举起湘灵的手，放在嘴边深情一吻，“等我考中进士，母亲就没有理由拒绝我们的婚事了。”

“可是……”湘灵不无惆怅地望向他哽咽着问，“你真的非走不可吗？”

他点点头：“去浮梁投靠大哥是母亲的意愿。更何况我已经二十七岁了，总这样待在家里坐吃山空也不是办法，是时候出外替自己谋一份差事了。”

她没有说话。她明白，这次的离别是无可挽回的，唯有和着两行热泪，紧紧偎在他的肩头，为他唱起一曲哀伤婉转的《长相思》。

“我会等你回来的。”一曲唱罢，她泪眼婆娑地望向他，“无论是一年、两年、三年，还是五年、十年，我都会在这里等着你回来。”

“湘灵……”他痛彻心扉地念着她的名，往日里耳鬓厮磨的一幕幕缠绵顿时涌入眼帘，任流年的忧伤，斑驳的碎影，再度袭扰他惆怅的心头。

窗外，一轮冷月和着潋滟的波影，夹杂着幽咽的箫声，轻轻荡漾在静谧的夜晚，仿佛袅娜缥缈着的炊烟，由远及近，在他们眼前缓缓游移。风过处，那些牵扯着枝枝蔓蔓的柔软娇嫩的花朵，漫随雨飞，轻若软絮，绵绵的，淡淡的，悠悠的，总有清香沁入心扉，倏忽间，却又随着她的泪语挣脱了束缚，飞向深邃的夜空。仰望苍穹，对月怅然，他沉浸在经年的梦里，深深迷惘，无数熟悉的画面，都在眼前一一重现，转眼，又被风吹散无踪。伸手，想要抓住些什么，然而，抓来抓去，唯余寂寞在指间滋长。

他走了，背上行囊，孤身一人，踏上遥远的旅途，卷走她全部的思念，却载不动她两行清泪。“生为你人，死为你鬼。”临行前，她送他到村口的风车前，在他耳畔许下郑重的诺言。她已做好了最坏的打算，如果他不回来，她仍然会静守窗下等他，五年，十年，哪怕是一生一世，此爱永相随，纵使呼唤不见故人来，年年二月桃花水只守着她一个人的悲欢离合，岁岁空等待，年华老去，依然无怨也无悔。

湘灵。他泪雨滂沱，等真正经历曲终人散的离别时，才明白失去的疼痛是如此的锥心刺骨。湘灵，那一路上，他将她如花的笑靥忆了又忆，将她似水的名字念了又念，将她温婉的眼神想了又想，心里却漫溢开一种难以避开的孤独与寂寞。湘灵，他日，若我遇见姹紫嫣红的春暖花开，我一定会站在你看不见的角落，为你拈花微笑；湘灵，他日，若我听见你喜欢的歌谣，我一定会在梦里为你低低吟唱；湘灵，他日，若我看见你幸福的模样，我一定会守在遥遥的彼岸，为你绽放由衷的笑靥……

途中，他走累了，所以带着一身的疲惫慢慢坐下，一边仔细欣赏沿途伶人演绎着催人泪下的皮影戏，一边用心中纠葛牵绊了无数个日日夜夜的泪语，和着墨笔挥染宣纸的沙沙嘈杂，为她在朗朗的天地间赋一首《寄湘灵》，只愿变作她手里一枚古朴雅拙的印章，将对她的思念弥散在这寂寂而又冰凉的清风里。

泪眼凌寒冻不流，每经高处即回头。

遥知别后西楼上，应凭栏干独自愁。

——白居易《寄湘灵》

湘灵，你知不知道，皮影戏外的我也随着那些傀儡投入了真切的情绪，任你成为我心中永久的美丽童话？只是不知，如果世间失去这多彩的面具，是否还会有人去留恋、去惋惜；亦不知，是不是多了一种残缺不全的魅力，红尘里才不会衍生出那么多的含恨和不如意；更不知，如果世间失去了脂粉的艳丽与鲜妍，有你的彼岸会不会依然执着在风中将我翘首回望。

“泪眼凌寒冻不流，每经高处即回头。”世界上最遥远的距离，其实就是那么一点点而已。他知道，他和她已经努力了，只是命运使然，任谁都无力改变，要怪也只能怪天意弄人。举头，云和月相偎相依，彼此的盈缺，是他们的醉美，亦是他们的互慰。他知道，此生等他待他是她的心甘情愿，此生想她梦她是他最大的幸福，哪怕世事一场梦，人生几度秋，亦无法更改他们最初的心意。只是，想她时，每经高处便即回首，举步不前；念她时，更是泪如雨下，纵泪眼遭逢凛冽的寒夜，任涟涟的泪水冻成两行冰柱，也无法阻绝他对她那份浓浓的思念。

总是在漫漫长夜，于寂寂的黑暗里静静期盼着黎明的曙光；总是在深不见底的幽暗里，心如死灰地沉沉睡去；总是在没有她的孤灯下，做着一些春光烂漫、花色倾城的梦；总是在甜蜜的梦里，任斑斓的情思浸在缠绵悱恻的幻境里描摹她倩丽的身影……一直以来，他都想告诉她，她在他的梦里深深浅浅地来过，闲倚窗下的她，长长的乌黑的青丝铺散在古老的雕花案几上，黏腻着青春的韶华，宛若初升的太阳，熠熠生辉，可这份璀璨的明媚，却为何一个转身便彻底远去了他的世界？

不知道，梦中会有谁守在窗下柔情脉脉地抚摸她松散的发丝；只知道，有一粒幸福的种子在她清秀的面颊上开出了一朵相思，清香幽韵，宛如轻羽飘落在爱的天涯。俱往矣，一切的一切都过去了，而今的他，耳畔渐渐远了尘世的喧嚣与烦忧，那远方的她，会不会依然守候在曾经等待的水湄，远远痴望着更远的远方，将他盼了又思，想了又念，而他心绪不宁的思慕又会不会在她蹙起的眉间静静地流淌？

"遥知别后西楼上，应凭栏干独自愁。"会的，他不在的日子里，她一定会怅立西楼，凭栏独自品味那份孤寂的愁苦，轻轻袅袅，跨越时空，任初心若莲，只为曾经于风车下许下的那句刻骨铭心的诺言。

恍惚里，他仿佛看到，前世的她在三生石上镌刻下的醒目誓言，刹那间便忘了这一路走过的崎岖，把曾经的惶恐一一驱离。安守着心仪的宿醉，他明白，这份情，不再是躲闪的畏惧，不再是退避的胆怯，只要勇敢去追求，即使是望梅止渴，风的气息也会把距离的遥远分解，在思念的海洋串联成一个枕间的呼吸，永远徜徉在他的眉间，流连在她的心头，哪怕漂泊起一生的坎坷，他和她都不会轻言放弃。

是的，她不会放弃，他更不会放手。是她秀手转他乾坤，是她慧眼识他英雄。她不是佛，却是菩提，是起伏恒久的岁月，是漫漫长夜孕育成的他的一卦良贞。若有来世，他愿化为飞鸟，栖于她日日修行的禅院青瓦檐，做一羽只有她懂春来也盼归的梁下燕。他日，若缘聚缘散，与她咫尺天涯，他定会用一笺轻浅文字，诉说一生不变的祝福，遥念君安，然后用一颗安然朴素的心，包裹住昔日的温暖，微笑，向前，在她远去的身影后轻轻倾诉一曲云与月的絮语，将离去的她轻轻唤回……

是的，他一直在内心深处唤着她的名字，情深难禁。在这寂寂的夜里，品味这一首哀伤凄婉的《寄湘灵》，与他远隔了千年之遥的我仍能感受到他的疼，他的痛，他的怅，他的无可奈何……丢开诗集，只想隐在他的天空，藏在他的梦中，潜伏在他的文字里，握住他的温柔，好让我也找到属于自己的一点点梦。或许它是苍白的，可我也愿意在这里等候，等候一段燃点灵性的文字，在一声叹息或一抹欣喜中寻找他灵魂以外的世界。

也许这首诗并非他最杰出的诗作，但妙就妙在虽直抒胸臆，却又透着含蓄之美，给人以无限的想象空间，宛如午后淡淡的阳光，和煦不燥，意境淡雅，让一切都简单而本质地呈现，不染纤毫。字里行间，抖落点滴就醉了整个寰宇，若繁星闪烁，璀璨无比；又如阳春白雪，烟雨迷离，每一滴入口都沁人心脾，心情浮躁时品读，犹如品尝到一泓甘醴的山泉，再次品赏，仍是余味不尽。

我静静伫立窗下，仿佛千年之前在符离守候他归期的湘灵，眉头紧紧蹙起，却不知，我所忧伤的究是他的悲恸，还是她的绝望，抑或是自己的无奈。抬头，望向窗外漆黑的天空，穿越她与他三生三世的誓言，静静地在雨中看那云卷云舒，默默思忖着他和她的过往，那个凄美而伤感的故事，心里裹着无尽的失落，仿佛他的文字，惆怅、深邃，渗着忧伤，撩人情怀，才明了那三生石上所谓的不老传说亦早已随着她那滴碧海云天的泪水一起沉沦。

Tips:

唐德宗贞元十四年（798年），年届二十七岁的白居易在母亲陈氏殷殷期盼的目光中，为了生计和前程着想，不得不离开符离，离开与自己相恋八年的湘灵，只身前往江西浮梁，投靠身为浮梁主簿的长兄白幼文。其间，白居易因无法遏制对湘灵的思念，在路上创作出《寄湘灵》等三首感人肺腑的情诗。

白幼文，白居易同父异母的长兄，曾在浮梁县为官，故白居易经常在家书中称其为浮梁大兄。由于父亲白季庚去世时他年纪尚幼，白居易是在白幼文的培养和帮助下成长起来的，因此他对大哥始终怀着深深的情意和敬重，浮梁这个县名也在他的脑海里留下了不可磨灭的烙印。白居易被贬江州时，白幼文还健在，江州与浮梁相隔百余公里，白居易曾去浮梁县看望过长兄。在白居易谪居江州的第三年，即元和十三年（818年），白幼文病逝，为此他写下满含深情的《祭浮梁大兄文》，抒发了失去兄长的哀痛，并颂扬了兄长的高尚品德和情操。

第三章 寒闺夜

夜半衾裯冷，孤眠懒未能。
笼香销尽火，巾泪滴成冰。
为惜影相伴，通宵不灭灯。
——白居易《寒闺夜》

曾经为谁在空旷的天地间恣意哭泣，又为谁在芳草萋萋的原野上洒下多情的泪水？

为何总是如此多情，又为谁如此多情？情爱世界里究竟谁是谁非，问苍茫大地，谁予解答？

自遇见的那天起，到背道而驰的刹那，谁为谁痛彻心扉，谁的思念总是渲染着夜的星空点点滴滴到天明？

静谧的夜，幽暗的夜，为谁自甘寂寞，又为谁自甘堕落？夜夜无眠，思念直至拂晓，那一径总也走不完的牵肠挂肚究竟又该如何才能以了无挂碍取代？

窗外，漆黑一片，几株古松孤独地站在几颗寒星闪闪的天际之下；心间，凄楚满怀，清瘦的身影寂寞地映在几盏寒灯烁烁的冰墙之上。可惜那晚没有莹洁的月光，不然想她的思绪定会如同钱塘的潮水汹涌不已，但即便如此，没有月亮相伴，想她的思绪依旧绵延不绝。叹，天涯咫尺，咫尺天涯，追寻的脚步从始至终都染着几分彷徨，为什么，兜兜转转之后，还是找不到属于他们二人的永恒幸福？放眼望去，路边的青草早已枯萎，寂寞又于想念中不断滋长直至繁茂，却为何依然等不来他和她的洞房花烛夜？

曾经嘱咐自己，要爱得轻松，但年少无知不予苟同，而今只能换得热泪盈眶，然而，轻松二字又岂是他想要就能要到的？记忆，清晰而明亮；转身，往事都成回忆。他再次落入深深的沉思里，任一切曾经的聚首都在相思的眉宇间变得支离破碎，即便费尽周章也看不见一幕完整的故事，于是，只能任由往事洒满一地，徒然伤了他所有的想念。然而，他还是舍不得，舍不得远离那些个遥远而又近在咫尺的故事，所以拼尽最后的努力弯腰去拣拾记忆的碎片，却不意，手指刚刚触碰到它们，便被刺破了肌肤，转眼换得鲜血迸流。

他还能做些什么？只能后退，任心痛搁浅在无助的角落；只能躲开，不敢再去碰触那些撕心裂肺的疼。依稀，又看见她那张依旧温婉明媚的笑脸，在他欲穿的望眼里明明灭灭，然而一伸手，被牢牢攥在掌心的却是冰冷的空气与失落的心情，根本就触摸不到任何真实的面孔，更无法抵达他想要的心花怒放。于是，只好傻傻地站着，背贴墙根，目光呆滞地望着远方，任空气中弥漫着一股悲伤的味道，几度哽咽，却搜索不出半句可以形容的词。眼一酸，濡湿的双眸迅速被思念的泪水淹没，抬手，掏出临行前她送他的洁白的绢帕，任其轻轻擦拭滑过眼角的泪痕，手指却不由自主地在素绢上写下这痛的记忆，而这点点滴滴的伤，却只因曾经有一个如花的美眷。

好久没了她的音讯，茶不思，饭不想，坐立不安，早成了他岁月的痛痕。虽然痛着，却又幸福着，每每想起她，心中还是充满疼痛的欢喜。喜欢想她，想她的桃花笑靥，想她的莺歌燕语，想她的温柔举止，更想她的深情眼眸，可想念再繁盛，又哪里及得上与她终日流连花下，直至青丝换了白发？而今，梦醒心碎，人去楼空，自是无心梳洗，更无心为她染墨写诗书，孤单的他陷入了深深的泥沼，而远方的她知不知道，只因她那搁浅在他心海的浅浅一笑，他便再也没了力气与相思过招？

她不在的日子里，徒留一个人的世界给他。一个人赶路，一个人风餐露宿，一个人难过，一个人喃喃自语，一个人低吟浅唱，一个人坐在路边的草地上看星星，一个人站在船头等待月落晨起，一个人走过无数的风风雨雨，唯任寂寞与孤单伴随他整个旅途。这些都不是他想要的，可他又能改变些什么？她不在他身边，即便途经天堂，也是他永远无法逃出的地狱，月下的曼珠沙华再妖冶，也不是他能摘下的那朵鲜妍，而所有的风花雪月亦都与他无关，他的世界将是一成不变的荒芜与苍茫，甚至是凛冽的冰霜与燎原的火海。所以他唯一可以做的，就是带着记忆上路，在风沙还未侵蚀他那双回望的眼时，尽一切可能地去弥补，去挽留。

其实，他一直更想要把心埋葬，却又找不到能够把记忆一同深埋的地方，所以只好在思念中痛并欢喜着。抬头，一场猝不及防的雨不期而至，淅淅沥沥地下着，忽然，没来由地便觉得一个人的心有些倦了，更有些迷茫，却又找不到可以破解的方法。于是，只好不断努力地告诉自己，一定要坚持下去，就像自己当初为了一份承诺而马不停蹄地回到她面前，没有任何折中的办法，也丝毫不能退缩不前。这是一份诺言，也是一份誓言，只是，不知道他一个人到底还能坚持多久，还要守候多久，更不知道那份相思的记忆何时才能继续明天的故事……

一个人的夜晚，一个人的等待。不记得这是第几个夜晚了，也不记得这是多少次的等待了，只知道一个人依然困守在孤单中坚持，依然搁浅在煎熬中等待。夜，相思的夜。无尽的长夜漫漫，遭遇缠绵的情思悠悠，谁人知，深藏在心中的那份痛楚？谁人解，深埋在记忆的那份往事？无数次地想要遗忘记忆，无数次地徘徊在感情的谷底，无数次地挣扎在情感的深渊，可却又未曾改变过任何既定的事实，怎不教人悲痛，怎不教人惆怅？

该如何继续与湘灵那段刻骨铭心的感情？他不知道。当母亲犀利的目光射向他无奈而又悲伤的面庞时，他便知道，这份爱恐怕最后仍会收获无疾而终的种子，但他仍然心存侥幸，仍然坚持着那份渺茫的希望。不是说只要自己考中进士，就可以跟母亲面对面地商谈与湘灵的婚事吗？可是，母亲真会履行她的诺言吗？其实母亲并没做出任何实质性的承诺，只是说考中进士后才有资格跟她商谈与湘灵的婚事，那商谈的结果呢？他不敢深思，唯恐看到再次别离后湘灵无助的泪眼。八年了，他们相爱了八年，她已为他蹉跎至二十三岁却尚未婚配，他又怎能弃她于不顾呢？

夜，静谧的夜。已经很晚了，他依然没有一丝睡意。一个人的孤单，未曾有过的寂寞心情被这深不见底的暗夜层层包裹。挣扎，哭嚎，悲愤，咆哮，一切都无济于事，所有幼稚的举止都被暗夜冷冷地嘲笑着，就像在嘲弄着情感的小丑那样鄙薄。为什么,为什么将他抛弃在情感的深渊？为什么，为什么将他遗忘在错位的空间？昨天的梦已不能再续，唯有选择继续在梦的边缘游走。他就像尘世的飘零，随风而逝，找不到爱的归宿；就像漂泊的孤舟，随波漂荡，找不到停靠的港湾。

如果母亲仍然执意不肯接纳湘灵，他又该如何面对？是带着湘灵私奔，还是屈从母亲的意愿，娶一个门当户对的女子为妻？私奔，他没这个勇气；娶一个自己不爱的女人，他更没有任何思想准备。该如何？该如何？躺在驿馆床上的他辗转反侧，无法入睡，睁眼，闭眼，看到的不是湘灵凄楚哀怨的眼神，就是母亲斩钉截铁的目光。莫非，自己便要在岁月的变迁、时空的变幻中，于默默的等待中老去？湘灵啊湘灵，我到底该拿你怎么办？你知道，纵是千年一梦、万世苍凉，我也愿意为你在守望中死去，可是母亲大人，我又怎能抛下母亲大人与你双宿双飞呢？

夜那么静，静得让他想大声呐喊、放声痛哭；生活那么苍白，苍白得让他乏力，打不起一点精神；现实那么残酷，残酷得让他觉得周身都充斥着无法排遣的悲哀；感觉那么清晰，清晰得让他在她的幻影里变得虚伪；疼痛那么真实，真实得让他浑身麻木……或许，选择孤单，选择寂寞，选择沉沦，选择等待，等待一个没有结局的天长地久，在一个人的世界上演与爱无关的独角戏，把梦想和希望折叠了寄给明天，把悲伤和痛苦陈旧了在记忆里埋葬，用沉默和淡然来掩饰所有的不安与无措，还有绝望，才是他来这世间走上一遭的真谛吧？

披上衣裳，斜倚床畔，他低低地抽泣。前程未卜的他看不到任何天明的希望，更无法洞悉自己与湘灵的结局究竟会如何演变。或许是好的，或许是坏的；或许是幸福的，或许是残酷的；或许是快乐的，或许是悲恸的……然而，这一切的一切都不是由他的主观意识可以主宰得了的。他没有办法，没办法在短暂的时间里给湘灵想要的温暖，更没办法让早就在她耳畔许下的诺言变成现实。到底，还需要多久的等待，他才能如愿以偿地将湘灵吹吹打打地迎进白家大院，让她成为他明媒正娶的新娘？

前往浮梁的道路充满了荆棘与坎坷，亦如他和湘灵的恋情。道路上的坎坷他都能咬咬牙坚持下来，无论经历多少颠簸与流离；而与湘灵坚守的那份爱里丛生的荆棘，他又该如何将它们完全清除掉呢？湘灵，湘灵，他一遍遍地呼唤着她的名字，想象着她怅坐鹦鹉笼下，和泪看他前不久给她寄去的那首《寄湘灵》诗，心里裹着无尽的惆怅与痛苦。他还能为她做些什么？在这一个人的世界里，一个人的征途上，他只能枕着对她无尽的思念，在每一个冰凉的夜晚静静地想她，任每一个梦、每一秒钟、每一次欣喜、每一次失落，都在她蹙起的眉间缓缓萦绕，化作她案边的一缕香烟、一首小诗。

夜半衾裯冷，孤眠懒未能。
笼香销尽火，巾泪滴成冰。
为惜影相伴，通宵不灭灯。
——白居易《寒闺夜》

“夜半衾裯冷，孤眠懒未能。”夜越来越深，心慢慢地沉淀，想着她温婉的眼神，他觉得自己变得越来越孤单，就像站在长江的源头朝下游眺望，面对那长长的、没有尽头的寂寞时一样无助而又无能为力。

窗外，雨后的星星明明灭灭地闪烁着，似乎决定了一种原始的生命轨迹。屋内的温度越来越低，衾被也失去了往昔的温暖，一种从未有过的孤独感侵袭得未能入眠的他仿若成了一个冰人，等泪滴落了，才发现眼泪里的身影仍然没有失却体温。

寂寞是一片黑色的睡莲，在无尽的漆黑里，尽情地疯长，肆意地蔓延。那一瞬，他宛若站在无人的山巅，撕心裂肺地喊，却听不到任何声音，整个人，由里到外，都被内心的惶恐慢慢吞噬，变得越来越孤单，越来越彷徨，而那空旷的苍穹下，却只留下一条小小的、长长的身影，在孤单的灯影下随风摇曳，仿佛一眨眼，便已在指间漏去了千年万年的繁盛。

“笼香销尽火，巾泪滴成冰。”熏笼里的香火已经销尽，销不尽他对她的思念；滴落在绢帕上的泪珠在严寒的季节里转瞬成冰，冰不了他对她的永恒记忆。

一个人的思念，抬头低头间，是孤单吗？一个人的泪眼，想她念她时，是心伤吗？相思无边，寂寞无涯。支离破碎的天空，总是拥有支离破碎的思绪，念着她的芳名，记忆，渐行渐远，心，越来越孤怅。

曾经，和她相遇、相识、相知，有谁会预知甜蜜后的仳离？相遇是邂逅，相识是缘分，相知是快乐，那么转身之后在这寒寂的深夜里究竟还剩下了什么？或许除了煎熬，还是煎熬吧，一种等待中的煎熬。远处，缓缓传来袅袅的琴音，断断续续的，像极了她曾经弹奏的哀怨而又凄美的曲调。在这静谧的夜晚，他收拢起流逝的记忆，品味着孤单，为曾经的拥有铺起一座思念的桥，守候与她的再次重逢；在这思念的夜晚，他拣拾起青春的碎片，打包着情感，为往事编织起岁月的挽歌，却仍不明了，明明刻骨铭心地去爱了，为何两个相爱的人却不能长相厮守？

“为惜影相伴，通宵不灭灯。”不敢将灯吹灭，因为灯影里有她倩丽的身影；不敢奢望在梦里与她缠绵，只得借助这星星灯火，和着泪水，用文字，在诗笺上将她忆了又忆，思了又思。

也许，寂寂的夜里，最该做的便是忘情，让记忆自动消融在昨天，让思念悄然湮没在往事里，让一切的明媚与幽暗都在来路不明的风沙中消逝得无影无踪。然而，一个人的他还在幻想，还在等待，于是，想念过后，依旧一如既往地喜欢着一个人于灯下裹着疲惫，用文字记录稀薄的忧伤，用诗句誊写淡淡的哀愁，在静默中将她的好念了千遍万遍。

时光流转，人来人往。一个人的相思，一个人的灾难，通通浸在了一个人的挥毫疾书里，于是，一切的一切，便都在他的字里行间染上了时间的淡漠，沾惹了岁月的遗忘，仿佛那昙花一现的记忆，如同他滚滚的思念，也像那一抹夕阳的余晖，亦如他惆怅的心绪。一个人，一份寂寞，一种心情，无法排遣的伤心里，他终是打开了情感的闸门，点燃了堆在身后的所有寂寞，任潸然的泪水泡在想念的嘴边，将刚刚写好的《寒闺夜》诗念了又念——为她的痴绝，为他冰了的心，为他和她隔了咫尺天涯的恋。

湘灵，请相信我，不管岁月如何变迁，容颜如何转变，人生的路上，至少还有我，一个从来不会变心的爱人，会永远陪在你的身边。任岁月蹉跎、缘聚缘散，只要你还需要我，只要你还愿意开口告诉我你所有的索求，我都愿意守着你，寸步不离，哪怕这相守的时间是用永恒来计算，我也无怨无悔。只求你不要转身而去，留我在这孤寂的荒原，让我拥着一个人的寂寞、一个人的精彩，上演一出没有华丽舞台的独角戏，因为我无法忘记时间，无法忘记你我的存在，更无法忘记从来都没有忘记的过去。没有了你，纵是多了煽情的观众，我也难以用心凑成一句完美的对白，更弥补不了一份残缺的爱……

Tips:

《寒闺夜》同为白居易于贞元十四年（798 年），由符离前往浮梁途中思念湘灵所作的情诗，继《寄湘灵》诗后，进一步阐述了他的相思之苦。每一字，每一句，点点滴滴，都写出了白居易对恋人湘灵的刻骨怀念，用一片柔肠，寄一片风月，更将那一份儿女情长写到了极致。

第四章 长相思

九月西风兴，月冷霜华凝。
思君秋夜长，一夜魂九升。
二月东风来，草坼花心开。
思君春日迟，一日肠九回。
妾住洛桥北，君住洛桥南。
十五即相识，今年二十三。
有如女萝草，生在松之侧。
蔓短枝苦高，萦回上不得。
人言人有愿，愿至天必成。
愿作远方兽，步步比肩行。
愿作深山木，枝枝连理生。
——白居易《长相思》

夜已沉默，心事向谁说?

曾经的萍水相逢，她却给了他那么多的欢喜与满足，然而，他又给予过她些什么?

用思念的眸挡住窗外凛冽的寒风，他一心只想把温暖为她保留。风霜寂寞，凋落入怀，人生风景在潸然的泪眼里游走，每当寂寞回首时，总会发现，她的爱依然在不远的地方等着他；冷月孤清，写满凄楚，时光如流在紧蹙的眉间穿梭，所有的喜怒哀乐都被他深锁在伸手不见五指的幽暗里，而这一切只因为他知道，即便有她在天涯尽头等着他，他也难以踱回她的晴朗。

仰望苍穹，但见几颗疲惫的星子在黑夜里乏力地眨着眼睛，有一搭没一搭地私语着红尘的俗事，却不知他和她的故事是否也成了它们茶余饭后闲话的蓝本。深深浅浅的叹息中，不知何时，风儿也跑来凑起了热闹，放肆地拍打着老朽的窗棂，深一下，浅一下，每一声都惊心动魄，在他心底翻江倒海。站在驿馆的窗下，他的心被这微冷的夜风吹得微微有些迷醉，那些呼之欲出的思念也随之被迅速牵扯了出来，仿佛插上了隐形的翅膀，以千军万马都不可阻挡的势头跳跃在这个寂静的冷风之夜。

记忆中，在那个落叶缤纷的季节，他的世界一如那满地飘飞的落叶，杂乱无章。他试图在自己还清醒的时候理出些许头绪来，打扫纷乱的心绪，却不意抬头的瞬间，又看到她在他的世界里驻足、回望，目光中挂满他无法拒绝的真诚，一下子便又乱了他的主张。他颤巍巍地接过她递来的真诚，小心翼翼地揣入怀中，此时平静的心湖里再一次泛起圈圈无法恢复平静的涟漪。

曾经，因为有她，他不再望着西沉的落日感叹人生如白驹过隙，不再惧怕漫漫长夜被孤独吞噬，只因她说过会在最近的地方将他永远守望。然而，转身之后，那些相遇的美丽即使再耀眼，也无法闪亮他黯淡下去的笑容，倒是让思念的疼痛常常湿了期盼的眼眸。心事如莲，纵繁华万千，也不过只能在他相思的时光里剪裁下一缕明月光等她来归，却如何点亮一盏心灯，为她映照日日夜夜的清欢？还记得，她曾说，他们的相识本是一场无意的邂逅，一个偶然的回眸，便有了彼此的相遇与纠葛，但没曾想，那惊鸿一瞥竟让他们魂牵梦绕了整整十六个年头；她还说过，绝不允许他再兀自悲伤，她要让他的世界变得明朗、艳丽；亦曾说过，她是他眼中的一滴清泪，要陪他走过人生四季，若她不再忧伤哭泣，他又怎么舍得将她溢出眼眶？

他舍不得，所以总是强忍着不肯哭泣，可她的温情就像一张密织的网，早早紧紧将他包裹，日复一日，年复一年，他又怎能忍得住不去悲伤，不去疼痛？那些个年月，他常常惊叹于彼此间的心有灵犀，折服于那种无语胜千言的默契，心也在不知不觉中与她渐行渐近。然而，有她相伴的日子，岁月蹉跎一闪而过，而今，孤灯之下，寂寂中细数与她一路走过的点点滴滴，那颗忧郁的心仍然如花绽放，却怎么也无法再为她描眉施粉写清欢。

淡月远去了江湖的纷争，疏烟抛却了红尘的喧嚣，在无人喝彩的水湄，他把岁月的流光轻捻，却发现，即便付出再多的努力，亦依然不能任由他们了无挂碍地走出世俗的种种牵绊。风乍起，思绪被惆怅转瞬揪痛，无处可藏，低眉的柔情好似一曲婉约的琴音，在清寂的廊檐间蔓延，而那如烟的红尘便仿佛一张飘落于眼帘的素笺，将如莲的心事彻底散落成一幅氤氲的水墨画，悠悠幽幽地弥漫在他眼底怎么也望不穿的一纸模糊的水云间。

凝眸，风荷吹晚，素弦绕指，声声寂寞声声哀，所有的思绪都跟着诗意的音符在瘦了的指尖飞舞，而那一份古典的情怀，一份清寂的守望，便于迂回曲折的驿道上一路穿越浮华尘烟，在肥了相思、瘦了灯芯的未央夜里，从迷离的心境，把那半旧的记忆如画屏般一一舒展在眼前。或许，今生遭遇的所有缘分，前世早已注定；或许，这世间从来没有什么永远，唯有一颗永葆青春的真心。光阴荏苒，缕缕情愫不灭，都在流年里轻拢慢捻，然而，又有谁能隔着一泓不能逾越的深渊解她前世种下的花语？

她的影子，总是在风拂过发丝的瞬间跌落在他守望的眼中，那抹悠悠的情思更是他怎么也剪不断的迷惘；摇落的思念，亦总是在洒满银白的月光里唱着熟稔的情歌缓缓游移，却还是不能让他拥着她的明媚欢喜入梦。愿只愿，纤指落墨的时候，再为她浅唱低吟诉缠绵，把那三生三世的情缘刻画在皮影戏的舞台上，不容忘却。然而，每到相思成灾时，却是借那三千烟水做琴弦，也弹不尽芳心缱绻与留恋，更无法把满腔的痴念唱成他们共有的愉悦。他知道，再多的执着，也只能任他把离愁与明月共觞，却不能抵近她的清芬，亦知道，努力过后挣扎过后，他唯一能做到的便是将一个人的独白念到行云流水般极致，但再多的热闹，锣鼓喧天奏起的繁华终归也只是他一个人的独角戏罢了。

云暮低垂夜偏长，越是想要抵达黎明，越是难以挥手与黑暗说再见。他不知道，当月满西楼之时，她是不是也会和他一样，即便明知无法相守，还要把满腔的柔情寄于婵娟，还要把满心的牵挂融入月色，一任回忆在一池墨香里沉淀，一任相思在平平仄仄的清词里婉转？帘卷西风，卷不走峰回路转的相思；花飞烟冷，冷不了汹涌澎湃的痴情。回首，满袂离愁被深深浸在了朦胧的醉眼中，那一纸清歌兰心梦若琉璃，却道是乱红飞过影无踪，再也找不到旧日相依相偎的痕迹。然而他心里却很明白，即便世界彻底抹去所有关于他们的故事，他也能依着明明灭灭的蛛丝马迹找到她的归途。

爱入骨髓，才发现，也许前世的他便是佛前的那一朵青莲，是他在佛祖面前苦苦祈求，才有了降落于紫陌红尘的机缘。那一世，他嬉戏于清波碧漪间，为她偶然的一回眸，便注定此后的千年都要因她而花舞翩跹，所以才有了今生的遇见与重逢。相遇的那一刻，似曾相识的缘分迅速让两颗童稚的心彼此靠近，他惊讶于她的美貌与空灵，她也震惊于他的潇洒与俊逸。就这样，他们越走越近，由相知变相惜，由相惜变相爱，短短的几年工夫便已如漆似胶，再也禁不起分离的折腾。是的，他离不开她，她也离不开他，为什么老天爷非要硬生生把他们拆离，却不顾他们撕心裂肺的疼？远去了她的世界，他变成了荒野里一株无人问津的柳树，再多的莺啼，再美的燕舞，再轻的柳烟，再飘逸的姿态，也无法娟秀她在远方因惊恐而瞪大的一双疑惑不解的眼。

他和她，终是走失在姹紫嫣红开遍的陌上，即便柳浪堆成俗世的炊烟，他也不能在转瞬吹绿堤岸的东风中找见她往日的无忧与安然。叹，聚聚散散人间事，寂寞总是在繁华后拉开盛大的序幕，那些远去的清波里，依旧荡漾着人世的种种艰辛与秘密，谁又能望着一川秋水，坚持说这一生过得无憾又无虑？或许，遗憾便是追求的动力，忧虑更是坚强的理由，在这孤寂的夜里，一个人独守一份惆怅，又怎不是另一种形式的拥有与怀念？夜空下相守，文字里相依，他依然故我地把她在心尖上珍藏，而一幕幕她给的温暖又总会不失时机地惹他依恋，让他不舍，总会在瞬间疼痛了他思念的心扉，于是，故事便又在他的笔下几度生花。

即便隔了山高水长的距离，他依然相信，远方的她自始至终都和他染了一样的相思，只是这份难舍的缘分又该如何才能变成他们永恒的幸福与欢喜？如果可以，他愿意折寿十年，换与她此生幸福相随；如果可以，他愿意以前程未卜，换与她花前月下共读楚辞诗经，却为何，这一份本不算奢求的期盼变成了遥遥的无期？静谧的子夜，轻挽记忆的青丝，他折下满眼的思念，伴着一缕倾城的月光，采来一首古乐府《长相思》别插于发间，一方古砚，依旧在涛起的风声中为她研磨，心结千千。那支让他百听不厌的旋律，在寂寞的屋宇里低回婉转，散落的音符一次又一次触碰着心底那份过往的柔软，却遗憾没有她盛情的参与，只能由他一个人把往事在花香中轻轻地倾诉。

也许，此时此刻，光阴的彼岸正烟波流转，今生今世里他亦依旧是她眼中那抹醉人的温颜，然而，光阴的此岸她又如何能够知晓他依旧慕她如风？难抑的孤寂，还在长夜里氤氲绵延，哽咽间，仓促举起一个“情”字，他如一位风烛残年的老人，颤抖着屹立在风中，不停地追逐、遥望，一梦千年，却发现与她的遭遇依然还是那一份天涯相望的谶。点点清愁，眉间心上，如果此生不曾相遇，人生何来美丽？如果相遇只是一种错误，他情愿没有来生的来生。在梦中飞翔，影子终是踩痛了经年的心事，再回首，融融的月色溶不掉满腹的思念，更溶不去他眼中疼痛的泪水，到底，他要怎么做，才能远离这份心伤？

细细思量，未卜的前程，多舛的人生，纷乱的心绪，却原来都被嵌在了这一片朦胧的月色中，总是在他心底断断续续地纠葛着，挣扎着。孤枕不眠的夜里，还能做些什么？终不如对着窗口半扇低斜的月光，轻轻展开过往的心事，任所有的开心与不开心都铺洒在那一纸浓浓的墨迹上，然后慢慢看那一点点、一行行的情到深处，是怎样在素笺上将凄婉痴绝演绎成覆水难收的境地。

他知道，他逃不出去，自遇见她的那一天起，便注定他永远也逃不开她那一双深情凝望的眼，所以他只能不停地为她铺笺疾书，写尽曲曲折折、深邃幽寂的心思。瞪大眼睛，望着他刚刚写好的诗句，他终于明白，自己已走进了一个死胡同，无法前进，亦无可退避。或许唯有把这些沾染着墨香的玲珑小字熬煮成一锅粥，再和着一碗忘情水喝下去，才能重新走出一片艳阳天吧？

西窗依旧影着旧去的往事，在眼中明明灭灭。轻拈一纸情笺，却徒然换来一枕拭不净的相思雨，转瞬便又浸得悠悠云梦寒。该怎样才能将她深深浅浅地忆起，却不惹彷徨不沾悲伤？举头望月，经年累积的沧桑依旧影映着当年初见时的纯真，然而也就在这一瞬，他彻底失去了方向感，不知道接下来究竟该何去何从，是要向命运低头，还是要向世俗的眼光奋起反抗？此时此刻，怎么也不忍听那窗外凄切的鸦鸣，只怕一两声悲凄便惊了他所有的期盼与依然还没做醒的美梦。忆往昔，与她两相意浓情稠，哪知如今却是相见时难别亦难，那剪不断的心结，恰是双重丝网裹缠，怎么也拆解不开，所以唯有再铺开浅淡的诗笺，用她的口吻，为她，亦为他，写一首《长相思》，以寄对她的浓情蜜意：

九月西风兴，月冷霜华凝。

思君秋夜长，一夜魂九升。

二月东风来，草坼花心开。

思君春日迟，一日肠九回。
妾住洛桥北，君住洛桥南。
十五即相识，今年二十三。
有如女萝草，生在松之侧。
蔓短枝苦高，萦回上不得。
人言人有愿，愿至天必成。
愿作远方兽，步步比肩行。
愿作深山木，枝枝连理生。

“九月西风兴，月冷霜华凝。”九月，未央，西风起，月色凄冷，霜华凝结，推开窗户，望一眼空旷的天空，便有依依情愫在无语中化为泪涌。那时种下的情，到今日已是枝繁叶茂，遮住了万丈红尘，却遮不住彼此眺望的眼，怎不惹人伤怀？人间烟火，终在眉间飘远，那些超凡脱俗的想念，亦只在深不见底的心海里舞蹈，到底，什么时候才能拥着彼此的暖走向一份永恒的明媚？

“思君秋夜长，一夜魂九升。”他梦中的她，在遥远的地方想着他，总是于夜深人静时倒一杯清酒，邀月同醉，轻抿一口，酣畅淋漓。念他时，秋夜变得更长，魂魄无数次飞回梦乡伴他起醉，却又无法拢着他的思念入睡。都说太多的想念会衍生为病，思念的滋味也会在难以缩短的距离之后变成一种淡淡的酸味，但每每想到他，一种如蜜的甘饴便会在她心底里缓缓漫延开来，嘴角也会在不经意间微微挂上甜蜜的笑容。

想着她的心思，他微微地笑，那笑里却又多了一份无奈与不得已。一路的追随，只是徒然踩痛了时光；拾起的寂寞，也不过是洒落一地的忧伤。想她念她，杂乱无章的心绪令他总也无法下笔，那满腹的残句也只能在纸间凌乱飞舞。总在万籁俱寂时不停地告诉自己，拥有时需要珍惜，不要等到灰飞烟灭时空悲切，可即便拥有，他又何曾敢把一个“娶”字说出口来？

“二月东风来，草坼花心开。”当来年二月的春风轻轻吹起时，他还会不会像往年一样，采撷来一缕暗香，亲手簪于她的发间？他不在，她只能守着一怀寂寞，低低地叹，轻轻地怨，回眸处，没有一处不是蕴雨藏云的凌乱与纠结。翰墨清风下，再回首，姹紫嫣红早已换作花飞烟冷，一点相思叩心门，那些凝结的爱与哀愁，只怕早已随同满心的惆怅漫满红尘。

“思君春日迟，一日肠九回。”很想他，很想穿越时空，与他执手相望在这个静谧的夜晚。如果可以，她多想卸掉厚重的枷锁，在春天里任他环绕在身畔，只为他做个平凡的女人。遥想他在暧昧的灯火下轻轻托起她的脸颊，随后在她额头印下深情的一吻，那又将是怎样的幸福与欢乐？

爱在她心，今生只为他执着，无论岁月怎样变迁，她都会在彼岸为他等候。而此时的他，就算跋山涉水也终难抵达她的臂弯，她亦只能把对他的深情化作寂寞的琴音，让相思在风中蔓延，任愁肠在泪眼千回百转。

“妾住洛桥北，君住洛桥南。”曾经，她是他的邻女，他是她的乐天哥哥。她和他，亦如那彼此分住于洛阳桥南北的恋人，在刻骨的相思中将心静静修成一朵盛开的白莲，只为前世的一面之缘，只为今生的再度重逢。而今，岁月更迭，她与他咫尺天涯，纵是无语胜有声，又凭谁来解那相思花语？

乱红飞过，影踪难觅，相恋的人儿却在何处相守？翘首眺望，盈盈一水间，终是与他隔了遥远的天涯，脉脉不得语，心事，亦被无聊悄然折叠，一身闲愁自是再也寻不着一个可以托付的处所。而那飘飞的衣袂，又在温婉的月光下荡开了她一缕不灭的情思，凭窗空对一袭冷月，愣是洒了一地的不舍与无奈。

“十五即相识，今年二十三。”十五岁那年，她便与他相恋，而今，她已为他蹉跎至二十三岁，却终是未曾出嫁。还记得，那个风清月朗的夜里，她曾深情凝视着他的眼睛说过，纵是九死一生，也要等到他抬着花轿将她迎娶过门，否则即便老死闺中，也绝不他适。而那时，他亦曾说过，新婚之夜定要给她一个深情的拥抱，那清爽纯洁的眸子一度让她的心频频悸动。

“有如女萝草，生在松之侧。”她就像萝草一样生在松树般高大的他身旁。她知道，萝草离开了松柏就不能生存，亦如她，没了他的牵念，她自会萎靡枯萎。乐天啊乐天，失去了你，叫我如之奈何？千年相约一朝凝，谁人不盼蝶双飞？秋意凉凉，恋情依依，然而，摆在他们面前的困难还有很多很多，他又该怎样才能排除万难，才能说服陈氏接纳她成为白家的儿媳？

“蔓短枝苦高，萦回上不得。”如今，她恰似那苦命的短蔓，他亦仿佛那高不可攀的松枝，一个在上，一个在下，终是苦苦相望，深情相伴，却又萦回难依。问世间情为何物，无人能解，也无人懂得。红尘男女，你来我往，泪哭干了，心也跟着碎了，但依然向往幸福的相依，无可救药，即便千年万年也未曾有过丝毫的更改。或许，爱情就是世间最剧烈的毒药，是人便会染上再也戒不掉，也不想戒，可这世间若无情无爱，红尘深处又该留恋何处？

“人言人有愿，愿至天必成。”只要有愿望，就一定能够感动上苍。她坚信，和乐天哥哥的痴爱终会得到上天的眷顾，获得所有人的理解与成全。现在，或者将来，她唯一要做的便是珍惜每一刻相处的时光，抛却尘世的忧与愁，与他轻怜蜜爱。然而，他什么时候才能回到她的世界，将那一份隐忍的爱继续下去？

“愿作远方兽，步步比肩行。”静谧的夜早已在泛滥的思念中沉默，那些长长短短的心事又该向谁说起？秋季正浓，此去经年，他们曾彼此错失在霜红的枫叶中，那么日后的邂逅，她又该如何才能抓得住留得住那些情深不悔的热烈？她知道，爱一天，光阴就会少一天，只怕与他的相恋终会以断肠人在天涯的悲剧收场，所以即便老天要让她以和他一起化作远方的野兽为代价才能成全他们的聚首，她也愿意。

变成野兽又如何呢？只要有他相伴在侧，步步比肩而行，不是要比在人世彼此遥望却无法抵近强了许多许多？不过，即使化作了野兽，她也要拼尽全力替他挡住寒冬，把温暖只保留给他，让世间所有的风霜寂寞都凋落在她一人怀中，因为这就是爱，是她心心念念了经年的爱情。

“愿作深山木，枝枝连理生。”夜，依然沉寂在远古吹来的风中，那满腹的思念究竟该从何说起？明月有光人有情，时光再老也不能冲淡真爱酿造的酒，距离再远亦无法拉开真爱牵起的手，她知道，纵使和他远隔万水千山，相思之情依然会来到她身边，让最远的他成为她最近的爱，那么，又有什么是值得埋怨值得悲伤的？

最初的最初，爱在迢遥的距离中遗忘了一成不变的日子。静默中，他用文字化作她的相思，一如既往地隐忍着自己的不舍，故作潇洒的背后是对她深深的眷恋。一曲《凤求凰》，是他高山流水觅知音的青衫泪；一支《阳春》，有她红袖添香的身影明媚了黑夜的守望。总是珍惜着每一次回眸的瞬间她目光中泄露的深情，愿只愿，与她共作深山木，枝枝连理生，把爱在舍不得忘不掉中折成相依相守的经卷，从此，月圆是画，月缺是诗，终日里只数着微笑，在心里暖暖地爱慕着彼此。

夜，无眠。他将思念一点一点地揉搓成了墨香四溢的文字，又轻轻洒落在了没有她相伴的静谧中。只因她说过喜欢他写的文字,他便发誓，从此笔耕不辍，字字为她雕琢，为她飞舞。很想她，是的，这一路上，他无时无刻不在想她，虽然明白暂时无法逾越的门第沟壑最终能不能被他们的真情打动，让他们此生有缘牵手相伴依然还是个未知数，但能与她相识、相知，他已无憾。

湘灵。他捧着墨迹未干的诗笺，任泪水滂沱在英俊刚毅的面颊。为她写诗，给她捎去相思的信笺，只因他的梦里总有她深情注视的目光。他知道，天亮后，他即将踏上前往浮梁最后的旅程，从此，他将在同父异母的长兄白幼文的庇护下开启全新的人生。可是，二十七岁的他什么时候才能回归符离，将那思慕他的人儿深拥入怀？

她远去的风采总让他流连忘返，而他也深深明白，也许在她的世界里，自己只是一个落魄的拾荒者。但即便如此，哪怕倾注一生的努力，他也要进入她心灵的最深处，掬一缕相思，任其凝成殷殷红豆，托风捎入她思慕的梦中，然后，风雨兼程地走近她，希望她再也不要一退而远之。

Tips:

《长相思》是白居易前往浮梁途中写给湘灵的最后一首情诗。最后一句“愿作深山木，枝枝连理生”与其后来所作叙事长诗《长恨歌》中的“在天愿作比翼鸟，在地愿为连理枝”不谋而合，由此亦可看出白居易创作《长恨歌》时是有着丰富的感情基础的。从这首诗中，我们还可以清楚地看出白居易与湘灵经过十七年的相处和八年的相恋，感情已经非常深厚，离别后不但苦苦相思，而且已考虑过婚姻问题，但湘灵担心自己出身寒门，高攀不上三代小吏后代的白居易，最后表达了“愿至天必成”和“步步比肩行”的恳切愿望。

第二卷

潜别离：利剑春断连理枝

轻轻地，她走了；轻轻地，他来了。他徘徊在她的门前，希望她能给他最后一次机会，然而等来的却是他所不曾熟悉的冷漠与决绝。难道，与她十八年的情分便这样随风陨落，终成一空？他忧郁，他沉思，他在问情中痛不欲生，含泪在她门上题一首《潜别离》，幻作风，化为雨，和着一曲相思，固执地要为那心中的凝望做一次长长久久的停留。

第五章 生离别

食檗不易食梅难，檗能苦兮梅能酸。
未如生别之为难，苦在心兮酸在肝。
晨鸡再鸣残月没，征马连嘶行人出。
回看骨肉哭一声，梅酸檗苦甘如蜜。
黄河水白黄云秋，行人河边相对愁。
天寒野旷何处宿？棠梨叶战风飕飕。
生离别，生离别，忧从中来无断绝。
忧极心劳血气衰，未年三十生白发。

——白居易《生离别》

次年，贞元十五年（799年）秋，白居易在大哥白幼文的极力推举，以及在宣州任溧水县令的叔父白季康的引荐下，在宣州参加了解试，并以《射中正鹄赋》《窗下列远岫诗》二文，一举高中举人，为宣歙观察使、宣州刺史崔衍举荐，得到了来年前往长安参加省试的资格。

其时，白居易的母亲陈氏已由徐州符离迁居白氏家族在洛阳的祖宅，不久，中举后的白居易便从浮梁县负米还乡，历经二千五百里旅程，自鄱阳回归洛阳省母。已中举人的白居易与母亲久别重逢，自是喜极而泣，然而，他心中深深惦念着的还是远在符离的湘灵，于是很快便旧事重提，请求陈氏允许他娶湘灵为妻。

“你真的那么喜欢湘灵？”陈氏一边呷着他奉上来的新茶，一边冷冷盯着他淡淡地问。

“母亲大人难道还不明白孩儿的心意吗？”

“为娘不明白。”陈氏摇摇头，“娘不认为我儿是真心喜欢那个从小就没人管教的野丫头的。”

“湘灵不是野丫头！”他瞪大眼睛盯着母亲，“湘灵自幼精通诗赋音律，她有着极好的修养，母亲大人怎么可以这么说她？”

“修养？”陈氏冷笑一声，“一个十五岁就跟男人眉来眼去的女子，她有什么修养？若不是她存心勾引你，你又怎么会鬼迷心窍，喜欢上她那样粗俗不堪的女子？”

“母亲大人！”

“好了，别再说了，就算你说到天崩地裂，为娘也不会同意这门婚事！”

“可您，您曾经答应过我的，您……您总不能出尔反尔吧？”

“我答应过什么？”陈氏放下茶盏，“为娘只记得曾经说过，等你考中科举，才会跟你议及与湘灵的婚事，怎么，这些你都忘了吗？”

“可是孩儿如今已经考中了举人，母亲大人您……”

“举人？娘说的是高中进士！一个举人算得上什么？”陈氏不屑一顾地瞟着他，“要想娶湘灵，等你高中进士后再来说吧！”

“可是……孩儿已经二十八岁了，湘灵也已经二十四岁了，她不能再为孩儿继续蹉跎下去了！”

“蹉跎？有谁拿刀逼着不让她嫁人的吗？那么多好男人去她家门上求亲，她却心比天高，非想飞上枝头做凤凰，这不是痴心妄想吗？”

“我跟湘灵是真心相爱的！”

“别跟我说什么真心相爱。”陈氏冷冷睃着他，“真的，湘灵不适合你。白家的儿子应该娶一个门当户对的女子回来，要不然亲戚宗族们也会看咱们笑话的。”

“我不怕别人笑话。”

“可为娘怕。为娘不想让宗族里的亲眷指着鼻子说我千挑万选，就给儿子选了个什么也不会的山野村姑，那样，我会对不住白家的列祖列宗，还有你爹的在天之灵。”

“难道您真的置儿子的幸福于不顾吗？”

“娘不让你娶湘灵，才是真正替你的幸福着想。你是官宦人家的子弟，如今又高中举人，娶一个什么也不是的村姑回来，岂不丢尽祖宗颜面？为娘在白家这几十年忍受了多少白眼和委屈，你不是不知道，好不容易才盼着你和你弟弟知退都长大成人了，难不成，你还要往为娘的伤口再撒上一把盐吗？”

“娘也知道这几十年您在白家过得并不幸福吗？既然如此，您又怎么忍心看着孩儿和湘灵和您一样忍受这万般痛苦？您和爹的不幸正是这看似门当户对的婚姻造成的，难道您还想让你们的悲剧再在我们这一代身上重现吗？”

“住口！”白居易的这番话戳痛了陈氏心底的伤疤。是啊，自打十四岁那年嫁给年长自己二十七岁的白季庚，她就没过过一天快乐的日子。夫妻感情更因为二人巨大的年龄差异始终处于极不和谐的境地，久而久之，陈氏渐成心疾，性情也变得莫测。“你竟然为了一个村姑顶撞你的母亲？！”

“不，孩儿不敢。”他连忙跪倒在陈氏面前，匍匐于地，不停地向她磕着头，“孩儿无意顶撞母亲大人，唯求母亲大人能够体恤孩儿对湘灵的一片心意，成全我们……”

“成全你们？那又有谁来成全我这个母亲望子成龙的心？”陈氏使劲拍打着案几，怒不可遏地瞪着他咆哮着，“我看你就是着魔了！湘灵就是魔鬼，你的心，你的魂，恐怕就要被她勾了去，永世都不得超生了！”

“母亲！”

“别叫我！你要一天不打消娶湘灵的心思，在我心里，你便不再是为娘的儿子！”

陈氏对他和湘灵婚事的态度决绝而冷漠。他不明白，为什么门第观念在母亲的心里就那么重要，湘灵除了没有豪门大户的家世，千金小姐的品性她又缺了哪样？她知书达理，她温柔善良，她举止端庄，她才情四溢，她容貌清丽，又是那样的善解人意，为什么母亲始终都固执地不肯接受她呢？

他悲痛莫名，唯有把内心的伤怨与不得已，和泪写在一张张素笺上，寄给那在水一方将他遥遥守候的湘灵：

食檗不易食梅难，檗能苦兮梅能酸。
未如生别之为难，苦在心兮酸在肝。
晨鸡再鸣残月没，征马连嘶行人出。
回看骨肉哭一声，梅酸檗苦甘如蜜。
黄河水白黄云秋，行人河边相对愁。
天寒野旷何处宿，棠梨叶战风飕飕。
生离别，生离别，忧从中来无断绝。
忧极心劳血气衰，未年三十生白发。

——白居易《生离别》

“食檗不易食梅难，檗能苦兮梅能酸。”梧桐叶落雨缤纷，香残风冷人寂寞。深闺幽暗无燕语，朱粉只是乱腮红。想她，念她，即便想她所想，也是一种难耐的折磨。母亲决绝的态度似乎已注定了他们的生离别，窗下，他一遍又一遍地想着她的容颜，却始终不敢面对那双惆怅失神的眼。淡淡的月光下，她一直追问他何时才会骑着高头大马，将她迎娶过门，仿佛一遍一遍地确认，便可以留住那即将离别的人儿。

虽然早已料到会是这样的结果，可是，当母亲以不可压倒的气势在他和湘灵面前划上一道鸿沟的时候，他还是久久地希望一切都只是个梦，一个马上就要被唤醒的梦。

从小到大，他经历了太多的战乱，目睹了太多的死亡，更承受了太多的离别，可唯独与湘灵的每次别离，才让他感受到一种真正撕心裂肺的痛，就像吃到黄檗和梅子一样，令他苦不堪言。黄檗，是一种植物的果实，皮和根皆可入药，但味道苦涩，自是难以进食，而梅子味酸，也是难以下咽。与湘灵的离别，仿佛囫囵吞下黄檗与梅子，是那样的艰涩，那样的绵长，无尽的苦痛自是挥之不去。

“未如生别之为难，苦在心兮酸在肝。”然而，黄檗再苦，梅子再酸，也比不得自己和湘灵的生别，那苦在心，那酸在肝，无法言述。

他披衣走到门外，站在冰冷的院内，一如湘灵送他离开符离时一样，眼神凄楚而迷离。深秋的雨水打湿他憔悴的面庞，他深深地叹息，才发现青春年华早已不再。虽然从浮梁回归洛阳并未经过符离，也未曾与湘灵相见，但母亲的话却字字句句刻在他的脑海中，让他无法排遣心中的郁闷，唯恐这一次对话将注就他和湘灵永远的离别。

秋，深了，或许秋天本注定属于离别，当朔风将院内的一切都涂抹成萧瑟的颜色，愁便注定被拆成“秋”“心”二字，只令他神魂颠倒。徘徊，复徘徊，举手，他试图叩开院中紧闭的柴门。那扇柴门像极了湘灵在符离的舍门，可是当他推开门扉时，门内究竟会走出谁来呢？是与他生离别的湘灵吗？

“晨鸡再鸣残月没，征马连嘶行人出。”一切，都已经过去；一切，却都还要继续。鸡叫了，月落了，又是一个崭新的日子。远处的征马发出连连嘶鸣，行人已经沐浴着晨光三三两两地走上了大街。可是，他的湘灵呢？他瞪大眼睛盯着紧闭的柴扉，已然明白自己不会在这里觅到她的芳踪，可还是轻轻推开柴门，义无反顾地走了进去，仿佛那里面的一切陈设都与远在千里之外的湘灵有着密不可分的关联，甚至每一个细节都透着湘灵温婉的气息。

“回看骨肉哭一声，梅酸檗苦甘如蜜。”忆往昔，跟随母亲从洛阳举家搬迁至徐州的路上，以及为了躲避战乱，被父亲从符离送往越中定居的途中，他曾看到多少骨肉至亲哭成一片的凄惨景象，那一幕幕生离死别的人间图卷，又怎是黄檗之苦、梅之酸可以与之比拟的？在生离别面前，檗苦梅酸的苦涩却是甘之若饴的！

“黄河水白黄云秋，行人河边相对愁。”黄河水白、黄云密布，在那寂寂的深秋里，行人怅立河边相对愁，究竟是什么让他们变得愁眉紧锁，悲痛欲绝？生离别！还是生离别！湘灵啊湘灵，我该如何是好？你已是二十四岁的未嫁娘，我怎能一而再、再而三地蹉跎你的婚期？若你是那绵绵无尽的藤萝该有多好，即便无语，也可以与我永远相伴，想念的时候，哪怕一个侧目，便可以嗅到你的清香。可是，母亲大人还是无法接纳你成为白家的儿媳，离别似乎已经注定，然而，我又是多么心不甘情不愿啊！

“天寒野旷何处宿？棠梨叶战风飕飕。”天寒了，海棠与梨树的叶子都在萧萧风中发出飕飕的声响，眼看着又一个飘雪的隆冬转眼即至，那些因战乱背井离乡的人们在旷野中究竟要宿往何处才好？还有他的湘灵，寒冬腊月里，她又会枕着怎样的相思将他念了又念，忆了又忆？

若是她现在就出现在自己眼前，又会对他说些什么？是重逢的喜悦，还是即将再度面临离别的愁苦？沐浴着他们的，是她多情的笑靥，还是他无情的决绝？是她的埋怨，还是他的宽慰？若她在，他又会对她说些什么？高中举人的兴奋，还是久别的欢欣？抑或告诉她，他并不想弃她而去，然而母亲的坚决却逼得他不得不继续让她为之心伤？

一切仿佛都无从开口。所以，他只能纵马驰骋在秋日的原上，尽量不使一切都变得苍白而无力。或许，摧毁所有的承诺，将她抛弃在茫茫的原野间，跨上马，逃离，绝望的她便会将他忘记。然而，这样的决绝，他又能做到吗？

不。他不能。他爱她，胜过爱自己的名誉与性命。泪眼迷离间，她那抹宽慰的笑，总教人心疼，疼到无力。也许，对她的思念只是建筑在空中的阁楼，但能用文字尽情释放自己的喜怒哀乐，也是种寄托与宣泄。然而，生离死别的隔阂仍是无法漠视，正如心头抹不去的寂寞空虚，在天与水交融、情与恨编织的漫长岁月里缓缓游移，没个头绪。

“生离别，生离别，忧从中来无断绝。”生离别，生离别。秋的荒草，湮没了他和她的故事。爱的烙印，在他的情感旅程中，引领他进入她的风景外围，极目远望，却又无所适从。扶着柴门，他用颤抖的手握住它，仿佛握住她纤长的手指，心里却染了深重的惆怅。

“忧极心劳血气衰，未年三十生白发。”对她的相思令他产生了深深的忧虑，年未三十，白发，却早已悄悄攀上他的双鬓。凉风，骤起，他将刚写好的《生离别》念了又念，想着她温润的眸子，却只能深深浅浅地怅叹，老天爷啊，如果可以，就请将我的忧愁永远留在这个季节，任我去符离找寻湘灵吧！

是的，是时候去找她了。他决定，等天明时，便要继续前行，只希望到那时，他的眼中不再有泪水，她的眸中也不再有凄迷。他只要看她闲倚窗下逗弄鹦鹉的可爱神情，只要看她坐在他对面绣一朵待放牡丹时不住地抬头望向他凝眸一笑的娇羞，只要看她静静守在自己画地为牢的梦里细数花期时的坚强，便已足够。然而，才一转眼，眼前却只余那山高水长、云烟茫茫的苍白与空洞，他亦开始明白，他与她，即使站在彼此的对面，亦是咫尺天涯的遥远。

Tips：

贞元十五年（799年）秋，白居易在大哥白幼文和在宣州任溧水县令的叔父白季康的引荐下，在宣州参加了省试，并以《射中正鹄赋》《窗下列远岫诗》二文，一举高中举人。中举后，白居易前往洛阳省母，并向母亲陈氏表达了欲娶湘灵为妻的愿望，遭到陈氏竭力反对。面对母亲的专制，至孝的白居易只好暂时放弃了娶湘灵的念头，但心里却始终放不下那个在远方等他的佳人。在这期间,充满惆怅的他写下了一系列感伤诗，表达了自己心中的强烈不满。《生离别》的具体创作时间待考，但从其诗意分析，应该就是这个时期所作感伤诗中的一首。

第六章 潜别离

不得哭，潜别离。
不得语，暗相思。
两心之外无人知。
深笼夜锁独栖鸟，
利剑春断连理枝。
河水虽浊有清日，
乌头虽黑有白时。
惟有潜离与暗别，
彼此甘心无后期。
——白居易《潜别离》

“山川载不动太多悲哀，岁月禁不起太长的等待。春花最爱向风中摇摆，黄沙偏要将痴和怨掩埋。一世的聪明情愿糊涂，一生的遭遇向谁诉？爱到不能爱，聚到总须散，繁华过后成一梦啊！海水永不干，天也望不穿，红尘一笑，和你共徘徊。”台湾歌手蔡幸娟二十余年前唱响大江南北的一曲《问情》，似乎正是白居易与湘灵爱而不能的写照，思不尽，情牵绊，转身之后，却是人难寐。

草长莺飞，杏花微雨，一回瞬，轮回的四季便拉开了又一个春天的序幕，温暖的情愫亦在灯火通明的夜晚绽成了迷人的笑靥。贞元十六年（800年）春，白居易在长安参加了由中书舍人领礼部贡举高郢主试的省试，作《性习相近远赋》《玉水记方流诗》及策五道，以第四名的成绩中进士第，在当年同中第的十七人中最是年少，时年二十九岁。

及第后，白居易东归洛阳，于毓财里祖宅省母，睹物思父，不由得悲从心来，写下《重到毓财宅有感》诗：

欲入中门泪满巾，庭花无主两回春。

轩窗帘幕皆依旧，只是堂前欠一人。

——白居易《重到毓财宅有感》

然而，他心中最为挂念的人仍是远在符离翘首以盼的湘灵。去年，在他写下《生离别》诗后，本打算立即赶赴符离与湘灵聚首，却因为母亲陈氏的坚决反对不得成行。而今，他已高中进士，母亲似乎也没有更充足的理由阻止他前往符离，于是，在陈氏万般阻挠下，他还是以省亲的理由，毅然踏上了远去符离的旅程。

陈氏虽然早已返回洛阳祖宅，但白氏家族尚有众多宗亲留在符离未归。陈氏自是明白儿子此次出行醉翁之意不在酒，但在儿子一再的坚持下，却也无可奈何，只得在他面前一再说下重话，希望他能明白自己心意已决。无论他怎样乞求，采取怎样的迂回"战术"，她都不会同意这门亲事。

"你就死了这份心吧！"

"母亲大人，您答应过孩儿的，等孩儿高中进士，您就会和我正式商谈与湘灵的婚娶之事，您怎么能一再出尔反尔？"

"娘只是答应你可以跟你商谈，又何曾承诺同意你将那个穷村姑娶进白家来？”

“母亲大人！”他痛不欲生地望向陈氏，“难道您真的打算棒打鸳鸯，非要拆散我和湘灵这段好姻缘吗？”

“好姻缘？亏你说得出口！堂堂官宦子弟、新科进士，居然要娶一个什么都不是的村姑野妇，传出去，连九泉之下的祖宗都要跟着你一起丢脸，你还说是什么好姻缘？！”

“从古至今，并不是所有的婚姻都讲究门第之念，难道母亲就不能看在湘灵苦等孩儿这些年的份上网开一面吗？”

“你要为娘如何网开一面？”

“湘灵今年已经二十五岁了，眼看着就是奔三十岁的人了，莫非母亲真的愿意看到她老死闺中，终身不嫁？”

“那是她的事情，没有人逼她不嫁人的。”陈氏盯着他冷冷地说。

“可是……”

“我说过，别再跟我提和湘灵的婚事。如果你非要娶她，除非从为娘的尸体上踏过去！”

“母亲大人……”

“别以为我不知道你那点小心思。”陈氏望着他淡然地说，“去符离探视从兄弟？你当为娘是白痴吗？符离最让你牵肠挂肚的人就是那个一无是处的村姑，难道在这世上，那个女人真的比娘还要重要吗？”

“既然您知道，她是我牵肠挂肚的人，又为什么不能成全我们？”白居易颤抖着声音乞求着，“母亲大人，湘灵是百里挑一的好姑娘，她一定会成为一个好儿媳、好妻子、好母亲的。”

“够了！”陈氏目光犀利地瞪着他，“你还想不想去符离了？如果不想我继续拦着你，就别在我面前提到湘灵两个字！湘灵，湘灵，我的耳朵已经听出老茧来了！”

虽然儿子已高中进士，但陈氏对他与湘灵婚事的态度依然决绝得毫无商量的余地。问世间情为何物，直教生死相许。白居易此时唯一能做的便是闭上嘴巴，默默返回寝室，无精打采地收拾起行囊，准备随时赶往符离与那日思夜想的湘灵相聚。

现实中的一切，都让他感到无比的空虚，而时常徘徊于寂寞边缘、沉溺于对往事追忆的那颗凌乱的心，却恰似春日的霏霏细雨，其间夹杂的苦涩居然是如此的令人牵肠挂肚。一次次地吞下世情的哀伤，咀嚼出的却是冗长悠远的滋味，人世间，多情有天来嫉，多怨却无天来怜，而情是何物，从古至今，究竟又有多少人能够看得明白？千万个人生，便是千万个故事，千万个答案。问世间情为何物？却道是如梦似幻。

情天动，隐隐的青山中，这似久远而旷古未闻的一种声音，却是他用一生的梦换来的一句痴缠，只一个回眸，便有汹涌的泪水更替了门外已是千年的风雨。叶子又开始在亘古的空旷里续读蓝天，一眨眼，落入眉间的飘絮，早已辗转成经年累月的古刹苔深，写满落寞与孤寂。叹，情之一字，是霸王别姬的不得已，唱尽人间的离愁别恨；是梁山伯与祝英台的难舍难分，唱尽人间的痴情怨语；是孟姜女千里寻夫哭倒长城的撕心裂肺，唱尽人间的缠绵悱恻；更是他与湘灵爱不能聚的凄迷……然而，古往今来，又有几人能够超脱于情海之外，欢喜一生，快活一生？

欢乐趣，离别苦，就中更有痴儿女。温婉柔和的月光下，天地在他眼前被罩上了一层薄薄的烟雾，一切的景象都让他恍如梦中，只是不知，那住在远方的她，此时此刻，又将如何用心演绎这爱的美丽与哀愁？她不在，所有的美都是幻觉，亦是一成不变的幻想。到底，何年何月，他才能枕着满腹的无忧无虑，轻轻划至她的心海？

感叹这千年之前的情憾，千年之后的我，忍不住打开电脑里的音乐，任耳边的风声，缓缓化成一曲甜美略带哀伤的《问情》，心，莫名地悸动着。红尘多少清梦，即使爱到不能爱，聚着又何须散？莫非，繁华过后，终只有彼此相忘于江湖的结局吗？为什么不能是相濡以沫，白首偕老？其实，我并不是太理解白居易对湘灵的态度，既然早已爱到深入骨髓，为何偏偏不能成全她一份终身厮守永相随？或许，那些个年月里，于他而言，醒着就是梦，梦着亦是醒。他终日度日如年、醉生梦死，终不知心处何境，可只要再努力一点点便可以给她永恒的幸福了，不是吗？

万丈红尘里，不知道她的港湾，是否是他最终的停泊？风逝水无痕，幽幽青莲化不成心香一缕，人生里那些一瞬间山川也载不动的悲哀，难道只是因了那个岁月禁不起的“等”字吗？为什么不说话，是他也觉得一直都愧对于她吗？是的，他愧对她，愧对了千年，即便默无一言，他也该在她的疼痛里努力着挣扎，带她翱翔于天际，渺万里层云，看千山暮雪，只管把悲欢离合一一丢弃在深海里，不是吗？

他在风雨飘摇中徘徊，孤单的身影去不到任何痴缠的方向。他徘徊了千里，徘徊了千年，还是没能找到停下的理由。凄清的烛光里，我看见他千年之前有些苍白的脸，蹙起的眉头刻着深深的悔意，不尽的遗憾。春夜，难以成眠，他依然以一副千年前的姿势立在不眠的窗前，在她的世界里，诠释着一种生命的灵韵，而感伤缠绵的音乐则继续在我的书房内弥漫、萦回。听着那“海水永不干，天也望不穿，红尘一笑，和你共徘徊”的歌词时，禁不住想要问他一句，是否，时过境迁，他那日悲恸欲绝的心事亦早已随风埋葬于无人还会忆起的荒冢之下？

“春花最爱向风中摇摆，黄沙偏要将痴和怨掩埋。”情为何物？看淡淡云烟飘过，此去经年，恐怕最后留下的也只是幽思淡淡、忧思淡淡吧？无论想与不想，风花雪月的传奇，总是喧嚣了背后的轻言细语，在今生错乱的步履中留下刻骨的痕迹，因为用力过猛，到最后，剩下的便只有演绎的伤。想象着那些前朝的烂漫花事，我轻轻浅浅地叹，却不意眼角早已和着他两行离苦的浊泪。或许，那一世里，转身过后，他的世界里唯余南柯一梦，亦终随清风飘逝于再也望不到的烟云中，他和她，终是此岸是他，彼岸是她；或许，从头到尾，她只是他眼里的一道彩虹，而他与她，始终相距一程之遥，却怎么也无法彼此抵近。这是他们的命，他无能为力，她也无能为力，而我也只有在回望的时候暗自嗟叹的份，再多的努力也是枉然。

那一年，他终在符离见到了苦苦守候他的湘灵。尽管花容依旧，却无法掩盖岁月烙在她眉宇间的沧桑印迹。她已是二十五岁的未嫁女，若不是自己一再将她辜负，此时的她早已该是几个孩童的母亲了。再相逢，她没有一句的埋怨，更没有丝毫的责备，唯有泪水与笑靥，将满心疲惫的他欢喜地迎候，怎不惹他悲伤难过？

饮一杯她亲手烘焙的香茗，他仿佛把世间的温暖都握在了手里。聆听她轻缓抒情，或悲或喜的琵琶调，翻阅他往昔寄给她的那一首首旧诗，他唯一能做的就是和着她的泪水，轻声慢语地读出那些字里行间的凄苦。关乎风月的句句珠玑，任他读出了行行遣词中的用情至深，品出了其中的辛酸浪漫，此时此刻，似乎做什么都是画蛇添足，所以只好望着她悲伤地微笑，在她泪如雨下的身前，伴她在交错的时空里回味一次次的痛彻心扉。

“湘灵……”

“乐天……”

他紧紧握住她的手，在她额头印上深情一吻：“跟我走吧！”

“走？”她神色一凛，“去哪？”她已经从他留在符离的从兄弟那里知道了陈氏夫人对她的态度，“夫人她……”

“如果你愿意，我宁可放弃一切荣华富贵，只与你做一对逍遥自在的山野村民。”他目光如炬地盯着她，容不得她有丝毫的怀疑。

可是她不能。她轻轻摇着头：“不，我不能。”

“可我们……”

“就没有别的办法了吗？”她潸然泪下，话刚出口便已明白自己问了一句永远都不可能得到答案的傻话。

“我愿意为你受尽世间一切的苦楚与白眼。”他紧紧攥着她的手指，“湘灵，跟我走吧！离开符离，离开洛阳，离开长安，我们到越中去！那里有青山绿水，你一定会喜欢的。”

“去越中？”

"你忘了，我十一岁随母亲来到符离后，没过多久就因为躲避战祸被父亲送到越中生活的经历吗？等我再次回到符离时，你已是十五岁的大姑娘了，可我初见你时，你还是七岁的稚童模样。"

"不，我不能。"她仍然摇着头，"我生是你的人，死是你的鬼，但也绝不能和你私奔，亡命天涯。"

"可是……"

"如果夫人还是没办法接纳我，那么我愿意随你前往洛阳，做你的妾做你的婢，哪怕是一个没有名分的丫鬟，只要能够每天都守在你身边，也是无怨无悔。"

"什么？"他没想到湘灵会为他自甘堕落成一个卑贱的婢女，可他不能，他绝不能让自己最爱的女人一辈子都抬不起头来做人，那样岂不是比要了她的命还要痛苦莫名吗？

"我说，我愿意做你的婢女。"

"不。我不能。"他拥她入怀，"这辈子如果不能娶你为妻，我白居易发誓，终身都不会另娶他人。"

"乐天……"她伸手捂住他的嘴，"别说这种傻话。你是夫人寄予最大希望的爱子，如果为了我终身不娶，我便要成为白家的千古罪人了。"

"可，除了你，谁也不配做我白乐天的妻子。"

"你会找到比我更合适的女子的。"

他想不到，她说出的话居然会和母亲如出一辙。他震惊，他讶异，他无法揣摩得明白这个曾说出生为你的人、死为你的鬼那样情深不悔的话语来的湘灵竟然会劝他别娶他人。难道，这真是她心里所思所想吗？

是的。她就是这么想的。乐天眼看着就要步入而立之年，她又怎能继续拖累他为之蹉跎这大好的年华？前方还有如花似锦的前程在等着他，在他们那段不为陈氏夫人所接受的情爱里，总需要一个人走出来为对方牺牲，那么就让她再为他做一件力所能及的事吧！

她终是不再与他见面，把自己锁在了寂寞的柴扉之后。她明白，她与他，即使无缘结成夫妻，远的也只是距离，而他们的心却一直贴得很近很近。既如此，她又何必非要奢求朝朝暮暮、天长地久？乐天哥哥，你还是忘了湘灵吧。这段无法得到祝福的爱情注定了最终的别离，尽管暂时会教人痛彻心扉，也总好过一生的悲恸吧？

轻轻地，她走了；轻轻地，他来了。他徘徊在她的门前，希望她能给他最后一次机会，然而等来的却是他所不曾熟悉的冷漠与决绝。难道，与她十八年的情分便这样随风陨落，终成一空？他忧郁，他沉思，他在问情中痛不欲生，含泪在她门上题一首《潜别离》，幻作风，化为雨，和着一曲相思，固执地要为那心中的凝望做一次长长久久的停留：

不得哭，潜别离。
不得语，暗相思。
两心之外无人知。
深笼夜锁独栖鸟，
利剑春断连理枝。
河水虽浊有清日，
乌头虽黑有白时。
惟有潜离与暗别，
彼此甘心无后期。

“不得哭，潜别离。”泪眼可以绵延，与她的别离却是遥遥无期。在他眼里，情是波浪，情是春光，情是静默，情是忧思，情是那深不可测的神秘。然而，她究竟明不明白，他的心里只装得下一个轻轻倩倩的她？

“不得语，暗相思。”相思相念可蔓延，她将他拒之门外的日子里，他找不到可与之诉说衷肠的对象，只能将这成灾的相思留给自己默默咀嚼。难道真的就此放手不成？他不甘心。轮回转，问世间情为何物？茫然徘徊在人世间，何处才是他要找的答案？苦苦寻觅，千万人里都是和他一样的愚笨,谁能解答这千古的呼唤？终是秋日雨、旷野风,年深月久。

“两心之外无人知。”曾经的年少无知、纯粹无瑕，曾经的两小无猜、情真意切，莫非就这样随着时光的流逝烟消云散？别离后，两颗无人能懂却又相知相偎的心是否依旧能够相爱如初？

“深笼夜锁独栖鸟，利剑春断连理枝。”暗夜浑如魔影，转瞬便吞噬了一整个天日。这万籁俱寂的夜，偏偏锁住了枝头独自栖居的飞鸟，也锁住了他探望的脚步，生生将那情爱一点一点地毒杀。凝眸，连理枝双双缠绕，怎么也分不出彼此，它们延续了爱情，延续了美好，却躲不开利剑锋利的刃口，而他只能眼睁睁看着那美好的事物被狠心的人一剑斩断。其实，死去的何止是那相亲相爱的连理枝，还有他一颗至死不渝的心。为什么,为什么那世俗的眼光偏偏要活活将那痴情从他胸腔里剥离，让他再也不能自由地去爱？回首情天如梦，他早已泪如雨下，终于拼尽全力，声嘶力竭地喊出了一句：“却是不如归去，不如归去！”

“河水虽浊有清日，乌头虽黑有白时。”河水再浑浊，也有清冽之日；乌黑的鬓发再油光可鉴，终究也有白头之时。苍天若有眼，是否能看清那从少年到白头之人的依依情怀，和他那刻骨铭心的爱恋从未更改？

“惟有潜离与暗别，彼此甘心无后期。”再多的话语，再多的乞求，都不能让她打开紧闭的门扉。日复一日,月复一月,终是相思无果,于是,只好默然转身，裹着一身的惆怅悄然离开。情至心底，伤的是魂，冥冥之中，情浓思必多，忧郁与惆怅终难排遣。只是湘灵啊湘灵，潜离也好，暗别也罢，你可知一转身便是天各一方，又是否真甘心永不再见？

Tips：

贞元十六年（800年）春，白居易在长安参加了由中书舍人领礼部贡举高郢主试的省试，作《性习相近远赋》《玉水记方流诗》及策五道，以第四名中进士第，在同中第的十七人中最是年少，时年二十九岁。中进士后，归省洛阳毓财里祖宅的他再次向母亲陈氏提出要娶湘灵为妻，但陈氏又以门第之别断然拒绝。《潜别离》这首诗应即是这段时期所作，但具体创作时间已不可考。

白居易的感伤诗柔婉感怀，非有锐利的感触和丰沛的情意而不能成，又因其语意浅白，常以世上平常之事析人间深刻之情，能够一指就点中观者的内心，所以总能紧紧扣住读者的心弦。这首《潜别离》亦是如此，品读之下，让人徒然生出一种无法用言语形容的空落惆怅，平白的语句不说恨、不言愁，却字字深重、尖锐如锋。

第七章 离别难

绿杨陌上送行人，马去车回一望尘。
不觉别时红泪尽，归来无泪可沾巾。
——白居易《离别难》

四月，带着花香的气息，悄然凝结在微凉的指尖。春天放缓了雀跃的脚步，迟迟不肯靠近这包罗万象的人间，抑或是不愿靠近，莫非，她也因为走不出一段情伤而忧郁烦恼吗？

他呆呆站在她的门前寻觅夕阳落山时留下的碎痕，不经意间看见自己的倒影，轻轻踩了一下，才发现原来影子也会痛得撕心裂肺。终于明白，转身之后的脆弱是那么不堪一击，也终于知道，过去的从来没有真正过去，沉浸在心底的忧伤，仍旧保持着夜色由浅至深的距离。于是，开始期待，期待着有一天阳光可以照进心底；于是，在一次又一次的等待中，他习惯了泪水不由自主的侵袭。

想她的时候，他把阳光修剪再修剪，以流光的姿态握于掌心，当作希望收藏起来；念她的时候，他把相思折叠再折叠，以倒影的形状装进夜的底部，阻断伤痛的延续。然而即便如此，又能改变既定的事实吗？

曾经想要忘记一些东西，比如白昼，比如黑夜，还有貌美婵娟的她。但是，思念的画面总是固执地跳跃于眼前，记忆，也终是带着岁月的伤痛，漫过流年的旅途，在他心底，刻下一道又一道难以磨灭的印迹。凝眸，时空的缝隙透出刺眼的光芒，转瞬便点亮了烙印在心尖的沉重。他知道，那是一段不敢忘却的相遇，那是一季人生最美丽的邂逅，那是盘桓在内心深处坚韧不拔的执迷。于是，他开始期待，期待着蛰伏在下一次轮回开始的地方等她；于是，在一次又一次的等待中，他习惯了呼吸带着哽咽的味道。

流星划过夜空，点缀着墨色的浓烈与苍茫，那稍纵即逝的光亮，掩饰着厚重的喘息，压抑了欲望的觉醒。几度风雨，几度春秋，泪水再次纠结着空气里的湿度，自心的底部翻涌而来，迅即倾覆了一整个关于爱的世界。

是谁复苏了目光里那道无人敢于触碰的伤感，任他一个人站在春天的渡口，静默着吞噬着悲伤的沉重？是谁发动了一场声势浩大的想念，任他一个人躲在心事的背后，轻舞离殇的哀怨？今夜，他只想用一颗泪水滴落的时间，握紧一行忧郁，折叠一袭凄凉，全身心地沐于古乐府诗赋之中，一任斑驳的碎影，划过岁月的纹理，以梦呓的姿态呈现记忆里的天荒地老。于是，他开始期待，期待着传说中的黎明可以洗尽尘埃的冰冷；于是，在一次又一次的等待中，他习惯了伫望的孤寂。

相思总是惹人寂寞，总是瘦了一个又一个痴情的背影，而这红尘世间，每一个背影都或多或少地隐藏着一段不可告人的情感，或快乐，或伤悲，或欢喜，或痛苦，或炽烈，或凛冽。因为爱，他固执地停留在被风打碎的影子里，始终不愿离去，于岁月的沙中品味着一道又一道伤，无怨无悔。

在他还没有学会忘记以前，老天爷可否给思念一个谅解，当阳光落下之后，让他孤独的心灵有一个可以憩息的方寸？在他还没有学会快乐以前，老天爷可否给忧伤一个谅解，当黑夜来临之时，能以宿醉的方式搁置他所有的失意？会的，一定会的，老天爷最仁慈了，不是吗？于是，他开始期待，期待着灵魂可以得到彻底的释放；于是，在一次又一次的等待中，他习惯了落寞的回音。

寂寂的夜，行走在无奈边缘的那一抹忧伤，终是和着他疲惫的眼神，随风散落，渐渐揉进看不见的夜色，化作尘泥。然而，他的心仍然停留在那紧闭柴扉之后的丽人身上，一刻都未曾远去。湘灵，你真的那么决绝，那么无情吗？我们等了那么久那么久，我们共同经历了那么多艰难困苦，可为什么，为什么在我决定带你远去之际，你却选择了退缩？难道，当我从你的世界永远消失，你走在篱笆墙之后的时候再也不会念起我来吗？

不，你不是那绝情的女子。想我的时候，你会在半夜突然醒来，泣不成声；你会在村口觅我踪影的时候疼到蹲在地上痛哭；你会跟紧与我相似的背影，只为确认那到底是不是我；你会走遍我们曾去过的角落，只为拾起那曾经属于我们的记忆；你会一遍遍翻看我写给你的信笺，念我留下的痕迹；你会铺开诗笺，为我写诗，为我写信，只为我，然后才明白当初我有多珍惜你，才明白失去我，你需要承受多大的痛苦。

湘灵，别再傻了。你知道，哪怕耗尽今生所有的心力，你我也无法将彼此从心中驱走，每一次离别都会让我们将对方惦念得更久更深，与其这样痛苦，又为何非要制造一再的别离？

其实，你一直都是在乎我的，一直都是深爱我的。为了这份爱，我愿意违背母亲的意愿，愿意带着你奔赴天涯海角，可你为什么，为什么还要把一心一意只想着你念着你的人拒之门外？

难道，你在心里怨恨上我了吗？难道，你不再像从前那样眷恋我了吗？是不是我真的消失了，你才会发现身边曾经有个我？是不是我真的消失了，你才会感觉到当初我是多么的在乎你？是不是我真的消失了，你才会舍得给我一丝理解宽慰？是不是我真的消失了，你才会知道该怎样来珍惜我？是不是我真的消失了，你才会明白真的失去了我？是不是我真的消失了，你才会想要挽留？

不，湘灵！别走！别放弃我！别离开我！你不能就此消失在我的世界之外，我也不能就此从你的世界消失。我们是相爱的，我们情比金坚，难道这一切的一切都抵不过母亲大人的三言两语吗？既然相爱，那就不要去管世俗的眼光，不要去理会别人的想法，我们只要在情爱里做好我们自己不就可以了吗？

佛说，千百世的修炼，才换来今生的重逢。我想这是真的，我们的相识没有什么浪漫，也没有什么套路，就是那么顺其自然，似乎冥冥之中，早已注定你就是那个应该在我人生驿站某个路口等我的人。没有陌生，没有拘束，我原本柔软的心为你而感动，为你而变得更具风韵。可你为什么，为什么还要伤我的心，为什么不能再给我一点点时间，为什么不能再给我一次实现承诺的机会？

你不在了，我会一直一直等着你，会一直一直记着你，一年、两年、五年、十年、二十年、三十年，甚至是一辈子、生生世世。你又如何舍得我为你痛到悲伤欲绝呢？

门前，落花孤独地飘舞，晶莹的雨滴敲打在她的窗棂上，沉闷的雷声紧接着滚滚而来。他的心变得更加沉重，难道上天也在为他们的再次别离而悲恸吗？往事幕幕浮在眼前，开心的，难过的，刻骨的，铭心的，慢慢呈现在脑海中，心亦随着雨滴洒落在窗格上的声音继续伤感着。

幽静深邃的雨夜，他在她的门前，一杯接一杯地将盏中苦涩的酒水灌入口中，然后仰天大笑，笑得凄厉，笑得忘情，笑得断肠。这样的生活其实他也很陶醉，只不过这样的陶醉却是布满了忧伤。

他已在符离待了整整十个月。十个月,为等她一句携手江湖的承诺。可她没有，她什么也不说，甚至不给他再次见面的机会。她知道，太放纵的爱，会让天空划满伤痕，就像夜空中偶尔划过的闪电一般，将天空划破。她不能爱得那样自私，那样毫不在意别人的感受。乐天是白陈氏坚强活下去的希望，不幸的婚姻已给她造成了终身的伤痛，难道，她湘灵还要往那个妇人的伤口上撒盐不成？不，她不能。她爱他，所以决定放手，给他自由呼吸的机会，也给白陈氏一个幸福的理由。可他不能理解，他不相信她会甘心与自己诀别，从此天各一方，相见亦无语，他要的只是和她双宿双飞、白头偕老，太多的禁忌，太多的阻碍，对他来说已经置若罔闻。

他扔下手中空了的酒盏，奋力拍打着她紧闭的柴门。“湘灵！你究竟还要我怎么做才肯出来见我？我已在这里等了你十个月，从秋天等到春天，难道，你要看着我老死符离才甘心才肯作罢吗？别傻了，你以为你的忍让和放弃就会让我和母亲大人心里好过吗？不！不会的！今生今世，除你之外，我不会再爱上任何女子！就算被母亲强逼着另娶他人，我心里想的念的也都是你，那样的婚姻又有什么幸福快乐可言？”

她整个身子紧紧贴在门后，早已是泪如雨下。她很想打开柴门，与他相拥在暴风骤雨中，泣诉这数月以来的心伤悲痛，可她知道绝不能这么做。一旦打开这道柴门，情感的洪流势必汹涌袭来，到那时，她又拿什么勇气来拒绝他，阻挡他与自己私奔的决心？

“湘灵，求求你，求求你，把门开开好不好？”他使出浑身的气力，继续拍打着门扉，似乎再稍微用一点点力，就会将两扇门在瞬间摧毁。

看来再沉默以应，是不可能让醉了的他放弃破门而入的想法的。她紧蹙着眉头，尽量平复紊乱的心绪，和着两行清泪大声嚷着：“别敲了！求求你，如果你是真心爱我的，就别来折磨我，别来伤我的心了，好吗？”

“湘灵！”他举起来的手迅速僵在了半空中，立即竖起耳朵、瞪大眼睛盯着门扉，“是你吗，湘灵？是你在跟我说话吗？”

“你走！我叫你走，你听到了没有？”

“不！我不走！在你还没答应与我远走高飞之前，我是绝不会离开门前半步的！”

“就算你在门前待一辈子，我也不会答应跟你走的！”她哽咽着，“我们本就是两个世界的人，请你别再枉费心力了好不好？”

“不，这不是你的真心话！”他泪眼迷离，“湘灵，再给我一次机会，也给你自己一次机会，行吗？别等到错过以后才去后悔，也别等到失去后才去挽回，只要我们的心紧紧贴在一起，我就有办法牵着你的手逃出这暴风骤雨，给你一辈子的幸福！”

“我不会跟你走的！你就死了这份心吧！”

“你就真的不能再为我重新考虑一下吗？”

“这么做，对你对我，对陈夫人都是再好不过的结局，难道你非要让我成为白氏家族的罪人才甘心吗？”

“湘灵，我……”他嗫嚅着嘴唇，“你变了，你曾经说过，不管前面会经历多大的风雨，你都会和我一起面对；也曾说过，这辈子，无论我走到哪儿，你都会随我到哪儿。可现在你却退缩了，放弃了，你怎么忍心让我一人独自去面对没有你的世界？”

湘灵愕然，咬着牙，狠了狠心说：“人都会变的，爱情亦然。与其等到我人老珠黄被你抛弃的一天，还不如现在就放弃的好。”

“什么？你说什么？”

“我的意思你会不明白吗？乐天，你我都不是小孩子了，如果你真的为我好，就请不要再来打扰我和我的家人，好吗？我爹年纪大了，他禁不起你一次又一次的折腾,你这样没完没了,迟早会要了我爹的命的。”

“难道你爹就不希望看着你穿着嫁衣嫁到白家来吗？”

“可那不是私奔。”湘灵呜咽着说，“是的，湘灵出身贫寒，不是千金小姐，更不是什么名门贵胄，可也绝不会做出淫奔这种有辱门楣的耻事来。陈夫人本就轻贱于湘灵，湘灵又如何能做出更加让她不齿的事来？”

“这只是权宜之计。等生米煮成了熟饭，母亲大人自然会接受我们已然成亲的事实，到那时我们的婚姻也就不会受人诟病了。”他犹不甘心地劝她。

“那只是你一厢情愿的想法。”湘灵痛不欲生地回过头，对着门缝望着他的身影撕心裂肺地嚷着，“你如果还不肯走，湘灵就只好以死一明心志了！”

他知道，她是个烈性女子。话已至此，他只能蹒跚在泥泞不堪的小径上，一步一回首，艰难地离去。从前的她，对他是那么无微不至地关心，从来不肯用过激的言语伤害他那颗敏感的心，可现在，她却对他说出如此绝情冷酷的话语。难道，真是自己彻底伤了她的心，让她蜕变成另外一个人了吗？

她变了，可自己何尝不是？在她面前，他一再地许诺，从十五岁，到她二十六岁，整整十一个年头过去，如今他已是而立之年，却仍然无法给她一份正大光明的婚姻，又有什么理由指责她的决绝忍情？

没有尽头的想念，染指了他寂寞的心灵，于是只能用傻笑，伪装掉下的泪水，掩饰内心的彷徨与害怕；亦只能用装傻，掩盖他和她经历的所有悲痛与忧伤。如果可以，他只想做她的太阳，可她再也不给他这样的机会。该如何才能挽回这段千疮百孔的恋情？他无语，亦无助，只能在柳丝翻飞的季节，带着一身的情非得已，默默离开了这带给他无限欢乐，亦带给他无尽悲伤的地方。

别了，符离；别了，湘灵。留居在符离的从兄弟姐妹都到陌上来送他，托他转告他们对远在洛阳的亲戚们的思念，可他的目光却在杨柳中寻寻觅觅，把那个隐藏在柳条后，将自己用无情伪装起来的伤心女子望了又望。

湘灵，他坐在马车上一遍遍念她的名字，泪如雨下。她还是爱他的，从她隐匿在柳条后那双忧伤的眼睛里，他很快就读懂了她的内心世界。她只是不想让他为难，不想让母亲大人伤心，不想因为她而让他和母亲的关系处于决裂的边缘。多么善解人意的女人，可他却注定要辜负于她，难道这就是老天爷给他们既定的安排？

马车缓缓前行，他一再回头将那个心中惦念了千千万万遍的她望了又望，却只能和着两行浊泪，为她写下一首别离的怅诗：

绿杨陌上送行人，马去车回一望尘。

不觉别时红泪尽，归来无泪可沾巾。

——白居易《离别难》

“绿杨陌上送行人，马去车回一望尘。”她依然美丽，爱依然存在，然而绿杨陌上的她却注定与他渐行渐远，以后的以后，就连这短暂的回望也不可再得，想到这些，不由得他更加悲伤难禁。

“不觉别时红泪尽，归来无泪可沾巾。”其实只要踮起脚尖，他们就可以离太阳更近些，可她最终却选择了与他背道而驰。在这段未曾得到祝福的情爱里，她已经累得精疲力竭，于是她只能放手，只能忍痛对他说出冷酷的话语。归去的路上，行行浊泪打湿她往昔赠他的香帕；归来之际，泪已尽，然而，一切都因漫长的思念而变得格外刺目。

Tips：

唐德宗贞元十六年（800年）冬，白居易由洛阳返回符离省亲，再次见到日思夜想的恋人湘灵。因母亲陈氏阻挠的缘故，湘灵深切感受到与白居易的结合已然无望，为了让心爱之人不受自己牵累，她毅然决定与白居易分手。贞元十七年夏秋之交，满心惆怅的白居易带着一身无奈，离开符离，前往宣州，同年秋返回洛阳老宅，一直住到冬天。这首《离别难》具体创作时间已不可考，亦不知究为何人所作，但从诗意判断，本文将其划归写给湘灵的感伤诗。

第三卷

桃花殇：唯我多情独自来

或许桃花本与爱情无关，却无端地因了崔护那首《题都城南庄》的诗句沾染了尘俗的烟火，从此，爱也罢，恨也罢，桃花下的泪便多了起来。只不知道桃花是否嘲笑过人的痴，人的傻，是否愿意承受这花下的许多清泪？

第八章 下邽庄南桃花

村南无限桃花发，唯我多情独自来。

日暮风吹红满地，无人解惜为谁开。

——白居易《下邽庄南桃花》

唐德宗贞元十八年（802），进士出身的白居易为个人前程着想，在母亲陈氏的催促下再次赶赴长安，参加制举考试，与文友元稹同登书判拔萃科；次年，即贞元十九年春，又与元稹同时被授秘书省校书郎之职，同年秋告假回洛阳省亲，并到叔父许昌县令白季轸处小住。

时间在溜达中悄悄前行，没留下一点痕迹。晨夕更替，蓦然回首之间，冬季早就白雪皑皑地来到这美丽的世界，大雪亦早已重重封锁了这美丽的深院。怅望远方的符离，双目冰凉，却不知是痛、是泪，还是失落独自盘旋上心头。

他知道，不久以后，春终将冬天的冰凌敲碎，娇嫩的绿叶又将在枝头摇曳，一个复苏的季节即将到来，又会将新的生命孕育，新的希望播撒。只是，他和湘灵究竟什么时候才会再度聚首，他们的希望又在哪里？

侄儿的心思，叔父白季轸一一看在眼里。乐天与湘灵爱而不能的故事早已从远在符离的子侄辈口中传到白季轸耳里，眼看着侄儿年纪一天天大了，他不得不劝其为陈氏、为白氏家族着想，及早娶亲完婚，延续兄长白季庚的香火。

不。白居易轻轻摇着头。如果母亲不答应让他把湘灵娶过门来，哪怕孤独终生，这辈子他都不会娶任何别的女子为妻。

“可你终归要娶妻生子的啊！”白季轸紧蹙着眉头盯着他，语重心长地说，“你是咱们白氏家族的希望，更是你母亲终身的指望，难道你就为了一个女人要让她断子绝孙不成？”

“叔父大人……”

“不孝有三，无后为大！”

“可侄儿心里珍爱的女子只有湘灵一人，如果母亲大人能够答应我和湘灵的婚事，又何至断了白家的香火？”

“你！”白季轸伸手指着他的鼻子，气不打一处来，“难道天底下的好女子都死绝了，只剩下一个湘灵吗？”

“在我眼里，除了湘灵，这世上没有任何女子配得上做我白居易的妻子！”

“可你已经三十二岁了，不小了啊！你数数看，兄弟辈中，有几个到你这个岁数不是儿女成群，难不成你真要为那个湘灵打一辈子光棍？”

“侄儿心意已决，请叔父大人不要再往侄儿的伤口上撒盐了。”他目光迷离，眼眶中俨然有泪。湘灵是他今生今世最深的痛，她为他，苦守十三年未曾出嫁，他又何尝不能为她终身不娶？

“唉！”白季轸心知他是个痴情种，只得默然转过身去，踱着步悄然离开，留下他一人孤单地站在寂寂的窗口，隔着窗棂望着窗外大雪纷扬的世界，任惆怅裹满全身，毫无归宿之感。

夜，起风了，黑黑的，远方只有几抹昏黄的灯火在风中摇曳。独居一隅，远离尘世的喧嚣，他怅坐案下，拨弄一支心爱的曲子，任雪花落满窗台，任心事随烈酒荡漾。此时此刻，幻想与真实在寂寞的眸中熠熠闪动，膨胀着生命原始的力量，演绎着思慕中最为癫狂的乐章。

失去湘灵的日子里，唯与寂寞相伴，心才会慢慢平静下来。她一身随意的碎紫淡雅，不由地便在臆想中闯入他的眼帘，痴绝、迷醉、清芬、温婉，在雪花中妩媚，在耳畔低哝，在风中轻叹，在灯光微弱的镜子前，有微微一笑倾城而过，笑得诡秘而又凄切。

寂寞的手，在深不见底的幽静中不知不觉地滑落胸前，又不停地在冷寂的空气中来来回回地抚摸，依然光滑如脂。无法排遣的彷徨与困惑中，感觉着生命的真实与杂乱无章，有两滴清泪在他指尖游走，似有似无，等到泪落时，心口隐隐作痛，才相信了一切都不是梦，而是真的有寂寞时刻相伴左右。

胸口的阵痛牵动着他的思绪，那婉约凄美的回忆仿佛刀割一般凌厉。她的影子宛若一片飞舞的叶子，轻轻地飘进他的心头，竟是那样美丽，那样柔软。然而，回忆虽然很美好，离别的事实却压得他无法呼吸，而叶子的边缘亦划过他的心扉，留下些许淡淡的痕迹。

夜，寂寂的，有一点想她，想她不舍的牵念，想她别离后的笑容夹杂着些许无奈和苦涩。伴着一灯孤影，望着窗外漆黑的夜空，周围的空气也似乎飘浮着隐隐约约的凄楚与忧伤。就是这样的夜晚，又让他深深把她想起。想知道她在做什么，想知道她是否和他一样地在想着他，想知道在她的梦境里是否能看到他在她梦的路口深情地等待。

伴着柔和的雪花，静谧的夜把一切世间的声音都隐匿在不知所以然中，屋外除了一两声孤独的鸦鸣外，便什么也听不到了。孤独的一盏小灯就那样静静地伴着他，心绪竟是前所未有的沉重。或许，就这样静静地想她，静静地在心底呼唤她，便是生命中的最美，又何必非要天长地久？尽管知道漆黑的夜无法将他的心声传得很远，但他相信她一定能够感觉到。他曾托付星辰，托付清风在她窗前聆听，希望听到她发自心底的回音，此时此刻，他又能心想事成吗？

岁月如梭，转眼间青春已逝，那些曾经拥有的梦，皆若梦里盛开的昙花，一夜间就凋落得无影无踪。梦境里的绝对唯美，在清晨苏醒时却显得格外残酷，不经意间就刺痛了心，伤透了情怀，让他在一瞬间便无可抵挡地苍老了许多。

总想用力抓住些什么，总在痴心妄想得到些什么，以此来证明自己这一生的存在。一直以来，他都不愿意看到自己曾经走过的世界，到最后只余下一个孤独的背影，再也无人记起，无人知晓，也没人为他哭泣。然而，一次次的期待却让他一次次地失望，所以只能一次次地让自己在梦里呓语，又一次次地从梦中惊醒，或许，这样静静地想她，终不过也只是一个遥不可及的梦……

他不知道，他是不是她命中的缘，会不会和她长相厮守；他不知道，他这样痴痴地想她，到头来会不会无怨无悔？他已不敢叩问自己脆弱的心灵，也许就这样静静地想着一个人，便是一种幸福，一种希冀吧？

从噩梦里醒来，窗外的雪花已然停了，薄薄的云雾中露出淡蓝色的月光。他裹着一身的冷汗，起身到屋外吹风，深吸一口气，似乎很难从梦境中完全摆脱出来。看月儿如钩，看枝丫零乱，看星星灯火，看地上积雪，感觉心随风动的忧伤，才发现，却原来，偌大的一个世界，到而今，唯余漫天遍野的寂寞与惆怅相伴在他左右。

心雾缭绕，他轻启心窗，凝望院内枝丫落满积雪的树，在心的悸动与思念中，依旧涂鸦着她的名字，却无法再对远方的她说些什么。一切的渴慕，都在指间霎时融化。在无语的沉寂中，他闭目沉思，与夜空的黑色融为一体，再次陷入纷乱的思绪中，精神的飞舞与回旋，就像孤独的风铃，在深灰色的风中，默默飘荡。

心已乱，乱得杂念如浮萍，可是，他的湘灵真能感受到他的孤独与痛苦吗？寂寞是说不出的痛，是迷茫的眼神，是孤独的背影，是落寞的身影，是采菊东篱下的徘徊，是把酒问青天的重复……回首，月下花自落，流水不曾归，夜黑惆怅着白天的温柔，心里缠绵的情愫，却是欲诉无人问津。然而，他的寂寞，她真的懂吗？

她离开了，只留下那满窗斑驳的月迹与落雪。冰冷的笑容在一瞬间凝固，从此，沉默便蔓延成一种永久的伤痛；从此，一些鲜活的字句，将从他的诗赋中消失；从此，他的爱人的名字便叫作孤单，寂寞的时候会准时出现在他的眼前与他做伴……

又是一个春来早。在许昌滞留了数月，他又于贞元二十年春，再次回到洛阳省母，并依依不舍地把家迁至渭南下邽故里。这一年，已是公元 804 年，他已经三十三岁了。为了娶亲的事，他和母亲陈氏再度发生了激烈的争执。

“你这个忤逆不孝的东西，难道真要让我和你爹断子绝孙了吗？”

“母亲还有大哥，还有弟弟退之，怎么可以说断子绝孙呢？”白居易不甘示弱地盯着母亲，这一切的一切都是她一手造成的，她又如何能够怪怨得了自己？

“白居易！”陈氏气得浑身不住地打战，“你是想气死为娘不成？为了那个卑贱的女人，你居然敢用这种口气跟娘说话？！”

“孩儿不敢。”

“你有什么不敢的？读了几十年的书，中过进士，中过书判拔萃科，现在又吃着朝廷的俸禄，满嘴仁义道德，难道就不知道不孝有三，无后为大的道理？”

“孩儿岂能不知，又岂敢不知？”他眸中含泪，“母亲大人，孩儿自小到大，事事都遵从母亲的意愿，从不敢有一丝一毫的拂逆，可是……”

“可是什么？”陈氏瞪着他暴跳如雷地骂着，“你还敢说对我没有一丝一毫的拂逆？三十三岁了，却依然不肯娶妻生子，难道这就是你的为孝之道？”

“孩儿不敢。孩儿只求母亲能够体恤孩儿的心思，成全孩儿和湘灵……”他扑通一声跪倒在陈氏面前，哽咽着求道，“湘灵是个好女人，除了没能出生在高贵的门第，她哪点比那些千金小姐差？”

“为娘早就说过，要娶湘灵，除非你从我的尸体上踏过去不可！只要我尚有一口气息在，你就休想动歪主意！”

“既然如此，母亲也就不要再逼孩儿另娶他人为妻！”他抬起头，目光炯炯地盯着陈氏。

“你！你！”

“孩儿这么做都是情非得已。如果母亲能够体恤孩儿，孩儿与湘灵膝下恐怕早已是儿女成群，可是……”

“湘灵！湘灵！你心里除了那个卑贱的女人，就再也放不下别人了吗？难道，那个村姑真的比娘，比你死去的爹，比你大哥，比你弟弟在你心里都更加重要吗？”

陈氏心意已决，她是无论如何也不会允许儿子把那个门不当、户不对的女人娶进门来的。可儿子三十三岁尚未婚配的事实又压得她喘不过气来，到底该如何才能让他彻底忘记湘灵，欢欢喜喜地娶进一个门当户对的女子做她心满意足的儿媳呢？

儿子的痴情令她心悸。本以为随着岁月的流逝，他终会把湘灵忘得一干二净，没想到，随着时间的推移，他对湘灵的思念与爱慕却变得日益浓烈，难不成他真是铁了心要终身不娶？该如何？该如何？陈氏急得如同热锅上的蚂蚁团团转，迁居下邽后，她把所有的心力都花在了替儿子张罗婚事中，不断地瞒着白居易给他远在洛阳、符离、许昌、宣州、浮梁的亲族写信，请求他们劝说儿子及早考虑自己的婚姻大事。可无论是叔父白季康、白季轸语重心长的劝慰，还是长兄白幼文、弟弟白行简苦口婆心的劝说，他都一概充耳不闻。

斜风细雨不须归的烟花三月，庄南的桃花开了，开在陈氏忙碌着为他张罗婚事的季节，开在他守在村口的水畔将湘灵的身影望了又望的日子里。向晚时分，他又独自一人沿着石阶漫步，一些青藤漫过篱笆，顺着墙，努力地往上攀升，于是那红色的墙上便有了丛丛堆碧、簇簇流翠，有了一些生命跃动的气息。放眼望去，月，还未上柳之梢头，在淡薄的光影中却自有一番风流体态，风过处，忍不住轻轻摇曳，自是婀娜多姿，美不胜收。只有远处，庄南那几树桃花，藏在不被人注意的角落，浅浅而笑，笑得灿烂，笑得妖娆，不曾想忧伤的思绪却又独自染上他的心头，总是在眼里凌乱不堪地上演着一出出独角戏。

借十里春风，立豆蔻梢头，怅望庄南几树桃花，他秉笔为篙，撑纸作渡，踏访旧时霓裳，寻觅符离旧梦，眼中已然有泪。恍惚间，又见她漫卷珠帘，独上兰舟，从徐州的繁华中款款走来，在波光潋滟的湖畔临水而居。芳草凝碧，柳浪含烟，眼前的桃花宛若娉婷妩媚的清雅女子，又仿佛一阕曼妙婉约的词，而她钟灵毓秀的风骨、风华绝代的韵味，又都被千载的风、万年的雨，酿造成一坛醉人的女儿红，在他身前微醺了岁月，晕染了红尘，迷蒙了双眼。

自在飞花轻似梦，无边丝雨细如愁。相思涛起处，烟雨蒙蒙的符离，如岚似雾，如幻似梦，带着淡淡的愁，含着微微的忧，轻轻盈盈地便织就绕指的三分温柔，缠缠绵绵地便编成他心底的一帘幽梦。几度温柔的梦乡里，她总是伸出纤纤素手，漫抚心弦，任衣衫翩跹，端的是柔情似水，眷恋如诗。瞧，风过符离就变成缠绵的情愫，牢牢地粘住他过客的思念；看，雨到符离就串连成难分难解的银线，依依地牵绊着他们流连于红尘世间。那浓浓的古意，淡淡的哀愁，还有符离的她，下邽庄南的桃花，都在这潇潇烟雨中，伫立成一种古典的忧郁。只是，这山山水水的光怪陆离中，又有多少的珍重源自他不舍的泪水？

沾衣欲湿的杏花雨，吹面不寒的杨柳风，都将桃花的细腻委婉在他望晴的眼中发挥到了极致。梧桐更兼细雨，到黄昏，一任阶前，点滴到天明，却有谁记得那些曲曲折折的声响与幽深撩人的清芬，都曾是他的惆怅熬煮成的心殇？那丝丝缕缕的细雨，分明就是离人的眼泪；那雨中纷飞的嫣红，分明就是她打翻的胭脂。轻舞飞扬的袅袅雨丝，丁香般结着清愁，淅淅沥沥地在他耳畔奏响一曲曲缠绵悱恻而又辽阔幽远的古相思曲。那如泣如诉的旋律，冷不防地，便将那些剪不断、理还乱的茫茫思绪都从记忆的残梦中一一唤醒，顿时，就看到一川烟草，满城飞絮，徒然扰乱了春愁，摇落了心事，让寂寥的行人再也不忍独自倚栏空等待。

抬起氤氲的泪眼，他踮起脚尖遥望着长安城南那一扇似关非关的门扉，仿佛听到一袭白衣胜雪的诗人崔护依然守在一树桃花下悠悠地吟唱："去年今日此门中，人面桃花相映红。人面不知何处去，桃花依旧笑春风。"这淡淡叹息的人儿定是无法忘却当日微风细雨中乍然相逢的旖旎风光吧？春日如绣的时光里，那一树桃花下曾演绎了多少浪漫、蕴含了多少深情？长安城南的山水还依旧，只是，他的桃花女还会再回来吗？当日那柔柔的风、密密的雨、绵绵的情，却都成了今天蓦然回首时万分悲凉的辛酸往事，崔护与桃花女如是，他与湘灵又何曾不是？

或许桃花本与爱情无关，却无端地因了崔护那首《题都城南庄》的诗句沾染了尘俗的烟火，从此，爱也罢，恨也罢，桃花下的泪便多了起来。只不知道这桃花是否嘲笑过人的痴，人的傻，是否愿意承受这花下的许多清泪？

侧耳聆听远处传来的悠悠钟声，低头思量凋零在蒙蒙烟雨中的一瓣心香，不由得随口吟出一首《下邽庄南桃花》诗，为他的湘灵，也为思念成灾的他自己：

村南无限桃花发，唯我多情独自来。
日暮风吹红满地，无人解惜为谁开。

"村南无限桃花发，唯我多情独自来。"村南的桃花开了，开得肆意，开得浪漫。它只依着自己的性情，热烈地开，热烈地谢，似乎从不曾有人关注它，唯有多情的他，踩着一地多情的芬芳，把爱情藏在一朵桃花里，在春风里默默等待她的归来。只是不知，明日再来，这花是否还能躲在春风里调皮地望向他莞尔一笑？

崔护的诗句仍然响彻在他耳畔，爱情里的话，总是听过千遍万遍都不觉得多，于是那些撩人心扉的诗词歌赋便有了穿越时空、自在演绎的舞台。或许，桃花本来没有故事，人们总是习惯把自己的心事写进桃花里，才让花也变得沉甸甸的。其实，不管是琐琐碎碎的心事，还是支离破碎的情感，都在人们指尖微凉的瞬间，化成了汩汩清流，在文字的溪水中潺潺，然而，又有几人解得其中滋味？

“日暮风吹红满地，无人解惜为谁开。”日暮时分，风卷着一些稀稀落落的花瓣落满小径，却不知道什么时候落在他的襟前，滑入他的手心，于是便乘着它的一尾幽香，在往事中默然穿行。这是没人打扰的时刻，所以那些花花草草都保持了缄默的姿态，偌大的天地里只有他的叹息在春红开谢的深浅里起落飞舞。

这些桃花究竟为谁而开？为崔护，为默默守候崔护的桃花女，还是为他，为他等候的湘灵？人们总是感叹，春天来也匆匆去也匆匆，遗憾这桃花不曾为谁多开些时日，却不去想那些夏，那些秋，还有那些冬，也都是一忽来又一忽走的，而这属于春天的桃花又何曾属于过爱情？四季不因喜欢而停留得更多，也不因讨厌而走得更快，就如那些转身而逝的爱情，任谁也挽留不住。然而，又有谁明白，离别之后，望着那渐行渐远的影子，在视线里缓缓消失成一道风景，痛的从来都只是看风景的那一个人？

桃花知道，如何的娇艳美丽、姹紫嫣红，到最后终要落入尘埃，所以它总是盈盈而笑，就算明知短暂的美丽过后将是脱离枝头的萧瑟与永久的落寂，也从来没有一丝的眷念与遗憾，依旧绝然而去，以欢喜的姿态亲吻泥土，追逐流水去向未知的远方，即便落败都有那份超然的洒脱与飘逸相随。然而，失去湘灵后的他又如何能做到这份淡然、这份洒脱？

守着几树下邽庄南的桃花，想着那个在符离溪畔浣纱的她，那个化蝶比翼的她，那个涉水采莲的她，那个吟风弄月的她，那个舞文弄墨的她，那个怀抱琵琶轻歌一曲的她，那个簪一朵桃花在襟上的她，那个念着他的名字寻寻觅觅的她，心，莫名地疼痛。

在他眼里，她是水做的女儿，她是花般的女儿，符离的烟雨因她的存在而变得格外缠绵悱恻，符离的山水更让她的生命变得丰盈润泽。她的爱情之花，亦在符离的怀抱里清清灿灿地盛放，同时也绽开了他窗外几树下邽桃花的清梦。

蒙蒙的烟雨是她的清泪，淡淡的薄雾是她的忧愁。她的巧笑嫣然，她的沉郁悲伤，她的欢喜明媚，她的温婉柔润，都是他心中亘古永恒的不老传说。倏忽之间，她的叹息，她的幽怨，她的落寞，便都在桃花下变得更加迷离、凄美。只是，晓风残月中，何处再去寻觅那个曾经只为他浅吟低唱的身影？那漫天遍野的蒙蒙烟雨，还能不能帮他洗去那曾经活泼聪颖的女子满心的凄凉彷徨？

走在芳草萋萋、曲水深巷的下邽，相思成灾的他却在杏花微雨、草长莺飞的符离，于满城的朦胧中，固执地追寻着她仿佛烟雨楼台般迷蒙缥缈，如同桃花般清新妖娆的梦。看繁星点点，划破夜空的沉寂，听烟雨蒙蒙，扯不断情丝如线，他心底只响起一个更加悲怆的声音，然而，寻来觅去，却又不知道自己究竟想要说些什么。

或许，他最终想要的只是一个有她的梦吧？梦如湘灵，如诗如画；梦如湘灵，亦真亦幻；梦如湘灵，如影随形；梦如湘灵，沉醉一生……花落了，雨断了，却原来，他的心，只是一片梦里湘灵醉红尘！

Tips：

唐德宗贞元二十年（804年）春，三十三岁的白居易回洛阳省母，并举家迁往渭南下邽故里。这一年，他旧事重提，又向母亲陈氏提出欲娶湘灵为妻的愿望，并再次遭到拒绝。《下邽庄南桃花》亦作于这个时间段，从诗意来判断，应是思念湘灵有感而发。

第九章 冬至夜怀湘灵

艳质无由见，寒衾不可亲。

何堪最长夜，俱作独眠人。

——白居易《冬至夜怀湘灵》

转眼间，又是一个凛冽的冬天。在季节的凄风冷雨里，萦绕在他身畔的，依旧是一个个呻吟着的无眠的夜，和那些无法驱散的惆怅与忧伤。

梦里，她梳洗一新，乘着一叶扁舟从月光洒遍的方向逶迤而来，在他没有任何防备的时候，那些已经在心底埋藏了很久的情感，就这样被风花雪月的流光蓦然惊醒。

很多事情，在没有发生前，便注定了开始，也注定了结局。回首间，时光已醒，而流年未醒，当他剥开尘封已久的心事之际，便注定了，今生，他会为她守候成一种不变的姿势，在水的影子里盈盈而立，直至老去。

折一束月光为镜，为自己雕琢一个精致的表情，他怅立窗下，静数花开花落，所有的故事，都在刹那间于眼底沦陷为一个无语的传说。暮色黯然，心随之在摇曳的风中反复地沉淀、清醒、迷离。复苏的记忆，融化在她唇齿间的温柔里，却在他目光可及的视线中，忽地变成了一种无法言述的感动，只是，什么时候他才能拥着她的一袭清芬欢喜到老？时间无情地冲洗掉旧日的对白，眼前余下的只是燃成灰烬的色彩，一次次地，坠入他的凡尘，勾起他刻骨的相思，却想不起她往昔有着怎样的明媚。其实，那些从生死与共的誓言里跳脱出的颜色从未发生过改变，只是他此刻的心动了，为她而动，所以心事也跟着迷离的目光变得模糊。

许多故事注定没有结局，许多无奈最终无法摆脱。千年一瞬，非得寂寞如此，才解风情，他又何必破浪而至，抵达她如花的心海？曾以为，这一生，不会为谁而心动；曾以为，情和爱被埋葬在一个无人可及的角落，已经很久很久，可是，在这无眠的夜里，他站在清冷的月色下，却再次无可救药地将她想起，任梦在冷风中流浪，任心随风飘荡，任眼角的皱纹泛成了泪，迷失在她的深情如许里。

或许，他早就看到了故事结尾的画面，可还是幻想着自己有将它改变的能力。到底是自己不愿意承认她的心早已离开了他的世界，还是自己不愿意去接受那残酷的现实？她不在，他却心甘情愿地把自己困在了那个有她的回忆里，继续欺骗着自己，为难着自己，而这一切都源于满腔深挚的爱。

或许，他还在期待着什么，可就连自己也不明白到底还有什么好期待的。是期待她的出现，还是期待她的那句：其实我不曾忘记过你？他一遍一遍地编织着她再次出现的各种情景，虽然心里比谁都清楚，它们不可能会在某年某月的某一天变成现实，可还是不停地幻想着，编织着。

或许，他早就该让自己忘掉那些早已变质的记忆和她的身影，可每当下定决心做好一切准备，打算忘记的时候，心里总有个声音在轻轻地问着自己：你真的舍得吗？他想，终究还是舍不得吧？是舍不得让自己渐渐遗忘的那些曾经和她一起拥有的回忆，还是舍不得彻底忘记她？

虽然每次想起她来，心里都会有一种说不出的疼痛；虽然随着时光的流逝，想念的思绪一天比一天浓烈，心中的那份痛亦跟着变得更加深刻，可他依然勇敢地坚持着那份不变的信念。或许，只有等到死去的那一天，自己才能真正得到解脱！他深深浅浅地叹。可，那一天，究竟是哪一天？明天，抑或后天？还是明年，抑或后年？又或者，他会一直带着这种痛，直到自己老死的那一天才能真正了解那种解脱的感觉？

湘灵已经三十岁了。从留在符离的从弟从妹寄来的信笺里，他知道她仍然没有嫁人。难道，她还在等他？难道，她真要把那曾经许下的非他莫嫁的诺言坚守到底？三十岁，对一个女人究竟意味着什么？她早已青春不再，早已为他蹉跎过大好年华，以后的以后，纵使有男人愿意娶她，人老珠黄的她又如何能将曾经唾手可得的幸福牢牢握于手中？

是自己负了湘灵。是的，如果不是他，才貌双全的她又如何会等到三十岁了还未曾把自己嫁出去？到底，要怎么做才能报答湘灵对自己的这份痴情？母亲是铁了心不许他把湘灵娶进门来的，跟她私奔又被湘灵严词拒绝，难道真要将她接回府里做他的婢妾吗？

不！他绝不能委屈自己心爱的女人做他的婢妾！在他心里，湘灵是他嫡妻的不二人选，又如何能委屈她为奴为婢？可，除此之外，他还能有什么办法让母亲接受湘灵的存在？

对他而言，她始终是一个在他心中等待和憧憬了许久的梦幻，当她走近他眼前，尘封了许久的苦闷便开始消散，思念亦开始潮涨潮涌；对她而言，他一直是一个在她梦中期待了许久的漫长而又遥远的真实，当他出现在她面前，她的柔情便会迅速弥漫，爱怜亦瞬间充塞心间。

只是他不知道，那遥远的方向，是否也有一颗和他相同的心在倾听夜的低语，在细数风的呢喃，在低吟浅唱心事的乐曲？是否也有着淡淡的孤独，淡淡的思念，淡淡的失落，总是愿意随同他的叹息一起划落进夜的眼眸中？

心底泛起淡淡的波澜，那被浅藏的心事，都舒展在夜风的轻抚中。此时此刻，他只想紧握一束月光，把它写成一首瑰丽的诗，却找不到任何入口和方向。于是，只能任痛楚的感觉深入骨髓，无能为力地让幻想做着一次轻纱曼舞的飞翔，为她，为他最爱的女人，在窗前写下一首风情无限的小诗：

艳质无由见，寒衾不可亲。
何堪最长夜，俱作独眠人。
——白居易《冬至夜怀湘灵》

“艳质无由见，寒衾不可亲。”窗外，雪花片片凋零，落地即融。枕着她无双的容颜，感觉到她的真实，却无法相逢，只余孤寂的心在寒衾下暗自潸然。

张开双手，怎么也无法攫取曾经，而明朝已是熟悉的陌路，所以只能把她的名字，一笔一画，珍而重之地写在心上，烙在雪上，然后，牵着月光，凭窗想象一场烂漫的花事，任一声寂寞的叹息在风轻云淡后，换得对她永恒的祝福与永不止息的思念。

想着她的音容笑貌，泪水止不住顺着面颊缓缓流下。蓦然回首，终于知道，当一个人获取到一种快乐的同时，也便注定了需要以一种疼痛去偿还。所以，只希望这一生剩余下的所有时间都是他的一剂麻醉药，让他从此不再留恋往世，也不再期待来生，让他可以彻底忘记她给的幸福，还有她给的快乐。

“何堪最长夜，俱作独眠人。”所谓三生三世的情约，不过是在为自己无法排遣的悲伤找一个冠冕堂皇的借口罢了。转身过后，一切的一切都已是曾经，即便难以割舍，又怎能把明天的希望寄托在看不到的虚无缥缈的来世？这一生，早已看倦了桃李芬芳的假象，所以一心只想与她相伴同行，哪怕前方的终点是遥远的天涯海角，哪怕每一天的旅程都只有风餐露宿，他也心甘情愿。羁旅固然劳苦，只要还有她在，电光石火、骤雨霹雳均可止于他心，而她的拈花一笑便是他的朗朗晴川。

她不在的日子，心早已荒芜在贫瘠的风沙中，更在滚滚红尘里沾染了一身拂拭不去的尘埃，蒙住了本已迷惑的双眼，令他无法看清远方的道路，也无法看透自己的心。在这孤寂的世界里，他究竟在寻觅些什么，又在等待着什么？什么是他期望的拥有，什么又是他乞讨的结果？他不知道，更无从洞悉。

长夜漫漫，隔着千里的遥远，他和她都做了独眠于孤寂中的人。暗夜里，他张开双手，试图抓住岁月里即将流逝而去的分分秒秒，幻想拥抱住梦境之外的她，茫然间，才发现居然连一粒沙尘都没被抓进手心。失去湘灵的日子里，他孤独地活在这无情的世界里，没人注意到他的存在，也没人在意他眼眸深处隐藏的寂寞。他只能落寞地走过繁华的街头，在熙熙攘攘的人群中，只余下一个孤独的背影给同样孤独的黄昏追忆，却不曾让那些熟悉或不熟悉的人为他伤一次心，或流一滴泪。

冬天接纳着他忧郁的灵魂，任他在冰天雪地里行走，心却依旧火一般的温热。无人抬头对他张望，他也未曾在意那些陌生的目光。心底唯一在意的只有湘灵，那个远在符离，和他一样拥着寒衾、沐着冰凉的独眠人。湘灵，轻轻念着她的名字，他心如皓月，情若琼瑶。无论未来会怎么样，心有所属才是他活下去最大的动力，只愿此番梦中的邂逅不再是曾经，就算是，为她赴汤蹈火，亦依旧是他永远不变的承诺，和执着的追求。

Tips：

在长安做了校书郎后，白居易对湘灵的思念与日俱增，但因母亲陈氏表现出的决绝态度，导致他想和湘灵结合的愿望几近无望。为排遣心中积压的郁闷，他与挚友兼同僚的元稹时常出没于花街柳巷寻找刺激，通过灯红酒绿的生活进一步麻醉自己，克制对湘灵的感情，但仍是无法将湘灵的身影从脑海中剔去。这段时间，他写了大量怀念湘灵的诗，其中就包括这首《冬至夜怀湘灵》，但具体写作年份仍然待考。

第十章 感秋寄远

惆怅时节晚，两情千里同。

离忧不散处，庭树正秋风。

燕影动归翼，蕙香销故丛。

佳期与芳岁，牢落两成空。

——白居易《感秋寄远》

深秋的夕阳，犹如别后情人的目光，丝丝缕缕，总是于不经意间泄露着淡淡的哀愁，沐浴着令他熟悉而又陌生的院落。

黄昏，静坐在绿柳掩映的雕花小窗下，任寂寞在心中不停地挣扎，心海里层层泛起的却不再是外表的静默，而是汹涌澎湃的惊涛骇浪。听着从远处飘来的古老的韵律，悠远的歌谣在他心底悄然绽放，激起无数曾经的印迹，却不知那年那月的娇俏究竟该到何处去寻。凝眸，夕阳下惨烈的红色，宛如贲张的鲜血，以千钧一发的力量铺洒在记忆的海洋上，而他便又在不息的回忆里默默温习着对她不变的思念。

记忆永远都是一座不甘喧嚣的城堡，哪怕寂寞丛生，哪怕目光所及的青苔上都长满无奈与惆怅。一个人孤孤单单地走在熟悉的小径上，总是在阳光穿透的树荫下，不由自主地想起她的笑容，那波澜不惊的清灵婉约，然而，他眉间的寂寞，究竟有谁能够读懂，他眸里的忧伤，又有谁能够怜惜？爱情仿佛一出没有结尾的折子戏，而他演绎的总是那些悲伤的角色，看不到前程，看不到希望，只能裹着满身的疲惫，与梦中的她遥遥相望，却又永远无法聚首。

背后那缕阳光，总是不经意地便映照出他的沧桑，于是只能努力着把一切都看得风轻云淡，不再去计较任何的得失，但她明媚的笑容早已在那些蛮荒的岁月就深深刻在了他的眸中，令他无法做到了无牵挂的释然，更无法让自己变得潇洒起来。或许，多年以后，他仍会希望她的笑容依旧像从前那样轻倩、那样惊艳，就像初次遇见时的那样蛊惑人心，因为唯有那样，他的心才不会因失落而剧烈地疼痛。

不敢回头，不想看见那些伤痕累累的回忆，流年就这样在忐忑不安的情绪里从他身旁悄悄溜走。之所以选择沉默，不是因为害怕，更不是因为恐惧，而是回忆里那些深刻的情感，总有些痛彻心扉的伤与疼，所以想起的也总是撕心裂肺的痛不可当。而那些一瞬间的感动，似乎也总是被某种情绪感染着，哪怕一个细微的情节被悄然揭开，也会深深攫着他那颗已经破碎的心，令他痛断肝肠。

她离开以后，他用了漫长的时间去怀念她，思慕她，即便明知思念会成为他蹚不过去的灾难，也不曾打算就此罢休。虽然，过去的回忆就像一座深不见底的牢笼，令他的情绪进不去、出不来，只能裹着满身的无望躲在角落里远远地眺望，但当阳光刺进眼底的那一刹，还是会猛然发觉，原来每一次的驻足，每一次的固执，其实都是内心的不舍，是那些忘不了的羁绊。

他知道，那些充满悲伤的日子，终将随着尘埃扬起的时刻远去，而他亦会随着时光的流逝成为这段残爱里的小小尘埃，随风飘浮，直至尘埃落定；亦知道，曾经相识的那片天空，依旧在菊丛中飘着淅沥的雨，仿佛他的心，一湿便是好些个年头，却从来都不知道何为悔，何为怨。

痛只痛，曾经三月芳菲姹紫嫣红开遍的邂逅里，有她的柔情深种，如今深秋的相思中，却没了她的等待，所有的所有都遗失在明媚而又虚幻的阳光里，孑然一身的他又该如何再将她深深想起，在静默中继续诉说无解的思念？

很多年过去了，他在等待中一次次地死去，然后，又一次次地复活，哪怕经历再多的风雨，也一门心思地只想回到原地等她。花开时节，他只想握紧曾经绽放得最美的芳华，枕着一纸朴素的心愿，借千片落红一叶舟，载满思念到她身旁；花落时节，他亦想笼罩在夕阳的余晖里，想象她温暖的笑靥，随流水漂到她浣花的溪畔，明媚他这望眼欲穿的黯淡目光。

她，是不是依然伫守在苻离村口，将他盼了又盼、等了又等？是的，她的生命里只有他，除了他，她不会为任何人等待。可这段依恋，却像极了钧瓷画白了的瓶身，在炙热的窑火中煅烧了一段痴留的爱情，但也勾勒了一场独白的离别，在墨色深处被缓缓地隐去，每一念起，便有种粉身碎骨的痛。天不老，情难绝，心似双丝网，中有千千结，莫非，今生今世便要这样痛并快乐地爱着吗？

记忆中的她，还是那样的完美，一袭素衣白裙，即便是粗布制成，也难掩她与生俱来的国色天香。还记得她站在鸟笼前逗弄鹦鹉时的模样，娇俏而又不失灵动，温柔而又不失活泼，素袂云鬟，每一个举手投足都仿佛扶摇白云之上的飞舞，与云相隔，与天相拥，那一个洁字怎不让生命变得淡雅而美丽，精致而细腻？

曾经，他用饱蘸色彩的画笔在她额间描画出数点梅花，她却用一生的痴绝在他眼底烧成千年的相思；而今，那满腔的深情却在他凌乱的发丝间隐隐作痛，在迷离的泪水中分崩离析，怎一个伤心了得？他轻轻哽咽着，她远去的背影宛如一丛雪映红梅的娇艳清绝，更如一泓清流中水仙的素雅洁净，一回首，便再也难以把握，转瞬便换得他涕泪交流。远去了，那些不曾回头的眷恋，都在眼前化作了一缕缕遗失在前朝烟雨楼台中的水墨，横亘于苍天碧水之间，弥漫于黄土高原之上，缥缥缈缈，如梦似幻，让他连临摹心情的时间也彻底失去了。俱往矣，在这孤单寂寞的日子里，该如何才能将她曾经的温情再一次紧紧地攥在手心，任所有的不得已都变成他眼角最后一次滂沱的温热泪水，好让他转身过后不再难过，不再彷徨？

他和她的故事，似乎早已注定了结局，注定将成为一个永久的回忆，成为别人茶余饭后闲翻的史迹，只是生命还在继续着，而那些支离破碎的记忆，便只能盘旋在脑海里，泛黄成他曾经泼墨的山水。他知道，他的爱，已在悄然漏去的时光中变成了无奈，缓缓落在岁月的尘土里，渐渐化作了腐朽，终将变成一微米的阳光，散落在风里，最终无去无从，无法再追，可他还是舍不得、放不下，依然在心底强烈地期盼着奇迹的发生，哪怕只有片刻的聚首也好过无望的等待啊！

她走了，那就继续漂流，继续流浪吧！躲在暖暖的书屋里，插上回忆的翅膀，却又不敢在思念里大张旗鼓地描绘出她不老的容颜和所有关于她的秘密，这种爱而不能的痛，除了他，还有几人能懂，又有几人尝过？刻骨铭心的相思里，一个熟悉的声音突然在他心底娓娓响起，委婉、凄迷，就像这夕阳里裸露的悲伤，缥缈在他所有的思绪里——那是她呼唤他的声音，却像极了他细微的呼吸——他立即张开怀抱，想要把她拥入怀中，却一个趔趄撞到了椅子上，而锥心刺骨的疼痛更加深了他的失落与失意。

此刻，窗外的夕阳，亦失去最初披拂的华丽，而那些回不去的起初，又该如何才能弥补留下的遗憾？时光漫过了树梢，染绿了枯叶，他在苍白无力的风中感慨着流年似水，任落寞袭遍周身，而对她的思念却还是欲罢不能。

他明白，她的笑容，现在只是盛开在他不曾想要遗忘的心间而已，繁华如戏的人生舞台上，他和她一起演绎的戏份已然落幕，恐怕再也无法重新开启，而有些人和有些感情，终是禁不起推敲的谶，再也无法追溯；亦明白，生活并非绚烂的万花筒，没有永远的惊艳，也没有一成不变的惊喜，有的只是一个个平淡日子的首尾相接，仿佛一杯放凉了的白开水，从来都是寡淡无味。所以终于开始相信，相信自己会在这平淡无奇的人生轨迹中慢慢走向终点，一个既不会聚焦所有人艳羡的目光，也不会引来阵阵喝彩与雷动掌声的终点。

然而，这样的结局是不是太过冷清，太过落寞？但，如果彻底失去了她的陪伴，这就是他人生中的必由之路，他无力抵抗，也无从抵挡。就这么认命了吗？就这样认输了吗？不，即使明明知道他和她不会有什么结果，他也不能把她遗忘，更不能对他曾经许下的诺言熟视无睹！那么，他还能为她做些什么呢？似乎除了思念，他能够为她做的已然不多，而对她的思念，就像一缕和煦的阳光，总是会让原本单调的生活折射出绚丽的七彩，让饱尝寂寞的灵魂感受到真爱的光芒，教他无论如何也不能把她忘怀。

湘灵。又是一个秋的季节，我们到底分别了多久？他心痛莫名，却又对她心怀感激。如果不是她的出现，他的生命里又怎会有可以追忆的永恒亮色？虽然依旧与她隔着遥遥的距离，依旧无法共她在长安月下相拥相泣，无法共她在曲江畔闲听一曲相思，虽然那亮色是那么的短暂，那么的匆匆。失去了她，清冷的世界只留下他一个人孤单地走在寂寞的街口，任其在风中留住思念的痕迹，可这一路上又有谁能望穿他似笑非笑的神伤？

在挚友元稹、李绅，弟弟白行简面前，他总是用坚强的外表，掩饰住内心的脆弱，然而，谁又懂得这微笑背后的真正含义？郁郁寡欢的时分，他手捧着千年厮守的秘密，翘首望向曲江平行的两岸，才发现正因为无处交汇，才使流水不得不回归沧海，而他与湘灵又何尝不是这两条平行又无法交叉的岸？原来，一切的一切早已注定，他和她，终注定渐行渐远，渐行渐远……

他哭了。在元稹、李绅不再伴他曲江寻欢的深夜里，一个人躲在寂寞的窗口哽咽无语。一直以为，不论在什么时候什么季节，自己都能以微笑面对所有的苦痛，不论经历任何的风雨，都能保持着那份从容不迫。可是，他错了。他不敢相信自己在经年之后依然还会为她如此动心，不能承认自己竟会为了她远去的背影，心甘情愿地独享这份夜的凄清与凛冽。但，这一次他是真的拿得起放不下，这一次他是真的装不出哪怕是勉强挤出的笑容。当生命已然习惯于沉溺在她的温柔之后，他早已不再是只从属于他一个人的自己，然而离别愈久，相思愈重，他终于开始意识到失去她后的他竟然会变得如此的脆弱，如此的不堪一击，而遥遥的守望也已成为压在他心头的难以承受的重。

她能在他平淡的神情里看到他的落寞，能在他常驻的笑容中读懂他的感伤吗？当远离曲江畔灯红酒绿的喧嚣,重新回复到一个人的孤独后，他才明白，即便走进她的世界，亦是无法缩短他们之间的距离，即便期望关注她每一个举手投足，却依然无法走近她的生活。母亲是不会答应他们的婚事的！无论他怎样努力，她如何期待，母亲的心依然坚固得就像砸不烂穿不透的铜墙铁壁，尽管他用拒不成婚来抵抗母亲的专制，亦无法改变她的心意。

究竟，该以怎样的笔墨去渲染内心的无助，发泄胸中积郁已久的沉痛，撕心裂肺的呐喊或是毫无意义的挣扎吗？又该以怎样的冷静审视与她曾经的种种温情，是该当什么都没发生过，还是装作什么也不在意地故作轻松？

他不能！他什么都不能做，也做不了！

窗外，倏忽下起了淅沥的小雨，悄悄地，带来丝丝凉意，而他却有种自虐的快感，就像撕去伤口上刚刚结痂的疤，虽然疼痛，却能自欺欺人地告诉自己那“伤”正在慢慢愈合。也许，冥冥中早已注定，她就是他宿命中孤独的理由，是他前缘注定必然相遇的精灵，不然，芸芸众生，他为何偏偏遇到她，偏偏对她情有独钟？萍水相逢吗？不是！相知已久吗？如是，依稀仿佛，可好像又不是！

相隔千里，仍然觉得她就守在身旁。一个个与她花前月下、温柔相伴的夜晚，一段段与她一起走过的路程，都在他心海里牢牢地镌刻上相思的印迹，成为他的心房不断战栗的理由。此刻，他还能说些什么？所有的语言都已显得苍白，所有的情感都已化作无形，而他也是再也禁不起任何折腾了。

这是个善变的季节，适合于恋爱，也适合于离别。他起身走到院中，将整个身躯浸在雨中，任雨水顺着脸颊慢慢滑落，冰冷着他麻木的灵魂。不需要伞的怜悯，不需要长袍的保护，因为内心的泪雨已然倾盆。凋零的花瓣在雨中悄然飘送着芬芳，一直以来都固执地认为自己便是那其间幸运的一朵，可这幸运却在不期而遇的决绝中随风滑落，任他再也找寻不到任何的希望。既然没有未来，那就让永远的祝福为这段情感画上一个句号吧！只要她是快乐的，他将以平静而从容的声音说声珍重，然后慢慢地走开，直至远离。

这一年，已是公元 805 年，唐德宗贞元二十一年，他已经三十五岁了，而湘灵亦已是三十岁的半老徐娘。纵然再爱，他也不能再眼睁睁看着湘灵继续为他蹉跎，为他苦守了。是的，他不能。她是个好姑娘，好女人，她应该找到属于自己的幸福，然而，这幸福却是自己无法给予的，那，就远离她吧，就让她彻底将他的背影从记忆中抹去，永远不再想起！

收拾好散落的思绪，感受着院中细雨飘落的轨迹，亘古的苍茫中，他坚信自己能一个人孤单地走出这风这雨，走出整个雨季，但亦明白，他将永远走不出自己，走不出那段情爱的心路……

始终一厢情愿地以为，只要愿意，便可以将那扇爱的心门轻轻关闭，把所有的往事束之高阁，不再忆起，但只要经历些许相似的人事，心里第一时间涌起的依然还是那些从来没有停歇过的烦乱和忧伤。终究还是明白了，那些最初的遇见，美好而芬芳的点滴，即便小如尘芥，也无法一下子尘封，更不要说想忘就忘。始终记得，她曾经为他温柔地微笑，为他欢快地起舞，曾经快乐着他的快乐，痛苦着他的痛苦，所以无论经历怎样的变故,他还是无法与当年在她眼底悄然袭上身的清风柔情作别。或许，并没有一种固定的形式，她的柔情依旧会出现在他的梦里，会以一种他揣测不到的方式袭击他的宿醉，只是意识不会明了，在心里，已经作别了许久的时光，那一缕风的柔情，那一眼凝望的深情，虽有浪漫盈心，却依然还只在无人知晓的睡眠里。

举起瘦了的双手，怅望苍白失色的掌心，那杂乱无章的脉络间写满的究竟是谁的名字？湘灵。他瞪大双眼，轻轻念她的名字，意念深处却向着那条逼仄荒旷的相思路径徘徊行走。衍生的情、蔓生的愫，似无数的水草、无限的枝蔓，依旧以千军万马狂奔而来的气势牵缠着他的清心素指，终在他的眼底缠缚成一株蔓生的荆棘藤木，让他有了悠然的醉意，只想把心里最深处的幸福都与她分享。

想着她,梦着她,他早已累得不堪一击。或许,他早该让心好好休息；或许，他早该让自己承认那些不愿承认的事实；或许，他早该让自己学着接受那些接受不了的所有；或许，他早该让自己心里的那份痛渐行渐远；或许，他早该不再回头傻傻望着过去；或许，他也可以微笑着度过每一个寂寞的深夜……

这都是怎么了？为什么历经无数个雪雨冬夏，他还是无法将她忘怀？远方那个为他蹙着两条蛾眉、挂着两行热泪的女子，他又该如何替她剔去心底的伤，让她重新绽放青春的笑靥？他还有这个能力吗？不，他没有。他轻轻摇着头，既然已决定放手，那就不要再去撩拨她支离破碎的心；既然无法给她幸福，那就真心祝愿她能找到一个可以真心待她好的男人吧！可，那个曾经对他说出“生为你的人，死为你的鬼”的女子又真的可以在他远去后把自己的心交给另外一个男人吗？

她不会。可无论如何，他都要试一试的不是？只要他不再出现在她的世界里，不再在她孤怅的心里泛起任何的涟漪，或许，假以时日，她会渐渐把自己忘却并彻底抛之脑后的吧？唉！他深深地叹，不敢继续深思，只好裹着无尽的惆怅，铺开纸笺，继续，继续为她抒写一阕相思：

惆怅时节晚，两情千里同。
离忧不散处，庭树正秋风。
燕影动归翼，蕙香销故丛。
佳期与芳岁，牢落两成空。
——白居易《感秋寄远》

“惆怅时节晚，两情千里同。”在她远去的日子里，世界却未能因此变得安静，心底仍是波澜不断。总是在元稹和李绅等三五同僚好友的陪伴下，于曲江畔花天酒地，偎红倚翠，醉了后，疯狂地找一些熟悉或者陌生的面孔划拳猜谜，大声喧哗，说着不着边际的话题，聊着无聊透顶的废话；总是在平康坊轻舞飞扬、色艺双绝的歌伎阿软怀里激情四溢、顾盼生辉。虽亦曾迷恋过阿软，并给她写下“绿水红莲一朵新，千花万草无颜色”的靡丽诗句，可时过境迁后却发现情怀已不再，一如海的潮起潮落，起起伏伏，终是没有定数。

都说爱再多也不会嘈杂拥挤，那些荒唐的青春秘密，却在无尽的灯红酒绿里烧焦了所有欺骗的谎言。醉在那些甚至叫不出名字的女子怀里，却以为躲在符离的柴扉深院与她缠绵悱恻，分不清哪个是她，哪个是他。章台路深，总是淡语触及闲言，却有温情荡漾于如临春风的心田，可惜相对而坐的却不是他心仪的女子，每每念及于此，只愿老天借他一双翅膀，好让他拥着她一起翱翔，在花开倾城的季节静听天堂的音籁。

然而，每一次酒醒后，都会发现拥入怀中的佳人并不是他想要的她，却又在短暂的懊恼后将一切的荒唐周而复始地重新演绎，甚至每一次重续都有过之而无不及，让人望不到这样的尽头究竟会在何处。因为难抵对她的刻骨相思，所以只能一次次地流连于花街柳巷，在这惆怅时节晚的深秋里，于阿软和那些以色娱人的女子们那一双双扑朔迷离、温柔缱绻的眼里，觅她千里之外的柔情似水。

他知道，纵使相隔遥遥，千里的距离依然无法阻挡他们那两颗相爱的痴心。长安月下，他于曲江之畔拥着歌舞伎纤细的腰肢，说着无尽的情话，心里想的却只是千里之外的她；而符离月下，她必定于村口的风车前一个人怅坐水畔，默然无语，心里念的也只是千里之外的他。湘灵啊湘灵，到底该怎么才能与你朝夕相伴、白头到老，为什么每一次思念过后，口中念念有词的都只是那一句“奈若何，奈若何？！”

“离忧不散处，庭树正秋风。”无奈，落寞，惆怅，今夜就借这曲江水畔的良辰美景，与那歌女舞伎长歌一曲、轻舞羽衣、倾壶而醉，却胜似人间无数！然而，离别的忧绪却未能在一片欢声笑语中化成他眉间的舒展，他仍在想她，无时无刻不在想。他不在了，那曾经笑语盈盈，挽着他胳膊走在村口小径上的她会不会在月下凄楚着念起“妾乘油壁车，郎骑青骢马。何处结同心？西陵松柏下”的伤心诗句来？

那是南朝才女苏小小用血泪写就的诗句。苏小小早已化作千年不散的一缕香魂，在杭州西泠桥头留下千古伤心的哀婉往事，他的湘灵会不会也步上她的后尘？不！他不敢细想，离忧徘徊在心底，久久无法排遣，放眼望去，却又看到窗外庭院里苍老的树枝正在秋风中起伏摇曳，亦如他和她的爱情，弱不禁风，不堪一击。

“燕影动归翼，蕙香销故丛。”燕子展翅欲飞的身影，蕙草掩去其他花香的馥郁，都能惹动他对她的深深思念；江堤上吹过的晚风，潋滟的波光，都会触动他的心弦；还有那熟悉的丝竹声，相似的红袖添香，也都会让他心生喟叹……

一次又一次地跑上街头，想在人群中寻觅她的轻倩身影；一次又一次地铺开诗笺，想在字里行间寻觅她的音容笑貌……怕失去，怕被丢弃，怕一个人面对黑夜，怕孤独寂寞，怕失落……每每想到她无助的眼神，他便会浸入无尽的迷茫中，不知所措，恨不能像燕子一样飞回符离，与她携手相偎。

然而，他亦明白，在前方等待他们的终究是一种宿命，一种轮回。也许，他还在等候，等候母亲的许诺给他一个完满的奇迹。可长久的分离几乎让他不能再清晰地忆起她昨日的容颜，一回首，望到的都只是落尽红尘的痴泪，满满地漾了一池的春水秋波。

“佳期与芳岁，牢落两成空。”下雨了。走在寂寂的街口，一把撑起的雨伞究竟能承载起他心底积淀已久的多少情愫，又能遮挡住他眉间深锁经年的多少惆怅？一个人路过的废墟旁，破碎的瓦砾杂乱无章地掩埋在黏湿的泥土里，陡然间便换来他的泪眼蒙眬，尽管努力着想要追寻一缕情丝的温润，最终得到的却只是悬浮在眼帘的凄凉印象。

离人何处觅芳踪，却是梦里诉相逢。往事平铺在记忆里，他展不开那些突起的褶皱，只好躲在不期而至的雨中，顺着发丝，想要理顺凌乱的思绪，然而回首之间，却又发现一切的努力都只是徒劳。数年的漂泊，总是寂寞独自徜徉在心头，眼前的菊花依旧开得如火如荼，可他却不能目睹她美丽的笑靥，不能再像儿时那样，看她在菊丛中将菊花摇成行行落泪，只能枕着一曲忧思于梦中体验她曾经的温柔和调皮。

都知道酒不醉人人自醉，然而几杯烈酒落肚后，也就有了癫狂的勇气，有了不断折腾自己、折磨自己的借口。经年的等待里，一个人孤单着走过了千万里无法相守的路，穿梭于不同的街巷，在不同的季节回味领悟，才蓦然惊觉，曾经青涩的梦想早已在山高水长的寻觅中断翅遗失，曾让她陶醉在风车前心动痴语的白云亦柔软成心底不变的纯真，而他依旧还是当初的孤家寡人，亦依然只能背着一个人的行囊无语前行。他知道，他和她都已不再青春，不再年轻，不再有羞红了一张脸在水湄月下谈情说爱的机会，而那些曾经美好的岁月中，他们不仅白白蹉跎了婚期，也错过了人生中最美的年华，如果不在酒里熬煮一场恣意的欢畅，放肆的纵情，又教他如何不再惆怅，不再伤感？

前程或是归途，依然在眼前不断蜿蜒向远方，伸向他不曾走过的拐角，或是无人问津的岔道，而沿途两旁的草地上却开满了欢愉的小花，望一眼，总能令人心旷神怡。他叫不出这些花的名字，却发现它们似乎从来都不曾颓败过，就像他对她的惦念，长年都盛开在她馥郁的相思里。在她熟悉的眸光里，淅沥的雨水逐渐停了，而那冲破阴霾的夕阳，则一如既往地流连于他缠绵的诗章中，似在催他加快追赶幸福的脚步。任温柔的角度填满所有祈祷的缝隙，如花似梦，从此不再让岁月卷走，只在回忆中封存他眼底这一段念若清风。

Tips：

这首《感秋寄远》具体写作年份同样待考，但亦是白居易任校书郎后，与湘灵的婚事再次遭到母亲陈氏断拒期间所作。因陈氏坚决不允其娶湘灵为妻，白居易亦用拒不成亲的方式来回应母亲在他婚姻上的决绝态度。

第十一章 寄远

欲忘忘未得，欲去去无由。
两腋不生翅，二毛空满头。
坐看新落叶，行上最高楼。
暝色无边际，茫茫尽眼愁。
——白居易《寄远》

转眼间，横亘在他面前的又是一个落叶萧萧的季节。冷风渐起，深邃而幽远的夜空下，落花如飞蝶般随风起舞，妩媚绽放后又寂寂跌落，吻向慢慢失却温度的大地，化为一粒不起眼的尘埃，而涌起的思念便又在此时如同潮涨的水，瞬间在他的眉间与掌心汹涌。

如此良夜，这漫天的落花不知又妩媚了谁的眉眼，浪漫了谁的心思？他不知道，此时此刻，会有多少颗星子会沉醉在万里无云的天幕上，只知道，醉眼观花后，那挥之不去的，依然还是他对她不绝如缕的深深眷恋。

还能为她做些什么呢，又该如何才能挽回那段渐行渐远的感情？或许，除了匍匐在佛祖面前祈祷，再也别无他法。一声悠长的叹息声后，他真的在夜空下祈祷了，微闭双目，口中念念有词，是在祈祷让他也化作一朵美丽的落花，让她抬首之间便能一眼瞥见他在空中绽放时的那一抹惊艳与精彩，即便在绚烂之后，也只愿跌落在她的怀里，醉在她水灵水灵的眼底，让她无法不惊叹他的美丽，更让她无法不心痛他的湮灭。如此，萦绕在心间的那雾一样的惆怅，云一样的思念，便因为有了她的心痛，而了无遗憾，即便还是不能与她执手相对，他也会相信那份爱是真实的不容置疑的。

这般，相思不尽、柔情不止，纵是万年只种此一粒红豆，今朝春尽后，情何以堪？那些撩人的青春，已在往事谢幕的风中悄然老去；那些美丽的梦想，兜兜转转之后她又可曾记得？叹，青春，只一个很美的词汇，但却没几个人知道它究竟会淹没在哪里，更没人能逆着时光的脚步追回那些遗失的青涩与娇羞，所以他们唯一能做的便是面对现实，在现实的允许下继续打捞种种的可能与不可能。

曾经因为年轻，所以总是肆意地享受着青春，从不曾想过虚度光阴与铺张浪费；曾经因为年轻，才会对所有的人事怀揣幻想，哪怕那想象总是不切实际，却又总沾染着镜花水月的朦胧美，令他们一刻也不愿抵近现实，与命运达成该有的和解。在最好的时光里，他浪费了青春，浪费了生命，毫无节制，等到而今青春早已在倾巢出动的皱纹里悄然老去，斑驳的记忆亦已变得支离破碎，再也拼凑不回往昔的欢欣时，他唯一能做的便是用一颗易感的心去捕捉恋人们那一双双模糊的泪眼，却怎么也不能从三千里云和水化成的泪光里找到来时的归路。

繁花过后，韶华散尽，饮下的烈酒都是一个人的舞蹈，再也无人观摩，也无人相陪。那些过往的美丽都在悲伤的记忆里随微风渐行渐远，不留一丝踪影，而在他心底，却仍残留着一些破碎陈腐的痕迹，依旧守护着那些遥不可及的梦想。相思，如同一粒火种，只要心底那一丝温度不灭，它就会燃烧，越烧越旺，所以雨过之后，尽管他触目所及的不是阳光，不是彩虹，而是灰了的，没有一丝色彩的天空，那疯狂的热度也能将他瞬间融化。

这世间，不会因为他的缺席而少些什么，也不会因为她的退场而产生任何的遗憾，滚滚红尘，年年岁岁景常在，岁岁年年人不同，却也未曾出现过大的差错与偏离。如果不是缘于爱，谁也不会为谁停留，谁也不会为谁转身，谁也不会为谁耽搁，而他，心甘情愿地为之驻足，为之回望，只不过是因为他爱了。是的，他爱她，爱得刻骨铭心，爱得无药可救，在他眼里，她就是含羞脉脉地穿梭在古乐府里的那一个相思不尽的深情女子，而他就是握笔窗下将她一笔一画写进乐府诗章的那个白衣俊士。那一年，他羽扇纶巾、白衣飘舞，款款走在她二八年华的婉约里，踏着青石板街清脆的节奏，轻柔地倚在她的兰舟上，任湖面泛起的朵朵水花，映着堤岸上倒垂的杨柳，而他的浅笑便那样一圈圈地漾在了她的眉心和眼底，让她再也找不到除他之外的明媚与欢喜。

他的笑里含着春天淡淡的忧郁，亦含着秋天绵绵的相思。如果她是湖水，他便是那堤岸上环绕的柳；如果她是荷花，他便是轻轻吹绽她的一缕清风。相爱的那一天开始，他和她便不再能够分得出彼此，他们就像此起彼伏的呼吸一样，再也无法以任何个体独立于世间自由地活，如果不想憔悴枯萎终至凋谢，他们就必须相拥着直到生命的终结。这是他们的命运，也是他们彼此许下的诺言，所以一旦分离，即便不死，也无异于等死，再多的闪耀也都是回光返照的怜悯。那一年，因为爱，即便窗外蔓延的是漫山遍野的荒芜，也从来没有苍凉荒芜过她欢喜的眼——他总是站在她目光可以触及的距离内，让自己流连成那千姿百态的小草，去装扮去点缀那满山的青翠欲滴，而她也终于沉溺在他的柔情里，再也不愿意醒在没有他的世界里。

他们不是没有过快乐，也不是没有过美丽的梦。他略带忧郁的微笑总是可以轻易便掳获到她眉睫上那一滴丰盈却不忍滑落的泪珠，那是她满含了期待与盼望的一滴眼泪，里面藏着她一颗无垠的痴心，纯洁而透明，亦如他的眼，海一般深邃澄澈；而他亦总是喜欢躲在她那一颗不肯轻易示人的珠泪里去找寻他们的情深不悔、缠绵缱绻，并用诗文一一记述成只属于他们的天荒地老。然而，欢乐总是太过短暂，经历种种人世的沧桑变幻后，她始终都挥不去那雾一样的忧伤，终致那忧伤无牵无挂地萦绕在符离小城的长河里，缓缓变成一汪蓝色的眼泪，无时无刻不在祭奠着他们的情殇，而他，她千百次轮回里等待的那个少年，便成了她蓝色忧伤里那个怎么也做不完的梦……

念着她的芳名，想着她的丽容，他轻轻浅浅地叹，眼中亦含着一滴蓝色的眼泪。还记得吗，前世，她等他在画梁雕栋的烟雨楼台，从梅粉褪残妆的初春，到涂抹新红上海棠的盛春，再到开到荼蘼花事了的暮春，直至整个春天都在眼前凋尽了，也未曾等到他划着一叶扁舟从落日的天边行来？而今，车水马龙、雕栏玉砌的市井街衢边，他笔下的千回百转、起承转合，只是为了守候那个单薄的女子，每一个字，每一句话，都倾注了人世间最古老、最厚重的深情。可是，寻寻觅觅，觅觅寻寻，寂寞复寂寞的等待中，眼看这一季的花又要开到荼蘼，韶华盛极，无法再持续那份耀目倾城的美，而她依然不是他闺中的妇人，怎不惹他心伤难禁？

花到荼蘼春光了，爱到荼蘼人憔悴。他知道，凡事物极必反，爱再深，纵然刻骨，也终要逝去，可他又有什么办法能够留得住这大好的春光，不老的容颜？月色溶溶，在无限的想念中冰释了他尘封已久的心，抬头望去，这婆娑的夜晚，一如少时符离的天空一样美丽空灵，然而，少了她的陪伴，他又怎么能够寻得回那时的清芬与温婉？

倾耳，又一场不期而至的雨，淅淅沥沥从天而降，每一颗雨珠落地的声音，都溅起一片一片深不见底的忧郁。凝眸，树梢间那些危危欲坠的枯黄的残叶，亦都在冷风中不停地挣扎着，翻飞着，仿佛很不甘心地，誓要与外部的侵凌做抵死的抗争。他知道，那不过就是徒劳的抵抗，亦如他在母亲面前一样，为了与湘灵的婚事早日兑现，终年都做着无声的反抗，却又从来都没有胜利过。这样想着，他开始怜悯起那些叶子，心疼地将它们一一拣拾起来，却发现，随同它们被紧握于手的，还有飘落的寒气与紊乱的心绪，以及怀念深深埋进灵魂后衍生的汹涌与奔腾。

他对她的思念依然如昨，挥之不去的，仍是她在他记忆的画屏上增添的那些如丝若缕的怀念。那些怀念，恰似头顶那轮明月，圆也是诗，缺也是诗。轻轻地，伸开双手，让相思的絮飘入心灵，缓缓打开尘封的柔软。脸上那一粒泪痕，犹如吹进眼中的一粒沙子，越揉越痛，越揉越深，直到揉碎这一季的风景，才恍然明白，原以为把心尘封了，把那滴忧伤的眼泪珍藏了，就能将她忘记，就能剪断那丝丝缕缕的情愫，就能让秋风吹落那不朽的忧愁，不曾想，却是岁月不改，冰心依旧！

曾几何时，思念拉近了他们与现实的距离，然而母亲的决绝却把他们倾城的爱恋再次打回原形。在残酷的现实中，梦被扭曲了，理想被扼杀了，于是只好俯首在孤单中重新拾起那些残缺的梦想和那些陈腐的过往。抬头，好想让窗外的雨水来得再猛烈一些，因为唯有那样，才能让寂寞不至于还像从前那么孤单，那么无聊，可是等思绪再一次浸在这片潮湿中的时候,他才意识到又开启了另一场轮回的沉寂。那个寂寞的锁，就那样在不知不觉中被悄然打开，然而，好不容易才收回来一点点的心便又开始了摇曳、凋零。

打开记忆的闸门，把这些年经历的酸甜苦辣都一一排列成行，才发现，所有的爱恨情仇都似过眼烟云，早已随风而逝，而思念却是不曾有过丝毫的黯淡。因为爱，他来到有她的世间，翘首等待与她相聚的那一天，任她分享他生命里所有甜蜜与悲凄；因为情，所有的星辰都为他动容，将两颗遥远的心隔着天涯与海角紧紧拉拢，用不变的等待与守候缩短他们之间山高水长的距离。爱她，想她，却从来都不会恨她，可若不恨，又为何偏偏要与她离别，却在短暂的生命旅程里，与她渐行渐远渐无言，总是在雨中独自完成一曲悲伤的恋歌？其实应该恨的人是他而不是她，如果不是他始终优柔寡断，下不了决心与她远走天涯，她又怎么会至今都为他蹉跎哽咽？

恨只恨，他的懦弱与无奈。而今，心底盘旋不去的，除了情深不悔的爱，便是满腔不得已的愁绪，湘灵啊湘灵，到底还要我做些什么，你才肯心甘情愿地跟着我走？或许，情爱的红尘里，相爱的人根本不需要相对坐视悲叹，毕竟不是所有的行船都能到达彼岸，只要船桨在水面划过，就总能散开美丽浪漫的水波，不是吗？而那一圈圈漾起的波纹，便是爱情激荡的歌，既如此，又何必非要执着于那一纸婚书呢？他试图用这样的解释劝说自己、迷惑自己，可这样的想法于湘灵而言难道不是一种蔑视与亵渎吗？

很多时候，他都无法用文字表达出这经年积淀于心底的款款情深，只有漫步在雨中的天地，才能清晰并准确无误地梳理出关于这段爱的所有剪不断、理还乱的头绪来。不，他不能辜负湘灵，也不能让她背上淫奔的罪名，所以他唯一能给她的就是那一纸婚书。可母亲自始至终都竭力反对他们的婚事，他又该如何取舍呢？淅沥的雨声慢慢洗去了他心头的浑浊，徜徉在悦耳的雨滴声中，他独自享受着这份唯美的旋律，心中的郁闷惆怅终被一扫而光，此时此刻，他又是多么的希望，这眼前飞舞的雨丝迅速封住这瞬间的释然啊！

雨中，厚重的心幕被柔软的雨丝缓缓拉开，暮秋的寒霜一点一点溅到他单薄的衣衫上。她微妙的神情不止一次地，宛若游丝般，飘飘漾漾地合拢来，绾在一起，纠结在他忧伤的眸里。那曾经美丽的容颜，仿佛融化在爱的流沙里，却是一纸看不清、道不明的模糊。

湘灵，符离城外的桥上，你可曾听见我哒哒的马蹄声？隔着如缎的窗纱，你可曾看见我凝望的双眸，闪烁着的爱的火焰？如茵的草地上，你可否看到那一抹青葱的新绿上有我为你写就的爱的诗篇？知不知道，我的相思都化作了红豆，留着只为让你慢慢品尝？知不知道，桨声灯影里，我只想再为你揉碎我的衷肠，和秋水一起，穿越这漫漫长夜，流进你的芳心？

终究，她还是遗失在他模糊的目光中，梦也渐行渐远，总是于有意无意间疏远着他的爱恋，但他却再次对风许下郑重的诺言，愿意为她付出一切，哪怕是不曾完全逝去的青春，和如花的韶华。远处，不知是谁十指轻叩，又奏响一曲幽婉的《长相思》，更不知一厢悲凉已被谁收藏在看不见的纷乱里，然而他心里却比谁都清楚，除了她，什么也不曾来过，也未曾离开过。看流光飞舞，看烟水流逝，红尘漫漫，一片冰心向谁寄？可怜一曲《东风破》，奏起的却是落红泣琼枝，此时此刻，再也没了力气去挣扎的他亦唯有趴在窗口，再为她抒写一阕相思，一首《寄远》：

欲忘忘未得，欲去去无由。
两腋不生翅，二毛空满头。
坐看新落叶，行上最高楼。
暝色无边际，茫茫尽眼愁。
——白居易《寄远》

“欲忘忘未得，欲去去无由。”思念浸在蒙蒙的细雨里洒向夜空，声声入耳的都是那些个没有踪影的寂寞与无奈。他倚着旧了的窗棂，紧握一片荒原似的落寞，看微风将黄叶一片片卷起，似一个个舞伎的裙带飞扬，只是无语话凄凉。

在这肃杀的深秋里，他放荡了思绪，也放荡了堆积已久的忧愁与寂寞，点点滴滴，揉碎了掰断了全是或明或暗的伤。再回首，所有的渺小都变得庞大，所有的微弱都变得强烈，即便有心回旋，却终于输在无力的抑制上，那似水的幽怨便如同决堤的潮水，不停地在他心底肆意地奔腾、咆哮。

想把她忘记，却将她忆得更深；想去符离看她，却找不到合适的理由。没想到，时过境迁后，远去了山盟海誓的情爱竟会变得如此苍白，如此无力，即便费尽周章，那些曾经美丽的瞬间也是一去不能再返。他知道，诗意的向往，就这样在他望晴的眼底变成了永久的空白，铺垫它的笔太过匆匆，而匆匆的墨迹之后便不会再有当日的灼热与激荡，但他还是不肯说服自己对她放手。

挥手间，笑靥模糊了泪眼，甜蜜化作了凄冷，思念却是愈燃愈烈。可知，苍白的记忆里，他仍愿意珍藏所有关于她的情节，让日夜的祈祷里多一些希望，少一些无助；仍愿意为她燃烧他的肉体直至化成灰烬，也要伴她走到地老天荒；仍愿意放浪他的情思直至澎湃，也要陪她共度天上人间的欢喜？那，就让这思念继续汹涌着吧，似海潮滚滚扑向海的那一边，跟着她梦中的足迹，去追寻空气里残留的那缕爱的芳香吧！

“两腋不生翅，二毛空满头。”想她，念她，一如既往，无可救药。只可惜两腋不能生出翅膀，像大雁一样迅速飞抵她的窗下，陡然间，对她的思念，却斑白了他曾经的青丝。

多少个漆黑的夜里，他总是在梦中牵着她纤若柔荑的手，在那条熟悉却又离别了很久很久的小河的波心里肆意荡漾。然而每一次浑然惊醒后，瞪大双眼望穿那无边的夜色，看到的却是孤雁形单影只地穿过云霄，听到的也只是它一声一声的哀鸣，而这一切都不自觉地确证了她的别离，偌大的世界只留待他用记忆驱散，那无数个不尽的漫漫长夜。

迢迢山水的边缘，她的梦里是否也有符离河畔的那一晚秋月，以及秋月里的欢声笑语？他不在的日子里，几曾美丽的小河，也只能无奈地独自面对眼前萧瑟的秋色，任她美丽的容颜在青铜镜里被锈迹斑驳得失去了原有的光泽与颜色。他明白，镜子的那一边，早已没了欢颜，只留下一片无语的苍白在荒芜的静谧中等待青春的回望。所以想她的时候，他总是在窗下静静地从袖中掏出她当初赠他的铜镜，把镜面小心翼翼地对准院中的每一处角落，想把他遗落的每一片苍凉都收集起来，努力拼凑成一幅有她亦有他的美丽图卷，却不知道即便心想事成，最后变现的也不会是他最初想要企及的那片晴朗。

“坐看新落叶，行上最高楼。”窗外的银杏叶落了，从空中悠悠地飘落下来，虽然看不清它的脸，但透过一层薄纱似的轻梦，他分明看得清它眸子里闪动着的泪花和一丝轻雾似的留恋。黄土在一瞬之后，成了它永久的故乡，萧萧风雨、萋萋芳草、淡淡人情，一切都将远去，只是魂梦乡里，是否还看得见过往依稀的璀璨？

沐着一身的惆怅，他起身步上高楼，坐在最高处，轻叹着仔细端详那低处的片片落叶，唯愿别离后的等待，在她归来的那一天，连缀成一部只属于他们的楚辞诗经，绚烂成爱恋里最美的祝愿与希望。

“暝色无边际，茫茫尽眼愁。”斜月西沉，暝色无际，放眼望去，怎一个“愁”字了得？却原来眼前的暮色竟也是如此地令人忧伤！所有最美的时光都从他手指的缝隙间急急流走，与她转瞬已是天涯相隔，一世的尘缘亦在今夜的相思曲中擦肩而过，究竟，今夜过后，他还能否拥着她点滴的温柔直至终老？

曾经，那个温婉如水的夜里，美丽大方的她若云影般从他身边轻轻掠过，自此，她的笑靥便成了他今生最美的追忆。几经沧桑，在岁月的浮光变换了青春的颜色之后，他一直都想把她的容颜酿成一壶色香味俱全的美酒，在每一个孤独的夜里边斟边赏，然而即便是这样的心愿，他也无法将之轻松兑现。往事已矣，他不想再用离别作为爱的结局，不想再用眼泪洗涤痛楚，不想再看着爱的火焰慢慢熄灭，心也跟着彻底凋零，所以他必须做出改变，可是在这令人窒息的充满桎梏的世界里，他又能改变些什么呢？

轻轻地，他默无一言地剪断一丛开得正好的秋菊，在院中的石阶上踌躇良久，才用双手捧着它们小心翼翼地放进门前的流水里，痴痴期望着遥远的水边，她也在翘首企盼，正好将它捧起，像捧着他的心一样，在她的心房里永久珍藏。想必，到那时，如果他还有一颗浪漫的心，他的笔下定然仍会流淌许多给她的情诗，以及小河边的点点忧愁。不过现在他要做的便是祝愿她得到永恒的欢喜，亦盼她在他日能够用她的幸福与智慧将它们幻化成彩，只在他的眸间轻舞飞扬。

Tips：

《寄远》亦是白居易任校书郎期间怀念湘灵所作。诗人因思慕远方同样孤独的湘灵，顿生白发，但恨不能腋下生翅飞到她的身旁，字里行间，无不深深表达了他对湘灵的痴心不改。

第四卷

长恨歌：在天愿作比翼鸟

缘来缘去缘如风，缘聚缘散太匆匆。花未凋于心海，缘却已逝去。深深怨，不为风雨，不为流年，只恨情深缘浅！聚散天定、离合难期，所有真情，谁堪寄与？早知世事无常，何必相识相知？既已相爱，为何又会缘去如风？总道情可动天，谁知缘尽一切皆成空！

第十二章 戏题新栽蔷薇

移根易地莫憔悴，野外庭前一种春。
少府无妻春寂寞，花开将尔当夫人。
——白居易《戏题新栽蔷薇》

唐宪宗元和元年（806年）初，白居易与挚友元稹同时辞去秘书省校书郎的职务，客居长安华阳观，同撰《策林》七十五篇，准备参加制举考试。四月，二人“指病危言”，在科试中力抒己见，痛陈朝政弊端，深得主考官韦贯之欣赏，同登“才识兼茂明于体用科”，白居易旋即被授盩厔县尉。这一年，他已三十五岁，却依然是孑然一身。

从一个毫无作为的校书郎，摇身变成盩厔县尉，他离自己的政治理想又近了一步。然而，那在水一方的伊人却与他更行更远，三十一岁的她仍是待字闺中的处子，他又该如何去偿还欠下她的那份情意？

过往早已离他远去，但还是清晰地记得她所有的痕迹，那些曾经，依然在他心间流淌着美丽的音符。遇见她的时候，美丽的蝴蝶在樱花上翩跹着最温柔的梦，不只是樱花正芳菲，四月的梨花，也正嫩蕊初吐，她便如那蝶影里幻化的一曲《蝶恋花》，在令人炫目的色彩里，绝响了那个初遇的朦胧。

那一刻，他并没有想到花落，也没有想到，蝴蝶的羽翼若是折断了，樱花上是否还能折射出它斑斓的梦。梨花如雪纷飞的时候，他仓皇地回顾，那满园的春色，正凋零得体无完肤。于是，他只能让心底涌起的那份无奈和辛酸，去细细地揣摩那一地的花雨是如何的不甘，然后，在清晰的目光后看她模糊的身影一点一点地随之凋落在花的尽头。他能怎样呢？满园的春色匆匆，不为任何人稍做停留，而更让他惶恐的便是，他的无能为力甚至不能让一朵花再延续半刻的生命，又如何留得住她的轻舞飞扬？

每一段过往都被铭刻在脑海深处，每一次忆起，倾泻的总是过往的印迹，而斑驳了的却是他的心情。当他执着着向回忆走去，惆怅便是他孤独的情怀；当他打马从寂寞路过，也就注定了将与她风雨蹉跎。相望无痕，多少的岁月在记忆里疏狂，多少的孤独在相思里迷惘，不同的只是故事，相同的却是那份不变的沧桑。

他只能用笔墨去描述，那时刻的风，那时刻的云，还有那时刻她太迟太迟回顾时看到的满园憔悴和伤悲。在那些枯萎了的花瓣脉络里，她只有细细地端详，才能揣摩出他等她不来时的无奈和伤悲，还有那些个数不清的温柔和无悔。亦曾试着忘却流下的泪水，却猛然发现那是一个荒谬的错误，心若不死，即便忘记，也是撕心裂肺的疼痛。繁华落尽，他的孤寂仍在继续，宛如一朵绽放在悬崖峭壁的雪莲，扎根于孤独的土壤，兀自生发着，又兀自艳丽着。花开空前的绚美，花谢绝后的烂漫，无论是花开还是花谢，都有一股潮湿的气息在曾经流过的心海里徜徉，终至化成他眼角一滴抱憾的泪珠。

湘灵，在愁绪万端的季节里，他又痴痴念起她的名字。回忆里那股经久不衰的馥郁的香气，到此时已渐行渐远，甚至再也嗅不到一点点当初的味道，而他心底涨开的寂寞却依然孤独于山水朦胧间，牢固依旧。光阴荏苒，岁月变迁，无论世事多么艰辛，他从未任思念停止过在季节里旋转，属于他的寂寞何日有岸，更是无法预言，也无从预知。面对残酷的现实，他无力改变，所以每一次相思涛起的时候，便只能于幽静的月夜，一个人静静坐在溪畔，看皎月悬空下的树影婆娑，或于黄昏之时，一个人孤孤单单地伫立窗前，看落霞与孤鹜在斑斓的天幕下齐飞，任内心涌起一种孤绝的美……

那一年，只是因为一个美丽的偶然，她便悄然来到他的身边，他亦就此在她乌黑的发梢前停留。可是，世间的繁华，却阻碍了他们的相守，为了家族的声誉，为了他的锦绣前程，在母亲陈氏决绝的威逼下，她终于决然离去，徒留他带着刻骨铭心的伤痛，在原地默默守候她的归来，任思念如潮水汹涌，无处安放，也找不到回去的归路。

想她，念她，顿时，心好疼，好痛。天意总是弄人，赋予了缘分让他们相遇，却又任他们被那情殇鞭笞得遍体鳞伤，怎不教人汗颜心碎？！湘灵，倘或今生真的就此擦肩而过，永远不再相遇，你可曾记住我的温柔一笑，又可曾记住符离城外风车下的频频回顾？他不知道，他无法替湘灵做出回答，尽管他明白湘灵永远都不会把他抛诸脑后，但某些时候，他还是违心地希望她能够把他忘了，因为唯有那样，她才能得到应有的幸福。然而，人心又都是自私的，更多的时候，他依然希望她给予他回应，哪怕只是一个会心的微笑或是眼神的交汇，也好过他一个人孤孤单单的等待啊！

湘灵，若我以爱的名义呼唤你的归来，你可否会为我擦拭眼角的泪水？

湘灵，若我以爱的名义呼唤你的归来，你和我可否会享受最美的人生？

湘灵，若我以爱的名义呼唤你的归来，你和我还能回归那曾经的快乐吗？

湘灵，若我以爱的名义呼唤你的归来，是否世间的悲欢离合只会演绎成一段传说？

想你，不断地想你。思念在深夜里，在空气里无限地蔓延。枕着你的不舍和温柔，想着那个桃花红梨花白、草长莺飞的人间四月天，还有你曾经给过的暖，再也无法成眠；含着对你的爱恋与惦念，思念的宝塔在瞬间崩塌，此时此刻，好想听听你的声音，好想看看你的脸，好想在你温柔缱绻的眼神中被你紧紧拥入怀抱，让往事在你我眼前再次飞扬。然而，想象总是最美好的，但事实往往又是最冷酷的，对她的想念潮起潮落，却是越清晰越伤痛，越热烈越冷清。

夜幕下的他，依然还在等待，不管她是否归来，他都将用最真的心，安抚她在人生路途中历经的所有忧伤；孤单忧伤的他，依然还在等待，不管她是否归来，她永远是他心间最美丽最持久的眷念；泪眼模糊的他，依然还在等待，不管她是否归来，她都是他心头永远不离不弃的牵挂。仰望苍穹，寂寞空前潮涨，思绪游离，一丝伤感，再次袭入心间，连空气中都弥漫着淡淡的惆怅。五月的夜风微凉，而他就像挂在枝头的最后一片树叶，苦苦挣扎，却逃不过飘零的凄戚。寒意一丝丝从皮肤渗进，渐渐布满整个身躯，她不在，心已荒凉，即便思念再盛，血液又如何能够沸腾？

冰冷终是连同眼角最后的漠意一同凝固在夜的静谧中。当相思已成往事，依旧浮现在眼前的容颜早就不是当初的明艳，又有谁会执着在风中抚慰他这一生感性落魄的人生？不知为何，人总是习惯在失去的时候怀念最美丽的往事，又总是喜欢在夜深人静的时刻倾诉最深层的爱恋，而他也不能例外。回首前尘，任回忆里充满悲欢离合的遭遇，才发现，在岁月的坎坷路途中，没有谁能为谁解愁，也没有谁能拯救谁，唯有笔下飞舞的文字，能在惆怅里感受着他不安情绪的同时，带给他一丝丝的抚慰与镇定。

抬头，远远眺望着院中新栽的蔷薇，思绪宛若洒在清水中的一滴新墨，随着花开的声音，晕开成一缕又一缕的涟漪。是孤独，迷茫，失落，还是忧愁？花儿一片接着一片连绵地争艳，醉人的芬芳在房间的每个角落荡漾，而他心中的花海，早因没有了阳光的照耀与雨露的灌溉，在盛春的月光中渐渐枯萎、凋零。花季未了，他的花海已是一片荒芜，而等他闭上眼睛，唯一能感觉到的也是这片荒芜，只不过多了些苍白与空旷罢了。

爱到深处，曾经的伤痕一次次地被不经意地触碰到，心，仍然铺天盖地地痛着。曾经以为自己会在经久的失落后彻底忘怀，即使不忘怀也会让思念的底色变得越来越淡，却不意到如今才发觉，这一切原来都是他心甘情愿的自欺欺人。心，由始至终都是脆弱的，一次次的被伤害，已让它结满了一道道沟壑般的疤痕，触目惊心。那些旧了的伤口虽然早就都愈合了，但疤痕仍历历在目，心也依旧清醒地痛着，无时无刻不在提醒他当初爱得有多深，疼得有多真。终于明白，原来时间只是模糊了日子，却永远都磨灭不了那种撕心裂肺的痛，所以他什么也不想再去提及，只想忆着她的容颜，在蔷薇花前，为那些冶艳的花儿，为她，写下一首《戏题新栽蔷薇》，一点点，一层层地，将那隽永的爱意，连同眼角的忧伤，一起埋进心底的最深处：

移根易地莫憔悴，野外庭前一种春。
少府无妻春寂寞，花开将尔当夫人。
——白居易《戏题新栽蔷薇》

“移根易地莫憔悴，野外庭前一种春。”蔷薇花啊蔷薇花，他一边打量着一边轻轻踱向月色中怒放的蔷薇丛，伸手抚着它们柔润的花瓣，欣喜与惆怅的感觉同时袭遍周身。野外和庭前总是绽放着一样的春色，盼只盼，刚从野外移栽至院内的蔷薇莫要憔悴，年年岁岁，岁岁年年，都在他眼前尽情盛放。

湘灵，轻轻念起她的名字，他又想到了那个远在天边的可人儿，眼前这娇嫩的花儿何尝不是湘灵少时弹吹可破的肌肤？只是，岁月的流逝早已憔悴了她的红颜，所有的美好都在一瞬间灰飞烟灭，让他来不及转身，便与失望撞了个满怀。守候的目光里氤氲起薄薄的雾气，短暂而又苍白的微笑过后，这偏冷的时光又被寂寞重新涂抹上灰暗的色调，令他怎么也触摸不到禅意的芬芳。终究还是无法一个人走完那一条春花满径的小路，而她远去的琵琶音律亦在一场洞悉真相的残酷里颓然倒地，碎成了漫天的花雨。

“少府无妻春寂寞，花开将尔当夫人。”三十五岁了，三十五岁的他尚未婚娶，尚无妻室。凝神端详着枝头那一簇簇别样的温柔，心仍是浑浑噩噩、昏昏沉沉，却不知枝叶上挂满的一串串露珠可是他眼角飞过的泪珠。

夜，寂寞而又死气沉沉地笼罩着整座城池，而他依然没有忘记在心里大声唤她名字的姿势，尽管知道无边的黑夜根本无法将他的心声传递到她身边，但仍旧相信睡在他心底的她一定能够听到，听到他这一声接着一声的真挚的呼唤。他早已习惯就这样静静地想她，虽然无法洞悉她是否能够真切地感受到他浓浓的思念，更无法知晓远方的她会不会在他想她的时候感到一种莫名的心动，他依然为这样的想念充满自豪与骄傲。

蔷薇啊蔷薇，你可曾读懂我的忧伤，我的悲恸？她一天天远去了，春也寂寞，月也惆怅，怕只怕，今日春来迟，明朝花谢早，小桥流水所寻的深巷旧梦，也都如雨中的柳絮一样，尽在梦里纷飞；怕只怕，风月无边，花团锦簇，端的只是一种假象，当所有的乐声都于风中停止的那一瞬，这一生也便要将这风中摇曳的花儿当作新娶的夫人了！

泪珠，滴落在思念泛滥的心湖，荡起一圈圈波光潋滟的涟漪，落在嘴角时却愣是成了一道苦涩的记忆；岁月，从瘦了的指尖无情地滑落，直至被寂寞抛弃在杂乱无章的思绪后，才发现光阴的残酷与刻忍。风起了，云涌了，日升了，月落了，这一颗孤独的心有谁能懂，就像这满枝的堆秀，等到春残叶尽的时候，那明月清风又可否明白妩媚的蔷薇究竟为谁而红？

他乡的城池遍布满腔的哀愁，站在记忆的街口，任多情的心瞬间放飞思念，此时的他是多么想知道远方的她正在做些什么。是不是，也和他一样，正充满惆怅地站在某个不起眼的角落里，痴痴地凝望着远方的天空，一遍一遍地思念着他们一起度过的快乐时光？抬头，微微的星光，静静笼罩着平淡的夜晚，因为想起远方的她，这夜晚才变得浪漫而忧伤。多想回到曾经的日子里，让彼此的双手缠绕成两个心形，任手心紧攥的温暖晕开她嘴角微笑的弧度；多想变成一只鸿雁，飞抵她藏满温柔的怀里，拥着她的温暖，守候她的一生；又多想在这平静如水的夜色中与她携手相依，让彼此的承诺在岁月的变迁中一起随风慢慢变老……

因为思念，心里满满盛下的都只是她一个人的身影。可她却如万里之外的月亮一般，离他是如此如此的遥远，每每忆及，唯有在心中将她默默思念，却永远都无法走进她的内心。难道，这就是他想要的爱情，就是他追逐的清欢？如果这真的是爱，为什么一直以来，他都只能站在她看不见的远处静静守着她，看她的笑靥如花，看她的伤心难禁，远远地，远远地？

轻轻，伸手梳理着被风吹乱的头发，他开始真真切切地感受到她的气息，那来自远方的真实的气息。可他仍然无法把握那一份倾城的相思，无法拥她入怀，只好退而求其次地，将她一尘不染地放在心里，永久地珍藏。佛说：前世五百次的回眸,才换来今生的一次擦肩。那么，他可否用前世的一次擦肩，换来今生与她的五百次回眸？

俱往矣，一切的一切，转瞬成空。蔷薇是寂寞的，湘灵是寂寞的，头顶那轮皎月也是寂寞的，而他的寂寞则是整个世界的空旷与荒芜。宁静的夜，清脆的鸟啼，朦胧的花树，习习的春风，这清新淡雅的境界却在深深的寂寞后更令人回味无穷，唯一的遗憾就是少了她的盛情参与。究竟，是谁在亘古的孤独中化作了一滴深蓝色的眼泪，滴落在她澄澈的眼底，却化不开她眉端依依缠绕的情结？究竟，是谁在她蔷薇般的笑靥里轻舞飞扬，却又不知他夜不能寐的忧伤到底是为谁绽放的深情？答案只有一个，我不想说破究竟是谁，但我在千年之后，却看到一个孤单寂寞的身影，正踏着那蓝色的忧伤，在蓝色的水湄，将那魂牵梦绕的蓝色梦幻寻了又寻，觅了又觅。

Tips：

从诗意判断，《戏题新栽蔷薇》仍是因思念湘灵有感而发的诗作。这一年，他已三十五岁，但为了抗拒母亲陈氏反对他娶湘灵为妻，他拒不成婚，依然是孑然一身。孤独和寂寞折磨着他，唯只有寄情于花草，把花当作情人，于是便在创作于斯年的《戏题新栽蔷薇》诗中直接喊出了心声："少府无妻春寂寞，花开将尔作夫人。"

第十三章 长恨歌

汉皇重色思倾国，御宇多年求不得。杨家有女初长成，养在深闺人未识。
天生丽质难自弃，一朝选在君王侧。回眸一笑百媚生，六宫粉黛无颜色。
春寒赐浴华清池，温泉水滑洗凝脂。侍儿扶起娇无力，始是新承恩泽时。
云鬓花颜金步摇，芙蓉帐暖度春宵。春宵苦短日高起，从此君王不早朝。
承欢侍宴无闲暇，春从春游夜专夜。后宫佳丽三千人，三千宠爱在一身。
金屋妆成娇侍夜，玉楼宴罢醉和春。姊妹弟兄皆列土，可怜光彩生门户。
遂令天下父母心，不重生男重生女。骊宫高处入青云，仙乐风飘处处闻。
缓歌慢舞凝丝竹，尽日君王看不足。渔阳鼙鼓动地来，惊破霓裳羽衣曲。
九重城阙烟尘生，千乘万骑西南行。翠华摇摇行复止，西出都门百余里。
六军不发无奈何，宛转蛾眉马前死。花钿委地无人收，翠翘金雀玉搔头。
君王掩面救不得，回看血泪相和流。黄埃散漫风萧索，云栈萦纡登剑阁。
峨眉山下少人行，旌旗无光日色薄。蜀江水碧蜀山青，圣主朝朝暮暮情。
行宫见月伤心色，夜雨闻铃肠断声。天旋日转回龙驭，到此踌躇不能去。
马嵬坡下泥土中，不见玉颜空死处。君臣相顾尽沾衣，东望都门信马归。
归来池苑皆依旧，太液芙蓉未央柳。芙蓉如面柳如眉，对此如何不泪垂。
春风桃李花开夜，秋雨梧桐叶落时。西宫南内多秋草，落叶满阶红不扫。
梨园弟子白发新，椒房阿监青娥老。夕殿萤飞思悄然，孤灯挑尽未成眠。
迟迟钟鼓初长夜，耿耿星河欲曙天。鸳鸯瓦冷霜华重，翡翠衾寒谁与共。

悠悠生死别经年，魂魄不曾来入梦。临邛道士鸿都客，能以精诚致魂魄。
为感君王展转思，遂教方士殷勤觅。排空驭气奔如电，升天入地求之遍。
上穷碧落下黄泉，两处茫茫皆不见。忽闻海上有仙山，山在虚无缥缈间。
楼阁玲珑五云起，其中绰约多仙子。中有一人字太真，雪肤花貌参差是。
金阙西厢叩玉扃，转教小玉报双成。闻道汉家天子使，九华帐里梦魂惊。
揽衣推枕起徘徊，珠箔银屏逦迤开。云鬓半偏新睡觉，花冠不整下堂来。
风吹仙袂飘飖举，犹似霓裳羽衣舞。玉容寂寞泪阑干，梨花一枝春带雨。
含情凝睇谢君王，一别音容两渺茫。昭阳殿里恩爱绝，蓬莱宫中日月长。
回头下望人寰处，不见长安见尘雾。唯将旧物表深情，钿合金钗寄将去。
钗留一股合一扇，钗擘黄金合分钿。但教心似金钿坚，天上人间会相见。
临别殷勤重寄词，词中有誓两心知。七月七日长生殿，夜半无人私语时。
在天愿作比翼鸟，在地愿为连理枝。天长地久有时尽，此恨绵绵无绝期。

——白居易《长恨歌》

缘分，是这世间最神奇、最传奇也是最令人魂牵梦绕的字眼，虽读来平淡无奇、质朴普通，却又充满了瑰丽的浪漫主义色彩，只要经历过红尘的男女，无不被这两个字吸引住目光，并为之深深地沉陷，或欢喜，或悲伤，或谢天谢地，或呼天抢地。

缘来缘去缘如风，缘深缘浅几人同？紫陌红尘、黄泉碧落，前世今生的感动里，无不纠缠着缘分二字，到底，情爱的天地里，什么是对，什么是错，莫非所有的牵连只与那两个字眼相关？如若是，倒也不用说什么善缘孽缘，更不必纠结究竟是谁辜负了谁，因为看似的正确与错误根本从来都由不得哪个人的主宰，不是吗？那么，便要拿这做了理由，忍心弃她而去吗？

不，那不是他想要做的，如果他们之间注定是一段孽缘，如果和她的别离是缘分的注定，那么他宁可从来都不曾听说过缘分二字，也不想去理解它的意义，只打定主意，去勇敢追逐他想要的幸福和要给她的欢喜便是了。可，缘分真会因为他的忽视与不理不睬就不存在了吗？不论截取生活中的哪一个片段，都会毫不例外地发现，每个人都在有意无意地提到缘分二字。幸福因为它，欢喜因为它，悲伤因为它，痛苦因为它，成功因为它，落寞因为它，茫茫人海，这两个字已经成了人们最熟悉的梵语词汇，甚至早已渗入所有人的骨骼肌肤，任凭怎么用力，也无法将之剔除。即便知道自己终将面临的是一段错误的孽缘，也不愿与之划清界限。

这是缘分的魅力，更是缘分的诱惑，也反映了人们在缘分天定的桎梏中无力抵抗，只能消极以待的心态。不就是一个佛家术语嘛，难不成他白居易还能被它打倒不成？什么缘分？什么善缘、孽缘？通通都是骗人的好不好？他才不要相信什么缘分，他只相信自己的爱不会被任何繁杂的世事干扰影响，只相信这满腔的情深不悔只有湘灵一个人配得起，只相信执手相对、白首偕老的爱情才是人世间最美的圣经。可，这些相信为什么却不能兑现成一纸她想要的婚约，而他的誓言又为什么总是不能给她带去一份永远的安然与妥帖？难道这还不是自欺欺人吗？说什么他们的爱情不会受到世事的干扰影响，这样的鬼话连他自己都糊弄不过去，又如何教她相信？从始至终，他和她的爱情就不断遭受着母亲的干涉，遭受着缘分的掣肘，不是吗？

缘分，缘分，缘分！为什么兜兜转转绕了好大一个圈子后，他还是不能逃出这两个字的禁锢？回过头去，看芳草连天，看青山绵延，他心有余悸，却是依然不甘，难道，今生今世里，他和她真的也被缘分二字下了诅咒吗？看来，他是中了爱情的毒，中了缘分的蛊了，如果一切都是天注定，人力无法改变，那么与她擦肩而过后，今生累积的所有痴缠更与谁人说？莫非，要他带着一切的秘密埋进坟墓吗？

红尘若梦，问世间几人能参透，岂不知，花开花落自有时，一切的一切都有既定的规则？每一季花开花落，冥冥中总在给予人们暗示，不必欢喜，也无须忧虑，坦然面对尘世间的一切变数便好。可爱情并非花开花落，它关系着当事人的喜怒哀乐、悲欢离合，又怎好冷眼旁观？可叹，滚滚红尘里的痴男怨女，总是眼被情障，不由自主地系心于锦绣花事，任心思缠绵，回环往复，只一个“缘”字，便缚住了终身。却不知，人世间的邂逅，从来都如烟似梦，缘来缘去皆如风，时间到了，即便再怎么难舍难分，也无法逃开长生天的清算。

缘来，如花朵初绽，每一瓣花瓣都写满青涩，却又深贮希望。茫茫人海，该如何才能借着缘来的机会与她再度相逢，把欢喜的泪水张扬在激动之后？佛说：擦肩而过，亦是前世因缘。为什么他和她却只修到了今生的擦肩而过？是前世不够虔诚，还是这一生的离别与承受的所有痛苦都只是为来生的长相厮守做下的铺垫？想来，世界之大，人繁如草，草尚有风为媒，哪怕相隔千里，风依然可以传情达意，聪慧如人，如果时空阻隔，却是相见无期、相思无凭，只能迎风洒泪，既如此，倒不如祈求来生做一株小草的好！

缘去，如风扫落叶，纵使百般呵护，百般怜悯，千般的舍不得不甘心，情缘亦会自动凋落，不会因为任何人的牵绊而稍做停留，亦不会曲折委婉地给予提示与忠告。世间的事，总是充斥着太多的变数，最后会以怎样的面目呈现，根本不是人力所及，即便情深似海，也会覆水难收。回眸，秋风已冷，寒露更深，极目远眺间，山已添了苍凉，水亦添了初寒，却是山色空蒙水新奇，叵耐还是留不住一丝一毫的温存。情难再，人依旧，这一颗不变的真心又该到何处再去寻觅青春的足迹？叹人生如风，即便一路走下去不是萧瑟的秋，又可曾重逢昨日的春花妩媚？逝去的便逝去了，未曾逝去的也终将逝去，那么，得之何幸，失之又何憾？然而，终究还是无法走出心的桎梏，都说缘分天注定，缘来喜相聚，缘去且放开，可心底积淀的这份浓浓的情感依旧黏腻得化不开，却教他如何舍得丢弃？

一声声珍重，都源自离别的惆怅，莫非，等昨日的芳华通通付诸呜咽的西风，痴情的人儿却只能任由多情的泪水不分昼夜地滂沱在苍白的面庞上吗？恨只恨，缘来缘去缘如风，缘聚缘散太匆匆！爱情的花还未凋落于心海，缘却已经悄然逝去，怎不惹人愁肠百结？满腹的深怨，不为瓢泼的风雨，不为无情的流年，只为这一句难耐的情深缘浅，难道，无论爱得多深多久，世间的红男绿女都无法摆脱开这一个看不见摸不着的缘字吗？缘的真相到底是什么？为什么竟有着如此巨大的魔力，不仅可以时刻左右人们的聚散离合，还能左右人们的喜怒哀乐？！

都说是聚散天定、离合难期，可他偏偏不信这个邪，只要两颗心彼此抵近，难道还怕这莫须有的缘分二字不成？缘分到底是什么，不是谁也说不清道不明的嘛，除了佛经上的记述，有谁目睹过它的存在，又有谁和它说过半句的话，做过哪怕是一秒钟的交流？不，没有，从来都没有！缘分就是个虚拟的词语，总是被藏在见不得光的角落，需要它出场的时候才会被文人骚客们拿出来铺叙一些似是而非的情怀，如若它真的存在，又为何没有勇气走出来与他面对面地辩论？

如果这世间所有的事都由一个看不见摸不着的缘分在背后操纵主宰，那么所有的真情岂不都是一场刻意的欺骗与演绎，而他满腔的深情也不过只是一种空洞的虚无与荒谬？想想就觉得世事的真相可怕得厉害，可万一这一切都是真的呢？虽然没有人见过缘分长什么样，可同样也不能证明没见过便不存在了啊！到底，这世上有没有缘分，缘分是不是掌控着人世间所有的聚散离合，他一下子也被搞懵了。早知世事无常，又何必相识相知？既已相爱，为何又会缘去如风？不管人世间究竟存不存在缘分二字，那都不是最重要的，重要的是，即便世间的情感都由缘分主宰，他也要用这满腔不变的深情去感动上天，让它成全他和湘灵的结合，不要再折磨他，也不要再惹她悲伤。

以为，自己用心去祈祷了，便会打动那位心肠坚硬的老天爷，给他们一直想要的幸福，谁知道兜兜转转、磕磕碰碰后，收获的却还是一切成空！莫非，他与她真的缘尽今生了吗？已经很久没得到她只言片字的消息了，也不知该去向谁打听，只好让心沉浸在宁静的夜里，于微微刮过的风中悄悄为她守候，无须太多言语，也无须任何眼神的交汇。既然一切都由天注定，那就静静地等待上天给他们做出的最后的安排吧！

期待了那么久，终于，她的脚步在他缤纷的梦里娉婷而来，那一瞬，他潸然落泪。这样的幸福来得有些突然，没有经历任何的挣扎与争取，所以等他从睡梦中醒来的时候，嘴角依然挂着淡淡的笑意，似乎一眨眼便忘却了前尘往事里的苦与痛，只安之若素地把自己的心轻轻安放在一个平静的国度里，一个人悄悄地欢喜又悄悄地神伤。也许已经忘了，红尘之外，那个为他执着守候的女子，是以怎样的心情，默默坐在一个人的窗下为他祈祷如花的前程；也许已经忘了，他们拥有的欢愉，透过最深的思念，把痴情撒播在深秋的季节里，随她的身影弥散，让阳光始终透着温暖……而唯一记住的只有她如花的笑靥，还有他欢喜的表情。

那些趟不回渡不来的陈年旧事，终不过只是一场短暂的梦而已。遥远的未来，还在继续，盼只盼，能够在思念涛起的日子里，像从前那样握紧她的双手，在最深的季节里再次相拥，无须太多言语，就让那缥缈的琵琶弦音穿透厚重的往事，贴着流水的声音一步一步走近彼此恋慕的心，将那满腔的不得已与不甘心都永远地挂在明月浸染的树梢上吧！

唉！他轻轻地叹息。缘来缘去，自古以来，那些有缘的人儿可曾都长相厮守，但如果无缘又安能相伴左右？情深缘浅，无情的人自然不是真英雄，可自己这有情的人，满腹的相思倒又要付诸流水，只能在深情中做一个无人喝彩的懦夫，到底是该缘分不肯成全还是要怪自己不能坚持？秋风萧瑟，站在堤畔眺望远处的风景，看滚滚长江东逝水，载着落叶随波远去，奔流到海不复还，心，禁不住微微地颤抖。却原来，自己还不如那些落叶勇敢，无论在前方等待着的是些什么，它们都鼓足了勇气一往无前地向前冲刺，可自己每次面临重大抉择的时候都选择了退避与沉默，这样的一个他又如何配得上湘灵对他的满腹痴情？

究竟，什么时候，他才能冲破重重的桎梏，勇敢地与她牵手，不再顾虑任何人的态度，也不再为他人的闲言碎语而纠结彷徨？静夜沉思，如果人能够活得像江水一样潇洒自在、恣意纵情，一抬眼，只见轻舟一帆影，却永远看不到四季轮回的残酷，该有多好。然而，现实的世界却是残忍而又冷酷的，轻轻一个回首，先前落入眼帘的那一丛姹紫嫣红，便由娇艳的春花变作了凄冷的落红，而感情亦同，再深的情，经历了过多的人世变迁，也会变得面目全非。

缘来缘去缘如水，花开花落终有时。花已残，人空瘦，即使满腔的深情不移，又能如何？她不在，锦绣成堆也明媚不了他眺望的目光，月下独酌的不仅是他一个人的孤单，还有流云千丈的寂寞，而那梦中几度翩跹的身影，再怎么欢喜，也舞不起那一片曾经的倩影。不需怀疑，亦不必追问，缘来如水，没有任何的理由，也容不下丝毫的解释，就那样，在注定的时间里，他们注定相遇，片刻的凝眸便书写了旷世的传奇。无论接下来遭遇的是长久的欢愉还是漫长的煎熬，都已无力改变。然而，情缘总是可遇不可求，红尘之中，相逢者众，相知者少，却又是怎样的机缘，恰能在最好的时间相遇，又恰能在注定的聚首间彼此相惜？或许，这也是个无解的难题，缘来如水，只有两心知，他人又怎能窥破其间的玄机？

叹华年易老，转眼便成蹉跎，短暂的欢愉过后，留下的便都是遗憾与伤感，一任他泪流到天明，怎不惹他撕心裂肺的痛？滚滚红尘里，能有几人可以做到面对所有的事都能够一笑而过？不以物喜，不以己悲，这八个字对他来说，太难太难，终不过是一曲无人能谱的上古神话而已！缘断缘续唯天定，缘起缘灭终成空，为什么，这一段痴缠的恋情偏要由那来去捉摸不定的缘分来主宰？

人生无奈，缘来如水，缘去亦如水，当百花凋落、水流枯竭，这深不见底的痴情又该如何取舍？其实，一切的一切即便不是定数，也由自己的修为决定，如果曾经不再、旧情已远，又何必怨缘去如水？彼此走远了，便丢开那些郁结的心事不就好了嘛，为什么还要惦记着曾经的付出、曾经的拥有，总是放不下又提不起？往事再美，已飘离心海，缘分天定，勉强亦是水中捞月，更何需一叹再叹？！情缘如水，如水的柔情，总是倏忽间便淹没了众生，漫漫红尘路，难逃爱与恨，纵能参透玄机，终跳不出一个缘字，纠纠结结、缠缠绕绕、牵牵绊绊，实在是不该！

想起和她初识的季节，还记得那晚的月亮很圆很亮，而她远远向他走来，宛如月宫中的仙子般空灵飘逸，历经磨难后依然保有一颗纯真的童心。也许正是她的单纯可爱吸引了他，让他在不知不觉中深陷其中而不自知。她就像那飘香的美酒，存放的时间愈久愈清芬，只一个回眸，就将他的心整个儿轻而易举地偷走。或许，前尘的纠葛里，他曾过境她的刀山，独舞过她飘零的伤，所以今世里，他才在她面前婉约成一朵静默的荷，在如火如荼的夏日里，日日诉说着莲的心事。然而，远去的她却无视他的芬芳,在彼岸悄然站成了一道他永远都无法触手可及的风景，一任他心底那首悲凉的歌，只能默默地唱给那些随风飞舞的芦花听。

湘灵啊湘灵，如果早知道无法把你忘记，莲叶亭亭时，我绝不会风姿绰约一整个荷塘。你可曾知，当萤火虫不知疲倦地独自唱响云歌的时候，我独自摇曳、芬芳不息，日复一日地抗拒着秋的来临，只是为了，为了五百年前你那一眼多情的凝望？当你望着残阳流下伤情的泪水，借一把余晖将温柔的灵魂凝注成我笔下一首最动人的诗篇之际，窗外的残荷则带来细碎的雨声，飘摇在无月的夜里，瞬间便斑斓了我眼底最美丽的梦。梦中的我在亘古的永恒里谱写着那不老的恋曲，而你，却古老得一如洪荒里那个遥远的故事……

于是，便忧伤着在佛前祈祷，祈祷佛祖让我来世化作你腕上的佛珠一串，当梵音响起的时候，默默地等你，一颗一颗地将我数落。然后，三生三世的纠葛牵绊，便如同浮光掠影般在滚滚红尘里悄然上演，带来了很多欢喜，也带来了很多悲伤，直到雁过长空的时候，我听见风在水面上悄悄地说：忘过，忘过……才记起我们当初的缘起，可一切都又来不及挽回了。

那夜的星空璀璨绚烂，我却无法让记忆如云烟般消散在看不见的尘埃里，也无法像那无拘无束的风，在时光里轻盈地走，两手空空，无牵无挂，更无法让相思蹒跚着走向终点，所以我依然只能选择沉寂在静止的时空里默默地等。而当我终于等到你的出现时，你却在我身旁徘徊迟疑，于是，我便又在你的徘徊迟疑里静静地枯萎凋谢。你不会明白，在那不甘又不得不模糊的花瓣脉络里，隐匿了多少你读不懂的心事，更不会明白，我对你的用情到底有多深。你啊你，错过的不只是一个长长的夏季，还有那个迷人的夏日里，蜻蜓在荷尖旖旎的绝世美丽！

当清晨第一阵雷声轰隆隆地滚过他孤独的窗前时，他还在断断续续的梦境中辗转。这乍然响起的雷声恍惚间显得有点陌生，而那雨想必是已经下了许久了，可它到底起于何时，他也弄不清楚，或许在梦刚刚开始的时候，也或许在梦境快要结束的时候。不过，它碎碎的脚步从深夜一直赶到黎明，廊檐下的空阶上该又是一地湿痕了吧？起身，披衣。窗外漫天的雨帘在他疲惫的眼前争先恐后地诉说着细细密密的心事，他却无意去听，也不想去理会，更不关心它们究竟自何处来，又将去向哪里。

到底，是云的刻意，还是雨的决然，才让他一再把她想起，欲罢不能？漫无目的的徘徊中，那恍然失重的脚步里可曾染了别离的寒意？他，不曾问过，它们亦不曾作答。仅仅隔着一扇窗户，他与它们漠然对视，时缓时急的雨滴在地上溅起无数的涟漪，散开聚拢又重新被打开，如这次第的心事，却不知道是该放肆铺排还是该悄悄收敛。

昏暗的天空有冷冷的风径直掠过，深秋的风看似温柔，却是暗藏心机，那些飘摇的叶子，它们欢快的低吟或者微醉的舞蹈是不是都只因为风的忘情呢喃？然而它们又哪里知道，那些附在耳边的甜言蜜语终不过是风编织过无数遍的谎言而已，又如何当得了真？！不知不觉中，他已走到了瓢泼的大雨中，冰冷的雨水打在身上，更打在他的心上，那摇摇欲坠的心，被撕扯得支离破碎，没有一丝完好。尽管如此，他依然在痛不可当的撕心裂肺中不断提醒着自己，不能哭，千万不能哭，于是，强忍着心伤，最终违心地告诉自己已经不再爱她。可是，泪水却在不断涌出，又在雨水中默默融去，他已经分不清滑过脸庞的究竟哪些是雨水，哪些是泪水了，就像不知道他这般爱她到底是对还是错一样。

湘灵，你到底在哪儿？为何不肯出来见我？狂风暴雨中，他声嘶力竭地喊她的名字，却是缘起缘落缘已尽，落叶凋零情难寻。雨仍在疯狂地下，仿佛要冲刷干净谁的灵魂，是他的吗？为何他的心这般凄绝痛楚？湘灵啊湘灵，如果早知道无法把你忘怀，落枫无言瑟瑟了半江秋水的时候，我就不会把相思镌刻在红叶上，只任一叶飘零，以最快的光速穿越千层浪波，在所有可能和不可能的岁月里，为你缱绻起一个个最缠绵的秋季！

知不知道，当江面上的月华终于温柔地浮现，当你终于把我的相思和等待紧拥成眠，当微风轻轻吻着你我多情的眸光，当你终于含泪低唤着我的名字，所有等你不来的忧伤便会在顷刻间如云烟般消散？然而，寂夜依旧怅然，在他无奈成长的岁月痕迹里，她还是没有来到他的身边，他又如何能够淡然面对这一切情非得已的伤？盼只盼，当他如飘零的落叶坠入寒江的时候，她可以俯身拾起那些散落的音符，和泪把他所有的忧伤串成一段动人的乐府，把这段没有开始也没有结局的故事谱成一阕美丽的相思曲，一任他在淡月星稀的时光里踩着她的诗行，低徊着她的爱，在如水的月色里轻吟起只有她才听得懂的心曲。然而，这大概也只能是他镜花水月的期待吧？

一天天的守候，一天天的等待，他依然固执地沉溺在她的疼痛里，温柔徘徊着不肯离去，终不知如何向她描述，那时的风，那时的云，还有那时的清风朗月里，他满裹的这一身无奈的忧伤和美丽。终于明白，相爱不过是一场梦，梦醒了，便又要回到痛心疾首的现实里，在冷酷与残忍里学会接受一切的该与不该。到底，该如何才能将她忘怀？他不知道，也不愿去深思，只好在友人太常博士陈鸿、隐士王质夫的陪同下，前往马嵬驿附近的仙游寺游山玩水，企图将那心中郁积的忧伤和惆怅默默排遣。

马嵬驿，那是唐玄宗的爱妃杨玉环自缢身亡的地方。贵妃已逝，却在世间留下一段凄美的故事，空令后人嗟叹。三人同往仙游寺，自然无法不谈及玄宗与贵妃的情爱旧事，王质夫更是鼓励白居易用他笔下隽美的诗文将那段渐被尘封的红颜往事记录下来。

“乐天乃深于诗、多于情者也，试为歌之，何如？”王质夫望着一脸忧郁的白居易轻轻笑着。

“我？”

“要给大美人杨玉环著文赋诗，当然非乐天兄的一支生花妙笔莫属。”陈鸿也嘻嘻哈哈地附和着，“要再不把这段故事记录下来，恐怕那段令人生憾的情事便要随着时间的推移被历史的尘埃湮没了！”

“可是……”白居易蹙了蹙眉头，想起湘灵，这个时候，他实在没有心情为那个死去经年的杨贵妃赋诗作文。

“还什么可是不可是的？”王质夫继续怂恿着，“杨玉环是在马嵬坡自缢身亡的，从此与玄宗皇帝有情人阴阳相隔，无法再聚，着实引为恨事，不如这首诗就叫作《长恨歌》吧？”

“长恨歌？”陈鸿仔细咀嚼着这三个字，不无得意地点点头说，“嗯，就叫长恨歌吧！乐天兄，咱们就根据明皇与杨贵妃的故事来演绎一段文坛佳话，如何？”

白居易不解地盯一眼陈鸿：“大亮兄，你的意思？”

“当然是你来作诗，我来写传了！诗就叫《长恨歌》，传自然就叫作《长恨歌传》了！”

“好！好！”王质夫望着他二人，兴奋地拍着巴掌说，“乐天作诗，大亮作文，真是天人之合、妙不可言！怎么样，乐天，难不成这一曲《长恨歌》就把你难倒了？”

“杨玉环，长生殿；长生殿，杨玉环……”白居易望着陈鸿与王质夫痴痴念着，眼前闪过的却是湘灵艳如桃花的面容。

身边的游人匆匆走过，漫天黄叶飘落，将转角处仅有的一丝温暖盖过。秋风瑟瑟，冷冷地吹打在身上，又让他埋藏在心底的悲伤瞬间涌上心头。都说爱情是一个圆，一个人代表一个弧，两个弧走到一起就是一个完美的圆。然而，于千万人之中、于千万年之中，在时间无涯的荒野里，竟不知有多少个弧正渴望着与另一个弧相遇，那么，他的另一个弧现如今又藏到了哪里？

没有四射的光华，没有刻意的修饰，也没有跌宕起伏的情节，他和她的邂逅，亦如明皇与玉环的初见，却代表了世间所有的开始、所有的结局……其实，茫茫人海中的相遇，便是一份难得的缘，还记得那一年，那一月，那一天，即使痛过哭过也始终是他脑海里最清晰的回忆，而这一切，只因为有她相伴，有爱相随。

爱情在思念之间，缘分在聚散之间，总是半点由不得人；相识在美丽之间，记忆在过往之间，总是无法随心所欲地把握。在那些过去的记忆里，分明还烙印着相识时的美丽，尽管走过青春的季节，穿过清晰的过往，岁月已不再是当初完整的印迹，生活也增添了萧瑟凄楚的经历，但她依然是他脑海中最美的等待。往日的点点滴滴总是在记忆中偶尔泛起美丽的涟漪，倏忽间，一个不经意，谁也预料不到会在哪里，轻轻一翻便又翻开过往的记忆里，那些隐约可见的，被时间高高搁置起来的往事，而所有的甜蜜与悲伤都会借机发泄，让陷身其间的人很难在很短的时间内轻易理出一个头绪来。

沉浸在往事的追忆里，他能够清晰地感觉到岁月在流光中不间断地远去，而所有的故事都变得越来越朦胧，尽管情节早已斑驳，但思念的心却未曾更改。唐明皇与杨玉环早就与这世界失之交臂，而他与她亦是渐行渐远，找不见来时的归路。或许是时间太过遥远，有些东西是不是能够遗忘，根本由不得自己，也许有一天，时间终会淡化所有的过去，只是，在不经意间心酸地想起时，会不会也是另一种悲哀？

转身，亭中青石畔，王质夫已给他铺好纸笺，陈鸿也替他摆开了上好的砚墨。他轻轻举起从袖中抖落而出的羊毫笔，牵引着美丽的思念和伤感，饱蘸上浓墨，在那透着朦胧香气的花笺上轻轻一点，只一袋烟的工夫就写出一首惊天动地、缠绵悱恻的叙事长诗来：

汉皇重色思倾国，御宇多年求不得。
杨家有女初长成，养在深闺人未识。
天生丽质难自弃，一朝选在君王侧。
回眸一笑百媚生，六宫粉黛无颜色。
……
承欢侍宴无闲暇，春从春游夜专夜。
后宫佳丽三千人，三千宠爱在一身。
金屋妆成娇侍夜，玉楼宴罢醉和春。
姊妹弟兄皆列土，可怜光彩生门户。
……
风吹仙袂飘飖举，犹似霓裳羽衣舞。
玉容寂寞泪阑干，梨花一枝春带雨。
含情凝睇谢君王，一别音容两渺茫。
昭阳殿里恩爱绝，蓬莱宫中日月长。
……
临别殷勤重寄词，词中有誓两心知。
七月七日长生殿，夜半无人私语时。
在天愿作比翼鸟，在地愿为连理枝。
天长地久有时尽，此恨绵绵无绝期。
——白居易《长恨歌》

“汉皇重色思倾国，御宇多年求不得。杨家有女初长成，养在深闺人未识。”唐明皇与汉武帝都是以好色闻名于世的帝王，为觅得倾国倾城的李夫人，汉武帝费尽心机，而杨家刚刚长成的女儿玉环却是养在深闺之中无人能识，只能静守楼台，独对一轮明镜暗自嗟叹。

捧着墨迹未干的诗笺，他轻轻浅浅地叹，李夫人与杨贵妃都是国色天香的绝世佳人，自然美得无处可藏，总有发光发亮的一天，一朝飞上枝头做凤凰。而他珍爱的湘灵，虽也长着娟好妩媚的面容，却始终得不到母亲陈氏的青睐，就像那埋在土中的珠玉，永远无法放射出耀眼的光芒，无法令人侧目。

“天生丽质难自弃，一朝选在君王侧。回眸一笑百媚生，六宫粉黛无颜色。”杨玉环自是天生丽质难自弃，所以最终被选作明皇的妃子，终日相伴在侧。贵妃的美，美得惊心动魄，美得无以复加，甚至一个浅淡的回眸笑靥亦能百媚丛生，令六宫粉黛见之都觉无色。

世间真有这样的绝世美人？答案是肯定的。在他心里，湘灵就是这样一个冰清玉洁、丽质天生的佳人，只可惜，她未曾生在豪门大户家中，别说是被选入宫中为妃，就连嫁作他白居易的妻也是阻力重重。同样是绝代的佳人，为什么命运却是如此不同？为何杨玉环就可以锦衣玉食、夜夜笙歌，湘灵就只能守在符离城外的小村院落里为她思念的男子伤心落泪，日复一日，年复一年？

想着湘灵，梦着湘灵，他用唯美浪漫的笔触，在诗文中描绘了杨贵妃的倾城之貌，亦写尽他满心的失落与伤感。贵妃进宫后因有美色而得专宠，不但自己“新承恩泽”，而且“姊妹弟兄皆列土”。因为美貌，她享尽人间荣华富贵，与明皇日日纵欲、夜夜行乐，整日整夜沉湎于歌舞酒色之中，最终酿成安史之乱，“渔阳鼙鼓动地来，惊破霓裳羽衣曲”。

明皇的迷色误国，是直接导致他与杨贵妃“长恨”的内因。安禄山率军攻向长安城，明皇带着后宫眷属仓皇出逃，历尽艰辛，也令他们的爱情遭到毁灭性的打击。“六军不发无奈何，宛转蛾眉马前死。花钿委地无人收，翠翘金雀玉搔头。君王掩面救不得，回看血泪相和流。”马嵬坡，“六军不发”，要求处死杨贵妃的声浪一浪高过一浪，是将士们愤于唐明皇的迷恋女色、祸国殃民。

只是，国家的兴衰又与那个女人有什么关系？杨贵妃充其量只不过是政治角逐棋盘上的牺牲品罢了，正如他的湘灵，出身微贱又哪是她自己的错？她们无从选择，亦无法选择，在既定的命运面前，谁人都无从更改什么，也无力改变什么，就算君临天下的唐明皇亦无法保护得了他痴痴迷恋的女人。想着明皇与杨贵妃的情伤,他的眼角有了浑浊的泪水，竟不知到底是在为遭遇变故被逼自缢的杨玉环心痛，还是为在符离静守深闺的湘灵悲怆了！

杨贵妃的死，让她和明皇的爱情酿成一出悲剧。“黄埃散漫风萧索，云栈萦纡登剑阁。峨眉山下少人行，旌旗无光日色薄。……迟迟钟鼓初长夜，耿耿星河欲曙天。鸳鸯瓦冷霜华重，翡翠衾寒谁与共。悠悠生死别经年，魂魄不曾来入梦。”他潸然泪下，仿佛看到失去杨贵妃后的唐明皇心底蕴结的那股揪心的“恨”，便用酸恻动人的语调，宛转描述了明皇的悲恸之情：贵妃自缢后，形单影只的他在蜀中的寂寞悲伤；还都路上，不断地追怀忆旧，行宫见月、夜雨闻铃，只是一片“伤心色”“断肠声”的凄绝；长安收复回朝时,重过马嵬坡,“不见玉颜空死处”的悲怆；以及回宫后，睹物思人、触景伤情，放眼望去皆是物是人非事事休的种种凄凉感触。字字句句，写尽缠绵悱恻的相思之情，使人读来更觉荡气回肠。

失去了湘灵，他的痛苦何尝不比失去杨贵妃的唐明皇更加撕心裂肺？湘灵。举头怅望长空，他深深地叹，又将她的名字在心里念了千遍万遍。此时此刻，真的好想告诉她，对她的爱从未遗忘，对她的情从未冷却，对她的恋从未间断，可是，远在千里之外的她还能听到他发自心海的呼唤吗？

流星划过天际，留下瞬间的美丽，只是他还留在原地，品味着一个人的孤独。问世间情为何物？直教人生死相许。红尘漫漫，前路茫茫，几许相思，几多痴情，生生死死中，可曾听见诸多哀婉的感叹？从古至今，究有多少痴男怨女身陷其中、难以自拔，又有多少人为情生、为情死，为情痴、为情狂？或许，明皇和杨玉环如是，他和湘灵如是，世间爱得真、爱得深的痴情男女亦如是。

“临邛道士鸿都客，能以精诚致魂魄。为感君王展转思，遂教方士殷勤觅……七月七日长生殿，夜半无人私语时。在天愿作比翼鸟，在地愿为连理枝。天长地久有时尽，此恨绵绵无绝期。”唐明皇对杨贵妃相思不尽，于是效仿汉武帝，找来道士寻访佳人芳踪，忽而上天、忽而入地，“上穷碧落下黄泉，两处茫茫皆不见”，后来，诚心终于感动上苍，杨贵妃以“玉容寂寞泪阑干，梨花一枝春带雨”的形象出现在海上虚无缥缈的仙山上，殷勤迎接大唐使者，含情脉脉，托物寄词，重申前誓，进一步深化渲染出“长恨”的主题。

“情”之一字的宣泄，在白居易的笔下，在《长恨歌》里早已超脱于帝王妃子间的感情纠葛，而更多地带有他个人的主观理想，叙事情节亦超出史实范畴，将主观愿望与客观现实中的矛盾冲突表现得一览无余。

写唐明皇，就是写他自己；写杨贵妃，亦是描摹他深爱的湘灵。从响应陈鸿和王质夫的提议，在花笺上落笔写下“汉皇”二字之际，他便知道，笔下的佳人不会只是那个远去的杨玉环，而更多突显的却是守在符离山水间呜咽着的湘灵的影子，以及他们爱而不能的苦衷。末尾“在天愿作比翼鸟，在地愿为连理枝。天长地久有时尽，此恨绵绵无绝期”四句，是从他写给湘灵的那首《长相思》诗中之句“愿作远方兽，步步比肩行。愿作深山木，枝枝连理生”蜕变而来，既点明题旨，回应诗首，更是他对爱情的叹息与疾呼，是对于爱情受命运播弄，被政治伦理摧残的痛惜。此恨之深，已超越时空而进入无极之境，读来清音有余，给人以无限回味的余地。

红尘如梦缘如水，人来人去人何从？红尘如梦，情难永远；水过有痕，纵使缘尽，心海却总有潮生。是的，与其说《长恨歌》是一幕描述唐明皇与杨贵妃的爱情悲剧，倒不如说是白居易与湘灵爱不能守的真实写照。杨贵妃死在了马嵬坡，唐明皇都能在仙境中觅到她的芳踪，难道自己就不能再与湘灵聚首？尽管她已远走，他却始终相信，总有一种回忆能牵引她回归他的世界，共他同听一曲缠绵悱恻的《凤求凰》。然而，伤痛的往事，却是依旧不能释怀，他只能在时光的流转中，在心底将她深深想起，左是《长相思》，右是《长恨歌》。

Tips：

《长恨歌》是白居易流传于世最著名的一首长篇叙事诗，作于元和元年（806年）初冬。据白居易的挚友陈鸿在《长恨歌传》中所述，他与白居易、王质夫三人于元和元年十月到仙游寺游玩，偶然间提及唐明皇与杨贵妃的爱情悲剧，大家都很感慨，于是王质夫便请白居易赋一首长诗，并请陈鸿写一篇传记，二者相辅相成，以传后世。因长诗的最后两句是“天长地久有时尽，此恨绵绵无绝期”，所以他们就称白居易的诗叫《长恨歌》，称陈鸿的传叫《长恨歌传》。

《长恨歌》是一首抒情成分很浓的叙事诗，白居易糅和了历史和民间传说，用唯美的笔调，生动形象地叙述了唐玄宗与杨贵妃之间发生的那段凄美动人的爱情悲剧。作为一首千古绝唱的叙事诗，诗人在叙述故事和人物塑造上，采用了我国传统诗歌擅长的抒写手法，将叙事、写景和抒情和谐地结合在一起，形成诗歌抒情上回环往复的特点，时而把人物的思想感情注入景物，用景物的描写来烘托人物的心境；时而抓住人物周围富有特征性的景物、事物，通过人物对它们的感受来表现内心的感情，层层渲染，恰如其分地表达人物蕴蓄在内心深处的难达之情，感染了千百年来的众多读者。

然而，究其诗意，却是基于诗人自己的感情经历之上的，并非无病呻吟之作。通过对其写作背景的研究，笔者认为，《长恨歌》的主题应在于表现诗人对纯真、坚贞专一爱情的歌颂，同时也隐含了对湘灵的深切思念，以及对婚姻受到阻挠的无声抗议，并通过塑造的艺术形象，再现了现实生活中的“长恨”。

第十四章 宿杨家

杨氏弟兄俱醉卧，披衣独起下高斋。
夜深不语中庭立，月照藤花影上阶。
——白居易《宿杨家》

浮云悠悠地飘荡在无人喝彩的天空，孤单在万籁俱寂的静谧中化作心底的藤蔓，而她，记忆中的她，也终于成了他枕上的一滴总也流不尽的清泪。

繁华过后，喧嚣荒芜了孤单；热闹过后，虚伪荒芜了寂寞。再回首，那些曲曲折折的回忆都一一凋零成心底的落花，在荒芜的情感中迅速弥漫开来，顿时便吹落了他眼底的一帘愁绪。

无限放大的愁绪中，他的寂寞，如花一般在空灵中绽放；他的灵魂，如雪一般在遥望中苍白……于是，遥遥的思念又突地变得盛大起来。

相爱，总是始于相惜，也终于相惜。两颗彼此抵近的心正由于一份相惜的缘，才不会沾染世间的尘埃，才不会在名闻利养中失去最初的真。自与她相恋，他就将她倍加珍惜，可为什么，他和她，还是无法逃脱那种无望的遥望，更无法碎了那些窃窃的等待？莫非，是他还不够珍惜她，抑或是，他根本就不曾真正懂得过相惜的含义？曾经相依相伴的日子里，那些温和的叮咛、絮叨的嘱咐，总是可以迅速掩盖旧时的伤，而一句懂得，便胜过一世的峥嵘，即使再疲惫再困顿，也会令他变得精神抖擞、满面红光。只是，她知不知道，繁华如此，皆因他痴情如许，冷寂的天空也会因为两颗心的靠拢风生水起、熠熠生辉，而现在，她不在了，他这满心积攒的珍惜又有什么用武之地？

梦中未曾停止过的呓语，哪怕满是对她的不舍，也只不过是一场梦魇罢了。不变的思念中，手心变得冰冷，失去了她的轻抚，他的世界从此不再温暖，可他还一直相伴着那些个曾经瑰丽的梦，用自己仅存的那一点希望，努力去握住手中剩下的温存；不变的记忆里，生活变得苦涩，失去了她的芬芳，他的世界从此不会多彩，可他还一直在风花雪月的边缘固守着，用自己羸弱的躯体，坚持去寻找早已迷失了的自己。

只是，她还会相信他仍会清晰地忆起那段早已湮没在烟尘之后的往事吗？她还会相信他在风雨中摊开信笺给她写去的那一首首情诗都染着他鲜红的血液吗？她还会相信憔悴得失去人形的他已为她泪失千行了吗？

希翼的梦幻在风过后的影子里重叠的只会是愈来愈多的忧伤，原本总以为可以轻易地抹去那些人、那些事，可结果却总是会令自己彻底失望。泪水模糊了目光，坚守憔悴了等待，转身之后，就连寂寞也变得模糊起来，却要他如何才能一笔写出满纸的模糊？人生总是有得有失，前程总是有平直的道路也有坎坷的曲径，为什么他的爱情却只收获了满满的失意与失落？等待的过程中，心也跟着模糊，竟忘了她当初是怎样欢喜着走进他的生命，又是怎样悲伤着离开他的世界。或许，她从来都没有那么痛苦过吧？来无影，去无踪，飘忽来，又飘忽去，无论是抵近还是疏远，总是一贯的潇洒，了无牵挂。真是这样的吗？他挚爱的湘灵从来都不曾像他这般在意过这段感情？可如果不是，她又为何迟迟不肯贴近他的心跳，任他不分白天黑夜地去温暖她那颗因悲伤而枯萎的心？

所谓三生三世的约定，最终却只是换来了今生的擦肩而过，大概这就是人生既定的命运吧？或许，今生真的不曾属于过他们，可是，他和她的长相守真的会在来生才能实践吗？眼前的河水，还在不息地流淌，波光还是那样清澈，河中的石子还是那样暖暖的，柔柔的，河边的柳枝还是一如既往地在迎风招展，哪怕时光已不再是从前，一切的景物都还依旧，只可惜那年与他彼此惺惺相惜的红颜转瞬成空，让他在继续前行的道路上彻底失去了所有关于她的讯息。没有思念，没有忧伤，此时此刻，只有默默的惆怅漫随岁月流逝，和着河水汤汤，在他心底静静地流淌，珍藏起曾经激情的青春。

很多时候，都想失去记忆，忘记这世间一切的一切。只要忘记，那些老去的岁月在心中留下的痕迹，便都会随之被轻轻地擦拭，最终如烟似雾般淡淡散去。他知道，人越清醒就越寂寞，因为清醒着便会在某个不经意的时刻，不由自主地咀嚼起那些悲伤的事，痛不可当，而人生却又注定是悲哀的，自己想要挽留的总是悄悄然地便走了，但自己不想承受的一切，又都会悄悄然地便来了。

岁月，依旧在一成不变的平淡生活中继续，小河的温柔依旧，月光的温婉依旧,人生也在命运的轨道上继续前进。还记得儿时的那条小河，伴他和她走过了无知的童年、青涩的少年，以及两两相思的青年时代。那时的他，那时的她，是多么无忧无虑，他们总是在河畔嬉戏，用笑声将浪花悄悄捧起，而他也总是趁她不备时在她额上迅速亲一口，随后红着双颊,“咚”一声扎进水里,只留下她惊恐的叫声在他怒放的心里旋转。

然而，她最终还是走了，一句告别的话也没有，便带走了他无限的期盼。他的快乐，他的幸福，他的一切，都随她而去，整个世界只留下孤零零的他形影相吊，哪怕远飞的大雁的哀鸣，也无法胜过他心灵深处凄厉的呼唤。瓣瓣心形的落叶在他眼前轻舞飞扬，却不知该吹向哪一个方向，如果有一天无意间飘落到她的窗前，她是否还会感受到他为她执着火热的心，抑或假装不懂？

她走了，一个浅淡的回眸也没留下，就在冰冷的风中消散了他往昔的记忆，但他却无法忘记她甜美的笑靥，怎么也不愿接受这残酷的事实。湘灵，为什么？为什么不肯再给你我一次机会，就那样悄然离去？知不知道，尽管你已远去，可我对你的牵挂与思念，却永远定格在了想你的画面里，纵一生也挥之不去？是的，我想你，想起你灿烂的笑靥，眼前所有的事物都会不约而同地齐放光彩，一切都会变得美好而安静。可是，我却无心赏析，无意陶醉，因为我的心好痛好痛，再也禁不起丝丝缕缕的惊喜，只恐一回头便发现一切仍是虚枉，兴奋过后徒然留下一份更深更长的寂寞悲怅。

唉！他深深地叹息着。此去经年，她依然还是落在他枕上的一滴清泪，怎么也欢喜不成他的笑颜。爱了，痛了，那些个季节里恣意绽放的无数繁花，终在天涯的尽头散落了一身的伶仃，而梦亦在黎明的时候被风惊醒，任他的心在摇曳的灯影下碎成了满地哀艳的痕迹。也许，这世间唯有湘灵才是他永远无法割舍下的挂念，然而，海角太远，他到底要用多少季节的光阴才可以走到她的身旁，从此与她永不分离？

放眼望去，千里之外，那一片朦胧的山峦后，杏花凋谢在符离水畔，烟雨中藏着舞倦了的红颜，然而，望来望去，却是一张模糊又迷茫的轮廓，怎么看也看不分明。要等的人，终究还是没有来，所以只好在泪水还未曾滂沱的时候，捧着细细碎碎的心黯然离开。世间最残忍最冷酷的事，莫过于怀着希望的等待，每一次等待，时间都仿佛被拉得很长很长，长到没有尽头，更望不到尽头，一分一秒地煎熬着原本就不确定的心。终于，痛下决心想要放弃，却又害怕在放弃后的第一秒她就来了，于是，只得继续忍耐，左顾右盼，潜心听着身边的每一点细微的声响，生怕一不小心就会错过。

来来往往的人群里，唯一遇不到的人仍是他要等的她。如果遇到，哪怕只给他一个不经意的微笑也好，就算不曾有半句话的交流，也可以给在等待中逝去的光阴一个交代，给自己的下一次等待一个理由啊！只是，经年的过往里，他始终都守着一份凛冽的孤寂，宛若一匹游荡的野马，在有她的梦里一路寻觅，总是渴望在时间的荒凉转角处邂逅那一方风平浪静的渡口。然而，隔着残春昏暗的暮云，攥到手心里的仍是书中杜撰出的水月泡影，那份跋山涉水后的艰辛，亦已退到尘世最枯败的角落缝补起大片的哀伤。

湘灵，你知不知道，我心舟泊放的地方，不要如花似锦的繁华，不要惊涛骇浪的盛情，只要有你眸光里的一丝暖阳。当它在相思的同一个角度照到彼此眼神交汇的那一瞬间，纵使是在荒芜的沙漠，亦能与你共守住那一片心灵的绿洲？可你还是远去了，无论我怎样乞求，悲伤到多痛，你仍不愿意归来，一任我想你念你的心变得灰暗，变得惨白，变得山崩地裂。难道，错过了昨天，诀别了今天，你还要让你我的明天依然在模糊的泪光中度过？

不！他不想！可他又有什么勇气能抗拒母亲冰冷的目光，执意将她娶进门来？他始终在母亲和湘灵之间徘徊，三十六岁了，仍然孤独一身，未曾婚娶，可这无言的抵抗真的是他想要的幸福吗？不成亲，伤了母亲的心，却不能抚平湘灵的痛，为什么他怎么做都逃不得一个“错”字呢？

他不知道该如何才能让母亲和湘灵都在有他的世界里同时获取幸福与快乐，于是只能不断用酒精麻醉自己，日日纵情，夜夜笙歌，与挚友元稹流连在花街柳巷，过着花天酒地、风流恣性的生活。也就在这个时候，他结识了文人杨虞卿，通过杨虞卿介绍，又结识了杨虞卿的从弟杨汝士，三人很快便成了无话不谈的知心挚交。

虽身为盩厔县尉，但品阶却微乎其微，所以这段时间他得以随意往返于长安与盩厔，不久便在杨家兄弟的酒宴上结识了杨汝士的妹妹青萍。青萍，那是个品貌端庄、性情娴雅的女子，唯独美中不足的是深受礼教束缚的她自幼便接受了“女子无才便是德”的教育，对文墨并不精通，所以，杨氏兄弟与白居易以文会友的诗酒人生自是无法引起她的兴趣。

他每次来，她总是刻意回避，然而最终还是强不过醉酒后的哥哥杨汝士，在丫鬟的带领下出来与白居易、元稹等人见面。她并无绝色的姿容，更无惊艳的回眸，初见她时，白居易从未曾想过她会在自己的生命中留下难以磨灭的痕迹。那一年，他三十六岁，而小他十二岁的她正是二十四岁的芳龄。与她的名字一样，她生性冷漠，不爱与人攀谈，睥睨一切。她本来眉目清秀，虽少有笑容，难以亲近，但却是父兄眼中的掌上明珠。他们一心要为她择一乘龙快婿，所以二十四岁的她仍待字闺中。

“乐天兄，青萍姑娘好不容易赏脸出来与你我兄弟见面，你总不能让她空着两手回去吧？”元稹偷偷瞟一眼满脸冰霜的青萍，一边提起酒盏就往白居易面前的酒盅里倒去，一边嘻嘻哈哈地笑着说，“怎么着，你也得敬青萍姑娘一杯不是？”

微醉了的白居易轻轻抬起头，不好意思地瞥着紧紧立在杨汝士身后的青萍，又回过头瞪一眼对面的元稹，示意他不要拿自己和青萍姑娘开玩笑。

“乐天兄还不好意思了呢！”元稹自顾自哈哈乐着，回头望着身边的杨汝士说，“慕巢兄，你是今日酒宴的主人，乐天兄是当今文坛奇葩，青萍姑娘是长安城首屈一指的大家闺秀，难道他们两个不该喝上一杯吗？”

“喝……当然要喝……”杨汝士伸出手指，回过头，歪着脖子斜睨着身后微微蹙起眉头的青萍说，“还愣着做什么，赶紧给白大人、元大人敬酒啊！”

“我就不必了，今天是乐天兄和青萍姑娘初次见面，这杯酒说什么也得喝了的。”元稹站起身，吩咐侍从取来一只空酒杯，亲自提盏满满斟上，毕恭毕敬地递到青萍手里，“青萍姑娘，微之失礼了。”

青萍接过酒杯，兀自怔在原地，却不知到底该不该敬白居易这杯酒。说实话，青萍对白居易并无好感，有关他和元稹日夜出没于花街柳巷的传闻她早有耳闻，对他的人品自是多有鄙薄，所以白居易出没杨府多次，她终是不肯与之相见。没想到这次迫不得已出来虚与周旋，却又被元稹寻了开心，心里自是老大的不乐，却又不便当着这么多人的面发作出来，她只好勉强举起酒杯，低着头，轻移莲步，缓缓走到白居易面前，嗫嚅着嘴唇轻轻说了句："请，白大人！"也不等白居易作答，一仰脖子便将杯中酒喝了下去。

"青萍姑娘！"等白居易反应过来，起身夺下她手中酒杯之时，那杯中之酒已然被她喝了大半，白皙的面庞亦早已漾开一朵朵绯红的桃花。"怎么样，要不要紧？看你这样子就不会喝酒，这种事怎么可以勉强呢？"他一边说一边抬头瞪着元稹埋怨说，"微之兄，青萍姑娘不会喝酒，你怎么……还不快给青萍姑娘倒杯解酒茶来！"

青萍本不胜酒力，一边掩面轻轻咳嗽，一边不无感激地盯一眼白居易，心里顿感有一股暖流溢遍全身。她本以为他只是个玩弄女色的登徒子，没想到却是这般的怜香惜玉，看来倒也没有传闻中说的那么不可救药，这样一想，不免偷偷多瞧了他一眼，未曾想这一眼却让她整颗心都"扑通扑通"跳了起来。原来他竟然是美如冠玉的俊男秀士，尽管已经微醉，但浑身上下还是透着常人无法比拟的温文气质，流溢着一股令人难以抗拒的亲近感，就连她的兄长杨汝士、从兄杨虞卿都比他不过，难怪那些歌楼酒坊中的女子都对他青睐有加。

很快，元稹倒了解酒茶端了过来，白居易一把抢过他手中的茶盏，亲自递到青萍手里："青萍姑娘，这杯茶就当是白某给你赔罪吧！"

她颤颤接过他手里的茶盏，不由得又偷偷瞥他一眼："白大人……"

"喝下这杯茶，酒力就会慢慢散了。"白居易不无关切地打量着她，"喝吧，喝下去就不会难受了。"

"嗯。"她轻轻点着头，端着茶盏递到嘴边，轻轻呷下，又把喝尽的茶盏递到身后侍候着的丫鬟手里，满面涨红地望着白居易低声说，"多谢白大人，青萍……"

"好了，青萍姑娘还是早些回房歇息着吧。虽然喝得不多，但对滴酒不沾的青萍姑娘来说还是会上头的。现在就回去好好睡一觉，到天明便没事了。”白居易边说边示意她身后的丫鬟挽着她的手起身返回闺楼中去了。

便是这半杯酒，他和她有了第一次心灵上的沟通。那夜的他并不知道，只是那一眼，那个叫青萍的女子便改观了先前对他的不良印象，甚至在心底偷偷喜欢上了他。这一切都发生在转瞬之间，来无影，去亦无踪，刹那的光阴便改变了他和她日后的人生轨迹。然而，后知后觉的他却无从洞悉女子的钟情怀春，那时的他满心装着的还是他远方的湘灵，那个三十二岁了还未曾将自己嫁出去的老姑娘。

“乐天兄，青萍姑娘好像喜欢上你了呢！”元稹继续打趣着他，又盯一眼早已醉得一塌糊涂的杨虞卿、杨汝士兄弟，呵呵乐着说，“依我看，师皋兄和慕巢兄今儿个都在，不如就当了见证，把青萍姑娘许给乐天兄好了！”

“微之！”白居易抬头，轻轻嗔怪着元稹，“都是你闹的，青萍姑娘都恼上我了！”

“青萍姑娘哪有恼你？她是喜欢上了你才对！”元稹手舞足蹈地扮着鬼脸，“难道乐天兄没看到青萍姑娘看你时的眼神都透着不一样的温柔吗？还有，她回房时，那副依依不舍的模样，我见犹怜呢。”元稹边说边伸手推搡着烂醉如泥的杨虞卿，“师皋兄，你倒是说句话啊！”

“青……青萍……乐天……”杨虞卿抬头朝白居易翻着白眼，“没错，他们……他们就是……天造地设的一双！”

“师皋兄！”

“还有慕巢兄呢。青萍是你的亲妹子，你这个大舅哥总得说句话啊！”元稹又伸手推了推伏案摆弄着碗碟的杨汝士，“慕巢兄，你倒是说句话啊！”

“说……说……什么？”

“把青萍姑娘许给乐天兄做夫人啊！”

“青萍？乐天兄？”杨汝士顿时酒醒了一半，坐直身子，不住地打量着元稹和对面的白居易，半天才回过神来，“乐天兄看上青萍了？”

“慕巢兄休要听微之胡说！”白居易正襟危坐，“青萍姑娘是世上难得的好女子，微之怎好造次？”

“微之岂敢当着青萍两位兄长的面造次，唐突了佳人？”元稹一本正经地打量着在座的所有诗友墨客，“你们说，乐天兄跟青萍姑娘是不是一对佳偶？”

“这还用说？”

“就是，乐天兄未娶，青萍姑娘亦未许字他人，俊男美女，文士淑女，天下绝配，他们要是走不到一块，岂不是天下最大的憾事？”元稹说着，用力推一下杨汝士，“慕巢兄，莫非你还舍不得把青萍姑娘许给乐天兄不成？”

“这……”杨汝士瞪大眼睛盯着白居易，“乐天兄，此话当真？”

“慕巢兄，微之他……”

说者无意，听者有心。杨汝士本因仰慕白居易的文才，才倾心与之结交，却从未想过要与他结成姻亲，现在听元稹这么一提，倒真上了心，认真盯着白居易说：“若是乐天兄不弃，小弟愿当这个月老，只是青萍自幼被家父家母娇宠惯了，不大合群，只怕高攀不起乐天兄呢。”

“怎么会？”元稹抢着替白居易作答说，“乐天兄已经三十六岁了，比青萍姑娘整整大了一纪，娶妻如此，夫复何求？就怕慕巢兄不肯允诺呢！”

“只要乐天兄愿意，杨某肝脑涂地，也要玉成这桩亲事！”

白居易刚想说些什么，元稹早已给在座宾主面前的酒杯里通通斟满酒：“既如此，这门亲事就算说定了，赞成的都举起酒杯满饮了这杯酒！”

话音刚落，元稹和杨汝士带头一饮而尽，杨虞卿也摇晃着身子，一仰脖子，将杯中酒喝了个精光，唯有白居易呆呆地坐在原地，一声不响，但很快就被诗友们强行把那杯酒灌进了肚里。

所有人都醉了。杨氏兄弟更是醉得不省人事，却吩咐仆人将白居易、元稹留下，引入客房休息。元稹也醉成了一坨烂泥，一挨榻就沉沉睡了过去，只有白居易还是半醉半醒着。睁开眼、闭上眼，满眼满眼看到的依然是他的湘灵。他们把湘灵许给我了！偎在窗前，他轻轻浅浅地笑。他们居然真的把湘灵许给他了！他等啊等啊，从十九岁，等到三十六岁，这漫长的年月，这凄风苦雨冷寂寂的十八年，让他熬尽了神，伤透了心，没想到，盼到最后，有情人亦是终成眷属！

是真的吗，湘灵？你真的就要披上大红的嫁衣嫁作我白居易的妻吗？你知不知道，他们要把你许给我为妻的那一刹那，我的心有多么快乐，多么欣喜？又可曾知，那窗明几净，是我思念的泪水把它浸染；那一轮圆月，是我一路的牵挂把它填满？湘灵啊湘灵，自此后，我的心里再也不会有阴晴圆缺，只会有永远的月色满弦，而你也终将成为我三生三世的清欢。今夜，就让我再一次为你把笔提起，用思念的心火点燃那一盏情灯，在花笺上续写下你我红尘旅途的眷恋，让文字的惊艳，在诗赋里一一幻化为你颈上的珠玑吧！

杨氏弟兄俱醉卧，披衣独起下高斋。

夜深不语中庭立，月照藤花影上阶。

——白居易《宿杨家》

“杨氏弟兄俱醉卧，披衣独起下高斋。”喧嚣过后的灯火，在看得见的远方摇曳，明明灭灭。他站在红尘的雾气里彷徨，任凭热血冲击着心脏，任凭寂寞挑战着悲喜交加，把灵魂，一点一点地，深深溶进属于她的情诗里，不在乎，曾经有过多少颓废与悲凉。

杨家兄弟都已醉得不省人事，整座杨府都沐浴在深深的寂寂里。想着她，念着她，他披衣独起，走在无人问津的深院里，将往事忆了又忆。流年的风铺满岁月的回廊，在四季的轮回中悠然绽放，春媚舞尽芳华的千姿百态，山花涨满幽兰暗香的浪漫，梦的天国里，她若桃花般灿烂，瞬息间便绽放出倾城的芳华。

明洁的月光洒在他醉意朦胧的脸上，四周的天空纯净得没有一丝云彩，他便这样痴痴驻足在她的凝望里，将她的美艳、她的温柔，一再描摹梳理。在他眼里，她的眼神不是天边的流云，也不是那抹纯净的色彩，而是他的生命；在他眼里，她的天空，有异彩纷呈的云卷云舒，有悬挂天边的彩虹，从不受红尘的诱惑，抬头凝视，或是低头怜惜，一样的高远，一样的柔美。

感受着这样的温馨宁和，他愿独步迈向她的天涯。回首，望向水中月中轻轻倩倩的她，心中的苍穹被突地撑大到无边无际，就那么缓缓地、悠悠地，任多变的心情在幻象中绚丽上演，一遍遍地编织，一遍遍地雕刻，那些关于他和她的故事。转身，面对她一贯的娴静，有一种浅浅的意识牵引着他一步步走向意念深处，与她静静痴守凝望，躁动的灵魂忽地显得极其安静舒展，像花儿一样柔和地绽放，听不到一丝杂乱无章的声响。

“夜深不语中庭立，月照藤花影上阶。”夜深了，无限的不舍与祝福依然在心中来回穿行，想念也在这一刻开始萌生。她如行云流水般的清澈明净，终于剔除了他心中盘桓已久的混沌，此时此刻，生命仿佛一泓清泉，潺潺湲湲，涓涓流淌，涤荡在她那份静若流深的凝眸里。回首，月光静静洒在开得如火如荼的藤花上，在身旁的石阶下留下一抹轻倩的影，宛若她窈窕的身姿，翩若惊鸿。闲立庭中，念着她的名字，忆着她的温暖，此时不语却胜过红尘万丈里的千言万语。

曾经，与她在符离怅别，没来得及留下她最灿烂的笑靥，没来得及与她倾诉衷肠，是他终身最大的遗憾。那一年，那一月，那一日，那个温暖的黄昏，他坐着马车，在杨柳拂面的季节里悄然离去，她则守在茂密的柳枝后哭红了双眼，哭疼了心肺，然后一个忧伤而又华丽的转身，背着他，毅然决然地走向另一个远方，从此与他天涯咫尺，天各一方；而今，他们将她许给他为妻，他又有什么理由继续难过，有什么理由依旧悲怅下去？

望着她，他体会到一种从未有过的极致幸福。有她的世界里，天空涨满蔚蓝，正伸向遥远的边际；大地绿荫覆盖，正泛起层层涟漪；一朵朵细碎的藤花，亦无忧无虑地绽放在寂寞深庭中，任美丽铺张地摇摆在绿色的春海里。湘灵,这是真的吗？我们就要成亲了？在苦等十八年后，你真的就要成为我白家的儿媳了吗？

远处，山坡上一树一树粉红的桃花、洁白的梨花正次第开放。青山滴翠，百花争艳，绿肥红瘦，移步换景，令他目不暇接，仿佛今夜所有的美丽都是为她而生，为他们即将而至的婚姻生活欣喜若狂。她拥抱着墨绿的麦浪、翠绿的树叶，在一片耀眼的光线里层次分明，漫过初春的草尖，淌过清澈的小溪，带着泥土的芳香，携着桃花、梨花的芳菲，轻轻地来，温顺而柔美，平和又安详，依然是他初见时的温暖。

波光潋滟的池塘里，倒映着她粉红色的身影，微微的春风里流动着她浅浅的暗香，藤蕊上相互追逐的蝴蝶，宛若她的纤指轻轻抚摸着他的面颊，将四月的帷幕静静开启。湘灵，湘灵，可知你就是我那人间的四月天？

他轻轻地笑，与她相依相偎，舞文弄墨，把酒吟诗，醉在了她的明眸皓齿间；她则羞涩了面庞，继续在清风明月间轻舞飞扬，那满藤的花开，那满庭的芳香，都是她绽放的微笑，是她送来的希望，是这人世间最妩媚的底蕴。

湘灵。不，娘子！他在心底一遍又一遍地唤她，带着无限深情，唯愿这隽美的月夜永远留下她的微笑，留下她倩丽的身姿，留下她粉红的记忆，留下他们曾经的美好，在他心间徜徉、缱绻。却不知，亦是在这清芬的夜里，有一个叫作青萍的女子正偎着绣楼的轩窗，绯红着双颊将怅立庭中的他望了又望，思了又思。

他在想些什么？她刚刚舒展开的眉头又轻轻皱了起来。为什么他会在夜深人静的时候独自走在寂寂的深院里默默发呆？难道，难道他是在思慕远方的故人？唉，她轻轻地叹息，想这么多做什么？他想什么人与她何干？于是，她轻轻缩回身，伸出手，纤指轻轻一点，便将整个窗户紧紧阖上了。

Tips：

元和元年（806年），白居易已经三十五岁，却因为坚守对湘灵不离不弃的诺言，始终未娶。母亲陈氏看在眼里、急在心里，四处托人为儿子说媒，这时白居易的挚友元稹为其作伐，欲说其娶同僚杨汝士的妹妹为妻。《宿杨家》即为这段时期创作的诗作。具体作诗时间应在元和元年至元和二年间，本文将其归为元和二年创作。

杨汝士，字慕巢，虢州弘农人，生卒年均不详。白居易妻杨氏兄。元和四年登进士第，牛僧孺、李宗闵待之善，引为中书舍人。开成元年（836年）由兵部侍郎出镇东川，后入为吏部侍郎，终刑部尚书。汝士善诗，裴度居守东都，夜宴，半酣，与诸客联句。时元稹、白居易均在座，有得色。依次至汝士，汝士句云："昔日兰亭无艳质，此时金谷有高人。"居易知不能复加，遽裂之，曰："笙歌鼎沸，勿作冷淡生活！"稹顾居易曰："乐天所谓能全其名者！"

杨虞卿，字师皋，虢州弘农人，杨宁之子。白居易妻杨氏从兄。元和五年进士，为校书郎，擢监察御史，与阳城友好。李宗闵甚器重他，历官弘文馆学士、给事中、工部侍郎，官至京兆尹，太和九年（835年）七月一日甲申，贬虔州司马，卒于任上。

第十五章 醉中归盩厔

金光门外昆明路，半醉腾腾信马回。

数日非关王事系，牡丹花尽始归来。

——白居易《醉中归盩厔》

梦醒后，才知道，那场无人喝彩也无人问津的惊喜只不过是盲目的自欺欺人罢了。湘灵仍在千里之外的符离守候她那场遥不可及的芳梦，任支离破碎的心沉沦在无休止的惆怅忧绪中——谁也未曾许诺要将她许配于他，一切都是他自己的一厢情愿。

满怀的惆怅中，他恍惚记起酒醉中元稹的戏言，还有杨汝士要将青萍许配于他的承诺。青萍？他仔细回忆着昨夜与青萍见面的每一个细节，初见时她的冷若冰霜，醉酒后她的柔情款款，离去时她的依依不舍，一切，都在脑海中迅速闪过。不！这怎么可能？别说青萍小自己十二岁，就算自己与她年纪仿佛，这也是不可能的事啊！情天爱海里，他的心眼很小，小到只装得下一个湘灵，又怎能腾出地方搁置别的女子？

想起湘灵，天地再次成了他痛苦的摇篮。酒已醒，却生生窒息了幸福的到来，伤透的心只能由着昨夜的错觉，在泪雨中翩跹。昏黄的灯火，把他沉郁已久的尴尬点亮，影子，从晨曦的梦里交叠着拉长，一切的一切都变得恍惚而迷离。轻轻闭上双眼，在寂寞中默默品味着她的丝丝柔情，唇边，突地漾起一抹苦涩的笑，也终于明白，他的生命仍将因她而痛苦煎熬，只是无人能知，也无人能解。

她走了，带走了所有的妩媚与欢喜，带走了所有的温暖与感动，阳光亦不想继续在窗外徜徉，清风亦不想醒在没有炊烟的院落。心，空荡在泪海里；梦，游离在思念之外。爱情燃起的熊熊烈火，倏忽间便崩溃了他心底最后一丝激情，所有希望的种子，都在焰影中化成灰烬，唯余一地残渣，让他再也找不到一点点的清明。痛定思痛后，挂一抹苦笑在脸上，把他用心血浇灌的情诗，在没有她的日子里放声歌唱，尽管，诗句里隐含着太多悲怅，但他还是愿意，把想她的心情肆意地涂抹在这浅红色的花笺之上。

抬头，缓缓望向窗外的山坡，企图用手中的笔墨推开一扇受伤的门，却发现一轮丽日正目空一切地凝视着万丈红尘，显得沉静而娟好。凝眸，夏色已在晨光里梳妆，彩蝶亦在花中痴狂，却留下不尽的伤感，在他心底迂回蔓延，究竟，这种相思成灾的日子还要他一个人孤单着过到什么时候？

曾经的一个不小心，却让他心甘情愿地醉在了有她的梦里，她亦成了他笑傲红尘的那幅最美的画卷。一直坚信，狂风暴雨也无法阻止他今生对她的涂抹，然而，和煦的阳光也饱满不了他的泼墨，她终于还是在他的梦里褪去了原有的色彩，变得苍白荒芜。或许，为梦走得越远，前方的道路就会越加危险，因为，柳暗花明的红尘里，那缕清幽的暗香，总是漫延在他无法触及的地方，悬崖或是峭壁，想要把最美的奢望握在手心，就必须面对常人难以企及的困苦。远处的山石，虽然早已磨圆了岁月变换的痕迹，但在他柔肠百转的诗赋里，却永远留下了他们一起走过的韶华，在最最不经意的时候酿成他记忆深处最深的痛苦，每每念及，便是锥心刺骨的伤，于是，终于开始追问，追问自己，这一切的付出究竟值不值得。

他爱她，爱得谨小慎微，爱得撕心裂肺，哪怕所有追问的答案都是不值得，他也不会相信，更不会退缩。因为舍不得她，所以总是不喜欢看流云化雨的悲伤；因为放不下她，所以不欣赏风洗落花的惆怅。生命已经很痛很痛，痛到无可救药，为什么要自寻烦恼？因思念而痛苦的伤口，总是抽搐着他一张卑微的笑脸，可这世间又有几个人明白他微笑后的疼痛与深藏于心的悲恸？然而，不思念又能如何，不再念着她就会不伤不痛了吗？浑浑噩噩的迷茫里，或许唯有潮涨的思念才能安抚他那颗受伤的心，可为什么每一次清醒后，那痛并快乐着的追忆却总是带给他难耐的凄楚？也许，她掌心的那道痕，是他上辈子遗落的记忆，她圣洁的脸庞就是他心底绽开的永恒的花蕊，然而，深深盘旋在心底的感伤却从来都不如云似烟，走尽了，也不会一一消散。

不知道，前世的轮回里，他们究竟默契了几生几世；只知道，她今生的眼神把他深深刺伤，那声凄婉的轻唤，至今还在他的心头颤抖。蓦然回首，窗外的太阳已经升起老高，温暖的阳光却如一把冰冷的匕首直直插进心扉，一滴一滴鲜红的血，瞬间流满他伤心的河。想着她的千娇百媚，缓缓起身走进孤单的院落，他站在一个人独舞的藤下，默默看着飘飞的叶，一片一片，慢慢飞舞在茫茫的天地之间，伤感却来得更加猛烈。

站在梦的边缘翘首打量过往，一切皆如烟似幻，仿佛什么都没发生过，又好像本应该用一辈子经历的事情都在分秒之间被他一一挥霍殆尽。万籁俱寂的等待中，只听见风在耳边轻轻地劝他：莫伤感，明年，还有一个春天，一个姹紫嫣红开遍的春天；别伤心，明年，她还会在百花丛中静静地守候着你，要为你舞一出长相厮守的梦。可是，他到底还需要等待多久？泪眼蒙眬里，望着梦中的她渐行渐远的身影，阳光不再明媚，心事不再明朗，曾经温润的心田亦干裂成无数道深深的沟壑，一切的事物都变得模糊起来。转来转去，到最后却发现自己依旧徘徊在没有她的原点，这平淡无奇的岁月，空白依然是他生命的主角，即便拼尽了全身的气力，也无法放飞孤独，难道，血的沸腾，将成为他今生永远的终极？

或许，她注定是流浪在天空的白云，注定是他今生高高的渴望；或许，他真的无须费尽心思地用一辈子去寻觅那粒春天遗留下的种子，只需坦然面对那抹黄昏下凄艳的晚霞，把伤愁小心地包裹，在茫茫天际里，独自一人，轻轻上路，从此，与整个世界诀别。湘灵，难道这真是我们终身都无法破除的梦魇吗？难道必须用长长久久的别离才能赎清我们在另一个轮回里犯下的原罪吗？不，这不是真的。花丛中，他哀哀地叹，牡丹的芳香，淡不了心的苦涩；藤枝下，他怅怅地叹，飘浮的思绪，全是她温柔的背影。红尘滚滚，依旧渲染着他们一段梦幻般的恋情，一曲《长相思》凄美的旋律又让他想起她熟悉而又陌生的脚步。曾经，她小心翼翼地提着裙裾，欢快地涉着小溪，走向他垂钓的水畔，满身都是金灿灿的笑；曾经，她活蹦乱跳地光着脚丫，迅速蹚过小河，迎向他游子归来的怀抱，满身都是明晃晃的阳光……可是，梦醒了，这以后的以后，他们的脚步真的还能再踏上同一片土地吗？

他泪眼婆娑，匆忙的步履，瞬间拉长两颗心靠拢的距离，模糊的背影，再也读不到想读的只言片语。牡丹丛中，在花瓣上一遍遍写下她的名字，仿佛描摹一幅绮丽的画卷，却无法把握她的曼妙。湘灵啊湘灵，你可知，为你，红尘路上，我愿任雨打风吹，哪怕千年万年，生生世世？你可知，江风缄默，我愿把这份爱还原成一个重点加注的标点，除了你，谁来也不再翻开？你可知，我会一直守候在那个遇见你的渡口，用一生来兑现，爱你一辈子的誓言？你可知，没有了你的这个暮春，我几曾盈盈泪下，任一个寂寞的影子在寂寞中倚栏望月，却难知那长空井然的雁阵，能为你捎去我几多心语，只能徘徊在风中悲伤呜咽？

散落满地的思绪，不知道，是在蔓延，还是在迷失。他不知道的事还有很多，比如和她的下一次相逢，究竟会在何日何年，他猜了很久也不能猜透。伤心崖上开满的洁白花朵，在空中划出一道孤单的弧线，亲密地拥抱着大地，而他三十六岁的伤痛，却在她渐行渐远的背影后刹那化成他心底的永恒。到底，爱是什么，为什么总是把他折磨得死去活来？爱是历经岁月的侵蚀后依然散发出璀璨耀眼光芒的感动？爱是深入到骨髓里绵绵不绝的相思？如果是，那么，与她的爱恋，激情绽放过后一定就要枯萎凋谢吗？他不知道，他什么都不知道，此刻，他只想用她最柔媚的语言，在牡丹花下写下属于她的经典，亦想把自己撕得粉碎，丢在风中，用一种孤绝的姿态，抵达她无人抵达的彼岸。

他又醉了，醉在杨虞卿、杨汝士兄弟盛情相劝的酒宴里，醉在青萍姑娘温柔的笑靥里。再次相见，青萍姑娘冷艳的眼神里少了几许孤傲，却多了几分含情脉脉。久历情场的他自然知道青萍姑娘的心意，然而他的心里始终只放得下湘灵一人，面对盛情的青萍，他只能装傻卖痴，一味赔着笑脸与她闲叙。

低垂的纱幔轻笼着窗外迷蒙的细雨，几片葱翠的叶子，映衬着牡丹绽开的那几瓣娇艳，有淡淡的馨香，在他眼底，静静地妩媚。时光缱绻，在青萍柔美的歌喉中，他竟不知道，究竟是青萍的歌声在湘灵的忧伤里婉约成一曲凄艳的绝唱，还是湘灵的忧伤在青萍的歌声里流转成一季惆怅的相思？

在青萍娓娓唱来的小调中，在湘灵淡入淡出的身影里，他于烟雨蒙蒙的幽静之中，再次低头觅起那份深入骨髓的相思，觅起那份心有灵犀的感动。一段哀婉的倾诉，一帧凄美的画面，一蓑飘摇的烟雨，一次感伤的动容，都带着为她设定的特殊场景，任他用心聆听落雨的声音，在孤单中静静地守望、细细地品味。原来，她还是那么美丽，还是那么沉静，还是那么温柔，还是离他咫尺之遥，只要一伸手，便可以把她抱个满怀，任他把不曾画完的圆满慢慢延续下去。

一曲相思的旋律里，他们如约而至，在说好要见面的梦境里。寂寞的泪光里，醉得一塌糊涂的他已然不知道眼前拨动琵琶的女子究竟是他深爱的湘灵，还是那个冷艳高傲的青萍。青萍只是轻轻地唱，轻轻地拨响琵琶弦，在他深深浅浅的思念里轻舞飞扬，却不知他眸光深处的泪滴究竟是为了梦中哪一个女子而流。

泪水，顺着他清瘦的面颊，滴落在他的手心，沿着他身后的琵琶骨身，轻轻滑向青萍的指间。青萍依然低着头，咿咿呀呀地唱着，而他的心却早已回到远方的湘灵身畔。多想将这暮春初夏的每一天都漾成一首首小诗，轻轻装进厚重的岁月里送给她；多想将层层叠叠的花瓣编织成锦带，挂在时光的巷口等她来摘；多想为她留下最后一张完美无瑕的身影，存放在心的一角……然而，在他满腹都搁着浓浓盛情的时候，她却随风逝去，走得无牵又无挂，再回首，才发现，紧紧攥在手心的却是那几多怀想，几多惆怅。

曾经，也是这样微雨蒙蒙的日子，她穿着一件藕荷色的绣裙，轻轻倩倩地出现在他身后，只一个浅淡的笑靥，便让他体会到这世间什么才叫作绝色之美，从此，她刹那的莞尔，便定格成他一生的珍藏；曾经，还是那样迷蒙的雨中，他们端坐在村口的风车下，执手相望，沉默无语，眼神的切换，变得沉闷、拖沓，彼此都刻意躲闪着惜别中的麻木，克制着将要告白的疼痛，任心雨淋漓了一场没有回头的转身。

那日，她渐行渐远，烟雨，迅速染了那一季的荼蘼，空气里到处都弥漫着湿润的味道；而今，他醉在另一个女子关切的目光下，缓缓凝视着远方，看窗外模糊的风景，看一帧一帧的景物从眼前飞逝而过，遥想那一场簌簌的落雨，却见远处葱翠叠嶂的山峦，正摇曳着蒙蒙雾霭，在眼中慢慢沉寂宁静下来。

雨中，沿着故事里的起点，他执意越过青萍的琵琶，痴痴寻觅起那一季的淋漓。他知道，她早已经不在那里，也知道，她已走得很远很远，可这雨中的故事依旧在心里不绝地漫延，轻轻地展开。透过柔柔的雨丝，他努力让脑海中一一回闪的场景次第清晰，以最大的限度还原着与她相偎的每一处细节，时而看到雪花纷飞的冬季与她紧握双手坐在热烘烘的暖炉边生火取暖，时而看到明媚潮湿的夏天与她光着脚丫踩在雨后泥泞的河边湿地一起抓鱼抓虾，一切老了的旧了的往事都在眸光里渐渐明亮起来。

湘灵。他突然起身，慢慢踱至窗前，轻轻唤她的名字。身后，琵琶弦音戛然中断，青萍抬起头，震惊地望着他略显佝偻的背影，又回过头仔细瞅着那一滴掉落在她指间的清泪。那是白大人的泪。她的心陡地一沉，低头抬头间却显得惊慌失措，一片毫没来由的悲伤顿时深深攫住了她那片如花的心绪。

“乐天兄！”元稹轻轻踱至他身前，在他耳畔低声问，“怎么了，你？”

“没，没什么。”他慌忙抬手拭去眼角的泪花，回过头轻轻盯一眼元稹，“没什么，被沙子迷了眼，所以……”

“沙子？”元稹将信将疑地盯着他，又瞪大眼睛望一眼窗外的连绵细雨，心里已然明白了什么，回首间却又发现青萍假装作不经意的回眸，连忙拉了拉他的衣袖，压低声音说，“青萍姑娘好像看见你……”

“青萍？”他顺着元稹的目光望向急速回过头去的青萍，一股巨大的失落感深深攫住他疲惫的心灵，翕动着嘴唇盯着元稹说，“微之，我……”

“青萍是个好姑娘，如果乐天兄能够……”

“这是不可能的。”他的声音很低，但目光却如火炬般射向元稹。

“昨晚的话，莫非乐天兄都已经忘了？”

“什么话？”他轻轻瞪元稹一眼，“好了，那些话还是留着去跟你的那些莺莺燕燕说吧！”一伸手，拉着元稹的衣袖，早已踱向酒桌边，按着先前的位置，各就各位，继续举杯，大口大口地喝着美酒，仿佛什么事都没发生过一样。

琵琶声再次悠悠响起。这次，青萍弹奏的是他再熟悉不过的《长相思》。长相思，长相思，又是长相思！随着青萍四起的弦音，他把心事铺呈在层层叠叠的岩石，把心事铺呈在层层叠叠的浪尖，又把心事隐藏在层层叠叠的心底。原本，与她依偎取暖，浅浅拥抱，已然足够，可他仍是一如既往地幻想着永远，所以尽管情深不悔，却依然看不到明天的光亮。

心绪在思念中徘徊无度，夕阳拖曳着橙红的嫁衣在他眼底默默流转，而她在水一方的靓丽身姿，正映于旖旎的波光中，随风舞动，瞬间便荡开一池的金色潋滟。到底，他这满腔隐忍的深情算是什么，为什么离别后自始至终，她只是他生命中的一纸虚幻，怎么也无法点亮他一生的绚美？叹只叹，他和她，谁也不是干柴，谁也不是火种，所以只能沉溺在美好的春光里，无声地吟唱春天的歌谣，无声地吟唱那些关于爱情的歌谣，却不能把彼此的遥望化作终身的厮守。

仿佛，对的时间和对的人，永远都无法同时出现，不是时间对了人错了，就是人对了时间又错了，所以每一次深爱过后，都只留下泪流满面、悲伤无限，还有憧憬破灭后的残败与迷惘。最后只能任由梦想的翅膀在冰天雪地里伤痕累累地结满冰霜，任自己放荡在无限的春光里不断流连徘徊却又一无所依。在爱情的天地里,关于永远到底有多远的问题，却是他永远也找不到答案的迷惘，再回首，闲庭人影凌乱，望暮天云淡风轻，冷不防，却仿佛看到了春天里的墓碑所在。

最疼的距离，就是无法相守，却又无处躲藏，也无力抗拒。所有在座的诗友已然如昨晚一样醉得不省人事，然而唯有他还清醒着，在清醒与迷醉之间半梦半醒。就那样，在青萍疑惑、忧伤的目光里，轻轻踮起脚尖，倏忽步入院落，任脚步起落在松软的小径上，掖起袍裾，缓缓踱进那份未酒意浓、横阳在水的暮春画卷里。

极目四野，天长地阔，暮色在思念中氤氲漫延，有橘红色的浪漫缓缓撑破半个辽远的天际，瞬息的工夫，就把西边的云天装点得金光潋滟、如梦似幻，而东边的天幕依然蓝得仿佛清澈见底的池塘，形成鲜明而又强烈的对比。池堤深处，老树婆娑，昏鸦自叹歌喉不雅，难入美景，无声地在树隙间起落，燕子则轻灵地贴水飞过，那一声声呢喃之语，似乎也在赞叹这远离浮华的极致美色。望着这曼妙而又多姿的美景，他多想把自己也置入这幅天地间的泼墨山水画中，只为她纵情高歌一曲，然而却又不由得深叹，怕只怕，那一怀等待了经年的深情早已被风烟侵蚀了原来的模样，终是无歌可抵。

山不在高，有仙则名，天地之钟灵毓秀，全在巧夺天工的自然之韵。此景空前绝后，谁与共赏，谁来分享？纵使再豪放的画师，泼墨挥毫也点绛不出如此明澈清丽的色调，纵使再细腻的画笔也描摹不尽这明暗有度的意境，可这曼妙的景致少了她的点缀，即便美得出尘，也总觉得缺了最重要的点睛之笔。想着她的容颜，忆着她的风情，他在难以磨灭的思念中用心撑起一块擎天的画布，用深情的目光在想念里小心翼翼地搅拌着所有可以触及的画色，然后，在尚未来得及干涸的心田留下一块芳草萋萋的空地，让执念恣肆涂抹温情的底色，放任美丽空前的灵动，在信笔涂鸦的起落中缓缓入画。

在画中，他又看到了她。就在那灵动的画幕间，她一袭长裙，灿若桃花，在他深情的眸光里折射出明亮而又深邃的一汪秋水，脉脉含情，瞬间，他的世界便有了一种静看日落的情怀在心底悠然升起。转身，信步在静水流深的池边，一种久违的恬淡忽地盈盈入怀，让他顿感世界的美好，然而却还是依旧赶不走周身包裹的惆怅与相思，每一念起，便换得长久的无语伤然。

尘烟过，相思知多少？韶华逝，心思已成灰。往事总是如梦，情缘总是似水，挽不住，留不下，寂寂的风中，只余一丝漂染不净的杂念，在尘埃里明明灭灭，到最后，也都是渐行渐远渐湮没。她精心修饰过的面容，她的嫣然一笑，她的顾盼生辉，依然明艳恰似当初的二八年华，而那一池波心荡漾的秋水，更把她的袅娜体态点缀得恰到好处，凝睇之间，竟疑心是江妃踏波而上，自是美得无处可藏。再回首，明月初升，望碧波在柔光中缭绕，但见她一袭紫衣瞬息纷飞了梨花，与牡丹共舞，与悲伤共旋，他不由得痴痴凝望着前方，看她墨染的黑发在夜的静谧里妖娆缠绕着他所有的不甘与不得已。她的忧伤，她的不舍，仿佛那斩不断的情思，在他眼前飞舞腾挪，那白玉般的脸庞晶莹着一滴痛到断肠的泪花，不经意却惊醒了沉睡已久的心花，不知道千年之后它可否会凝成琥珀一块，任记忆斑驳，在爱的枝头醉了只属于他们的寂寞。

岁月辗转，流年变换，心与心终是悱恻了那一段惊艳的时光，却不得不在两两相望的无奈中哽咽着收场。那些匆匆抵近的脚步，那些深情对视的目光，都在今夜的迷醉中找到了彼此倾诉衷肠的理由，然而，结局已定，纵使心心相印，又能如何？自古多情空余恨，繁华过后便是永恒的寂寞，怎好怪怨烛泪点点似飞红？相思穿肠过，泪眼又模糊，花开花落几度春秋，皓月圆了又缺，缺了又圆，站在爱的渡口，把那秋水望断，这一片春去春又回的情肠又怎搁浅？

光阴如梭，几番寒暑几番风雨，但相思，莫相负。相思的路上，尽管有风雨交加，尽管有风餐露宿，尽管有残霜冷雪，尽管有易水生寒，尽管有孤笳悲鸣，但若非经历一番寒彻骨的炼狱，又哪得梅花扑鼻香？斜倚牡丹丛下，抓一把飘零的落花，掬一把粉色的相思，卷一帘清梦，只想把它翻成她的幸福永恒；然后，再抓一把飘零的落絮，掬一把紫色的相思，卷一帘西风，却是人比黄花瘦。夜深沉，风依然在吹，月上中天，子夜吴歌幽幽地唱，那悄然屹立的人，心却在风中孤单，无人问津。

心未死，栏杆拍遍，还是等她不来。倾耳，鸢啼莺啭，欲将残月赋诸笔端，却又不堪回首月明中。纤尘落尽，一城飞絮，几度春风冷，相思倏忽惊醒了他的梦，也葬了他的心，而那满怀的深情，却只能静默着开在陌上，随寒蝉的凄切，一声一声，唤到天明。她走了，花开满了肩头也落了满地，那些深藏的思念依旧如烟挥之不去，滚滚红尘里，写满的都是天苍苍、野茫茫的空洞，还有那铺天盖地的烟锁重楼。

爱，还是不爱？于他而言，这本不是什么两难取舍的无解的题，为什么兜兜转转走了千山万水的路后，他还是不能随心所欲地去爱，去拥抱他该有的欢喜与明媚，幸福与温暖？一曲骊歌赖明月，枕着满怀的孤单寂寞，一个人独奏在水湄，看姹紫嫣红花满天，只道是寻寻觅觅、冷冷清清、凄凄惨惨戚戚，却无奈，天长地久有时尽，此情绵绵无绝期。到底，该怎么做，他才能逃出这欲海的生天，不再去想她，不再去爱？

抬头，月色依旧很美，想要在红笺上写下这满心的无奈，却发现，饮尽相思，倒瘦了所有的记忆。徘徊在往事的追忆中，青山沉默在亘古的悠远里，黑夜也沉思着不肯让晨曦提前到来，唯有一袭清冷的风，依然寂寂地吹在他的心头，而本已冗长的思念又被拉长了许多许多。对她的想念仿佛毒瘾上身，总是怨月恨花，徒然惹了千般的烦恼。然而，前事参差，漫随乱红飘飞，总是理不出个头绪，细细思量后，方才明白，那不过是一场寂寞的独舞，纵使灯火通明、管弦齐奏，演绎的也只是一份永远都拂之不去的孤独与凄凉。

清风徐徐，款款相送。仰望苍穹，但见星光点点，扑朔迷离，却是满心都挤满了荒芜苍凉，举步维艰，无法不继续游离在幽暗昏晦的迷谷。寒风萧萧，彻骨冰凉，他伸出手去，想要抓住一线的光明，揪住一丝的温暖，才发现那相思宛如一场迷惘而美丽的梦幻，终究是可望而不可即的遥远，再怎么努力，也只换来湿湿的水珠在面庞轻轻地流淌。心碎了，心裂了，心在凝噎，心在哽咽，本自相思，奈何偏偏伤得他体无完肤？还要继续相思，继续等待下去吗？他不知道。他只知道，从前的每一次等待都仿佛一次自虐，剪灯花，抱浓愁，看满腹柔情梦中休，终归虚无，只余暗夜悄无声息地伴他左右，更添了他几多彷徨，几多癫狂，莫非，这样的日子还要持续下去吗？可如若不再持续，他又该做些什么？到底，何为对，何为错，年纪越大，却是越加迷惘。

想你了，湘灵，在水一方的你可否知道，我心痛的感觉，总是在飘落的牡丹花丛下无声地蔓延？想你了，湘灵，怅坐窗下的你可否知道，此时此刻的我，只能把思念饱蘸成一纸忧伤的文字，只能把牡丹花想象成你的模样。可你怎么还是这么这么的冷，这么这么的冰，这么这么的漠然？难道，你真的看不到，我缓缓滴落在花瓣上的那颗痴情的浊泪？

睁眼闭眼之间，挥之不去的仍是她那缠绕于心头的倩影，却原来，有些人，有些事，永远都走不出心的羁绊，可她为什么总是对他无限忠诚的深情视而不见？

佛说：留人间多少爱，迎浮世千重变，和有情人，做快乐事，别问是劫是缘。可佛还说：执着如渊，是渐入死亡的沿线；执着如尘，是徒劳的无功而返；执着如泪，是滴入心中的破碎。难道，难道这一世，她终是他梦中的水中月、镜中花，最后因破碎而消散在他的九霄云外？问世间情为何物，只教人生死相许？他为她许下了死，她又何曾为他许下过生？他们就像两条无法交汇的平行线，各自走向不同的方向，又怎会在相同的终点重合？

知不知道，在她无情的刹那，却是他最有情时？在她远去的目光里，他，终于倦了，不再追逐，不再呼唤，不再流连，不再等待，不再痴缠，不再癫狂，只是瑟缩在寂寞的角落里，任孤单与伤感将他整个儿吞噬，然后，在青萍心碎的注目中，他骑马沿着来时的小径，缓缓踏上了回归盩厔的路途。

“白大人！”

他没听到青萍拖长尾音，追逐在他身后，含着一腔伤感唤他的声音，只是浸在湘灵给他的忧伤中，往金光门外的昆明路上疾驰而去。满是泪痕的衣襟，缀满牡丹花瓣的倾诉，正楚楚哀怜地渴望她吻遍他周身的伤悲。

一轮圆月，在忧伤的等待中照亮了为情守候的苍穹；一盏孤灯，在不变的思念中点亮了寂寞生花的诗情。在她灼灼注视的目光下，他凋零满地的心碎，托起琉璃的胸怀，摇着经筒，缓缓行走在诗意的人生里，将漫漫的花香迅即升腾成袅袅的心语，想要在她离去的背影里融入最后的温暖。却不料，终究还是让自己假装坚强的笑容失意在短暂的诗行里，于是，只能孤单着听风马声声，从远处传来一生一世的呼唤：

金光门外昆明路，半醉腾腾信马回。
数日非关王事系，牡丹花尽始归来。
——白居易《醉中归盩厔》

“金光门外昆明路，半醉腾腾信马回。”金光门外，昆明路上，醉意朦胧的他骑在高头大马上，一路往盩厔的方向逶迤而去。尽管官职卑微，但身为盩厔县尉，他也不能恣意滞留在长安城迟迟不归。

是的，那里并没有他要寻觅的湘灵，却有他栽下的蔷薇。那一日，他不是许诺要将那丛蔷薇当作他新娶的妻子来对待吗？失去了湘灵，他还有蔷薇夫人不是？他轻轻地笑，低低地泣。她不在了，他竟然沦落到要将一丛蔷薇当作妻子的地步！只是，她明不明白，那一丛飘香的蔷薇，清淡如水，清芬如茶，一缕缕飘然的姿态，犹若他对她的眺望？

“数日非关王事系，牡丹花尽始归来。”数日流连长安城下，却与朝廷之事没什么关系，只是缘于他悲伤惆怅的心绪罢了。长安城虽不是他的故乡，却有着一帮能够替他分忧解愁的亲朋至交，还有那曲江畔的一群如花似玉、莺歌燕舞的红粉佳人。或许，他只是想在那些轻舞飞扬的女子身上觅到湘灵的一抹温柔，哪怕是一点一滴，也是好的。

归去来兮。别了，长安；来了，盩厔。在牡丹花尽的季节，他又回到了盩厔，但他知道，以后的以后，每个夜深人静的日子里，他都会借着文字的温度，在她哀伤期盼而又决绝的眼神里取暖。问世间情为何物？直教人生死相许。只是，今夕何夕，伊人又在何处，可否看到他用血泪浇成的字句？蓦然回首，却是，枉嗟叹，空牵挂！

Tips：

《醉中归盩厔》为白居易身为盩厔县尉，时常往返于长安与盩厔期间所作，当为元和元年至元和二年期间的作品。任盩厔县尉期间，白居易除作有《长恨歌》《戏题新栽蔷薇》外，还作有讽喻诗《观刈麦》《秦中吟》等著名诗篇，其中《秦中吟》共分十首，包括《议婚》《重赋》《伤宅》《伤友》《不致仕》《立碑》《轻肥》《五弦》《歌舞》和《买花》。

第五卷

痴情怨：莫对月明思往事

前世姻缘今生聚，但相思，莫相负。然而，他和青萍，到底又是怎样的一种缘分？被雨水洗过的夜少了许多扰人的喧嚣，指间流淌的每一缕清风都在静静诉说着一个又一个凄美的故事。默默坐在窗前，在妻子的泪眼里，沉雾又把他的思绪带到符离城外某一个雨后的夜晚，像现在这样，只是用手中的笔，刻下表面的淡然，只想等到天明，装订对湘灵散乱的思念。

第十六章 赠内

生为同室亲，死为同穴尘。
他人尚相勉，而况我与君。
黔娄固穷士，妻贤忘其贫。
冀缺一农夫，妻敬俨如宾。
陶潜不营生，翟氏自爨薪。
梁鸿不肯仕，孟光甘布裙。
君虽不读书，此事耳亦闻。
至此千载后，传是何如人？
人生未死间，不能忘其身。
所须者衣食，不过饱与温。
蔬食足充饥，何必膏粱珍？
缯絮足御寒，何必锦绣文？
君家有贻训，清白遗子孙。
我亦贞苦士，与君新结婚。
庶保贫与素，偕老同欣欣。

——白居易《赠内》

光阴似箭，岁月如梭。枫叶已经落了几茬，秋风萧瑟，一夜间，草木摇落露为霜，寂寞又如同初生的春草，在思念的琴弦里起起伏伏。

回首曾经的岁月，往事如梦，竟不知该如何给它定义，是荒谬，是遗憾，还是梦魇？不愿去想，也不想去想，与她生离别，或许一切都变得没有意义了。

静伫河畔，独享远离浮华喧嚣的一瞬，眼角有泪水悄然滑过。风在柳堤深处浅唱，鱼在水中低吟，燕子御风而行，她的身影依然在花下翩跹，而他的影子却孤单成一叶残荷，在静谧与祥和中搁浅。

斜阳横水，残光绕树，暮色在眼底渐渐浓了，他凝神静观，什么汉时风、魏时雨，通通在心底睡去，只余一片曼舞的思绪，在空中迷离，让他找不到自己的方位。于是，索性闭上眼，丢掉所有的束缚，任辞藻搜刮他的意念，却听得一片斜阳落水、风摇朽木之声。

透过一层如纱的薄雾，一抹残阳在水中摇摇晃晃，歪歪斜斜的步履，执拗地洒在河畔孤单的影子上，宛若一首未写完的诗，最美，在结尾处渲染。抬头，望向西下的夕阳，他轻轻地叹息，黄昏再美，日光终还是要缱绻消散，去迎接更深的寂寞与幽暗。心，倏忽间便被什么刺痛了麻木的感官，于强烈的不安中，在未来的迷惘与现实的无奈间不停地交织着。

不愿去想，不想去想，却还是无可救药地念起了远方的她。如若黄昏是诗者的断章，在他心里，她依然宛若水中央的伊人，在《诗经》里舞动着薄如蝉翼的纱，将夕阳醉卧静水的姿态，轻轻地描摹，低低地吟唱，那抹别致的风情，是世间最殊胜的景。她的存在，让这沉寂的诗行在素笺上跳跃出一种寂寞的忧伤，她的优雅，让静水流深的沉思在无言中点亮了一首小诗越行的美，那一点点的灵动，一点点的温婉，片刻间便转折成一个全新的章节，在他眼里，依然是最深最真的美轮美奂。

站在夜色缓缓拉开的帷幕下，不经意间，便喝下了她藏在经年温柔里带有一丝苦涩的爱之毒。在她素纱漫卷的炫舞中，他让毒素在身体里聚集、扩散、蔓延，一点点地吞噬着心的欢，一点点地撕扯着心的沉醉，却又心甘情愿，无法自拔。那一刻，风停止了呼吸，鸟停止了鸣唱，所有静止的目光，都热切期待着她下一场更加翩鸿的舞姿，而他，就那样呆呆地看着她，直至慢慢匍匐在地。

情到深处，爱如弦起，却是声声醉心。伸手抚摸着凌乱的思绪，他不知道心底喷涌而出的究竟是思念还是心痛，更不知道该怎样才能把这份痴缠的爱延续到地久天长那么远。她的美仿佛乐章中静止的音符，静静停靠在五线谱上，不拨动，更有一种难喻的静美。然而，这难拨的天籁，却是他心底的隐忧，如果有一天她在他背后轻轻拨动起琴弦，他又该如何才能冲破重重的云烟与她产生共鸣？

相思，一点一点地，和着雨丝，伴着清风，交织成珠帘，自天而降，把他整个儿席卷，在这无人问津的夜里，任凭他怎么挣扎，也无济于事。夜里的他，最怕凄苦的相思，无声的心痛，而她给予的爱，却在这亘古的沉默中为他酿制成了甘甜中带有微微清苦的毒，如幽幽的乐曲，在心底缓缓荡起一圈又一圈的涟漪，最后在心头脉脉地发作，任美丽的忧伤倏忽填满心间。

湘灵。一声声痴情呼唤着她的名字，未曾想，自以为坚强的他，还是禁不起她的温柔蛊惑，就这样便让她悄悄地把那冰封了千年的心偷走，直至慢慢融化，滴落成河，一路逶迤地流进她遥远的梦境；就这样便被她悄悄地把那寂寞的魂默默地牵走，让他相思无度，在万分的不舍中释放着淡淡的忧伤，在爱而不能的哀怨中留下丝丝的伤痛。爱情的毒液早已扩散至他的大脑，侵蚀着每一根神经。因为有她，一份缱绻的柔情，便多了些许忧伤，多了些许清愁，那难耐的刻骨的想念更是一次次无情地掀起沉静的缠绵，虽然痛着、伤着，却让他总也欲罢不能，难舍难弃。

无眠的夜，他痛苦地呻吟着，继续在风中轻唤着她的名字。感受不到她的气息，思念再次蔓延，与岁月一起沉沦；感受不到她的温暖，相思备受煎熬，心一片片地碎在天涯。杨柳岸，晓风残月，此去经年，应是良辰美景虚设，便纵有千种风情，更与谁人说？午夜梦回，遥望天上一轮明月，思念中纠葛的无奈与寂寞，迅速波动起内心深处的伤感，让他再次心甘情愿地喝下她藏在温柔里的毒，任毒液缓缓浸润到梦里，赋着柔情，洒下颗颗相思的泪珠，于是，思念便在风雨中，纠缠着，快乐着，幸福着，痛苦着，心殇着……

凝眸，枫叶随旧了的心事纷纷落在静谧的陌上，转眼秋去冬来，已是元和二年（807 年）的十一月。三十六岁的他带着一身的惆怅被召回长安，授为翰林学士。虽然只是小小的提升，但却是皇帝身边的近臣，无论如何,这次新的任命也是一份值得珍视的荣宠。然而,他眼里、心里、梦里看到的仍只是那个远在千里之外的湘灵，对晋升，对能在皇帝身边任职，根本就不屑一顾。失去了湘灵，再多的荣耀，再多的俸禄，再多的注目，也只是一场虚设的繁华罢了。

在冷冬里邂逅她的踪影，回想她漠然冷寂的模样，他的心又莫名地疼痛起来。湘灵啊湘灵，下一个春天里，我该如何才能欢喜着走进你的心里？你知不知道，即便在无人路过的荒山野岭静默成枯黄的树干，孤零零地矗立着，我也会在风雪中日夜念着经文，匍匐祈祷、上下求索，只为渡向有你的彼岸？

淡淡的风，在水湄吹醒他青涩的梦，她轻柔的声音宛如一首曼妙的旋律，久久萦绕在耳际。静静的夜是一段不眠的曲，每一个音符都是一幕落尘的记忆，而她是记忆里最华美也是最荒芜的存在。摊开掌心，那些曾以为早已被牢牢握紧的东西，在风的亲吻下却又变得缥缈迷离。或许，感情本就是一首无韵的诗，只一个不留神，便再也寻不到诗里的真谛，而人生注定要有一些挥手转身的记忆，才会成就那份形同陌路却又心心相印的情意吧？

青山隐隐水迢迢，秋尽江南草未凋。二十四桥明月夜，玉人何处教吹箫？三更雨急，淅淅沥沥的雨声倏忽间便唤起他思念的残梦，让他瞪大了双眼在虚无的空洞中努力地找寻着那些早已泛黄的记忆，然而，寻来觅去，找到的也只是属于他一个人的悲伤惆怅。昏黄的灯光下，曾经相偎的身影早就被流年褪去了色彩，偌大的空间只余下窗外飘进来的那一抹清爽的风，似曾无声的梦，依旧独自浅唱着那曲遥远的相思。

想她，念她，心惆怅，风不清，月不明，思念却在回忆中起舞翩跹；爱她，怨她，影消瘦，风景如初，却是人面无踪心难寻。他知道，这一生再无法逃出她的手心，她的身影亦再无法逃离他的视线，而这一切，只因为他的身心早已沾满了她的情毒。莫非，爱一个人真的必须痛到断肠，心才肯罢休吗？

心浸在思念的云天里随风飘扬，放手让沉淀已久的酸楚释放着爱的芳香，只留下淡淡的忧伤，在他寂寞的天空徘徊，却不意，一回首，转眼又是一个明媚的春天。这一年，唐宪宗元和三年，是公元 808 年，三十七岁的他荣升左拾遗，与青萍的婚事也在杨虞卿、杨汝士兄弟以及挚友元稹、陈鸿、王质夫、李绅等人的操持下迈向新的里程碑。真的就要娶那个小自己十二岁的女子为妻了吗？杨氏青萍，那位官宦人家的千金小姐，的确是母亲陈氏梦寐以求的佳媳人选，眼看婚期将近，他的心却显得更加寂寞孤独。为什么是这样？他心里挂怀的永远都是远在符离的湘灵，他梦中期求的贤妻亦永远都是在风车水畔等他的湘灵，可他为什么要答应，要答应与青萍的婚事？为什么？

或许是杨家兄弟的盛情难却，或许是元稹、陈鸿等人的一再游说起了作用，或许是青萍的温柔可人引起了他的关注……可他明白，这些都难以自圆其说，自己之所以答应娶青萍为妻，最大的理由便是母亲陈氏的以死相逼。陈氏已经五十四岁了，眼看着儿子即将步入不惑之年，婚姻却仍然没有着落，她急得一夜白了头发，恨不得一头撞死在他面前，绝了他对湘灵的依恋之情。

“你！你都快四十岁的人了，再不成亲，难道要为娘跪下来求你不成？”陈氏满眼悲恸地望着白居易，“儿啊，不是为娘心狠，执意不肯让你娶那湘灵进门，而是宗族的颜面要紧，那样的女子确实无法登堂入室啊！”

“孩儿早就说过了，既然母亲大人永远无法接受湘灵，那孩儿就遵从您的意思好了！”白居易冷冷盯一眼陈氏，忽地转过身，抬首望着窗外的落花，在一个人的灯光下寻找着那久远到模糊的记忆，继续想着湘灵的身影，任那颗疲惫的心，在深深的海底升起一轮和煦的暖阳。

“你就是要用这种方式来报复为娘的吗？”陈氏转到他面前，望着他哽咽着说，“娘已经年过半百，难道你想让娘带着终身的遗憾去地底下追寻你爹不成？”

“孩儿一切都遵从母亲大人的意思，实在不明白母亲大人又何来的遗憾？”

“你是在逼我。”陈氏紧紧盯着他冰冷的目光，“你逼我不要紧，可你怎能逼你死去的父亲，还有白家的列祖列宗？看看你，都三十七岁的人了，却还是孤家寡人一个，你是真想让白家断子绝孙不成？”

“孩儿不明白母亲大人在说些什么。”他淡淡地回应着，“大哥和三弟都已是有家有室、儿女成群的人，白家怎么会断子绝孙？”

“你是真不懂，还是假装糊涂？”陈氏的声音变得凄厉起来，“为娘是要你成亲，要你给我生个白白胖胖的大孙子，你明白吗？”

“可是娘不让儿子娶湘灵过门。”

“可娘也没不让你娶青萍姑娘过门！”陈氏提到青萍，目光渐渐变得柔和起来，伸过手，轻轻拍着他的肩头，“儿子，青萍是个好姑娘，过了这个村就没了这个店，你一定得好好把握啊！”

“娘知道，我喜欢的只有湘灵一人。”他嗫嚅着嘴唇轻轻叹息着。

“娘没让你不喜欢湘灵，可你也必须给娘把青萍娶进白家的门来！”

“必须？您说的必须，是不是孩儿都要一字不差地去履行？好，您不让娶湘灵，我就不娶，可您为什么又非逼着孩儿去娶一个我一点也不喜欢的女子为妻呢？”

“你不喜欢青萍？”陈氏疑惑地打量着他，“你不喜欢她，为什么要在杨家兄弟面前答应这门亲事？你不喜欢她，为什么青萍姑娘来家里看娘的时候你从没表现出过一丝一毫的冷漠？你不喜欢她，为什么要让元微之去杨家替你求亲？”

“那都是微之的胡闹！”

“胡闹？可为娘和青萍姑娘都是当了真的！”陈氏重重点着头，“我已经让人给杨家送去了彩礼，这门亲，你想结也得结，不想结也得结！”

“母亲大人不觉得自己太过霸道了吗？”白居易目光犀利地扫向陈氏，“您有没有想过，一门不存在爱情的婚姻里，受伤的会是两个人吗？青萍是个好姑娘，难道您忍心看着她嫁给一个不爱她的男人，嫁到一个不可能带给她幸福和温暖的家庭里来吗？”

“爱？别跟我说什么爱不爱！我嫁给你爹的时候才只有十四岁，那时的我懂得什么叫爱，可我不是照样嫁到了白家，成了你和行简的娘？”

“可您幸福吗？这辈子，您感觉到哪怕是一点一滴的快乐了吗？”

“你……”陈氏浑身打着战，伸手点着他的鼻尖，“你，你……”

“孩儿不想忤逆母亲大人，孩儿只想请您扪心自问一下，没有爱情的婚姻到底会给青萍带来什么？那怎么可能会是温暖的源泉？那就是死亡的坟墓，冰冷的地狱！您、微之、大亮、慕巢，还有师皋，你们都以为我会带给青萍幸福，却忽略了我心已死，难道就不明白这样做的后果是把青萍逼向绝路吗？因为我的过错，已经让湘灵痛不欲生，我不愿意再让青萍那个无辜的女子卷入无畏的牺牲，您明白吗？”

“可是，你真的就想一辈子都这样一个人过下去了吗？”陈氏痛心疾首地睃着他，“你心里想的念的都是湘灵，何曾为我这一把年纪的老母亲想过？难道，你非要看到为娘给你下跪，看到我血溅宗祠，才肯风风光光地把青萍娶进门来吗？”

他怎么也没想到，母亲说到做到，不仅在他面前下跪，而且多次企图自杀，威逼他如期将青萍迎娶进门。他输了，输在了母亲的执拗下，输在了亲朋好友的关怀里。那个春天，他终于强作欢笑，一顶八人抬的大花轿，将杨府端庄娴淑的小姐青萍娶进了白府，然而，洞房花烛夜，他仍在期待湘灵用轻柔的双手，替他拭去脸上的疲惫，亲吻他惆怅的容颜。可等来等去，最终等来的却是来也匆匆、去也匆匆的恨不能相逢。

轻轻，挑开那个叫作青萍的女子顶在头上的红盖头，他整个人都沐在深深的忧绪里，无法自拔。叹，爱也匆匆，恨也匆匆，一切都是空，此时此刻，他唯有用一声狂笑、一声长叹，来祭奠他或快活一生或悲哀一生，却不能与自己心爱之人厮守一生的生活。难道，日后要与他白首到老的就是眼前这个并不精通文墨的大家闺秀？望向窗外开得如火如荼的小花，密密的心事，都藏在那粉白娇嫩的花蕊里，想花容的美丽，他唯有转过身，踱至窗下，在湘灵的神伤里嘤嘤地抽泣。

爱可无痕，情能否无迹？她走了，走得很远，可爱还在，心中的执着依旧。然而，时光辗转，她已不再是她，已成为一个记忆的符号，刻成了他荒冢里的墓志铭。曾经，他们真诚地相爱；曾经，他们无奈地分离；曾经，他们放荡形骸；曾经，他们爱得绝尘……而今，他们早已经为爱转身，以后的以后，是不是唯有在文字里兴风作浪，他才能找得到那一份永久的感动？

“相公！”在他面前，与他十指紧扣的居然是凤帔霞冠的青萍，那个自此后要被他唤作妻的女子。

望向她，心如丝，丝若线，丝丝线线，纠缠不清，很多白日里不曾细想的心事，很多平常里已经遗忘的细节，在这时，都清晰如昨地显现在记忆里。他真的会爱上青萍吗？他真的会当好一个丈夫吗？瞪大双眼，他感觉到一股巨大的寂寞在孤独中深深攫住了他。月光，斜斜穿过窗纱，投影在贴满大红喜字的墙壁上，映照得满屋子的清冷在他眸中凌乱，伸手抚着她温暖的手指，他却感到别样的凄寒，犹如那孤翁独钓寒江雪，一个人冷冷清清地面对着万径无人踪的天地，满心里裹挟的都是寂寞清秋冷。

“相公！”她细细的情丝，醉在这百花齐放的季节里，羞涩的脸庞在他眼前露出滴滴的笑容，“夜深了，相公站在窗下会着凉的。”

“青……萍……”他感激地望向新婚的妻，目中潸然有泪。

她伸手替他拭去眼角的泪花，什么也不问，只是轻轻拉着他的手，缓缓朝母亲陈氏亲手替他们铺好的锦绣床边走去。

“青萍，我……”他痛苦地闭上双眼，不知道该对她说些什么才好。

“我会努力做好相公的妻子的。”她把他的双手攥在她的手心里，“只要相公喜欢，青萍愿意为你做一切事情。”

“青萍……”他睁开双眼，反过来紧紧攥住她的双手，“我……”

她轻轻摇着头：“相公如果还不想睡，就给妾身作首诗吧。”

“作诗？”他不无惊讶地瞪着她，“现在？”

“嗯。洞房花烛夜，有相公为青萍作诗，妾身定是三生有幸。”

他咬一下嘴唇，在她期盼的目光中，端坐案边，接过她递来的湖笔，轻轻一点，便在花笺上认认真真地写下“生为同室亲，死为同穴尘”十个娟秀的小字。生为同室亲，死为同穴尘。他在心里一遍遍地念，这本是他要在新婚之夜写给自己和湘灵同勉的诗句，为什么却变成了给予青萍的承诺？是承诺吗？他真的准备好要做她的夫君，要把青萍当作他唯一的妻来爱来怜吗？

不这样又能如何？自打花轿落地，青萍已是他名正言顺的妻，难不成，到现在，他还在希冀奇迹发生，转瞬间便把这眼前的美娇娘变作那远在符离苦守的湘灵？情未了，亦终是痴人说梦！

既然，已与她婚配，就要努力做好她的夫婿，与子携手，与之偕老，可是，他真的能履行好一个丈夫的责任吗？他不知道，泪光莹莹里，他只能用诗笺上的重重墨迹挥就出一首《赠内》，既是对她的勉励，亦是对他自己的期待：

生为同室亲，死为同穴尘。

他人尚相勉，而况我与君。
黔娄固穷士，妻贤忘其贫。
冀缺一农夫，妻敬俨如宾。
陶潜不营生，翟氏自爨薪。
梁鸿不肯仕，孟光甘布裙。
君虽不读书，此事耳亦闻。
至此千载后，传是何如人？
人生未死间，不能忘其身。
所须者衣食，不过饱与温。
蔬食足充饥，何必膏粱珍？
缯絮足御寒，何必锦绣文？
君家有贻训，清白遗子孙。
我亦贞苦士，与君新结婚。
庶保贫与素，偕老同欣欣。
——白居易《赠内》

“生为同室亲，死为同穴尘。”青萍啊青萍，你可知，我是那初夏里被牙痕撕咬过的树叶，已禁不得更多的风霜，却在这无涯的时光里透支着生命，携一缕风的清凉，将这无处安放的灵魂，矫情地张扬在指尖，泼墨在花笺，只是想努力与你做一对白头到老的夫妻？

是啊，我的寂寞，无需你来分享，可我不能眼睁睁看你跳入火海，痛不可当。或许，上半辈子我的心整颗交给了湘灵；或许，下半辈子它还会继续沉沦在对湘灵的相思里无法自拔。可我知道，我不能有负于你，所以我只能在这新婚之夜向你许诺：生同室，相亲相爱；死同穴，一起化尘。

“他人尚相勉，而况我与君。”百年相恋，一朝死别；千年相恋，谁来炼情？生死轮回，三生石上刻着三生情。青萍，虽然我心里深深眷恋着湘灵，可那已然成为过去，所以你不用害怕，不用担心，哪怕一再失败，我也会尝试做一个好丈夫，做你一生一世的护花使者。

更深人静，轻轻盯一眼全神贯注望向花笺的妻子，惆怅还依旧。昨夜西风凋碧树，独上高楼，望尽天涯路。问君能有几多愁？恰似一江春水向东流。不知道这世上还有没有人能读懂他的哀伤，不知道还有多少玫瑰在黑夜里等着天明的绽放，这些他通通都不关心，唯一能惹他心烦意乱的就是他意识到他深爱的湘灵再也无法抵尽他的世界了！爱情里泛出的波痕依然还在思念中荡漾，为什么一把油纸伞撑到了天荒地老，他还是不能与她执手共剪西窗烛，却把朝云暮雨的巫山情话辗转成了一纸长长的遗憾？

他并不爱青萍，或许这辈子都无法爱上，叫他如何当好她的夫，又叫她如何做好他的妻？天若有情天亦老，却叹月老眼花了、手乱了、脑子糊涂了，偏生将这红线弄得乱七八糟，只由得他泪洒前缘！

青萍，青萍，她是豪门大族养尊处优的千金小姐，与他婚配，真能给二人带来永恒的幸福吗？他满腹哀愁，青萍的脾性，他尚未完全摸透，如果婚后的她暴露出大小姐咄咄逼人的强势，他将为之奈何？既然已是夫妻，心中的疑惑还有什么不能说出来的？他人尚可相勉，何况是他与她？要想婚后幸福圆满，或许唯有用这首诗来劝慰勉励她了。

“黔娄固穷士，妻贤忘其贫。”嫁为我妻，就得像战国时期鲁人黔娄之妻一样安贫乐道。黔娄之妻出身贵族，才貌双绝，却拒绝了众多王孙公子的追求，嫁给了芒履布衣的黔娄，从此布衣蔬食、躬操井臼，与丈夫一同耕作，甘天下之淡味，安天下之卑位，既不为贫贱而忧愁，亦不为富贵而动心，是历史上贤妻的典范。

“冀缺一农夫，妻敬俨如宾。”春秋时期的晋人冀缺只是一介农夫，可他的妻子却与他相敬如宾，从没有轻视过一天到晚只知道在田里种地锄草的丈夫。这一切，都被晋国大夫臼季看在眼里，他认为一个能够与妻子以礼相待的人就一定拥有大的德行，于是将冀缺推荐给晋文公助其治理国家，冀缺被任命为下军大夫。

“陶潜不营生，翟氏自爨薪。”东晋时期的陶渊明自从辞去彭泽令之后，就带领家眷归隐田园了。妻子翟氏是个有着高尚品质的女子，对于丈夫的选择毫无怨言，却甘心与他同甘共苦，一起耕种偕老，“夫耕于前，妻锄于后”，每炊必定亲自侍弄柴火煮饭，亦是古今贤德之妻的楷模。

“梁鸿不肯仕，孟光甘布裙。”梁鸿、孟光，是东汉时期的一对恩爱夫妻。梁鸿家贫博学，与妻孟光隐居霸陵山中，过洛阳而作《五噫之歌》，讽刺统治者，为朝廷所忌，只得隐姓埋名逃往齐鲁，后又前往吴地依附皋伯通，居廊下小屋内，为人佣工舂米。每归，孟光为其具食，必举案齐眉，以示敬爱。

“君虽不读书，此事耳亦闻。至此千载后，传是何如人？”青萍啊青萍，你虽不喜读书，可这些典故，作为士家大族的千金小姐，定然不会陌生吧？他们的故事传至今日，有些已历经千年，可是将他们操行延续下来的又有几人？

“人生未死间，不能忘其身。所须者衣食，不过饱与温。”人生在世，自然不能忘却其身，无法不爱惜自己的身体，不过人之一生，所需衣食，可以解决温饱即可，没有节制地追求物质享受定然不是志士廉人所为，我想婚后的你也定然不会向我提出非分的要求吧？

“蔬食足充饥，何必膏粱珍？缯絮足御寒，何必锦绣文？”普通的蔬食足以充饥，何必非要追求那些山珍海味，享受口舌之快？廉价的缯絮已经足够御寒，何必非要穿着那些绫罗锦缎招摇过市？

“君家有贻训，清白遗子孙。”君家乃是东汉太尉杨震的后人，自然不会不了解杨公生前的“清白”贻训。杨公生性公廉，通晓经文，风雅清正，志存高远，人称“关西孔子”。由于他治家有方，家风严整，子孙常蔬食步行，多贤才，世代多出高官。你虽身为女子，但亦不可忘记祖训，这样才能做一个贤德的妻子。

“我亦贞苦士，与君新结婚。”新婚之夜，就写下这样一首冷漠得甚至不近人情的劝勉诗赠予妻子，白居易亦觉得自己有些过分。可诗已写至末尾，他亦无法收回，只好怀着一颗愧疚的心望向青萍，告诉她，自己之所以如此勉励她，皆因少时历经战争，看多了世间人情冷暖，更亲身经历了贫苦困顿的生活，才更加明白幸福来之不易的道理。

“庶保贫与素，偕老同欣欣。”青萍啊青萍，这一生，只要安贫乐道，我和你，就能永远永远不离不弃、生死相依、绵绵无尽，做一对恩爱逍遥的快活夫妻。

他轻轻放下笔，将那首墨迹未干的诗笺递到青萍手里，却看到她早已是潸然泪下。如果青萍真能像他诗中所要求的那样做好一个举案齐眉的妻子，他真的就能给她逍遥快乐的婚姻吗？

他不知道。窗外，绵绵的春雨和着内心的伤痛与不舍不期而来，摇曳的灯火无法记录他的点滴哀愁。大地于泪滴处滋生了片片晶莹的花瓣，莫非，泪水的消逝也等同于爱情的葬礼？问世间情为何物？“情”之一字，对自己来说终究只有一次机会，更无法如花开花谢般周而复始，以后的以后，他该拿什么来抚慰青萍那颗在新婚之夜就被他伤得支离破碎的心？

前世姻缘今生聚，但相思，莫相负。然而，他和青萍，到底又是怎样的一种缘分？被雨水洗过的夜少了许多扰人的喧嚣，指间流淌的每一缕清风都在静静诉说着一个又一个凄美的故事。默默坐在窗前，在妻子的泪眼里，沉雾又把他的思绪带到符离城外某一个雨后的夜晚，像现在这样，只是用手中的笔，刻下表面的淡然，只想等到天明，装订对湘灵散乱的思念。

Tips：

元和二年末（807 年），白居易从盩厔回朝任职，于十一月授翰林学士。次年，即元和三年，三十七岁的白居易授左拾遗职。母亲陈氏眼见儿子婚姻仍然无果，以死相逼，不得已下，白居易于当年娶同僚杨汝士之妹青萍为妻，彻底结束了单身汉的生活。

《赠内》是白居易新婚不久后写给妻子杨氏的一首劝世诗，诗中不仅表达了诗人的人生态度，更勉励妻子要学习古代那些贤惠妇女，安贫乐道，跟丈夫和睦相处，不要贪图物质享受。由诗的内容可以推测，出身豪门贵胄的杨氏在他们新婚之际，尚不谙白居易性情，可能向他提出过某些物质生活方面的要求，而这些要求在白居易看来都是有违礼教和为妻之道的，所以就以诗信的形式对杨氏进行了劝告。

第十七章 井底引银瓶

井底引银瓶，银瓶欲上丝绳绝。
石上磨玉簪，玉簪欲成中央折。
瓶沉簪折知奈何？似妾今朝与君别。
忆昔在家为女时，人言举动有殊姿。
婵娟两鬓秋蝉翼，宛转双蛾远山色。
笑随戏伴后园中，此时与君未相识。
妾弄青梅凭短墙，君骑白马傍垂杨。
墙头马上遥相顾，一见知君即断肠。
知君断肠共君语，君指南山松柏树。
感君松柏化为心，暗合双鬟逐君去。
到君家舍五六年，君家大人频有言。
聘则为妻奔是妾，不堪主祀奉蘋蘩。
终知君家不可住，其奈出门无去处。
岂无父母在高堂？亦有亲情满故乡。
潜来更不通消息，今日悲羞归不得。
为君一日恩，误妾百年身。
寄言痴小人家女，慎勿将身轻许人！

——白居易《井底引银瓶》

四月的天空依旧那么湛蓝，轻风细语好似密布的柳絮，遮住整个苍穹，同时也打乱平静如水的生活，于是，无形之中便多了些落寞，多了丝忧愁，而那一回眸之间的舍不得放不下甚至荒芜了半城烟沙。

漫天如洗的风华，将错过生生拉开。他看不见她的身影，也听不到她怀抱琵琶的音律，更摸不着她朝他走来的方向，终让她在记忆中流淌成他今生最深的遗憾。从一开始相遇，或许就注定她于他而言只能是过客，只能是相视一笑的露水情缘，只能是撕心裂肺的阵痛，只能是笑中带泪、泪中含笑的惆怅，也只能是擦肩而过后永远都无法抹去的遗憾，因为，锦瑟年华之外，她是他唯一的心伤。

她不再回应他肝肠寸断的痴情信笺，她不再理睬他缠绵悱恻的情诗，她不再触碰有关心情的任何文字。而他彻底崩溃如山倒，泪水突然失去了活力，一直在眼中打转，却从不肯落下，终至凝结成爱的琥珀，重重砸在心坎上，让心化为易碎的琉璃，只一瞬，便让他粉身碎骨。

往事历历在目，昨日的经历宛如舞台上演绎的戏剧情节一一在他眼前重现，而他依旧孑然一身，孤孤单单地独守在风的寂然中，聆听心的颤抖，仿佛她所说的永远就是今天，就是今天这般的孤寂与落寞。于是，终于开始明白，原来，咫尺与天涯的距离，只是一句话而已，如果当真，便真的从一开始就彻底输掉了。

他想哭，可却没有眼泪，只有悲伤掉落在深陷的眼眶中，卷着惆怅在风声里不停地打转。柳丝飘飞，窗外的捣衣声又在最不经意的时候震耳欲聋地响起，不知是谁家的思妇依然执着在井边牵挂起远出未归的良人。那一声声不变的单调的节奏仿似火力威猛的炸药，瞬间便炸裂开他的大脑，让他顿时匍匐在地，哪怕再多听一声也会让他痛不欲生，从此陷入万劫不复的深渊。

此时此刻，记忆里笼罩的全是她的影子，模糊的，清晰的，悲伤的，欢喜的，优雅的，沉静的，排山倒海般向他袭来，不断撕扯着他的灵魂，任面颊滚烫，燃烧又熄灭萌生的想念。湘灵啊湘灵，你可知，我已经沉溺在你的世界，深不见底，无可遏制，可你究竟在哪里，还要用什么方法来惩罚我对你的背叛？

回忆的疼痛，是她无法想象的心酸，想要置之度外，完全是痴人说梦的天真与荒唐，一转身，便是更加难以愈合的伤。即便如此，他却依然拼尽全身的力气去黏合那颗碎花如雨的心，不让记忆也零落成破碎的碎片，未曾想，用力过猛，那些欢喜的忧伤的记忆最终还是碎成了碎片，每一个方寸间都摆满了他的心痛。还记得，山花满头的时候，她满眼深情地望向他并答应要陪他一生一世，与之偕老。可是春天来了又去，去了又来，这姹紫嫣红开遍的陌上他又该去哪里寻觅她的踪迹？爱若是没有勇气，可否真诚告诉他，花已谢，而此情亦早就凋零落尽碾成泥？

过错，只是短暂的失足；错过，却是永久的遗憾。他知道，错过她，便是错过生命中最美的重生季节；而她知不知道，错过他，即便重新收获阳光，踏着幸福一路前行，也会越走越远？倘若，人生是一辆马车，那他们便是相对而行的路人，她从南方轻盈而至，他打北方匆匆而来，不经意的回眸，让彼此深陷入柔情中而不愿自拔；倘若，人生是一场没有终点的旅途，那么他愿意不计一切代价地带她一起奔赴前程，不问前尘旧事，不带恩怨是非，只带上一颗真心、一份真情。可这份真心，她真的懂得而所有的旁观者又都能理解吗？

其实，他一直都在错过，错过她的温柔，错过她的善良，错过她的深情，错过她点点滴滴的包容，错过她丝丝缕缕的不舍。他似乎从来都没有真正用心珍惜过这段情，如若是，又为何一而再、再而三地错过，却放任她无休无止地为他伤情、伤心、伤泪？湘灵，爱原本是没有对与错的，是吗？因为我从没意识到自己会在爱里犯下错误，所以当你决绝地离开时，我才会在痛定思痛后笑得那么没心没肺，那么狂妄如潮。可你知不知道，越是爱得深，越是伤得重，而我笑容的背后却早已是伤痕累累？

或许，错过便是最好的结果，否则这马不停蹄的忧伤何时才是个头？当真心坠入悬崖之后，满满的情浓于血，都在瞬间化为哀伤的泪水，颗颗滴落在掌心。遇见的时候，她是那么的完美，温暖如绚丽的花朵吐露的芳菲，摇曳下漫天的暗香，飘飞千里，转瞬就明亮了他的眸光；却不意，离开的时候，顷刻间便让他背负了如山的沉重，让他再也不能伴着云彩在天地间自由自在地追逐自己的幸福，一伸手，就看到花儿在眼底妖娆而苍凉地凋谢。

原来，花开不败只是一个美好的童话，离别后，她与他执手相看的誓言，从此就像断了线的风筝，再也找不回起初的原点。如果，爱是一个传说，那么，请允许他和它一起尘埃落定，但愿他所有的卑微和忍耐能够换回她的回首，让他们再次沦落在彼此的天涯，各安宿命；如果，爱不是一个传说，那么，请把天地间积攒的所有力量都赐予他，让他有足够的勇气追逐到底，带她去飞，带她在流浪里找到他们想要的永恒的欢喜。

夜深人静后，冷风撬开虚掩的窗扉，肆无忌惮地吹打着他无眠的相思。想着她，披上一件单薄的外衣踏出书房，于月色朦胧中踩着远处柔软的旋律渐渐停下脚步，忍不住遥望那轮模糊的新月，却不知谁又在心间念起了西风。她仍然固守在遥远的地方将他痴痴等候，而他却早已远离了她的视线。怕只怕，这一刻，在那相思的水湄，轻风吹乱浮云的美，又任如烟的往事沉重成她眉间眼角的伤，把温暖的等待再次化成绕指的寒凉，只留下一句空等待在她口中念念有词。

万家灯火早已熄灭在桑烟沉没之后，长安城的星星却依然闪烁着耀眼的光芒。抬头，以九十度的视角透视黑暗的夜空，只听见轻风在呢喃，那丝丝的絮语像极了情人的念叨，随着夜色的加重变得越来越清晰。嘘，夜静了，人走了，灯灭了，情断了，茶凉了，似乎只欠一句再见，便可以与她相忘于江湖。然而，若真的两两相忘，他便能欢喜如初了吗？从遇见她的那一刻起，就注定他这辈子也不可能忘记她，即便喝过了孟婆汤，他也无法把她遗忘，哪怕是一分一秒的遗忘，而这就是爱的力量。

沿着曲折幽深的小径继续前行，弯身捡起一片凋零的玫瑰，那如火的颜色落在地面上，仿若苍白了几分。许是落下的时候没人注意到，才遗散于无人知晓的角落，但为什么又偏偏让他遇见了这份残缺的美？尽管落瓣失去了曾经的鲜妍，但在他眼里却仍是光彩夺目的，就像他们的爱情，因为无法聚首而变得日渐苍白，但只要念起，那份曾经的拥有仍是彼此心中最深的春天。是啊，花开是春天，花落亦是春天，谁说爱情转身之后就一定会面对萧瑟的秋天？虽然春暖花开并不代表春的季节永远都是明媚如花的冶艳，但只要心中有爱，哪怕花开到荼蘼，他和她也永远都会是彼此眼中最绚美的那抹色彩。

再回首，寒风乍起，握在掌心的那瓣娇媚终究还是随风飘逝，微凉的指尖想要为它送行，却分明感觉到一股无法逆转的阻力挡在跟前，让它无法不忍痛割爱。终于明白，花的归宿不是掌心，是任由风牵引着，几经辗转，最后沦落在天涯海角，无怨无悔；而掌心，纵然握得再紧，终有一天它还是会毅然决然地离去，不归属于他的，再怎么想挽留也是无力把握。轻叹一声，回头，松手，掌心里潮涨的液体在风中无声地流淌，缓缓覆盖过沾满深情的指纹，仿佛在嘲笑自己年近不惑却依然挣脱不了爱的桎梏。

想必是那一幕无奈的飘零惹他触景生情，倏忽便又勾起了对往事的追忆，心底紧绷的那根思念的弦也跟着瞬间断开，却是今夜风凉，心也跟着凄凉。迈着沉重的脚步，在惆怅与困惑中打开回忆的枷锁，看尘埃在眼前飞舞，忍不住湿了眼眸，而那些珍藏的微笑却依旧如初，清淡的容颜亦依旧温婉如初，唯有薄凉的情再一次被泪水凝结成珠，在深不见底的黑夜里与寂寞共鸣。

抬头，雾霭茫茫，伊人不再，情还飘浮，心已冷却。或许，他还在期待着某一天，他们会在爱的转角处相遇，然后惊喜着给彼此一个热烈的拥抱，再含着热泪挥手相送。于是，每天都带着一丝微弱且薄渺的希望，在佛前祈求那一天的到来，不会让心等得太久。此去经年，盼了日出，再盼日落；盼了春天，再盼冬季；盼了今年，再盼来年；盼了青丝，再盼白发，只怕是此生再也等不到那一天。如烟火般炙热的开始，如寒雪般冰冷的结束，谁都不曾说过离开，却用行动定格了方向。此时此刻，她仍在符离的水畔固守一世的清白，他却在隔着千里之遥的长安城沦陷于一场没有情爱的婚姻里潸然，注定无法跨越障碍，注定无法相依相伴，注定无法恪守任何的承诺。

缱绻的时光在彼此的悲伤中匆匆掠过桃树下的相逢，那一瓣桃花、一纸信笺、一缕清香、一段真情的告白、一双温暖的手掌，都一点一滴地记载着他们曾经携手走过的岁月。也曾那么用心地爱过，也曾那么努力地付出过，每个白天黑夜、每个春夏秋冬、每个日落黄昏、每个黎明交替，无论身心有多疲惫，都不曾忘记将爱的天空涂满缤纷的色彩，要让她永远都看得见明天的艳阳，永远都在无忧无虑的欢喜中享受那般的温暖与感动。

旧年的红妆，携着满院的馨香飘过千里，缓缓落进他眺望了经年的眼，那一份关怀备至的真情，转瞬间便被他呵护地捧在手心，而她眼里的澄澈，却让他忘了要把它在第一时间珍藏于心。擦肩的前一秒，他拉着她的手，呼唤着不要离开，不要离开，然而她最终还是从他的手心里抽出了手，纵使泪花闪烁却依旧决然转身而去，从此，只与他陌路相随。雨落，天灰，发丝轻扬，冰了的雨迅速洗去一场场难以忘却的画面，隔开一句句缠绵悱恻的情话，让他再一次陷入难耐的悲伤。所以尽管深深爱着，却宁愿相信那些情节都只是一场场拼凑而成的独角戏，亦真亦假，亦虚亦实，而不愿去相信真的曾经用心爱过。

若是心在回应，对于他不断寄去符离的断章残句，她怎会无动于衷，怎会忍心让他一而再、再而三地伤心难过，又怎会决绝地转身乃至销声匿迹，不再出现？多事之春，好似这漫天飞舞的雨点，剪碎了他模糊的身影，惊乱了他相思的目光，把所有曾经共有的记忆片段都搁浅在潮涨的泪水里，却是心凉如寒石，再也不复当初的温暖。只是，真的怪得了她吗？当初，她的决绝只是为了不让他成为白家的不肖子孙，而他对她的背弃却是无法掩饰的赤裸裸的绝情，以后的以后，他又该用怎样的柔情歉意去面对她，抚平她那颗鲜血淋漓的心？

唉！他深深地叹息。一段风轻云淡的幸福时光，就这样被荒年搁浅在思念之后，而眼前苍老的年华尽管历经岁月的磨砺，悄然远离了与爱有关的缝口，也只不过是努力着让尘封的往事不再浮现罢了。从古至今，但凡与情相连的人和事都是柔软温暖的，但也薄凉，禁不起太多的推敲。虽然他自始至终都深爱着她，未曾有过心的背叛，可这些年来在这段感情里他触碰到的却是冰冷的温度，以至到现在都不敢抬起头去接受阳光的照射，只怕一挣扎，便是满满的锥心刺骨的疼痛。

她走了，他还能拿什么安慰她那颗受伤的心？终不过是且听风吟，得过且过，枕着一泓相思的泪水在窗下不分昼夜地浅唱忧伤！抬头，仰望那无边无际的苍穹，他看到的是一片茫茫的空洞与无明。即使心中还积淀着太多未曾说出的相思，也不敢轻易泄露，更找不到倾诉的出口，于是，只好任由它们悄无声息地融于这深不见底的红尘中，哪怕再也无法与深爱的人缱绻同行。

在时光倾心流淌的长河里，他始终相信，总有一天，她会看见他多年的隐忍和空守，只是为了等待与她重逢的那一天，陪她看尽春日朝霞、秋日静好。可是，如今他已有妻室，又该如何履行当初的诺言，让她彻底明白他心底的疼、眸中的伤？西风掀起夜的寂寞，缓缓穿过他单薄的衣裳，这静默的日子里，该如何才能用一颗素白的痴心厮守那段倾心相知的年华，从此不再与孤单做伴，不再独自举杯畅饮，对酒当歌，欲语还休？

梦里的桃花开了又落，落了又开，尽管说好这与离愁无关，但他浅浅的微笑里仍是藏了深深的伤痛。十指解不开琴弦的心结，目光也缤纷不了岁月的苍老，憔悴的面庞开始爬满皱纹，不变的唯有他心底郁积的愁怨，还有眉头紧锁的不甘与不舍。日日夜夜的辗转无眠，思念的心全然不知窗外的世界早已在莺歌燕舞的日子中过去了几个轮回，却依旧在推窗而入的一丝凉风中把那情到深处的独白念了又念。却不意，目光也早就醉在了无法回望的回望里，再也看不到那时花开的青青陌上桑，只能痛苦着在虚设的景里固执地找寻着姹紫嫣红开遍的温暖。

凉风透心，思念再深，却是无人问津；举杯消愁，心复惆怅，更是无人来怜。明朝的杏花早已凋落在昨日的枝头，借问酒家何处有，寻不见指路的牧童，却看到漫天飞舞的模糊涨满他的双眼。此情缥缈，无处可寄，一曲梵音洗不断陈年酿下的纠结，那一纸风月只好把自己深深埋进无人可以探知的未知世界里，任夜的深沉打破心的寂静，听爱流散在云雨愁里，看情沦落在天涯海角，哪怕花开芳菲，也终于明白，那些在风中荡气回肠的不过是些染尽沧桑的虚无罢了！

光阴辗转，风刚刚落下帷幕，在他手心里，便已然翻开了元和四年的日历。在对湘灵不尽的相思里，他和青萍已经成亲一年。这一年，青萍为他生下女儿金銮子；这一年，挚友李绅与元稹倡导新乐府运动，他亦积极响应，不畏豪权，挥笔写下五十首《新乐府》讽喻诗，一气呵成，气贯长虹，将他不世的才华表现得淋漓尽致。

他写了《卖炭翁》，他写了《上阳白发人》，他写了《陵园妾》，他写了《盐商妇》，他写了《缚戎人》，他写了《秦吉了》，他写了《道州民》，他写了《母别子》……字字血泪，篇篇伤情，将造成百姓背井离乡、长年处于水深火热中的社会症结的矛头直接指向了当时的统治者，并把新乐府运动推向了高潮。一时间，当时的名流政客张籍、王建等人也纷纷加入新乐府诗歌的创作，对统治者的残暴进行了无情的揭露与鞭策，因此引得权贵切齿侧目、扼腕变色。

一篇篇新乐府诗从白府流传了出去，青萍的心也一天比一天绷得更紧。在哥哥杨汝士的提醒下，她知道，丈夫这次可算是把统治阶层的权贵给通通得罪了，如若再不劝阻，非但官位不保，只怕还会引起政治清算，祸及无辜。该怎么办？青萍急得团团转，想劝他，却又怕与他发生直接冲突，思前想后，干脆趁其不备，将他书房里新写的诗篇一扫而光，抱到院中树下，一烧了之。

她不知道，她烧的不仅仅是一篇篇饱蘸浓墨的诗书，更是他毕生的心血。她怎么能眼睛都不眨一下就把他的诗赋给烧了？愤懑之下，他瞪着青萍，发了好大一通火，甚至对她说出了“休妻”二字。

“相公……你……你要休了我？”青萍潸然泪下地望向他，没想到如此绝情的话他也能说出口来。

“你知不知道这些诗赋对我来说有多重要？”他几乎是咆哮着瞪着青萍，“那是我的命，是我的生命，你知不知道？”

“难道在相公心里，还有比妾身和金銮子更重要的事物吗？”青萍满腹委屈地盯着他哽咽着，“青萍这么做都是为了相公你好，可相公却毫不领情，还要休了妾身，相公你……”

“难道你忘了新婚之夜我写给你的那首诗了吗？”他目光如炬地瞪向她，“我勉励你做黔娄妻、孟光那样的妻子，青史流芳，可你倒好，居然趁我不备，烧了我的诗赋，你……”

“勉励我？”青萍痛不欲生地望着他，浑身不住地打着战，“勉励我？相公你知不知道，新婚之夜，你那字字句句都浸着寒凉、透着冰意的勉励，对妾身来说是多大的羞辱和伤害吗？妾身不言语、不争辩，是因为妾身一心一意只想做好相公的妻子，可相公……这一年多来，相公到底为妾身做过些什么，又为金銮子做过些什么？”

“我……”

“从一开始，你就认定我会是一个蛮横不讲理的女人，对吗？”青萍痛彻心扉，摇着头，任泪如雨下，“我知道，自始至终，你从没爱过我，也没想过要来爱我，所以新婚之夜你才会当着我的面写下那样冷漠绝情的诗来勉励我，所以在我烧了你的诗后，你才会如此绝情地说要休了我。

好，既然你从来都不曾爱过我，以后也不会爱上我，那么，你就把我休了好了！”

“不，不是的，不是这样的……”他惊慌失措地望向她，不知该如何掩饰自己的心虚。是的，青萍字字句句都说在他的心坎上，可他为什么不敢承认，不敢面对这铁的事实？

“相公不敢了吗？到底，是什么理由让你用八人抬的花轿把妾身娶进白家门来？是母亲大人的一再进逼，还是相公无处可逃、情非得已的选择？”

“不，青萍……不……”

“妾身只不过是个替代品。”她冷笑着，“不，妾身连个替代品都不是！青萍虽然自幼识字不多，无法与那些名动京师的才女相提并论，可妾身也有着一颗敏感的心。妾身知道相公心里想着些什么，更知道你的心不在我这里，可是，妾身无怨无悔，因为妾身明白嫁鸡随鸡、嫁狗随狗的道理，今生今世，就算相公永远都不会怜悯青萍，无法让自己爱上青萍，青萍也绝不会有半句怨言。可相公你居然，居然……”

在妻子委屈的泪水中，他一败涂地。他知道，再多的辩解、再多的掩饰都是枉然，是他对不起她，是他连累了她，是他伤害了她。他又有什么理由对着她咆哮，对她说出“休妻”那两个绝情到底的字眼？

“青萍，我……”

“妾身不会恨你的。”她伸手轻轻拭去眼角的泪水，“如果相公已经决定要休了青萍，青萍一定不会心生怨恨。只是，只是金銮子还小，青萍真的舍不得丢下她，青萍……”

“青萍！”他一把抓住她冰了的双手，忍不住泪流满面，“我……是我不好。真的，都是我不好，我不该对你说出那么绝情的话，我……”

“青萍知道，相公嗜文如命，可青萍那么做的确没有任何恶意。妾身只是不想相公被那些朝中权贵视作眼中钉、肉中刺，不想看到相公遭受任何排挤打击，可妾身，妾身不知道该怎么做才能帮到相公，所以……”

“我知道，我都知道。”他把她的手攥得更紧，“其实新婚之夜，我并不想写那样的诗给你，可是，我也不知道自己是怎么了，我……”

“相公只是想勉励青萍做一个贤良的妻子，是青萍不好，青萍不该那么对相公说话，伤了相公的心。”

“青萍……”

诗文烧了，白居易和青萍的感情却遭遇了明媚的艳阳天。从她忧伤的眉宇间,他读懂了这个女人掩藏在清高冷傲后的善良与懦弱。自此，他开始无微不至地关怀起青萍生活中的点点滴滴，开始尝试与她花前月下，与她分享每一份喜怒哀乐，他是真的把她当作了他的妻，他的贤内助。然而，他的心终是被远方的湘灵紧紧牵引着，无时无刻不去想她，无时无刻不去念她。每到阑珊夜，总是在痴痴听着青萍弹响一曲《长相思》之际，任沉重的心仿佛飘零的花瓣，落在她远方的烟水茫茫处。

听说，她已离开了符离，和她体弱多病的老父，相互搀扶着，在一个无人的清晨，经过水畔的风车，和所有与他相关的痕迹渐行渐远。消息传来，心宛若被刀寸寸凌迟，痛不可当。大千世界，她一个弱质女子，能去向何方？何况还有她风烛残年的老父亲！湘灵啊湘灵，莫非，你真要让我为你痛死疼死吗？

到底，与她的生离别，是谁酿成的错？或许他们都没有错，错就错在命运不该如此安排，既让他们相遇、相爱，却又始终都不让他们相守。爱到无路可退，莫非，只能退回千年之外的桃树下，再系一根红线，等待来生的相遇？额上的记号是相处时刻下的最深的痕迹，所以，每一个花落的季节都会成为彼此思念中最显眼的点缀，然而一回眸便又看到片片沦落于风中的枫叶，只怕那飘零的情转瞬就湿了眼眸，乱了红尘，让他再次不由自主地踏足于水深火热之中。

风撩起忧伤的记忆，湮没昨日种种的不该、哀怨、束缚，若不是深情难诉，离别时又怎会苦不堪言？烟花漫天飞舞，却不知谁的执着乱了谁的方寸；信笺铺成画卷，更不知谁的无心断了谁的永恒。如果说春天也要在伤感漫延的节奏中度过，试问这世间还有多少个时候是明媚且带着温暖笑颜的？转身而过后，不知去向的她会不会也和他一样，总是守在百花齐放的午后等待着某个人的回首，继而痛并欢笑着？

曾经，在洞开的窗户下，他听到风跟雨说：我想随你走遍这世间所有的山高水长，一生一世，可周围的阻力太大，无法与你并肩前行，所以只能沉默着在你身后追随你的脚步，远远地看着你，但即便如此，也已足够，也已安心。他也听到雨跟风说：心太累，情太重，我想放手让爱走，可思念依旧不肯罢休，在路上缠绵个不休，每走一步都是无法割舍的牵肠挂肚，既如此，便且行且珍惜吧。于是，前进的路上，总是风随雨行，雨落风退，雨不言，风亦不语，但两颗心却始终密不可分地交织在一起，哪怕经历再多的坎坷，也发誓要在千山万水的阻碍中缠缠绵绵到天涯。他知道，那便是风和雨的爱情，即便得不到祝福，即便相爱的路上充满崎岖，即便它们从不曾对彼此说出那个爱字，但依旧不妨碍它们彼此钟情彼此深爱。然而，他毕竟不是风，她也不是雨，又怎能伴随天涯海角，在每一个路过的角落都相依相偎着取暖？

窗外，明媚的光线刺痛了他翘首以待的目光，那些反复折叠好的思绪刹那被阳光打开，却依旧没有温暖他那颗相思的心。于是，才开始意识到，冷冷的心房似乎好久都没有被晾晒过，而那双握不住爱情的手自她离去后便始终都是冰凉的。原来，心的温度是与气候无关的，哪怕阳光再明媚再灿烂，它依旧充满了潮湿与阴霾，就那样赤裸裸地被摆在蓝天之下，接受着整个世界的拷问。聆听风吟，他看见细碎的日光在眼底来回穿行，却丝毫感觉不到它点滴的温暖，到底，是他的心麻木了，还是他已经爱到支离破碎，心能够装下的也就只剩下潮湿与冰冷？

四季常开的花，此时也终于在他不舍的注视中慢慢凋谢了，仿佛预示了生命中本该出现的那场清欢，正以最冷漠的姿势抽离他的魂魄。落花有意，流水无情，滚滚红尘，心事无涯，爱，终是没有永远。所有的悲欢离合，只不过是一段刻骨铭心的记忆，何必念念不忘？所有的情深不悔，只不过是一场意外的遇见，何必夜夜难眠？所有的执手相望，只不过是一场青春的悸动，何必痴痴相守？然而，爱终归是爱，如果把一切都看得风轻云淡，这世间又哪有什么感天动地、缠绵悱恻，甚至是惊心动魄的爱情故事？

每一种朝思暮想总是让人撕心裂肺地疼。安静的时光里，那些丝丝缕缕、剪不断理还乱的情愫，依旧紧紧地缠缚着他，由不得他不相思成灾。仰望苍穹，无语问天，若是她彻底消失了，他该拿什么去回忆她，又该如何原谅自己？若是她不再出现，他该如何轻舞笔墨，又该如何在风中续写那段没有结局的传奇？湘灵啊湘灵，今生今世，你我的人生还有那么漫长的道路要走，可不可以不要让我一个人继续孤单寂寞地蹒跚在无人喝彩的路上？

抬头，明媚的阳光透过古老的屋檐倾泻而下，他茫然地站在门前蜿蜒的石子路上，任万千思绪绕成一团，迅速腐蚀脸上伤感的笑容，心，依旧患得患失。也曾拥有过她温柔的微笑，也曾拥有过她阳光般的温暖，如今转身之后却不知该如何收藏，当一切都尘埃落定，再回首时，才发现，自古多情多烦忧。

一场冷雨，散落一季花开；一夜相思，吞噬沧海桑田。那片刻的宁静，究竟何时才能在他蹙起的眉间回归，而那些心痛，究竟会有谁来心疼，又会有谁来怜惜？花落的瞬间，她满面的泪水，重重砸在他柔软的心坎上，然而那双苍白的手，却再也无法承受得住眼泪的重量。于是只好由着它唰唰齐落，于思念的风中，蘸着墨，浓着情，又在花笺上，为她，写下一首相思乐府：

井底引银瓶，银瓶欲上丝绳绝。
石上磨玉簪，玉簪欲成中央折。
瓶沉簪折知奈何？似妾今朝与君别。
忆昔在家为女时，人言举动有殊姿。
婵娟两鬓秋蝉翼，宛转双蛾远山色。
笑随戏伴后园中，此时与君未相识。
妾弄青梅凭短墙，君骑白马傍垂杨。
墙头马上遥相顾，一见知君即断肠。
知君断肠共君语，君指南山松柏树。
感君松柏化为心，暗合双鬟逐君去。
到君家舍五六年，君家大人频有言。
聘则为妻奔是妾，不堪主祀奉蘋蘩。
终知君家不可住，其奈出门无去处。
岂无父母在高堂？亦有亲情满故乡。
潜来更不通消息，今日悲羞归不得。
为君一日恩，误妾百年身。
寄言痴小人家女，慎勿将身轻许人！
——白居易《井底引银瓶》

“井底引银瓶，银瓶欲上丝绳绝。”指尖流沙，滴滴而落。他不是蝴蝶，无法飞越千山万水去天涯海角看她，所以只能借着那颗波动的心，感受着她的感受，痛苦着她的痛苦。只希望她流落的路上，他能与她并肩而行，分享她所有的悲欢离合，却不意，一转身便是凄风冷雨，烛泪落千行，往事不堪回首月明中。

端坐于繁花之中，听一曲相思弦音，他嘴角微扬，吟着一丝淡淡的忧伤，怀着一份浓浓的思念，双手合十，向窗外的流星许下心愿，虔诚祈祷，远方的她，一切安好。可是，远离故土的她，真的可以安好吗？

借着那片朦胧的月色，想着她的温婉，念着她的千好万好，他唯有期待着在梦的路口与她相遇，然后用他思念的怀抱，将她冷了的心温暖。

然而，他和她的这份痴恋，他和她的这份遭遇，终似那从井底提起的银瓶，眼看着就要被拉上井口，却不料在最关键的时候，突然遭遇了丝绳断绝瓶沉底的变故，再也没了重见天日的机会，再也无法相逢。难道，这就是他们的情谶，他到底该怎样才能将那沉入井底的银瓶打捞上来，又该怎样才能重拾回他们那段逝去的情？

“石上磨玉簪，玉簪欲成中央折。”她走了，离开了符离，踏上了茫茫的飘流之路，从此失落在他的目光可以触及的所有角落。花落，情断，天涯路远，春天里四处飘散着殇的气息，失去她的消息，仿佛最美的风景错失了最温暖的季节，仿佛最真的情感流淌在最急的河流，无论他如何紧握一份淡定与从容，悲怆从不肯迟缓半步降临，亦从不为他拯救丝毫的回忆。

却原来，传说中的幸福果真只是一种奢求，一种虚幻的心灵满足，像是一朵遥不可及的天山雪莲，可远观却不可近距离索取。挥挥手，与往事作别，逼着自己不去回头，只静静、远远地看着，淡淡、悠悠地念着，轻轻、喃喃地呼唤着，可是，突然间，他又听到了心裂心碎的声音，是那样清晰而无息，沉重且深远。他知道，心，终于连同残花一起，落成满地的碎片，不是秋天的季节，却有同样的凄凉和悲伤逆流而上，沾染每一寸肌肤，掠过心河，任血红的液体流淌干净、彻底。而他和她，终若在石上打磨的玉簪，看着很美，却在就要打磨成功的时候戛然中断，无法再续。

“瓶沉簪折知奈何？似妾今朝与君别。”瓶沉了，簪折了，一切的一切都宛若她今朝与他的诀别。当心与心的距离堆积成山山水水的层叠时，内心的波澜跌宕起伏，它滋生绝望，蕴育落寞，一点一点吞噬手心里仅有的余温，那满腹的心事，却是欲语还休，无人能懂。于是，终于日积月累成灵魂深处的金字塔，再由心生，流于笔尖，铺排成一首首苍白的文字，摆放在案头，任人观赏。

“忆昔在家为女时，人言举动有殊姿。”想着她，念着她，总是无法抑制地悲痛莫名。曾经的她，青春年少，举手投足皆有殊姿，他却于众多仰慕她的少年中独沾那一抹春色。那一年，她以言语为他的文字增添色彩，他以淡笑还她痴心暗许，却引来无数赞叹者、羡慕者、嫉妒者、挑衅者，在心中将他暗暗诅了又咒。

“婵娟两鬓秋蝉翼，宛转双蛾远山色。”她的美，沉鱼落雁；她的媚，闭月羞花。鬓如秋蝉翼，眉若远山色，只任他爱到海枯石烂，爱到天昏地暗，爱到沙漠变绿洲，爱得歇斯底里，无法阻止。

“笑随戏伴后园中，此时与君未相识。”那年，她还未曾与他相识；那年，她还是懵懂无知的稚童，只知道跟随同伴嬉戏于后园树下石畔，无忧又无虑，肆意的笑容总是堆满如花的面庞。而今，她已远去，然而，清醒之时，他还记得离别时最后的对白，风愿意把爱停留在雨里，只是雨承受不起，易碎的心灵太过脆弱，而他们亦太过天真，以为永远有明天，不想昨日即是永远。

“妾弄青梅凭短墙，君骑白马傍垂杨。”又一年，她爬上短墙，伸手摘那树上的青梅；他打马而过，倚在绿柳垂丝畔，抬头，笑看她惊慌的眼神。这个男人真是太放肆了，他怎么可以目不转睛地盯着她看？一定得给他点厉害看看才行！

她扔下新摘的梅子朝他头上砸去，不意却扔进他的怀中。他仍然挂着一脸的笑意，一手探入怀中，将青梅紧紧捏住，随即送入口中，边吃边向她道声珍重。

忆往事，惜前缘。然而，青春早已逝在岁月的流转中，而今，黄昏风冷，吹裂他一颗完整的心，却任他泪花闪烁在眼角，痛不欲生。沧海早已变桑田，阡陌纵横的路上，他依旧独行于没有她的人生轨道上，冷漠的心，再也找不回最初的温暖，曼妙的风景里，再也看不到幸福的相随。于是，他们渐行渐远，就这样，慢慢把彼此丢了……

“墙头马上遥相顾，一见知君即断肠。”就那样，他们一个趴在墙头，一个坐在马背上，遥相望，顾盼生辉，含情脉脉。那一天，他温柔的眸子漾起她腮上无边春意，只一眼，她便知道他已为她断肠。

是啊，他早已为她断肠，今生今世，还有什么能让他为之痛不欲生？风卷帘幕，缓缓拂下离人痴心的泪水，转瞬便清冷了一襟愁怀，回首，落红碾作尘泥，往事如烟事事休，逝去的岁月要怎么才能找得回来？她曾经的微笑，在回忆里终还是散不开丢不开，湘灵啊湘灵，难道，那些美好的回忆都只能在梦境中孤单着重演吗？

“知君断肠共君语，君指南山松柏树。”知他断肠共他语，墙头的她已然被他的风流神采勾去了魂儿。她的纯洁、明媚、温柔、可人，都让他浮想联翩，这样的女子不正是他辗转寻了千万里要找的那个终身伴侣吗？他指着南山上的松柏，对她许下郑重的诺言，今生今世，爱她的心情同松柏，只是，她愿意跟随他一生一世，永远都做他痴爱的那个女人吗？

“感君松柏化为心，暗合双鬟逐君去。”悠悠浅吟，深情对望，残阳染红了她的脸颊，青梅树下，短墙之外，潺潺的流水中荡起幸福的涟漪。她终于被他的誓言感动，暗暗梳起双鬟，随他而去，他亦轻手将她拥入怀中，那份深情，那抹眼神，在瞬间突然变得唯美而璀璨。

从此，她与他风花雪月；从此，她与他花前月下；从此，她与他举案齐眉；从此，她与他夫唱妇随……然而，这真的是他们曾经所经历的吗？不。这不是真的。那一年，他倒是铁了心要与她携手私奔，可她却断然拒绝了他，不给他任何余地。如果，他再多坚持一点；如果，风愿意把爱停留在云里，他们是不是会有幸福的结局？

究竟，一路执着的追逐满足了谁的欲望，一季无声的守候感动了谁的泪眼？风雨中，窗外的那朵花儿似乎从来都不会为谁夭折落下，所以那季的繁花终究还是迷湿了思念的视线，从此，夜夜都浸在不尽的伤感中，只任他泪抛黎明。

“到君家舍五六年，君家大人频有言。”她终是不肯与他私奔，因为她明白，那不应是一个举止端庄的女子该做出来的事。于是，她狠下心来与他诀别，不再与他相见，不再与他交谈，紫陌红尘的路上，只留他一人踽踽独行在山水之间，任春花浪漫，独遣一纸相思，在迷离的人生里，用心感知她的一切。

他为她走走停停，或微笑，或哭泣，或麻木不仁，心底，终是烙上一个永远无法弥合的伤。她走了，可她心里究竟想了些什么？夜深映微凉，辗转难入眠，才明白猜心真的很累，以无心之心猜无意之心，便是虚惊一场，到头来彼此都成了受害者。太过在乎一个人的结果莫过于将简单的事变得复杂，却不知道，无意之中，早就惊了魂，动了心，成了罪。

温度骤然下降，寒风吹过单薄的衣裳，迅速穿入体内，微凉的指尖瞬间刺痛干燥的肌肤，一颔首，便看到有殷红的血液从迎风摊开的伤口破裂而出，痛到极致。泪水在风中肆意地流淌，漫漫红尘，他手写他心，写尽沧桑，写尽酸甜，写尽聚散离合，写尽悲情人生，只是，终不知情归何处！

湘灵，怅声念着她的名字，笔锋一转，意犹未尽，却将手中情诗渲染成一首“止淫奔也”的说教。眼前，突然闪过想象中不知名的女子，便为了那墙头马上的一瞥，就跟着那个男人去了他的家乡，成了他的女人。然而，到他家五六年，始终得不到姑翁的理解，无论她怎样赔着小心，得到的仍是两位老人如冰凌般冷冻犀利的言语责备。或许，这就是湘灵不愿与他私奔的理由吧，没有媒妁之言的婚姻，又如何会受到世人的尊重呢？湘灵不愿成为被人轻贱的女子，亦不愿他为她名誉受损，所以她选择了退出，把所有的痛苦都留给了自己。

“聘则为妻奔是妾，不堪主祀奉蘋蘩。”聘娶的才是妻子，自己跟进门来的自然就是妾室，又怎堪以女主人的身份祭祀祠堂里的列祖列宗？想着湘灵的容颜，写着那个莫须有女子的故事，他才思如泉涌，字字句句，都沐着深深的惆怅与失意。如果，他真的带着湘灵私奔，不是要连累她成为受人唾弃的罪人吗？难道，与心中珍爱的人生生离别，真的好过私奔吗？

“终知君家不可住，其奈出门无去处。”那个女子在夫家遭受了无限白眼，心知丈夫的家中不是久留之地，可除了那个家，她还能去哪里？

是的，她还能去哪里呢？还有他的湘灵，她又能去哪里呢？如果有一天，他就站在湘灵的身后，任冷风吹干潮湿的岁月，寄情那一缕残破的明月光，她会不会突然转过身来冲他微微一笑，然后迅速牵起他的手，带他一起奔赴生命的终点？如果，如果……这世间根本就没有如果，她走了，他只能默默目送她离去，任泪水泛滥，从此绝情天涯，只无语呢喃。

“岂无父母在高堂？亦有亲情满故乡。”远方的家乡，亦有珍爱她的父母在高堂，亦有眷恋她的亲人在。如果不是当初一时冲动，又何来今天受人轻贱的遭遇？

他在为故事里出奔的女子感伤。然而，未曾与他出奔的湘灵就没有遭受别人的轻贱吗？在母亲眼里，不管湘灵有多出色、有多自重，却始终得不到她的垂青，始终是她眼里一个卑微的笑话，甚至连那个女子的处境都还不如。或许，当初他再咬一咬牙，在母亲面前动之以情，晓之以理，坚持娶她为妻，她也不会沦落到亡命天涯的田地吧？

“潜来更不通消息，今日悲羞归不得。”私自出奔的女子，早已与娘家失去了联系，今日更是悲愤羞愧归不得。该如何？该如何？他高举着笔，为故事里的女子伤心纠葛。或许，湘灵的决定是对的，离开他，便逃过了接受凌辱的命运，那么，失去消息的她现在究竟过得好还是不好？

夜半风冷，人寂寥。呼啸的北风，裹着亘古的寂寞倏忽而来，他却只能站在风中凄惶相迎。遥远的彼岸总是有着太多的不舍与无法解除的纠缠，冥冥之中的注定总是与现实擦肩而过。然而，随着时光的推移，那些早已堆积成山的诺言，却在他的不得已中慢慢蜕变为不可一世的幽怨之声，让他再怎么努力也无法把握自己的命运。

“为君一日恩，误妾百年身。”只为那个男人一日的恩情，便误了那女子百年之身。伫立窗前，感受被刺骨的冷风撕裂肌肤的疼痛，他把思念剪碎，化作繁星千点，伴月左右，一帘幽梦下，与远方的她倾诉相思心语。然而，远方的远方，到底有多远？在这寂寂的夜里，有谁会来为他的文字落一场缤纷花雨，点缀生命本不该有的灰色，替他抹去伤感，除去痴心，只余一副行尸走肉的空壳，从此不再为任何事悲痛难抑；又有谁会来为他的痴情镀一层豁达，任他站在思念之门，冷眼看尽世间百态，却仍以安然的姿势畅游人生？

“寄言痴小人家女，慎勿将身轻许人！”那女子终为马背上的男子所误，湘灵又何曾不是为他所误？或许，无爱就会无欲，无求便会无痛。如果不曾爱过，不曾付出真心，又怎会将那枚苦果生生吞下？那出奔的女子为自己轻率的行为付出了代价，湘灵亦为她的痴心受到了惩罚，这世间的女子，如果不想受到伤害，就不要对任何人轻许芳心，否则，那女子和湘灵便是她们的榜样！

Tips：

元和四年（809年），白居易与挚友李绅、元稹等人发起了以创作新题乐府诗为主要内容的诗歌革新运动，张籍、王建等诗人群起应和，即著名的“新乐府运动”。所谓“新题乐府”，只是相对于古乐府而言，指的是一种用新题写时事的乐府诗，不再以入乐与否作为标准。新乐府诗始创于杜甫，为元结、顾况等继承，又得到李绅、元稹的大力提倡，白居易更是将其推向了高潮，并创作了《新乐府》诗五十首，其间最著名的诗篇有《上阳白发人》《卖炭翁》《井底引银瓶》等。

《井底引银瓶》，以“止淫奔也”为主题，对当时的男女偷情私恋提出告诫。但此诗的内容与诗人早年的感伤情诗《长相思》等有着异曲同工之妙，亦应看作是白居易对与湘灵那段爱而不能的经历有感而发，只不过诗人从道德立场对私奔进行了反省和劝诫，同时对女方的不幸表示了深切的同情。元代剧作家白朴根据这首诗的内容创作了杂剧《墙头马上》。

第十八章 秋霁

金火不相待，炎凉雨中变。
林晴有残蝉，巢冷无留燕。
沉吟卷长簟，恻怆收团扇。
向夕稍无泥，闲步青苔院。
月出砧杵动，家家捣秋练。
独对多病妻，不能理针线。
冬衣殊未制，夏服行将绽。
何以迎早秋？一杯聊自劝。
——白居易《秋霁》

元和五年（810年），白居易由左拾遗改任京兆府户曹参军，由于他杰出的才干和不世的文采，仍充翰林学士，得到替唐宪宗草拟诏书、参与国政的机会。然而就在他不畏权贵近臣，直言上书论事，准备在仕途上大展拳脚之际，来年，即元和六年，四月三日，已经精神失常的白母陈氏却在长安宣平里宅第看花时意外坠井身亡，时年五十七岁。白居易及时任浮梁县主簿的长兄白幼文、时做秘书省校书郎的弟弟白行简皆因母丧退居下邽紫兰村宅。

那一年，白居易已届不惑之年。陈氏的去世对白居易的打击很大，悲痛之余，他饱蘸深情写下了缅怀母亲的《慈乌夜啼》诗：

慈乌失其母，哑哑吐哀音。
昼夜不飞去，经年守故林。
夜夜夜半啼，闻者为沾襟。
声中如告诉，未尽反哺心。
百鸟岂无母，尔独哀怨深。
应是母慈重，使尔悲不任。
昔有吴起者，母殁丧不临。
嗟哉斯徒辈，其心不如禽。
慈乌复慈乌，鸟中之曾参。
——白居易《慈乌夜啼》

因不堪承受丧母的悲痛，白居易很快病倒了。祸不单行，不久，他与青萍唯一的爱女金銮子突患重病，医药无效，未及十日便夭折了，尚不满三周岁。他本是年近四旬才得此一女，自是娇宠得无以复加，所以在元和五年，金銮子周岁时，曾写有《金銮子晬日》诗，以表达他对女儿的爱怜珍惜之意：

行年欲四十，有女曰金銮。
生来始周岁，学坐未能言。
惭非达者怀，未免俗情怜。
从此累身外，徒云慰目前。
若无夭折患，则有婚嫁牵。

使我归山计，应迟十五年。

——白居易《金銮子晬日》

他怎么也没想到，女儿会跟随母亲，一同去了另外的世界。母亲与幼女的相继去世，使他哀伤过度，精神世界濒于崩溃。这一时期，他写下了大量哀悼的诗作，以宣泄慈母爱女相继凋丧的深切哀痛：

岂料吾方病，翻悲汝不全。
卧惊从枕上，扶哭就灯前。
有女诚为累，无儿岂免怜？
病来才十日，养得已三年。
慈泪随声迸，悲肠遇物牵。
故衣犹架上，残药尚头边。
送出深村巷，看封小墓田。
莫言三里地，此别是终天。
——白居易《病中哭金銮子》

衰病四十身，娇痴三岁女。
非男犹胜无，慰情时一抚。
一朝舍我去，魂影无处所。
况念夭化时，呕哑初学语。
始知骨肉爱，乃是忧悲聚。
唯思未有前，以理遣伤苦。
忘怀日已久，三度移寒暑。
今日一伤心，因逢旧乳母。

与尔为父子，八十有六旬。

忽然又不见，迩来三四春。
形质本非实，气聚偶成身。
恩爱元是妄，缘合暂为亲。
念兹庶有悟，聊用遣悲辛。
惭将理自夺，不是忘情人。
——白居易《念金銮子二首》

四十未为老，忧伤早衰恶。
前岁二毛生，今年一齿落。
形骸日损耗，心事同萧索。
夜寝与朝餐，其间味亦薄。
同岁崔舍人，容光方灼灼。
始知年与貌，衰盛随忧乐。
畏老老转迫，忧病病弥缚。
不畏复不忧，是除老病药。

朝哭心所爱，暮哭心所亲。
亲爱零落尽，安用身独存？
几许平生欢，无限骨肉恩。
结为肠间痛，聚作鼻头辛。
悲来四支缓，泣尽双眸昏。
所以年四十，心如七十人。
我闻浮屠教，中有解脱门。
置心为止水，视身如浮云。
抖擞垢秽衣，度脱生死轮。
胡为恋此苦，不去犹逡巡？
回念发弘愿，愿此见在身。

但受过去报，不结将来因。

誓以智慧水，永洗烦恼尘。

不将恩爱子，更种忧悲根！

——白居易《自觉二首》

又至暮夏初秋。料理完母亲和爱女的丧事后，一缕无端的空虚和无底的彷徨，更搅扰得白居易紊乱的心绪久久难以恢复平静。

暮夏的夜，渐渐凉了，漫步于花前月下，心中累积的苍凉可否能与冷月寒宫相提并论？抬头，仰望有几颗零星作陪的夜空，却是浩瀚而空洞，如内心的悲伤一点一点漫延。有人说，情到深处，剩下的便只有孤独，然而，是不是每一份用心付出的情感都会随着流水逝去，再也回不来，最终只剩下失落与惆怅，泪水与凄凉？

心事如诗，却无法在紫陌红尘间轻盈地吟唱平仄，曾经的记忆，美好的，悲恸的，都随着落落的风穿尘而过，在忧伤中细数那些轮回中的陈年往事，每念一次，便仿若唱响了一曲骊歌，再美好的景致也无法抹去他心底最深的寒凉。于是，终于明白，情之一字，却是真心与伤心的结合，心不动，则情不动，心若动，泪便千行。

夜，静静的；风，淡淡的；心，冷冷的。一层层的波浪，一叠叠的心伤，一滴滴的血泪。金銮子啊金銮子，我的爱女，我该如何放纵这份卑微的想念，又该如何收起这份如潮水般汹涌的父女情？总是劝自己要学会放手，闭上眼睛让你无牵无挂地走，多希望这人生只如初见，对你，也不曾存在半点私心。

远走的岁月，总是令人唏嘘。星星闪烁的夜空，秋风拂落片片枯叶，任其翩舞于苍穹，轻落在泥尘，而这份深沉的眷恋却还是隐匿于胸口，挥之不去。爱如繁花，开时艳丽落时伤，那张镜花水月般的容颜瞬间在眼前凝固，浪漫的夜空亦变成凄凉的冷雨漫天。

雁过长空，不留痕；鱼翔碧波，不着迹。海未枯，石未烂，却痛父女之情已随败叶散落在天涯海角。思念的时候，有淡淡的风，伴着稀稀的雨，一起吹入眼帘，闭上双眼的那一瞬，他仿佛清晰地听到了世界崩溃的声音，是那么的凄凉，那么的无情，怎一个惊心动魄可以形容得尽？原来，泪是咸的，雨是碎的，心是伤的，回眸之间，与金銮子的父女之情也早已化为灰烬，再也找寻不见。

风过无痕，心语无声，凝望这满天噼啪而落的雨滴，看它瞬间击碎他柔弱的心扉，心终于被伤得彻底，血也流得一干二净，那是一种怎样的心酸与悲痛，这世间究竟有没有人能够体会？她还不满三周岁，还未享尽人间春色，还未得到父母足够的怜爱，为什么老天爷这么残忍，非要将她从自己身边夺走，难道这就是他背叛湘灵的报应吗？

报应，报应。他翕动着嘴唇，轻轻念着。回头，皎洁的月光穿过透明的窗户，洒落在他墨迹未干的纸笺上。那一镰残月，将黄昏与黎明切割成两份相思，留一份在回忆中徘徊，留一份在来世中期盼。却不知是谁拾起午夜落寞的情怀，将它折成一朵盛开的菊花，在他面前轻舞飞扬？凝了霜的心事，遇到温暖的体温，逐渐地融化，随后便在这虚无缥缈的世界氤氲蒸腾，可他的心为何还是一如既往的冰凉？

想起夭折的女儿，他便无法克制地泪如泉涌。难道，当风筝厌倦了天空，就会义无反顾地坠入大海？难道，当蝴蝶放弃了向往，就会不顾生命地坠入悬崖？难道，当这份父女缘随风散去，爱便会销声匿迹地退隐红尘？

他不知道。他只知道，妻子青萍对金銮子的思念与日俱深，渐至卧床不起，他终于接近崩溃的边缘。她静卧床上，每日每夜都以泪洗面，却还要强打起精神劝他莫要悲伤。莫悲伤，莫难过，莫痛苦。可是，他又如何能做到对女儿的早逝无动于衷呢？

青萍的悲痛，他一点一点地瞧在了眼里。这些年，他未曾给她足够的爱，亦未曾给她过多的温暖，现在，就连他们唯一的爱女他也无力保护，心里对她的愧疚更是油然而生。到底，该怎样，才能让青萍从金銮子夭折的悲怅中彻底走出来？

“青萍……”他端着汤药，轻轻走到她的床边，一匙一匙地将那苦得难以入喉的药汤舀起送到她微张的嘴边，不无深情地凝视着她那双失去神采的眼睛，哽咽着劝她，“来，快把药喝了。”

青萍只喝了一口，便伸手将药碗轻轻推了开去。

“怎么，很苦吗？”他瞪大眼睛关切地望向她，“我已经准备好了糖水，喝完药，再喝碗糖水就不觉得苦了。”

“相公……”青萍感激地盯着他，“妾身……妾身还是放心不下金銮子，不知道她在那边到底过得好不好，吃不吃得饱，穿不穿得暖，有没有人疼她。还有……”

“放心，有父亲大人和母亲大人在地下护佑，金銮子一定会过得很幸福很快乐的。”

“真的？”青萍失去光泽的眼神立即露出一丝希望，“咱们的金銮子真会过上幸福快乐的日子？”

他强忍住悲痛，不住地点着头：“母亲大人在世时，最疼爱的便是金銮子了，有她老人家保护，金銮子在那边是不会受到点滴委屈的。”

“可是……”青萍泪如雨下，“可是妾身就是放不下她，妾身真想，真想到地底下去看看她，真想……”

“你胡思乱想些什么？”他连忙腾出一只手捂住她的嘴，“不许你说不吉利的话！”

“青萍想金銮子，青萍……”

“咱们还年轻，还可以再生一大堆孩子不是？”他安慰着她，“等你病好了，我们就去佛寺祈祷，祈祷菩萨让金銮子重新托生做我们的女儿，好不好？”

“让金銮子重新托生做我们的女儿？”

“嗯。”他重重点着头，“心诚则灵，菩萨一定会答应我们的乞求的。不过，现在你什么都不用想，最要紧的就是赶紧养好病，病好了，咱们才能一块儿去佛寺祈祷啊！”

“说好了？”青萍瞪大眼睛盯向他，“你不骗我？”

“不骗你。”他继续端着汤药凑到她嘴边，“乖，先把药喝了。喝完药，病才能好得快。”

心在滴血。眼睁睁看着青萍为金銮子的死不思茶饭、日益憔悴，他更加深深体会到母亲陈氏昔日望子成龙的那片赤诚之心。其实母亲并不是对湘灵这个人存有偏见，事实上她曾经很是喜欢湘灵，可她不甘心，不甘心儿子的如花前程就此夭折在什么也没有的湘灵手中。在她眼里，湘灵只是个世俗的乡野村妇，没有在朝为官的父兄，没有豪门士族的背景，她又如何能把儿子的终身交到一个无法给他带来光明与希望的女子手中？

母亲为他选择了青萍，那个有着高贵血统的豪门千金。现如今，她成了他的妻，并给他生下了唯一的女儿，可现在她却病倒了，甚至连说话的力气都没有了。如果她有个什么三长两短，他如何对得起含辛茹苦将他养大的母亲，又如何对得起刚刚夭折的女儿？

不，他绝不能看着青萍继续萎靡不振下去。于是，他毫不犹豫地为她铺开纤纤素纸，用柔情温水，用感性的笔尖挥舞墨色，让那行云流水的文字，在诗笺上轻弹着爱的足音，任心中的浓情抹着初秋的夜霜在她凝望的眼中次第漾开：

漠漠暗苔新雨地，微微凉露欲秋天。
莫对月明思往事，损君颜色减君年。
——白居易《赠内》

“漠漠暗苔新雨地，微微凉露欲秋天。”又是一首《赠内》诗，却比新婚之夜那一首多了缠绵，多了温情，亦多了她眉角溢开的笑靥。

那些沉淀在心底的情，都随着阶下的暗苔慢慢地变浓了，风中的微凉却在不着痕迹地预示着又一个秋天的到来。金銮子去了，然而，秋天也跟着瘦了吗，那些霜打的叶也跟着落了吗？秋的季节，在四季里如爱情一样曲折柔美，落日的晚霞挂在天边，他依旧站在云朵里，无可抑制地想念着他们的女儿，蝉鸣的背后，那里有他最真的心伤，和一世不变的情怀。

“莫对月明思往事，损君颜色减君年。”那些密密麻麻的情愫，终于禁不住秋霜的诱惑，在一个相思的夜晚独自飘零；那些纷纷扰扰的故事，终于禁不住爱的香熏，在一个惆怅的夜晚绽开缱绻。明媚的月色里，所有过往的回忆都在她耷拉的眼皮底下潺潺流动起来，异常明晰深刻。然而，每一次情不自禁的思量，都会摧折心肝，损耗了靓丽容颜，消减了青春芳华，只是这样的痛心疾首，并不能唤回已经逝去的爱女，生命徒然的消耗，也不能令她获得点滴安然。

振作起来吧，青萍！老天爷一定会怜悯我们，再赐我们一个聪敏机灵如金銮子般的女儿的！他紧紧拥她入怀，在她额上轻轻吻着。青萍啊青萍，失去了女儿，你还有我不是？请你相信我，尽管自始至终，我都无法忘记湘灵，但，如果时间允许，我一定愿意就这样拥着你，陪你慢慢变老，一辈子，诉说爱的天长地久……

拥着她，暖着她，夜色掩盖一切虚假和谎言。雨渐浓时，黑暗再次席卷而来，再次在深不见底的思念叫嚣着夜的安宁。仰天长叹一声，心乱如麻，无处安放，却有悠扬的旋律轻声响起在云端，倾耳聆听，又是一曲《长相思》。长相思，长相思，思不尽的是对女儿金銮子的那份迷醉，却惊醒了妻子暗淡眸中不止的泪，光影消失的那一刻，她用最华丽的锦被捂住一切疼痛。思念，在慌不择路中死里逃生，再回首，只是风已住，却是雨未休。

金銮子啊金銮子，你可知，你的母亲有多想你？你可知，你的母亲对你的爱像烈火般在蔓延？你可知，你的母亲对你的情再有一万年也不会更改？窗外的柔风卷着陌间的芳草，在寂寞中抚弄夜的媚影，你听，连草儿都在为你母亲感伤，可是，你又如何舍得让你母亲难过，舍得让你母亲为你泪流满面、卧床不起？

望着鬓发凌乱的青萍，他伸出双手，将她瘦弱无骨的纤手紧紧暖在怀里，泪水，宛若断线的珍珠，连绵不断。他真的不敢想象，不敢想象她的病情再这样持续下去，会有怎样的后果。青萍啊青萍，你一定要好起来，一定！

静静凝望着这片被爱包裹的天空，沐着心中无法排遣的惆怅，他再次铺开宣纸，在她锦绣床边，和泪，写下一首《秋霁》诗：

金火不相待，炎凉雨中变。
林晴有残蝉，巢冷无留燕。
沉吟卷长簟，恻怆收团扇。
向夕稍无泥，闲步青苔院。
月出砧杵动，家家捣秋练。
独对多病妻，不能理针线。
冬衣殊未制，夏服行将绽。
何以迎早秋？一杯聊自劝。
——白居易《秋霁》

“金火不相待，炎凉雨中变。”淫雨霏霏里，季节在他悲伤的眸里更替，又一个夏天过去了，寒凉的秋天转瞬已至。只是，在这伤心的日子里，谁来抚他之面，慰他半世哀伤，又有谁来携他之心，融他半世冰霜？

“林晴有残蝉，巢冷无留燕。”林中尚留有残夏蝉鸣叫的声音，檐下燕巢却早已不见了飞燕的身影。天冷了，是真的冷了。在这无尽的寒凉里，究竟，还会有谁来扶他之肩，驱他一世沉寂？金銮子已弃宠爱她的父亲而去，这寂寞世间，只留他一世独殇，和着青萍的泪水，在冷了的枝头随风摇曳。

“沉吟卷长簟，恻怆收团扇。”沉吟着卷起竹簟，惆怅着收起团扇，凝眸，夏天的一切已然消逝，空余这凄冷的天幕，始终在眼前浑浑噩噩、昏昏沉沉地演绎无数的红尘悲恸。

“向夕稍无泥，闲步青苔院。”秋雨初霁，伴着轻风细语的呢喃，一路追随爱女的行踪，信步青苔满地的庭院，满腹的哀伤却是愈积愈深。深院孤烟之上，荒芜了心境，蓦然回首，娇女何处有？金銮子啊金銮子，你可知，你的父亲正从远方匆匆而来，只为赴你一面之约？而你却因害怕而拒绝穿过千山万水的思念，只任我在梦中，用冰冷的指尖，在你手心里轻轻写下深深的眷恋。

“月出砧杵动，家家捣秋练。”一阵阵捣衣的砧杵声，随轻弹的秋风踽踽独行，穿透云层，传至他的耳畔。举杯邀明月，却是心无归属，独醉的他即使笑得没心没肺，笑得满眼是泪，那家家门后捣秋练的女子也未曾有人能看到他心里的泪水早已如河流般涓涓流淌。

“独对多病妻，不能理针线。”独对卧床不起的多病妻，看她连平日总是放不下的针线活都不能料理了，心中积淀的那份惆怅更是难以抑制。张开双手，冰凉的指尖触及肌肤的刹那，仿佛能感觉到有股寒气直直地逼入体内，让他不由自主地打了个寒噤。缓缓，挪动脚步，倚窗而立，他在风雨中独寄满腹碎语，心事如莲，却叹无人能懂。

“冬衣殊未制，夏服行将绽。”过冬的衣服还未缝制，夏天的衣服行将绽裂，如若青萍的病情持续没有好转，日子到底该如何继续下去？窗外，偶尔拂来的轻风吹乱思绪，他开始觅起原本属于自己的那份孤独与寂寞，却找不回一个人的逍遥与冷漠。

“何以迎早秋？一杯聊自劝。”知他者，为他心忧；不知他者，又有何求？望着病榻之上辗转反侧的青萍，他深深地嗟叹，暗暗地锁眉。从前，都是母亲和她为他料理秋冬的衣物，而今，母亲已经不在，家里没了她的操持，他一个人该如何守在无语的伤然里迎候这早来的秋天？花开终是无果，痴心的人总是沦落在天涯海角，然而，即便注定要在风雨中穿梭，今生今世，他也要在爱也悠悠、情也悠悠的念白中为她打开一扇心窗，演绎一段真心相守，同时，收起一地荒凉往事，把永恒珍藏在眉间眼梢，在她憔悴的目光里，举起酒杯，只与她携手前行，再前行。

Tips：

元和六年（811 年），精神失常的白母陈氏在长安宣平里宅第看花时意外坠井身亡，时年五十七岁。白居易及时任浮梁县主簿的长兄白幼文、时做秘书省校书郎的弟弟白行简皆因母丧退居下邽紫兰村宅。同年，白居易与杨氏所生唯一爱女金銮子病逝，杨氏亦因为痛失娇女一病不起，卧病在榻。《秋霁》诗即作于这期间，表达了白居易对家庭频遭变故的深痛，以及对母亲、女儿的追思，还有对妻子杨氏深深的歉意。其间，白居易还创作了《慈乌夜啼》《病中哭金銮子》《念金銮子二首》《自觉二首》等诸多悼念母亲及女儿的诗章，而另外一首写给杨氏的《赠内》亦作于这段时间。

第十九章 夜雨

我有所念人，隔在远远乡。
我有所感事，结在深深肠。
乡远去不得，无日不瞻望。
肠深解不得，无夕不思量。
况此残灯夜，独宿在空堂。
秋天殊未晓，风雨正苍苍。
不学头陀法，前心安可忘？
——白居易《夜雨》

深秋的轨迹，沾满了他思念的泪雨，潮湿的心房锁不住昔日的点滴欢乐，总是习惯活在遥远的记忆里，细细品味与她在一起的时光，任疯狂的思念如同雨点，瞬间覆盖住整个灰色的季节。

他知道，八月的天空，注定逃脱不了，离别的伤，纵是桂子飘香，亦未走出西楼碎梦、断肠天涯的劫。秋雨如麻，情思千丝万缕，一团乱似一团，日复一日，年复一年，无处可逃。

有多久没再听到她的消息了？她离开符离、流落天涯后，每一个夜晚他都会在半梦半醒间潸然泪下，都会在相思的菱花镜中眼睁睁看着自己酸涩的泪水一点点流淌干净后，只剩下苍白的黑眼圈守着孤怅的心，在静默中独自等待黎明的到来。夜里的心痛，就如被撒了盐的伤疤，在加速的呼吸中无休无止地纠缠着，每想一次，胸口便剧烈地痛一次，可世上还没有可以治愈他心痛的药，所以只好一次又一次地忍受着这份刻骨铭心的疼。

光阴似箭，流年匆匆，想她的时候，他便站在时光的浪尖上，在回忆中静静听她最后一次唱响的《长相思》，却是声声碎心，句句滴血。也许所谓的山水茫茫，伊人何处寻，便是如此的怅然与刺心吧？缥缈的岁月、遗落的风车、牵手的浪漫、相爱的幸福，一点一滴，总是不合时宜地浮现眼前，任他潮涨的泪水夺眶而出。而每一次思念的尽头，他亦总会忍不住地仰头怅问苍天：究竟，要有多么刻骨铭心，才能与她相濡以沫？到底，要有多么坚强忍情，心才能够禁得起泪水的重量？

她走了，永远永远淡出了他的视线。只是一场毫无声息的离别，却让心在刹那间碎成满地的琉璃，一低头便看到鲜血淋漓的伤；只是一段毫无回音的年华，却让满腹的深情瞬间隔绝于世，自此后，生活便变得度日如年般漫长；只是一个毫无姿影的徘徊，却让身心迅速陷入寒川的冰点，从此，永远都学不会微笑。可以说，她的离去，就是他的灾难，可他根本不知道这场灾难什么时候才可以过去，更不知道该如何走出这场灾难。

雨落的时候，就是心冷的时候，然而，这漫天飘飞的细雨中，她可知他心底始终盘旋不去的断肠的滋味？他一直在想她，湘灵；他一直在找她，湘灵。可她不在，他便像是天边飘浮的云朵，无处安身，只好永远流浪在四季的边缘，任心四处漫无目的地飘荡。梦中，她笑的时候，他陪着她笑；她哭的时候，他陪着她哭；她笑看红尘，他静守花开花落；她坦然迎接风雨，他含笑守望幸福；她每走一步，他紧追一步，步步不相离，只怕再次把她丢失。然而，每一次梦醒时分，就是他痛到无可救药的劫数，看不到她，寻不见她，他唯有把头低到不能再低的地方，在蹒跚的脚步下，用泪水祭奠他们彼此的错失。

总以为，路的尽头会出现他们执手而过的脚印，爱的路上他们亦会相扶相伴，相知相守，相怜相惜，一起陪着彼此慢慢变老，一起看着日出，守着日落，数着星星，而后，枕着彼此的名字安然入睡；总以为，雨后的彩虹是她心疼他的寓言，于是，倾尽心力奔赴未了的情缘，只求，此生无悔。可是，造化弄人，精心演绎的独角戏竟以泪的告白，落下忧伤的帷幕，尔后，不如不遇，倾城之恋俨然变成空城一座。

纵然情深，奈何缘浅？或许，前生的他们本不相识，所以，即便今生遇见，亦不会相守到天长地久，更不知要拿什么来厮守来世的相约。徒步西行，欲哭却无泪，谁能知，他的梦，从此便要在陌生的角落辗转成无依无靠的蒲公英，终日只在无人问津的荒野上方漫天飞舞，却再也找不到归路与去向？遥远的远方，伸手无法触及的前景，在眼前缥缈迷离，泪，早已流干，爱恨纠缠里，谁又能懂他一地独眠的相思，能度他逃出这蹚不过的灾难？

灰暗的天空下，记得她曾说的永远，记得她曾许诺的不离不弃，记得她昔日的点滴温柔，记得她往日用爱心传来的贴心温度，虽然一切的一切早已成为过去，却仍祈愿所有的美好都能在时光的轨道中永恒成天荒地老的惊艳。梦醒时分，手心的汗水湿透心的左边，看满楼风雨婆娑成影，才明白此情已逝，伊人不在，一切的一切，终是回不来了。

叶声落如雨，月色白似霜。

夜深方独卧，谁为拂尘床？

——白居易《秋夕》

提笔为她，写尽满腔相思，诉尽无限衷肠；落笔为她，画地为牢，执手相看，以亘古不变的痴守，等待一场凄凉的结局。

“叶声落如雨，月色白似霜。”萧瑟之秋，窗外的月色洁白如霜，落叶声起如雨，微冷的肌肤被冷风吹过，仿佛有一种淡淡的薄凉，从心间缓缓淌过。她已走得太远，而他亦已忘却温暖的气息，只能在夜深人静的时候，独自舔舐着忧伤，从不让人知道，亦从不说出口，纵然有再多的安慰也是那样的无力，那样的无法企及。

笑，则世界陪他笑；哭，则只有自己哭。为什么红尘的天空总是少不了忧伤的伴舞，尽管一路走来，坎坷从未遗失，痛苦从未远离，独处的世界，仍是波澜未平，依旧潮起？难道，爱一个人，真的就那么那么难吗？

“夜深方独卧，谁为拂尘床？”八月的寒凉纤薄且长，是他承担不起的无怨无悔，怪只怪离别的时间太长太久，让他对于人间冷暖，早已失去应有的知觉。夜深了，枕着她远去的笑靥独卧，心中升起莫名的惆怅，不知醒来后谁还会来为他拂拭床上的灰尘，更惹彷徨。

往事如烟，任心穿过九霄云外轮回的岁月，他静静倚在长安里弄的一端，遥望天涯海角处模糊不清的她，却是忽远忽近，渐行渐远。轻风吹散所有的记忆，记忆里所有的情感，情感中所蕴藏的真心。或许只需用一支生花妙笔，便可在天幕下描绘出五彩斑斓的色彩，但他明白，再美好的感情，再真的心，只要她不在，最后画出的也只能是绝望空城的黑白边缘，和他倚在墙角站立成风的碎影。

落笔，化殇，终于明白，没有谁会在谁的生命里灿烂一生，而那个将爱的烟花一点一点地熄灭的人，在心底隐匿的伤也定然是深不见底的。他不知道，什么是缘，亦不懂得该如何去珍惜，只是一味地知晓：若爱，便是一生一世；若爱，便是长长久久；若爱，便是不离不弃。笔墨熏香，她缥缈的身影再次从瘦了的指尖悄然溜走，刹那间，所有为她写就的诗文都变得无人问津，在他眼底迅速苍白成永恒的孤寂，亘古的灾难。失去了她的陪伴，他的文字恰如一张废纸，沾满灰尘，每一个字，每一句话，都是没有情感的心与情，是枯槁，是萎谢，即便与雨水融成一体，天涯海角走遍，也不能激活曾经的勇气与力量，又拿什么去寻觅失散已久的她？

冷月当空，心凉似水。深夜的天空暗淡无光，案头微弱的灯火在他眼前明明灭灭着，难以呼吸的心痛只能借着零星碎语，一一铺在爱的诗笺上，任由西风吹散，任由宿命安排，不能言语。她走了，他却始终无法跟上她的脚步，只能沉溺在自己的世界里无语伤然。猜不透她的心思，沧海桑田里，只想赴一场千里迢迢的约会，与她在天涯海角里携手再看一次日出日落，共听一曲温柔缠绵的《长相思》。然而，那些青春年华里的错失，又岂是几行诗文、几句恋歌便能诠释挽回的？

爱太长，太累；路太难，太苦；心太痛，太冷。折叠的岁月是他抹不去的痕迹，辗转在紫陌红尘的千言万语，终抵不过一句：我是为你好。到底，他们的离别，是他为她好，还是她为他好，才做出的决定？其实，他和她从未曾想过要离开彼此，可为什么这一句话却在兜兜转转后成为他们最终错过的理由？烟花冷却，所有的用心良苦都只是一厢情愿，所有的痴情守候都只是一出没有结局的空等，如果非要给爱情加一个注脚，那就是：一回错，两回错，回回错，世世错！

墨香依旧泛滥在思绪膨胀的风中，泪水还是轮回在无边的寂寞中缓缓抛洒向那缕不会说话的明月光。他怅立窗下，依然紧锁着眉头，任那支生花的笔染了千头万绪的情丝，终不知该如何为她断句。心有疼惜，是对她相思成灾的怜，也是他自己肝肠寸断的痛，那一缕缕揉不散化不开的柔情，终于在潸然泪下的眼底化作落花的碎片，漫天飘飞，不知去向。这往后，思念丛生的日子里，又该叫他如何重新捡拾起那些早已破碎了的情，再积攒成对她的万般不悔？

寒凉深处谁知晓，情到浓时情自薄？无数个日日夜夜的期盼，无数个日日夜夜的笃定，无数个日日夜夜的念想，都在这午夜时分，瞬间沉入大海，随波逐浪，永不回头。他花光所有的勇气，只换成一个销声匿迹的答案；他倾尽此生的所有，原来也只是等来一场无人理睬的折子戏。最后的最后，戏落幕，她消失，他停留，那么，谁又会来为他下一场缤纷的雨，洗去所有努力过的结果，从此，让他的记忆中再也没了她的存在？

能够忘记吗？轻轻念着她的名字，悲痛再次深深攫着他感伤如河的心灵。时光的轮回，反复复反复，与她的相约，分离复分离。然而，一再的转身，依然无法让他把她忘怀，心里日夜牵挂惦念的依然是不知所踪的她，却怕销魂人沦落在断肠崖，再也不能回首相望。她走了，若是从此相忘于江湖，他该如何收藏她过往的笑颜？她走了，若是从此不再遇见，他该如何维持手心里的温度不再冷却？她走了，若是从此背道而驰，她可否能告诉他，该如何才不会再想起她的所有所有？

爱如风，恨如雨，这滚滚红尘，总是风雨交加，让人又爱又恨，到底，相爱的人背负了怎样的原罪，老天爷才要让他们以相恨的代价去深爱对方？此去经年，文字早已成为爱恨里无言的倾诉，然而，写满万遍有字情书，读了又读，删了又删，改了又改，那些曾经情深不悔的爱，山崩地裂的恨，最终还是被时间遗落在千里之外的河流中，一次又一次，被湍急的波涛迅速清洗过滤，终至逝去，一点点的踪迹也找寻不见。

也许，爱与恨终不过是人世间的游戏，爱得再撕心裂肺，恨得再咬牙切齿，在造物主的眼里就是儿戏般的存在，从来都无关痛痒，更不是什么紧要的事。也只有深陷其中的红尘男女才会把它当回事，在恨里爱得死去活来，又在爱里恨得万劫不复。真是这样的吗？难道这才是爱情的本相，所有的爱恨都只是两个相爱的人一厢情愿的误会？那么他对湘灵的爱又是什么，是无明的不舍，还是劫数难逃的不甘？无论是不舍还是不甘，都不是他想要得到的答案，世事的本相太过深奥，是他永远也无法企及的高度，所以他根本就不想弄明白也无心去打探琢磨。他只知道，今生今世，他深深地爱上了那个叫湘灵的女子，爱得无法自拔，爱到相思成灾，哪怕明明知道那是劫数，明明懂得一切都是虚幻，他也要付出一生的守候，倾尽所有地为她等待,或于喧嚣的寂寞中过一生,或于寂寞的喧嚣中等一生，他都愿意。

紫陌红尘，等待是一生最初的苍老，她等不得，他盼不得，那种希望过后的绝望，让心无法再去承担一切，一转身，一回眸，换来的却是爱之深、痛之切。夜深人静，指尖依旧捏着蘸满浓墨的笔管，在孤单中收拾心碎的残章，却不意，当落笔声响起在风过花隙的时候，有多大的希望，也就带来了多深的痛楚。爱也不能，恨也不能，她决绝彻底的销声匿迹，他深感叹服，却原来，纵使笔尖缠绵再多的深情、再多的不悔，终是敌不过时间的流逝，敌不过她毅然的转身啊！

再回首，风也潇潇，雨也潇潇，一片寂寞深深地扣在了芭蕉叶上，让他再也活不出一个潇洒的样子。“乐天哥哥，你在哪里？”“乐天哥哥，别走，不要离开我。”那些藏在岁月深处的声声的轻唤，总是萦绕在耳边挥之不去，可他而今却再也找不见她当初的温婉，更找不回那份相依相伴的聚首，唯余遗憾总在眼前轻轻地飘浮、摇摆。

西风冷，痴心凉，望断长空，却是断情又断肠。想着她，念着她，泣到无声，痛到无觉，爱情的世界里，他早已颓废成一棵苍老的树，再也葳蕤不了青葱的岁月，更茂盛不了曾经的记忆，一抬眼，血落如雨，心也跟着碎了一地。叹，红尘万丈里所有的眷恋，终是晓风残月，起舞弄清影，爱是错，恨也是错，执笔写情，落笔写心，只能为她再唱一首《夜雨》殇：

我有所念人，隔在远远乡。
我有所感事，结在深深肠。
乡远去不得，无日不瞻望。
肠深解不得，无夕不思量。
况此残灯夜，独宿在空堂。
秋天殊未晓，风雨正苍苍。
不学头陀法，前心安可忘？
——白居易《夜雨》

“我有所念人，隔在远远乡。”曾经，那些青春的日子里，年少轻狂的他一直在深寂的荒年里行走，直到遇见了她，才感受到阳光般的温暖，而那年的春天，他亦永远记得有一个叫湘灵的如花少女住进了他的心里；而今，站在离别的风口浪尖，往事不堪回首，却是无法与她挥手告别，只能在心底轻轻道声珍重，只能任由思念的泪水在心底流了千里。

天知道，地知道，他心里始终有一个地方，年复一年地安放着日夜思念牵挂的她，无论她在哪里，哪怕与他相隔千里万里，纵是在天涯海角，他也不会把她忘怀一二。然而，远去的她还能明白他这份未曾改变的情意吗？

“我有所感事，结在深深肠。”她曾亲口许诺，生为他的人，死为他的鬼，绝不他适；亦曾许诺，如果两情相悦，纵是别离，亦会心有灵犀，以一纸书笺为思念的信物，任彼此于爱的桃花源处相逢。因此，他总是以时光为笔，以情缘为墨，以心情为字，以思念为文，在爱的廊檐，连成一串唯美的风铃，每当轻风吹起的时候，便会奏响惺惺相惜的旋律，任他视若珍宝，永藏一生也都不舍不弃。

可她终究还是选择了彻底退出他的世界，不相见、不相言，飞鸽传信、鸿音渐绝，甚至远走天涯，也不给他任何重逢再续前缘的借口。他不断给她写信、写诗，终因不知她的去向无法寄出，只任心中的悲恸惆怅，结在九曲愁肠中，无法释然。湘灵啊湘灵，你到底去了哪里，为什么偏偏不肯给我只字片纸的安慰？

“乡远去不得，无日不瞻望。”这世间的事，总是像极了花随风飞、风吹叶落、叶伴花谢，缥缥缈缈，无所依伴。他还记得她的眼神，记得她的温柔，记得她的所有，虽然无法知道她究竟去向何方，无法将心中所思所念用文字传递到她的手心，但还是想要请她相信，尽管他未曾傍她左右，但那颗心却始终没有离开过她半步，日日夜夜，岁岁年年。

是的，她的世界他一直都有来过，梦里，或是那一张张墨迹飘香的素笺中，他一直在文字中惦记，在文字中念想，在文字中与她相依，在文字中感受她的点滴温暖……如果，爱有天意，她能够听到他的心声，那么，他情愿在今生的期盼中老去，只待来世再次与她缠绵缱绻，哪怕历尽雪雨风霜，亦是无怨无悔。

“肠深解不得，无夕不思量。”想着她，念着她，总是愁肠百结，无法解开，这难熬的日子，没有一个夜晚他不是怀着对她深深的思念在孤独惆怅中度过的，怎不惹他思绪从生？风漫过尘埃在窗口飞舞，雨透过柳丝荒芜了心漠，昔日花团锦簇的城池早已写满了寂寞的凄楚，看雨落花飞，听满城悲啸，呜咽的依然是他那份深不见底的沉痛。独守这萧瑟落寞的空城，抬眼望向无边无际的天幕，他在相思的风雨中悄然念起这一季的温暖独白，不禁在心中暗暗起誓，若此生还能够与她相遇，定然不负那一颗真心的托付，哪怕跌得粉身碎骨，也要与之倾情相守。

“况此残灯夜，独宿在空堂。”萧条残灯夜，凄风冷雨里，独宿在空空如也的厅堂，寂寞瞬间染了他一身，于是，更加无可救药地想她。恍惚中，他素指轻拈，白衣飘飘，莞尔浅笑，眉目含情，却看到她披肩的长发一泻千里，翩若惊鸿，婉若游龙，在他温柔的眸光中款步走来。是她吗？真的是她吗？这不是在做梦吗？

“秋天殊未晓，风雨正苍苍。”时光穿不断回忆的风尘，深情依然流转在从前，刻骨的思念不是遥远，昔日的承诺还是他心底最深的珍重。再回首，秋水长天，潇潇风雨在深夜里徘徊摇曳，他迈着轻快的步伐与她擦肩而过，却不料，只一个浅淡回眸，转瞬间便又失其所在。湘灵，他大声唤她的名字，放眼望去，眼前尽是一片看不清的芳草丛林，而伊人的倩影早已不在，空留他一人在寂寂的风中暗自臆想：有生之年，倘若再与她邂逅，必为无上的荣幸，如果还能够与她相知相守在这滚滚红尘里，必将她小心翼翼地捧在手心，细心呵护，再也不让她遭遇一丝一毫的委屈。

“不学头陀法，前心安可忘？”相逢即为缘，缘来则惜。然而，爱得刻骨铭心，缘尽后却又如何才能顺其自然地安之若素？夜未央，景如画，听风雨在耳边细细地呢喃，这一声仰天长叹，又有谁来解他满腹相思之苦？思念愈深，呼吸变得愈来愈急促，而她的身影却在紊乱的思绪中渐行渐远，只留给他一种说不清、道不明的感情盘旋在心头，半分模糊，半分清晰。难道，非要借助于佛法的力量，才能将那些深藏的痛苦记忆一笔勾销，从此永远都不再念起？

Tips：

白居易现存于世的《夜雨》诗有两首，本章解析的这首亦是为怀念湘灵所作。本诗具体创作时间不可考，但应在白居易为母守制期间，亦即元和六年(811年)至元和九年间，本文选取为元和六年所作。同时，《秋夕》亦作于此时间段内。

《夜雨》整首诗贯穿着白居易的大、简、妙风格，虽是写爱情、写思念，但不像多数爱情诗一样婉约，它大气又不失细腻，不是刻意为之，而是一种情感之至，一种浑然天成。在描写夜雨的场景时，只用了两句话二十个字，但这二十个字一字一珠，不写思，不写念，不写人，不写事，却用简洁的语言描绘了灯、堂、天、风雨等诸多意象。而最后两句诗，可谓画龙点睛之笔，又是直抒胸臆的写法，把全诗像一首曲子一样推向高潮：想忘，又不能忘；想忘，又不敢忘。至此，一段刻骨铭心的爱情就在这无果的结局中谢幕。

第二十章 感镜

美人与我别，留镜在匣中。
自从花颜去，秋水无芙蓉。
经年不开匣，红埃覆青铜。
今朝一拂拭，自照憔悴容。
照罢重惆怅，背有双盘龙。

——白居易《感镜》

缱绻如水的月华，潮水般袭来，宛若一场湖蓝的微雨，落满被夜色透染的窗棂。不经意间抬头，一刹那的风景便嵌入星光闪烁的天幕间，恰如一笔婉约幽润的小楷字，缓缓斜过汉时的花径，倏忽落满古乐府的平平仄仄。于是，夜，便在这突如其来的光亮中，变得分外温柔清寂，而他的心也跟着明亮清晰起来。

这样的时刻，总能触碰到内心深处最隐逸的柔软。就像她的名字，轻而易举地便能点亮他散乱且虚迷的目光，而她唇边的那抹微笑，却如刹那花火，总是将他如梦的念想悄拢于指尖，尔后以蔓延的诗意，在天青色的画幕上渲染到淋漓尽致。

湘灵，光阴已翻开元和八年（813 年）的年轮，转眼又是一个寒秋，你可知四十二岁的我此刻窗前独坐，一个人眺望这如梦如澜的夜色，心底漫过的却是无边的深寂和落寞；又可知，月色如水下的满城灯火，每一盏都透着晕黄的柔暖，而我，却在这盛世倾城的暖意中，突然失了你的讯息，只是痛断肝肠？

夜，依然那么深，依然那么静。秋季的风，轻轻柔柔，穿过她的黑发他的手，蓦然闯入他迷乱而又茫然的眼帘。犹记得杏色初透、春暖花开的那一瞬，他和她初相遇的场景，想来那莹粉的桃花三千，恰是一笔染了春情的红笺，辗转了经年，依然未曾褪去当初的色彩与娇羞。那年，生花的瘦笔，温润的掌心，还有她眉间的清欢，都在爱的水湄化作了清歌一曲，更在柳丝飘飞的柔软里成就了一段风花雪月的传奇；而今，她却在他不经意的疏淡里，早已消逝得干净彻底，所有的念想也都随风而逝，飘得那么远、那么低、那么深，只任无处投递的隐虑和忧伤，一寸寸沁入他的骨髓，令他痛到无药可救。

思念总是在灯火阑珊后变得更加深不可测且不可抵挡，而她依然仿佛被笼罩了一层轻纱的玉人，离他最近的距离仍是一纸看不透望不穿的模糊。空蒙冷寂的月色，像极了他心尖上孤独的舞蹈，失去了她路上的消息，再也无法抵近她的柔暖，是否就意味着今生此情已尽？她走了，一切的美好与清芬，恰如童话般盛大落幕，偌大的世界，只留下一场空幻在他相思的指尖继续演绎着虚假的真实，那一声声嘘寒问暖也终于化成了他心底最深的荒唐与痛。

是从什么时候开始，总有些淡淡的犹疑和空虚在心间徘徊，无论如何也挥之不去？是不是，转身之后，所有的誓言，都会演变成流年盛放的烟火，刹那吐绽，又瞬间凋零？是不是，每一朵缤纷绮丽的烟花背后，飘坠的都是难以名状的清凉与寂寥？爱已深，情已痴，两个人越走越远，两颗心却越走越近，既然今生今世早已注定他们无法相守，那么就让他痛到肝肠寸断，痛到撕心裂肺吧！

叹，人生的每一次聚散离合，滚滚浮生中的每一次花开花落，都仿佛这满城迷离的灯火，看上去是那么的不真实，但一抵近便又滋生出那么多那么真实的痛，让你无法忽视它的存在，更不能以虚幻二字来麻痹、欺骗自己的感觉。湘灵啊湘灵，大千世界，难道就没了你的容身之地，为什么非要放任自己沦落到流落天涯、无家可归的地步？莫非，这才是你一直以来想要的选择，才是你心甘情愿的向往？难道你就不明白，我有多珍视你，有多在乎你，你就这么舍得让我为你难过，为你心伤吗？

远处，一曲《长相思》在风的抚慰中倏忽传来，在他耳畔循环往复着，那清扬幽润、苍凉孤寂的旋律直抵人心，再次惹翻他千丝万缕的不甘与不舍。呜咽的琵琶、弥散的烟雨、缥缈的红尘，将这明月流连的夜铺垫得如泣如诉，恍惚间，所有的梦都在这曼妙的景致中变得淡若轻痕，而那些闪烁如粼的记忆，却又于瞬息之间一一撞入他的心扉，一回眸，便激起千万里黄沙漫漫，只看到旧时的飞雁展翅在飞渡的流云上，却找不见她当初的温婉与明媚，即使费尽心思，也只是抓了一把离别时的清寒照进了她萧瑟凄楚的眼神里。

一个人，一支笔，一笺纸，一盏灯，一座城。雕花的轩窗下，听缥缈的弦音在尘埃里摇落一个人的相思，他独坐于静夜的角落，看朔风在眼前悠然淡去，而那些幽幽暗暗的忧伤里，却落满了盈然若雨的飘红。一切，终如尘埃落定，回首间，一汪来自千里之外的烟波，正揉落点点滴滴思绪的碎片，与琉璃白的月色一起，瞬间涨满他的心池。小窗，明月，夜，是他心底永恒的温柔，而她便是那拂面的轻风，起于青萍之末，总能给他无可救药的思念捎去一缕清凉，哪怕这清凉从来都是用更深更痛的煎熬换取来的。她早已消逝在他的世界之外，可他的念想依然随着那即将远逝的秋在心底叠涌如澜，每一起心动念，便惹他痛不欲生，但尽管如此，他还是不肯含着微笑把她忘记，为她，他宁可陷身刀山火海也不肯退缩半步，又哪惧世事浮沉、心痛欲裂？

岁月蹉跎，时光飞逝，那些相依相伴一起走过的过往，一如秋光，来得美，却也走得飞快，即使偶尔想起记忆中的甜美，也是无法用心把玩和细细咀嚼的。究竟，谁是谁生命里的过客和点缀，谁又是谁生命里的风景和伴侣，却是无从说起，无法预料，哪怕是三生石上无字天书的注定也没有做过任何的交代。这一年的这个秋天里，秋光依然烂漫，依然温暖，只是回忆有些支离破碎，但每每想起却又如同一杯浓茶般充满质感，所以尽管心痛心酸，他还是一而再、再而三地沉溺于对往事的追忆中，不肯罢休。

现实总是平淡无奇，却如空气般无法抽身，而未来却又不敢想象，更不可期待，于是，回忆便成了他每天必做的功课。或许，缘分的起落，便是一朵花与一只蝶的轮回，可为什么，她转身离去后却一直没有回来，莫非是注定的时间还没到来吗？他可以等的，冗长的寂寞中，他已经等了很久很久，莫非还怕自己等不下去吗？既然是天注定的缘分，等再久也没有关系，可若是上天本未曾许下他们重逢或是团聚的缘，他又该到哪里去讨要一个能够让他信服的说法？

岁月的风，缓缓地、长长地吹过他驻足的深院，秋季的芳菲是绕指的晴柔，在微雨初晴的温润里暗潜入心，只教他相思成愁。早已习惯于香薰的灯下，聆听她柔情似水的心语，亦早已习惯于每一个无人知晓的角落，将她的名字涂满他含笑的双眸，为什么，偏偏是一个转身，就带走了所有的快乐与欢喜，只能任由他在回忆中努力挣扎着追寻那些只属于她的味道与微笑？他知道，他的每一次想念，都浸润着她的心跳和呼吸，而这一段倾心的梦醉，更恰如蝶翼般美丽的向往，暗合宿命的索引，将痴痴的伫望和等待，在心间一一根植成篱，却遗憾，重逢的惊喜，依然还是他眼底望不穿看不透的苍白与荒芜，而与她再度执手，更是他不敢奢望的遥不可及的梦。

月，圆了。这满窗的明月，其实是懂他的，即便他涨潮的思绪开启不了记忆的闸门，即便他冥想着她指尖的温柔却再也无法触摸，亦能让他被这安静而纤细的流光拥个满怀，没有悲喜，也不再有过多的忧郁与愁闷。而这一切都因为他知道，她一直都在，从来都没有走远，一直都住在他的心尖。只是，云水那端的她，能否感知他这份沉沉的牵盼，正如墙角疯长的藤萝，早已攀上了她半掩的窗台？

再回首，一室清雅，满窗静幽。窗外，灰蓝的天幕、默立的远山、疏淡的星子、阑珊的灯火、斑驳的树影、清芬的菊花、微漾的绿漪，以及盈然若语的净月，都在这沉寂且微凉的夜色里逐渐淡去。倏忽之间，红尘已深，一颗颗调皮的石子，随着手臂的上扬，划着美丽的弧线，跃过湖心，蜻蜓点水般，在他眼中留下美好的瞬间。只是，也就只是一瞬间，湖面又恢复了往常的宁静，何曾留下过丝毫痕迹？爱情亦然，过去了便过去了，这滚滚的红尘里，再执着，再坚持，到最后能够被自己紧握在手的恐怕也只有弥漫了一整个天地的空虚与空洞吧！

俱往矣！岁月的雕刀总是不着痕迹地镌刻着世间的瑰丽与传奇，然而璀璨过后，一切的喧嚣与浮华便又都要归于彻底的安宁与平静，即便再心有不甘，也无法改变这古老而又悠久的自然定律。想来这世上所有的一切，终抵不过一场宿命的烟火，亦无法与似水流年做一次有力的抗衡。可他依然笃定地坚信，她是他半世修来的余生，未妨惆怅，亦能千里相随。只是远走天涯的她如何舍得让他一个人沉陷在昨日的章节里顾影自怜，又如何忍心让他一个人焦灼忧虑，无声无息地枯守在这伤城冷院中独自彷徨？

到底，要怎么做，才能追随她的脚步，天涯海角永相随？到底，要怎么做，才能在转身看不到她的时候，不再泪流满面？或许，她的温柔和隐忍已被他的无情和冷漠一点点消弭殆尽，所以才绝情如许，不留给他任何讯息。可是，娶青萍为妻本非他愿，那些年，他一直都在等，却是她将他决绝地拒之门外，不留任何余地，究竟，这一切的一切是她对他的报复，还是……

不！湘灵绝不是那种狭隘的女人！她是为了他好，她所做的一切，她所忍受的痛苦，都是为了成全他，成全他的幸福婚姻，成全他的锦绣前程。可她知不知道，他要的并不是这些，他要的只是和她相依相偎一生一世，哪怕受尽世人冷落的目光、受尽亲族的唾弃，他也早已做好了面对的准备？而她，最终还是走了，永远、彻底地走出了他的世界，却留给他一地的花谢凋零，还有一面铸满相思的青铜镜。

青铜镜？他怎么把这茬儿给忘了？已经有多久没看到那面青铜镜了？一个月？两个月？半年，还是一年？他紧蹙着眉头轻轻摇着头，立即踱到衣柜前，迅速从衣服堆里掏出一个古色古香的匣子来。还在，那镜子还在！抱着镜匣，他快步走到窗下，将匣子小心翼翼地放在案上，伸手拭去上面的灰尘，早已潸然泪下。

那是湘灵留给他的，可他居然差点把它忘了！轻轻地，打开镜匣，一面染了铜绿的镜子立即闪入眼帘，带着湘灵的气息，和着他的泪水，瞬间温暖了目光所及的所有角落。乐昌公主和徐德言分别经年尚能破镜重圆，而今，他手里紧紧攥着的是一面完整的青铜镜，却无法与湘灵团聚，内心的伤感油然而生，一触即溃。

恍惚里，前世今生的声色光影，在眼前交互错杂，缤纷闪耀，他从镜子里看到一座五彩斑斓的花园，听到似天籁般的弦音随风缓缓飘荡于百花园中，轻轻划过他柔软的心田，渐渐漫起微微的波纹……彼时，长河落日圆，高山流水，琴瑟相合，繁花似锦，百鸟争鸣，她不由分说，拉起他的手便让他坐在身畔的石上与之交谈，话题也渐渐从眼前的风景过渡到他们本身，又由现在漫延至过去与未来，而他侃侃而出的只言片语早已让她喜笑颜开，笑语如珠。

是你吗，湘灵？你可知，我是踏着前世的脚步涉水而来，只为今生能够与你相遇，许你一座温暖的城池，让此生永远都不离不弃？你可知，我是尘埃里的一朵昙花，在黑暗的夜晚独自绽放，只为等待你回眸一笑，还你瞬间永恒？你可知，我站在世界的尽头，等待一场宿命的轮回，仅仅只是为了给你写一首爱的情诗？是的，为你写诗，心细如发、温润谦和的你，又怎会不知道我又想铺开纸笺，为你写一首无人能和的情诗？

镜子在手中轻轻地挪移，眨眼之间，他又看到了一个沉甸甸的秋天。那是一眼望不到边际的原野，金黄色的麦浪，忽左忽右，忽东忽西，突地便让他感觉到一种收获的惊喜。然而，什么时候，他才能像农人们那样，也可以把希望播撒在芬芳的泥土里，待麦子成熟后，再与她携手在田野里忙碌、撒欢？其实，爱情就像播种，春天里，他欢喜着把爱情的种子撒在他和她的心里，为什么兜兜转转后到了秋天，他却无法收获哪怕是一点一滴的欢喜与明媚？是他扼杀了爱情的成果吗？如若不是，又怎么解释他在她眼里看到的希望，渐渐由奢望变成了最后无可挽回的绝望？

甩开心的桎梏，摆脱掉千篇一律的困惑，他在麦浪中恣意地奔跑，仿若在追逐着什么，可又显得有些盲目与茫然。他是在追逐湘灵吗？此时此刻，起伏的麦浪中，他是不是看到了自己正牵着她的手走在无边的空阔里，享受着那些收获的喜悦？是的，他看到了，所以他坚定地穿梭在希望中不停地收集着欢喜与微笑，再也不愿看到废弃的荒芜出现在这个世界。

她来了，小河静了，他也跟着静了；她来了，金黄色的麦浪消去了，他变得更加沉静，而这一切只因为他知道，逝去的爱情又回来了。放眼望去，阳光明媚，碧波轻漾，此生有她，何惧冷暖浮沉？这一次，他说什么也不会再让她走出他的世界了！于是，他醉了，他笑了，在她一丝丝倦怠和无奈的眼神中，为她素墨画心，左撇右捺，便在素笺上写下一首铸满相思的《感镜》：

美人与我别，留镜在匣中。
自从花颜去，秋水无芙蓉。
经年不开匣，红埃覆青铜。
今朝一拂拭，自照憔悴容。
照罢重惆怅，背有双盘龙。

——白居易《感镜》

“美人与我别，留镜在匣中。”曾经，别离的刹那，青春年少的她手持一面光洁如新的青铜镜，轻轻放入匣中，深情款款地递到他温暖的指间，脉脉含羞，欲言又止。那一夜，他便把她的轮廓深深地刻在心里，把她的柔情印在最心爱的纸笺上，从此，无论风雨阴晴，无论时光如何转换，都会任它永恒在山高水长的明媚里。

“自从花颜去，秋水无芙蓉。”她走后，秋水里的芙蓉也失去了往昔娇嫩的容颜，每一个雨天都成了他想念的季节，每一次想念都是他幸福泪花泛滥的时刻。站在风口浪尖，一遍一遍地想她，任相思之泪化成天空之雨，瞬间铺满整个世界，他的心一次又一次地为她狂呼，为她悸动。如若，她看见雨水连夜缠绵、无休无止，那必定是他想她时落下的泪滴，它正以骄傲的姿势告诉她，他想她了。

“经年不开匣，红埃覆青铜。”装着青铜镜的匣子已是经年未开，镜面上已经覆了一层铜锈，令他触目惊心。难道真的早已将它忘却？不，他轻轻摇着头，这可是湘灵赠他的信物，即便夏雨雪、冬雷震震，他也无法忘记它的存在。是的，他只是刻意忽视它的存在，因为每次捧它入怀，便是刻骨的伤痛，可他还是没能克制住看它的欲望，只能痛并笑着，轻轻走进她的梦境，撩起回忆，将她昔年的温润笑靥望了又望。

“今朝一拂拭，自照憔悴容。”轻轻擦拭着锈迹斑斑的镜面，他哀叹着把那憔悴的面容照了又照。镜子里，风轻云淡，碧空无瑕，一眼望过去，仿佛永远看不到转角，茫然的前方，却有她在水中央，望着他浅浅淡淡地笑，连呼吸都可以听到幸福的旋律。踩着秋的凉意，他对天空露出淡淡的微笑，其实一切都不重要的，只要她还在他的身边，他就可以当什么都没发生过，不是吗？然而她到底明不明白，她的幸福是他今生永恒的信仰，哪怕心如止水、波澜不惊，哪怕再也不会去爱，他也要守护她一生的安然？

窗外的风缓缓吹过秋季的天空，在眼底交映出一道温婉明媚的色彩，而爱的紫陌红尘上，他正固守在人生的渡口搭起一座思念的城堡，紧连着长安与她的去处，虽然没有温暖的阳光洒落，却有心灵的温度一直在守候。湘灵啊湘灵，如果有一天，你累了，只要回头，就可以看见我一直守在你的身后等着你回来，看见我始终都流连在这里续写你我的童话，如若你不再怨了，不再恨了，那就赶紧回归到有我的世界来吧！

“照罢重惆怅，背有双盘龙。”放下镜子，才发现一切的经历都是虚幻，而他眼里看到的景象又哪里有半分湘灵温柔缱绻的身影？心底，终是溢满惆怅的情绪，不能自拔。再回首，山的彼岸依然是山，路的尽头依然是路，而她的天涯海角却是他没有尽头的思念，在寂寞的风中长长地延续着，在感伤的天空落下缤纷的色彩，点缀着他绚烂而又破碎的忧伤。

轻轻转动镜面，又看到镜背的双盘龙纹。双盘龙？那可是一对相亲相爱的龙族夫妻啊！原本他们也可以做一对幸福快乐直到永远的夫妻的，可是……想着她，念着她，所有温暖的、感动的、贴心的记忆，都在这寒冷的夜里，再次填满他薄凉的心。湘灵啊湘灵，如果记忆只能用来回忆，回忆只能用来怀念，那么，可不可以允许我用一生的时间来缅怀你给的倾城温暖？如果时光已经走到世界的尽头，依然没有你的身影，那么，可不可以允许我用最后的生命来维持这份痴情的延续，继续在锦年之外、在天涯的路口，等待与你携手到老？

Tips：

这首《感镜》的创作时间应与上首《夜雨》处于同一时段，即元和六年（811 年）至元和九年间，亦是因思慕远方的湘灵而作。白居易揽镜思人，情感真挚动人，再次强烈地表达了他与湘灵之间那段刻骨铭心的爱情是如何的令他终生难忘、欲罢不能。

第六卷

断肠人：就中肠断是秋天

相遇是缘，相思渐缠，相见却难，冥冥中这一场倾心的爱恋，终注定要沦为旷世绝美的风花雪月，轻含烟雨情何限，不道春来晚，便只为一场沉醉又何妨？怕只怕，酒醒时候人断肠，无言独上西楼，月如钩，寂寞梧桐深院锁清秋，剪不断，理还乱，是离愁，别是一般滋味在心头。

第二十一章 昼卧

抱枕无言语，空房独悄然。

谁知尽日卧，非病亦非眠。

——白居易《昼卧》

骤开西窗，细碎斑驳的阳光如流水般淌了进来，不动声色，一寸寸挪移着，刹那间，时光便好似陷入亘古的澄净清冽中，竟有了些许微醺的慵懒和温柔。面容憔悴的他偎着雕花的窗棂，只伸手在落满光影的花笺上轻轻地摩挲，再不肯向前一步。

于是，就看到那个婉约柔媚的女子，眉眼传情，顾盼生辉，捧一盏思念浸润开的花雕，遥对着符离的三月，一点点打捞起缱绻苍凉的回忆。阳光不语，只在她微微蹙起的眉心安静地倾听，似片片洁白的飞羽，将她平和淡定的微笑晕染得光彩夺目却又纤尘不现。而他，刹那之间，就被这精致婉约且略带诗意的静默击中，只待一声浅淡的叹息，在云端跌破若水的情思，把心底隽永柔婉的时光，永远都定格在这一瞬间。

自那年与惊若天人的她不期而遇，到相识相知不分彼此，再到后来听她在水湄轻唱一支情意绵绵又空灵柔软的曲调，心底对她竟有了莫名的牵念和疼惜。那个叫作湘灵的女子，第一眼给他的印象便是安然恬静的，浪漫细腻的情思更如行云流水一般，仿佛随手一掐，就是一汪倾城的温柔。

这样的女子，无论风雨阴晴，总是幽静柔美的。柔就柔到了骨子里，美则美到极致。所以初初相遇，便义无反顾地深陷于她圆润的歌喉无法自拔，而一切都只为贪恋那一缕淡淡忧郁的气息，还有那一份缱绻若水的婉约风情。所有的故事，早在相遇之时便已清晰，只要有爱，他便不会逃离她的忧郁，而她，在为他奏响心曲的时候，亦早已沦陷在他用文字构建的繁华里，哪怕明知虚无，亦无法转身。

湘灵，这女子连名字都带着传奇和美丽。不是水仙，就一定是青莲，是那极鲜润极清寂的一朵水生花，又仿佛是一幅淡到极致的水墨画。那么清灵幽静，那么素淡高雅，既有凌波微步的飘逸，又有美得令人心惊的姿容，只要想起，满心都是柔柔暖暖的欢喜。那么干干净净的水，那么干干净净的花，让人不由自主就联想到一场干干净净的古典爱情，而那日的眼前，自然便有一种我见犹怜的婉约和书盈锦袖的悠然了。

从来花事浪漫，只向人前开三分，为爱痴狂、为爱沉溺的湘灵却不知道凡事都要留一手的道理，愣是把俗世的爱情和烟火味一并揉落，不留丝毫的余地，就那样浅铺深描在了她用心编织的光阴里。那些隽永的情意，那些不倦的眷恋，就像一纸泛黄的书笺，总是蛰伏在季节深处的轮回里，任淡淡的感伤在记忆中悄悄流转开来，在一把叫作岁月的雕刀上痴缠纠绕，片刻不得安闲，而她从未心生悔意，也不曾想过要为自己保留些什么。

浓香馥郁的花雕在她手边散发着特有的芬芳，沾惹了怀旧气韵的时光在他眼里蹉跎着烟雨红尘。恍惚里，常常见她一人就着幽暗的月光，怀抱琵琶，坐在斑驳的青石阶上，于忧伤的苔影里唱响一曲情深不悔的《长相思》。长相思啊长相思，琵琶旧了的弦在她纤弱的指间奏出古老的相思曲调，像一架永远纺不完纱的纺车，伴着她幽怨的唱腔，在寂寂里絮叨着流年的远长；又像一支柔软而坚硬的瘦笔，倏忽拉长了黑夜，拉醉了相思，最终便将那些平平仄仄的韵律拉成了一阕墨写的忧伤。

白天或是黑夜，雪雨或是冰霜，即便她不做一低头的娇羞，仍然会有一声低低的轻叹从琵琶弦里传来，任眉眼染上初起的枫露，一不小心便弄疼了一曲缠绵悱恻的《孔雀东南飞》。那时候的湘灵，彷徨复彷徨，却不知道该如何收拾这突如其来的心伤，只能在寂寞中偎着雕花轩窗，握着一瓣寒梅的瘦骨，顺着安静的秋光，淡看微雨燕飞，将那些若有若无的清愁通通刻成古乐府上的一枚风月宝鉴，任一袭月凉的华衣渐渐氤氲，只余阑珊的灯火伴她一起，等候他柳枝敲窗的声音再度响起。

那一年，那一月，那一夜，他便是这样执着地守着一份真爱，悄无声息地隐匿在她花开几度的窗前，只等回眸的刹那，所有的青葱和美好饱蘸淡彩，凝眉一念，就有魂牵梦萦的暗香落满他桃红的心扉。而今，她远去的身影，未曾明媚他如花的心事，也未曾冶艳他的目光，一颔首，却换得一把沾满愁绪、滴满清泪的瑶琴，任他望断天涯，终是弹不出一曲爱的清音，而帐外红烛映照的，亦依旧是他满枕相思生微寒的寂寞。

相思无度，前尘往事又在他潮起的泪光中缓缓漫过潮湿的心尖，任他满裹着一身的惆怅，在困惑中飘摇。忆往昔，春花烂漫的季节，她在他眼前披一袭轻纱，悠然舞一曲《霓裳》，衣袂飘飘，宛若踏波而上的江妃，盛情绽放在姹紫嫣红开遍的青葱里，缥缈而又袅娜。林木葱翠的花荫下，她望着他浅笑盈盈，那依依的眷恋、缱绻的情话，迅速醉入心间，漾起一圈一圈的涟漪，是他和她心灵交汇的波纹。过往的承诺，从不曾忘，也不敢忘。总是别上一朵思念的花，站在倾城的日光下，拈一指花团锦簇的梦，将她悄然等待。可惜再怎么为之付出一颗真心，也等不来她为他绣下双蝶翩跹的锦帛，只能任由他孤单着把满腹的伤心，一而再、再而三地泼墨在那些泛黄的纸笺上。

倚窗静坐，叹庭院深深，总是深到望不到边际，望不到她回归的身影。浮光掠影间，悠然地转身，才惊觉，一切的一切，早已是繁华落尽，偌大的空间只留下他一双模糊的泪眼，依旧在风中怅惘这大好的年华就这样被搁浅在了深不可测的悲伤中，再也渡不至她蝶舞翩跹的彼岸。凝眸，眼前的世界变得荒芜而苍白，悲凉又凄楚，却是花非花、雾非雾，连梦也变得更加恍惚不真实。湘灵啊湘灵，彼岸遥遥，你可否听得到，孤寂的西窗下，深情不悔的我依然为你怅立风中，独操一根清弦，把那不灭的相思唱了又唱？又可否看得到，烟波浩瀚的曲江畔，有一双泪眼正吻着千杯不醉的酒意为你痛断肝肠？

回望她在春天的尾部踏碎寂寥落红的那一笑，他终是躲不过庄周梦蝶的情缘，一任凝思滑落心头，萦绕不退，于是，那些刚刚被隐匿的伤又在他的眼角眉梢不停地张扬开来，只一瞬，便打了他个措手不及。看窗外落英缤纷，想起那个立尽斜阳的夕照里，她曾用温柔挽起一把荷香，欢喜无限地用琵琶的音律拓下一叶秋波的清净无为，然而回头再看，当日的那份恬静温婉，却早已酿成了他心底永远都无法割去的破碎。一回眸，落入眼帘的唯有秋风秋雨愁煞人的伤愁与悲苦，还有他自己来不及退避的残影。

或许，在她心里，一直都有一个碧水兰舟入画舫的江南。那里，有黛青如洗的檐瓦，有岁月斑驳映照的月明楼，有被浅蓝色烟雨湮灭的尺素，有油纸伞下纤细柔弱的美艳，还有一道飘飘洒洒溶入水乡的誓言，可是，那梦里可曾有过他翩翩的身影，在她窗前欢喜明媚地走过？

岁月的笔锋力透轮回，每一个沉溺在红尘的生命都无法躲开天的注定，所以只能俯首称臣，心甘情愿地接受命运的安排。然而，不接受又能如何？反抗吗？挣扎吗？这些他不是没有试过，可到最后不都以失败的结果告终了吗？还能怎样，继续抵抗下去，继续跌得鼻青脸肿也不肯罢手？难道他还没明白，这就是他的命，是他和湘灵的命，即便他挣扎得头破血流、粉身碎骨，如果老天一开始就注定了他们的有缘无分，那么为之进行再多的抵抗也都是无济于事的。是啊，这是他们的命，彼岸花开，世俗男女终究渡不过红尘云烟，他又何必纠结，何必伤感。莫非，真要他赤手空拳地与命运抗争到底，去争取那永远都不可能实现的愿望？

不，梦想还没有实现，不是因为上天的注定，而是他努力得还不够。如果他肯继续努力，那么注定不注定又算得了什么？然而，再多的勇气也敌不过残酷的现实，再多的挣扎也只是颓废了他的希望，绾三千相思青丝，在花间穿行，流年依旧倒退着在眼底走远，这浮生滚滚，依然是他一个人的情非得已。再回首，半窗清梦已惘然，那个沉静温婉的女子，早已在逝去的韶华里学会了坚强和勇敢，只要心灵还是澄净的，只要有一枚红豆曾根植在相思的渡口，只要黎明时分还有一缕凉风能将满腹缱绻的絮语揽入幽梦，那么，所有的等待，都会镌刻进每一个与他刹那交汇的眼神中。可是，她究竟守在哪一处的风景里远远眺望着他的清梦，为什么每一个凝神的注目里都只是她那缕缥缈虚幻的影，却未曾让他拥抱她真实的温暖？

抬头，问苍穹大地，今朝，可否为他，觅一叶兰舟，直抵有她的天涯彼岸？寻寻觅觅，觅觅寻寻，而最终，得到的却仍是无言的回复，于是，唯有和衣昼卧，在似梦非梦的情境里继续将她缅怀。虽然她已远去，但他仍然坚信，那个眉眼纯净的女子，即便陷身在最深的尘埃里，也能开出花一样的温柔妩媚。就像她说竹子是草最高的梦想，青春的疼痛只有心知道一样，再深的孤独和忧伤，她都能采一枚明月洗涤干净，在寂寞的扉页上独自起舞。然后安静地隐逸在轻灵温润的歌喉里，细心烹煮琴弦的诗意，以微笑遥望，那一朵静若青莲的心语。然而，固守在伤城这端的他，终究也能像她那样，默默无言，当月满西楼之际，只把难言的惆怅、最美的风景，都梳理成岁月的沧桑，绾下一段婉转缠绵的心事，不再悲哀吗？

不，他做不到。枕着她的容颜入睡，他卧了又起，起了又卧，觅不到片刻的安宁。一叶绿意从青萍的七弦琴上波澜不惊地掠过，片片枫红已将绕指的柔情悉数镂空，只待一场青花烟雨来将他指尖的微凉剪破。

此时此刻，心若冰凝，双泪微垂，在她缘定三生的眉目相映里，季节的相思已然崩落一地，而他也早已醉倒在了无痕的悲伤里。

问世间，情为何物？却都是，花非花，雾非雾！陌上飞花，是谁的衣袂飞扬，在姹紫嫣红的芳菲里灼痛了谁的纤柔芳心？琉璃波影里，是谁在残阳之下浅吟低唱，任一袭孤单的身影，在紫陌红尘间悠然寻找着那一季的萦香，还有那一幅画卷里的盈盈笑意？风，轻轻吹过他斑白的鬓发，素色的长袍掀起往昔的忆念，不曾想，一份情缘，一段依恋，终耗尽她如花的年华，在他记忆的时光流转中，淡成了一抹幽幽的清风。

一念一回眸间，群芳已谢尽，纵是青丝飘扬、风光旖旎，寂寂里，谁又能与他共赏？此时此刻，他唯一能做的，便是空对黄昏，任泪眼蒙眬，伴着八月桂花香，坐在怀旧的时光里，继续为她写一首相思情话：

抱枕无言语，空房独悄然。

谁知尽日卧，非病亦非眠。

——白居易《昼卧》

“抱枕无言语，空房独悄然。”清风徐徐，黄昏里，一轮夕照，换得他满目金辉，却不知是谁把牵挂悄悄系于窗外枝上的繁花，依旧在盛开的思念里默默地追忆她淡妆浓抹总相宜的旖旎风情。小轩窗，红缦后，又是谁抚琴的身影在他眼前来去纷飞，只任那凄怨婉转、缠绵悱恻的曲调，轻轻柔柔地潜入他的心间，恍惚间，便已惹他心念千千？

抱枕昼卧，无语眺望着水云深处的天涯海角，他眉头微蹙，任由那些意味深长的叹息在深不见底的不舍中将往事翻阅了数遍，然后，以深情的眸光，与她隔着山高水长的距离遥遥相望，在万丈红尘里重复着一次又一次的柳暗花明。轻轻，抹去印在岁月里或明或暗的痕迹，想要在一份空明里找寻失去已久的清欢，冷不防，一缕凄婉的琴声，顿然惊扰了一帘幽梦，一声一声，如泣如诉，把一怀的心事，通通化作绕在眉间的结，伴着古乐府的一阕忧伤，徐徐而来，转瞬间，秋便在他眼里更加深了。

想着她，念着她，寂寞空房独悄然，整座长安城亦于不知不觉中陷入长久的凝思,以黯然的忧伤触及他心底最柔软的地方。遥望情路悠长，只此一去，是福，是祸，还是缘尽，谁也无从知晓，更无法打探。眉头依旧锁着深秋的冷风，看似轻盈，然而每一次蹙起，又都凝聚着挥之不去的伤感，有种撕心裂肺的痛始终沉溺在寂寞中无语轮回。相思早已成灾，爱的潮水轻轻掠过发梢，记忆的碎片犹如排山倒海般汹涌侵袭而来，又一次在最不经意的时候击穿他眼角的泪腺,只让他痛不欲生。再回首，那些流年似水里的如花美眷，或转身，或消逝无踪，而他这满怀的深情与希望终是抵不过昔日里的朝朝暮暮，只能在亘古的孤寂中随风摇摆，怎么也找不见该去的方向。

“谁知尽日卧，非病亦非眠。”握一把夕照，随着熟悉的旋律，静卧停留在里弄深处，跟着节拍，试图追寻关于她遗失已久的点滴温存，而后将之珍藏若宝，却于天水相接的时候，恍然间发现，掌心摊开的不止是凌乱的掌纹，更是一段空城绝唱的开始。然而，故事的后面，他能看到的只有背影，只有转身，只有离去——也只有离开，再无其他。

历经折折叠叠的失而复得，此刻的心与情，再也无法平静。痴痴遥望，黄昏里最后一抹旖旎风情，醉意阑珊地聆听那阕夕阳谱写的天籁之音，却不知她凝香的芳魂，将飞落谁的肩头。万事万物，在他眼前不停地变幻，既然人生的脚步无法停歇，那么就勇敢地走下去，尽管不知道沿途还会有怎样的风景在前方等着他!

是的，他会一如既往地走下去的，去追寻有她的芬梦，有她的世界。可是，此去经年后的她，真能明白他的一片痴心吗？尽日昼卧，非病非眠，只是为了想她，所以才任由衣不解带的心事于眉间肆意飞扬，在黄昏的枝头，在梦的尽头，延续那场念念不忘的笙歌梦，要共她看晴朗的天、流动的云、如丝的碧草、娇艳欲滴的玫瑰，然后，拥着回忆，织字为梦，一起静候那一片归隐了的春天。

Tips：

《昼卧》诗的具体创作年份不可考，但应该在元和八年（813年）至元和九年之间。其时，白居易母服已除，却因朝廷内部发生的各种政治斗争遭到打击，而迟迟未获援引还朝为官。这首诗既表达了白居易对初恋情人湘灵的思念，亦表现了一种不可名状的被遗忘、被弃置的失落感。

第二十二章 暮立

黄昏独立佛堂前，满地槐花满树蝉。

大抵四时心总苦，就中肠断是秋天。

——白居易《暮立》

风，在无边的秋意中，摇曳、飞舞，发出来自远古的声音，深邃、冗长，带着无边的空灵，如同，曾经寂寞的、穿透他生命的每一条脉络。

燃烧的岁月，已成灰烬，缓缓湮灭在纷繁红尘之中，在清醒与沉醉的边缘，倾听蓝天白云迷离缱绻的低语，于是，有沉沉的痛楚，正漫过岁月，漫过红尘，漫过他和她忧伤的眼眸，直沁他的心扉。然而，此刻，为母服丧的他却又能与谁共享一份柔情，在长安城的微雨中沉醉不愿归来？

黄昏的半边，是她无言的温柔，紧紧将深秋的气息凝结，一回眸，便是他眼底兜兜转转的伤。此去经年，芳菲散去，物是人非，满城的繁华落尽，曾经的姹紫嫣红瞬间婆娑成影，只待在他心底永远地空去。一杯清酒，换两行浊泪；三千情缘，换一世飘零。她走了，风吹走了缠绵，雨带走了欢喜，人生的路上，从此，少了一份真实，多了一种牵挂，而时光遗留下来的，除了心痛还有一份痛并快乐着的美好。

他不知道，许多年之后，她会不会携着一缕明月光欢喜着回归他的有情世界，但他知道，只要心中还有爱，他依然会手捧一丛菊花，于伴风的傍晚，与梦中的她再度良宵，在四目相对的眸光里划下最真最深的感动。凝眸，浮云漫天，绕指而过的年华，于颤抖的笔尖下无力地划过，刹那之间便在岁月的脉络里刻下深浅不一的离殇，模糊而又清晰，仿佛她眼角淌过的泪滴，永远是他触摸不到的真实。

风雨过后的黄昏，是如此的寂寥，如此的深沉，如此的空旷，如此的静谧，没有夕阳，没有晚霞，更没有彩虹，一切都如止水般恬淡安然。然而，空气中弥漫的并不是花香的芬芳，也不是落叶的哀婉，而是她的似水柔情，正幽怨翩跹地在他身边辗转徘徊了千百次。

与她的相遇恰似一场烟火的绽放，最美丽的片段往往也是最短暂的，于是，在彼此擦肩而过的错失后，留给对方的便只剩下昔日里的种种温存。尔今，他多想用温暖的笔触描绘笑靥如花的她，多想用彩色的花笺定格永恒的爱，多想用整颗心换取她微笑的幸福。然而，他们之间不仅隔着天涯海角的距离，隔着千万里山高水长的路程，更隔着无法跨越的界线，所以，注定终还是要错过一生。但，他们的心却依然近在咫尺，没有丝毫的距离，于是，在这一刻，尽管已强逼着自己必须要咬着牙忍耐下去，不要轻易流露自己的情感，可止不住的泪水依然掩饰不住奔腾而下的思念，它们正裹挟着千军万马的涛声疯狂席卷奔来。

曾经的曾经，他是她的幸福守护者，誓要为她践守天长地久的诺言；而如今的如今，他只是与她擦肩而过的陌路过客，再也无法参与到她生命里任何美丽的段落。昨日的种种，他已不记得有多少情还可以拿去交换，只知道这岁月变迁的流年里，他们彼此错失的东西已经太多太多，即便她肯转身回来，他又该如何才能温暖她那颗冰了的心?

她在的时候，他追逐；她不在的时候，他等待；她驻足的时候，他转身；她离开的时候，他绝望。而今，她把自己隐匿在天涯海角背后，当一声声断肠的呼唤一次又一次地被山水无情地吞噬后，终换得他满心凄凉疲惫，再不愿涉足红尘，更不愿沾惹任何的眷恋，但还是会无可救药地想她，不断在风雨中接受着相思的锤炼与各种情非得已的煎熬。

想念的季节，泪影早已熬成一纸婆娑，窗外的风花雪月再美，也不再是他眼中期盼的风景，而他亦早已习惯了一个人孤孤单单地走，一个人孤孤单单地唱，习惯了同样孤孤单单的身影始终孤孤单单地伴着他度过无数个或喧嚣或落寞的日日夜夜。她不在他身边，他对什么都无动于衷，仿佛这偌大的世界只剩下他一个人，也只装得下他一个人，再多的绚烂，再多的精彩，都不再与他相关。哪怕漫山遍野都是花开的妩媚，在他看来亦不过只是一抹喧哗嘈杂的色彩罢了。于是，总是不由自主地守在自己的心情里念着自己的心语，旁若无人地活，把所有的缤纷与烂漫都过成了苍白与荒芜。

是的，他不想再与这个世界发生任何的瓜葛，也不愿再为任何人浪费他曾经炙热过的情感，即便对心中念念不忘的她，亦总是保持着若即若离的距离，就怕一旦落入相思的深渊，便是他万劫不复的灾难。然而，依然会为那句“生为你的人，死为你的鬼”的誓言，瞬间便毫无招架之力地打翻他心底的五味瓶，任复燃的思念在整个天地间熊熊燃起，最终燃成他一个人的炼狱，燃成他一个人的天荒地老。但也仅仅是在刹那之间后，一回头，时间便淹灭了所有念想，他再一次回到了那个只属于他一个人的孤孤单单的世界里。

曾经，因为与她同守一份承诺，在流年的光阴里穿梭，从来都不曾觉得过寂寞,也未曾感到过丝毫的疲惫。如果说爱情是源源不断的小溪，缘分则是偶尔投到溪水中荡起阵阵涟漪的石子；如果说爱情是一道美丽的风景，缘分则是偶尔光顾的浪迹四方的旅人，有缘人自会发现，无缘者任他寻情千百度也会错过。起初的起初，他以为相爱很简单，所以总是让她很受伤。有一天她终于选择了放手，选择了转身，那一刻他才知道她对他有多重要，也才明白失去了她，爱情再美也是枉然，而他紧握在手的也只是一纸空洞的虚幻。

多想可以再次拥她入怀，轻轻撩开她柔软的秀发，在她耳边，诉说不尽的情话，吐露无限的相思，可而今他却再也无法做到，甚至连想一想都是荒唐的罪过。也许到了最后，他和她，终是有缘无分，可他却不知道，这一生，到底该是去感激上苍让他们彼此相识，还是怨恨苍天让他们怅然相离。或许爱情便是这样，酸甜苦辣、悲欢离合，尽在其中，一个“缘”字更是每段刻骨铭心的爱情之所以无法白头到老的终极解释，但也是最完美的借口。其实他不信缘的，那只不过是佛经强行灌输给世人的概念，又怎么算得了数，当得了真？

什么“缘”字？原来一切的一切都只是自欺欺人！大千世界，人来人往，遇见与错过一直在不停地上演，有谁能承诺天长地久的陪伴，又有谁能兑现不离不弃的初衷？

细碎的残阳，缓缓穿过指缝，阴影层层叠叠而起，终在他眼底堆砌成一个空洞、黑暗、微凉的城堡。很久之前，那个城堡他住进去以后便再没有出来过，起初的时候里面的世界很美，耀眼的光线仿佛一道绚丽的彩虹，总是轻轻划过眼前，倏忽便照亮整座空城，惊艳他无数的期待与盼望。然而他也知道，她不在，一切都是虚幻，都是空中楼阁，都是他在痛苦里想象出来的繁华绮丽，一转身，便只剩下深深的空洞与无底的黑暗，想再出来却是难上加难。

走在路上，他带着满身满心的伤痕，跨越过重重阻碍，朝着阳光洒落的方向奔跑，薄凉的时光在眼前悠悠晃过，却怎么也追不上她遗落的温婉与明媚。花开花谢，四季在滚滚红尘里轮回周转着时间的轨道，却转动不了他的心思，无论身在何处，那缕深情不悔的想念总会让他周身的肌肤都透着隐隐的疼痛，更无时无刻地不在撕扯着他那颗早已不堪一击的破碎的心。回眸，城堡外的岁月依然静好，菊花依然芬芳，只是那满园的落英缤纷里，金黄色的天际下却再也看不到伊人回归的踪迹。

日盼夜盼，早望晚望，恨不能穿过数十座城池，与她相约在黄昏的墙角下，携手共醉良辰，静看这落日余晖的灿烂。那山，那水，那丛林啊，又怎知他心急如波涛，阵阵狂潮，正在内心的孤城里无休无止地翻腾不尽？时光荏苒，光阴似水，这一季，她依然不在，谁来救赎他的倾城爱恋，谁来呼唤他的至爱之人，谁来温暖他的荒凉空城，谁又来见证他的痴情守望？

水流花逝，指尖微凉，承诺仍在水云间缥缈氤氲，回头看，曾经的一切，什么都不曾走远，而她绝望的眼神最是无辜。听清风在耳边呢喃，仿佛又听到她当初的殷殷叮咛，为什么，他经历了如此这般的痛苦与煎熬，却还是不能换来她风轻云淡的一笑？此情不渝，今生不换，却怕：天依旧是那片天，并没有因为他的幻想而增添一丝瑰丽的色彩；地依旧是那方地，并没有因为他的一往情深而减少任何的面积；人依旧是那在水一方的伊人，也并没有因为他的真心相对而匆匆地来，赴他一面之约，在千年相遇的欢喜里与他把盏成梦。

花开的季节，她盛装出现；花落的时候，他无依无靠。几重天，几重雨，都在寂寞回首中，那曾经相依相伴的影，都掉入思念来不及追忆的深渊里去了吗？前方的旅途，依然很远，他无法不丢开一些想念，无法不背上行囊，义无反顾地踏开脚步朝前方未知的方向行进，但他依然不舍，舍不下那些正被他远远抛在脑后的过去，所以总是在不断回头，回头看与她携手走过的每一段路程，把他们每一个并行或是交叉的脚印都珍藏在他泪水模糊的眼里，然而努力了许久，挣扎了无数次，却还是不能找见她那时分分秒秒都追随在他身边的倩影。

此时此刻，真的好想好想她，即便她化风成雨，在他窗前悄然经过，也好过他怎么想方设法也无法抵近她的明媚。泪水总是在最想念的时候让幸福这个词变得更有意义也更加遥不可及，无论他看不看得见，听不听得到，它们依旧如莲花盛开在云端，朵朵妖艳欲滴，只是一伸手，触碰到的又无一例外的总是一如既往的空虚。叹，飘零的日子总是躲不过那份源于内心的依恋和深藏的情怀，于是，每当倾城的日光在眼前这座寂寞城池的角落缓缓流泻而下的时刻，他便总会幻想着身边有一个小鸟依人的她，正陪他沐浴着温婉的秋光，于他从容不迫的笑容里轻拈一片落叶，用她的柔软寄上千万个安之若素的心愿，一伸手便可以让他触及永恒的幸福。

因为爱，所以魂不守舍。因为思念，所以每个寂寞昏黄的傍晚，他远眺千里的目光似乎就生长在窗下，总是在目不转睛地仰望，那清澈的双眸流露出三生三世不相离的期盼与兴奋，每一个注视都在盼她带着满脸的笑容盈盈地走来，为他打开心底所有的结，呵护他们永恒的幸福。湘灵，你在哪儿，为什么不肯说话也不肯回来？都说爱情易碎、相思难继，想必是情到深处只余麻木，要不又怎么解释他对她满腔不变的痴缠？情的路上，很多人用尽一生的努力也换不回昨日的容颜，莫非，他也要步上前人的后路，只能在风尘中默默咀嚼他一个人的心伤？虽然自始至终，她只给过他一句誓言，让他不再在乎经历的所有悲伤与疼痛，但他却一直想还给她一份坦然，让她的生活不再过得战战兢兢、如履薄冰，可她不肯回来，他这份心愿又如何能够实现？或许是患得患失的心情，总是反反复复地纠缠他的身心，以至于对杳无音讯的她，从来都没有产生过任何的刻骨恨意，而是更加不顾一切地想要保护她，想与她续写童话的结局，想牵着她的手走过人生的每一个阶段，想看着他们青丝变白发时还能相互搀扶着窃窃私语。然而，这份心意，远在天涯海角的她又如何体会得到？

“花开堪折直须折，莫待无花空折枝。”裹着深深的惆怅，继续在雾里看花，用一双无神的眼睛在无边无际的云海中探寻她的踪迹，却忽地忆起杜秋娘《金缕衣》中的这两句诗，心里更是涌起无限失意。是啊，花开堪折直须折！人们期待花开时，自会尽心尽力，付出全部的努力，心系于斯、情注于斯，或许正因为此，等待的日子总是一片馥郁；及至花开，却又往往懈怠，只顾流连花前，对花儿百般欣赏，却难赋予全部热情，追逐花开似成最初目的。莫待无花空折枝！花总会落，当趁花开之际，撷取它的美丽芬芳，莫待空了枝再去后悔。

杜秋娘的诗句深深触动着白居易的心。花开当珍惜，珍惜曾经的付出，珍惜缘分的不易，珍惜花开的绚丽……花开时，不必去想花落，只要用心收藏每个风和日丽的日子，用心呵护每缕刻骨真情就好，哪怕风雨肆虐，哪怕流年暗换，只要缘分的天空深伫心海，花亦会永恒于心底，不是吗？叹只叹，他没有在花开的季节好好珍惜和她的感情，没能及时把她的真心捧在手心珍而重之，却等到她已不再出现在他的世界才去遗憾，才去唏嘘，又有什么用呢？她已远去，隐身在他不知道的山高水长里，这份缘的延续，又该如何用心来经营，只怕再多的悲怅再多的后悔，也只是自欺欺人罢了！

唉！他深深地叹息。如果爱有天意，他和她，是不是就不会有今天这样无法相守的结局？如果爱有永远，是不是就不会总为了她陷入不休不眠的无望？如果爱有真心，是不是就不会让一份爱变成血流成河的灾？如果爱有童话，是不是就不会在没有她的日子里孤独终老一生？或许是，或许不是，但不管怎样，而今的他却只能站在她的世界之外，以陌生人的名义轻轻抹去世俗的眼光，拉开回忆的闸门，重新温存那些关于幸福的碎片，关于爱的箴言，却无法抵近她的温婉与柔媚。

相识，相知，相爱，缘分天成。情到深处时，那无尽的馨香与柔暖，都来自期待的心灵，更来自奉献的高尚。爱的天地里，假若幸福只是一个传说，那么他愿意倾尽所有，只换一场虚幻的梦境，至少梦中的他不会因她而掉一滴眼泪；假若永恒只是一个传说，那么他愿意花光青春年华，换一场没有结局的等待，至少他用心付出过，而她也给过他机会，他们都不会遗憾；假若欢喜只是一个传说，那么他愿意用上一生的时间，去坚守这座思念的城堡，让爱永远都不再流散于他涟涟的泪水里。

或许，每一场遇见都有不同的对白，每一个故事都有不同的情节，每一个童话都有不同的追逐，而每一个结束都是一样的不幸，正如他遇见她之后，总是演绎着主角与配角的转换，然而，每一次都是不约而同地以悲伤落幕。是他太过执着，还是她太过淡然，抑或是善缘便是如此，总是在颠沛流离过后才能让他们看见幸福来过的足迹？老天爷为什么就不能让他早一些看到幸福的真谛，为什么等他刚刚明白刚刚懂得，一回首，却发现，他们早已各自散落在无法彼此抵近的天涯与海角？

其实，他奢求的不多，仅仅是她的一个温暖怀抱，再多一点，便是她能攥紧他的手，陪他走完这悲喜的一生，别再让他一个人孤孤单单地消失于茫茫人海中，别再让他拥抱着忧伤入睡，别再让他半夜惊醒，别再让他没有她的音讯，只想以心为画笔，趁花开，描摹她的点滴温存，让她永远盛开于他的心底，仅此而已。

可是，他到底该如何才能珍藏这份全心的爱、全意的情，又该如何告诉她，今生与她倾心相知，定不负倾城换她笑颜？凝眸，清风拂动枝叶，摇摇晃晃地飘荡着花香，那紫陌红尘的心上人儿，可知道，他在想她？是的，他又在想她，无法自拔，无可救药，只能继续铺开诗笺，任微凉入心，用笔墨在她明明灭灭的眸光里替她守一座城池，一直等她回来：

黄昏独立佛堂前，满地槐花满树蝉。
大抵四时心总苦，就中肠断是秋天。
——白居易《暮立》

“黄昏独立佛堂前，满地槐花满树蝉。”一直以来都喜欢一个人静静地用文字记录下心中的点滴情怀，就像这个秋日的黄昏，他独立佛堂前，一个人依旧不慌不忙地在夕照中找寻着窗外偶尔拂来的一阵清风，只因他知道，那便是古乐府某一段章节里逃逸出的亮丽风景。

想刻意忘却某些情感，却总是历历在目呈现在眼前。昨日的他丢失了太多太多，总以为太过美好的东西，不适合经历，最后只能在心底深处慢慢遗忘，而今日窗外落尽的槐花和鸣噪个不停的秋蝉却又于不经意间撕裂了他长长短短的伤疤，深深浅浅，只是无人能知。

无缘对面不相识，有缘无分亦是竹篮打水一场空！寂寞总是让人趋于冷静，陷入沉思，也能使人拨开眼前的迷雾，在茫然无绪的纷乱中看清周围的一切，用干净的心情去梳理凌乱的生活。此时此刻，他伫立在寂寞孤独的佛堂里，堂前有他的影子，与母亲陈氏的灵位形影相伴，心里填满说不清道不明的凄楚。是母亲的忍情迫使他与湘灵生生离别，更让湘灵沦落天涯不知去向，可母亲那么做也是为了他好啊！到底，孰对孰错，他已分不太清，他只是太想她了，想得泪流满面，却不知远方的她是否也为他泪眼潸然。湘灵啊湘灵，如果你也为我流出了眼泪，在滂沱的雨后让所有的泥泞都变成了一曲相思，那么，就请你把我谱进你最不舍的那一页，在越来越远的黄昏里，在我无法触及的距离里，再眺望一次那渐渐飘逝的风景吧！

“大抵四时心总苦,就中肠断是秋天。”万事随缘,红尘如梦,缘如水,这世间，有几人真正解得其中滋味？情丝总是在心间缠缠绕绕，最终都纠结成指间悠悠繁繁的牵绊，所谓执手相望，只不过是想让距离更近一点，让彼此的心贴得更近一些，让爱如细水长流，然而幸福终如一丝模糊的剪影，尽管早就掠过他的门前，却不带任何的痕迹。痴情的心，盼啊盼，坚守的情，等啊等，百年一遇是相知，千年难逢成永久。如果真的可以，他愿意把心掏出来交给她，让它陪着她幸福展颜，陪着她悲喜与共，陪着她度过生命的最后一刻……

缘来缘去缘如水，花开花落终有时。失去她的消息转眼间已有数个年头，但曾经的一幕幕温情还是依然如故地徘徊在他心间，无论春夏，不分秋冬。一年四季，想着她，念着她，痛苦痛悲痛心痛恨失去自己，情深缘浅不得已，心，总是莫名的疼痛，在每个日落的傍晚，却还是不懂该如何去珍惜。风过处，秋又深了。情，萌于心，长于意，每逢这样的季节，人更是断肠，思念便又见缝插针地招摇而来。一种相思，两处闲愁，三分惦念，无孔不入地侵袭着他的心海，原来此情无计可消除，才下眉头，却上心头，也只有枕着她的名字入眠，才能微笑着安然入睡。

Tips：

元和九年（814年），白居易正当四十三岁的盛年，又正值朝廷致力于平藩的用人之际，而他却于除服后久滞下邽渭村，不能起复回朝、一展壮声，于是，一向以旷达自诩的他开始沉不住气了。《暮立》正是创作于这个时期，与《昼卧》一样，既表达了他政治上的失意，又体现了他对远走天涯、不知去向的湘灵深深的怀念及担忧。

第二十三章 夜坐

庭前尽日立到夜，灯下有时坐彻明。

此情不语何人会？时复长吁一两声。

——白居易《夜坐》

窗外，凛冽的寒风裹挟着零星的碎雨，频频来袭，铅灰色的云层略带一丝水湄的烟青，以不羁的姿态蓦地便闯入了他的眼帘。昔日深绿浅碧的柳梢禁不住这般薄凉的相逼，瑟瑟颤抖着，容颜日渐枯槁憔悴，枝头打着旋儿的轻絮纷飞如丝，扑簌簌散落了一地，更惹得他愁绪丛生。

落寞的灵魂，在深夜沉寂而诡秘的面纱下游荡，寻找曾经迷失过的路途，寻找曾经流连过的街头巷尾，然而，那颗已破碎到褴褛的情心终究还是瘫痪在追寻她足迹的路上，再也找不到心灵的归宿。曾经的旧梦，已在渐行渐远的岁月中飘零，于风中孤单地旋舞，那行满载尘埃的相思泪依旧执着地匍匐于温润的大地，仔细聆听，泪水中仍有花开花落的声音在耳畔徐徐响起。

在无数个幽幽长长的暗夜里，究竟是谁总在拨动着心的琴弦，奏起一曲悲伤的歌，又是谁总在将那些白天凋零、夜晚绽放的往事，一遍又一遍地涂抹润色？这红尘世间，短暂的欢愉之后，必定会有长长的痛苦，伴随着生命的起起落落，在眼前迂回萦绕，可他依然无法揣测到未来到底会是如何的模样，更不知道，在没了喧嚣、没了纷扰、没了痛苦之后，她畅暖的怀，可否还能让他一寐千古。

岁月在无情的变迁中慢慢流逝，容颜在流逝的岁月中慢慢苍老，心情在苍老的容颜中慢慢荒芜，而牵念亦在心情的荒芜中慢慢黯然。或许，再浓烈的情感也禁不起岁月的消磨，会渐渐地平淡；或许，再执着的情感也禁不起时光的洗礼，会渐渐地倦怠。时光便这样在瘦了的指尖滑落，容颜就这样在蹙起的眉间改变，曾经的许多旧梦终在岁月无情的漂洗中渐渐褪去了原有的色泽和光鲜。可是，无论掠过多少岁月的风尘，浮过多少世事的沧桑，心中那份沉甸甸的记忆亦不会随着那份渐渐远去的时光褪色，反而会变得愈加鲜明，绽放出烟花般的璀璨与华彩。

记忆就是一支神来之笔，它会在某一个特定的时间，某一个特定的空间，把心灵的色泽和韵味渲染得淋漓尽致。即便事过境迁，只要一念顿生，那些镌刻在生命版图上的印迹便会被刹那激活，栩栩如生地呈现于眼前，怎么也挥之不去。在辗转难眠的夜里，它们会从记忆里一一跃出，不由分说地跳上他冰冷的床头，前赴后继，蜂涌而至，更会毫不吝啬地在他枕畔燃起一堆篝火，把他潮湿的心灵烘暖，一直伴他到黎明，到天涯，由不得他不去相思。

无数个思念的夜晚，辗转的梦都是他流泪的眼。黑色的天幕，深邃幽暗，其间密布的点点繁星，犹如老天爷点燃的一堆堆灵火，它们是在召唤他苦难而踉跄的灵魂吗？抬头，偶尔会见到一颗流星从天边迅速划过，每到此时，他便会在心底不由自主地问着自己，是不是人世间又陨落了一颗原本美丽而又精彩的生命，如果是，那消逝的生命究竟是在遥远的远方还是就在他的眼前？有时候会突发奇想，以为那颗坠落的流星是她，心便会生出撕裂般的疼痛。他不要她死，不要她消逝无踪，如果可以，就让他代替她去承受这世间所有的轮回之苦，让他在她看不见的地方坠落成一颗永不再见的流星吧！

回首这半生经历的风风雨雨、聚聚散散、生生死死，才知道生命竟是如此的无奈，如此的沧桑。情感在经意或不经意自制的天堑中无法逾越，灵智便在落寞中失去了秀色，而他和她也成了擦肩而过的错失。放眼望去，心底错落的情致便是窗外霏霏的微雨，为她，为他，淋漓了一整个世界的缠绵悱恻，缥缥缈缈，袅袅不尽，而想她依然是他每天必做的功课。想来，下半辈子他也无法拒绝这日复一日、年复一年的相思。

皎洁的月光温柔地洒满了他周身，所有的力气都凝结成一滴泪珠，悄悄悬挂在眼睑上，只要轻轻一眨，便会无声地落下。泪流满面里，又见小桥流水，又见落红无数，却不知那些深深浅浅的足履，究竟载过多少共舞的时光，长发当风的岁月，又错过多少无望的守候，只留下无边的遗憾在他心头纠结缠绕。

缘，只可遇，不可求！泅渡的灵魂，纵念了千万遍的经文，依然日夜不能安歇。没有风，也没有她的夜晚，这无边无际的痛楚，恰似一片潮起的汪洋，泛滥于生命的每一寸肌肤，敲击着灵魂深处的每一扇窗棂。抬首，多想留住漫漫岁月中那份关怀与感动，多想化作一阵清风，始终都被她牵引着，无论到达哪里，也无论在哪个驿站停留。然而，西风散尽后，他终于明白，他和她依然不能长相厮守，只能在无尽的失落与模糊的泪眼中挥手作别。因为唯有这样，才能让最后一曲相思的挽歌，为他们曾经拥有的一切悲欢离合，在每一个寒彻骨的夜晚悠悠响起，才能让他紧紧握住他从来都不曾想要遗忘的过去。或许，这就是他们的命，谁也无力更无法改变。

翻开抽屉，拣出无数封发黄的信笺，那是她正青春芳华时写给他的信。每一封信、每一张纸，都掠过她淡淡的心情，在相思里写满对他的问候与关怀；每一句话、每一个字，都含着她浓浓的思念，在轻风里摇过他轻轻的梦。手捧信笺，泪落横陈，却不知，远方的她抚风弄月，究竟又是在为谁单弦独奏。

院外，梧桐苍褐的枝干顶着疏落的枯叶，在他优柔的目光里，以饱经霜雪的遒劲刺破风的柔软和坚硬，安静而沉默地朝向天空凝神远眺，瞬间便多了一份苍凉与萧瑟。这个季节，终于在湿冷的寒风潇雨和青黄相接的草色里变得逐渐肃杀起来，饱蘸一笔深冬的意蕴，时光，便在它皴裂的皱褶和须发的斑驳里交织重叠着，慢慢苍老下去。每一次长风穿过，都有悄然而至的窸窸窣窣，仿佛是一场场无凭的私语和叹息，渲染出一些年代久远的细枝末节。而他和她的那些陈年故事便在这絮絮低语里一寸寸加长、变深，在他迷茫的眼神里更显苍凉、深邃。

人去庭空，掩映于青松古柏之下的白府大宅，一如既往的清寂冷落。微雨淅沥，仿佛蓄满柔软清润的琴声，洇开一指冰凉的水意，以弥散的喋语轻拍着岁月的窗扉。思绪忽远忽近，如同深藏在梦里的一尾鱼儿，轻轻游弋，然后被檐雨的滴答悄敛于指尖，吐露出一串串模糊不清的颤音。于是，某些淡若轻痕的忧伤，便不动声色地从季节的骨缝里漫溢出来，水草一样，迅速长满光阴的两岸。

整座白府宛若迟暮的长者，低垂冥想的头颅和飘逸的长须，独坐于偶然途经的风寒里，微微俯身，眼皮沉重又酸涩。而他，独坐于流水的岁月中，让视线缓缓穿越被雨水濡湿的天空，如同一位参禅的高僧，在这个微雨的冬日淡然入定。那里，有缓缓平移的青烟，流泻出一脉无法言说的幽润，当所有的思绪变成一只青鸟，掠翅斜飞过季节的窗台时，他蓦地关上窗户，让它永远陷落在不可名状的疼痛和温柔里。尔后，那颗悸动的心便又开始了漫长的沉寂，寂静、无声，即使山崩地裂、海枯石烂，依然波澜不惊。

湘灵。轻轻念着她的名字，思念像是一条悬在半空中的琴弦，此端是他诉不完的痴语，彼端是她望不断的天涯，虽彼此交织着，却不知道如何才能够相伴到老。或许，今生今世，不会再有相遇的一天，因为心从不曾离开；或许，今生今世，不会再有落泪的瞬间，因为心一直在珍惜；或许，今生今世，不会再有错过的年月，因为情始终都在，永远都在。只是，那一年的花开之季，那一年的离别之际，终是他这一生的终点之站，相遇彼时为端，相离那时为尽，怎让他不心伤难禁？

也许，一开始便是错；也许，一开始便是迷离。而今的而今，当他回身看不到她的时候，是不是抬头，眼泪就不会掉下来？不，他轻轻摇着头，满含着两汪热泪，在泛黄的诗笺上再次为她写下一首凄婉的伤心情诗《夜坐》，在文字里与她共沧桑，在寂寞里与她同忧伤：

庭前尽日立到夜，灯下有时坐彻明。
此情不语何人会？时复长吁一两声。

——白居易《夜坐》

“庭前尽日立到夜，灯下有时坐彻明。”迷离，使爱情的方向失去了定义，一错便是经年。自此后，谁还会收藏他一路的微笑，谁又会为她绽放满园春色？

相遇太美，谁能说不是缘分？相知如花，谁能说不是注定？相伴如水，谁能说不是心灵的交汇？相离如泪，谁又能说不是宿命的安排？纠缠的情，疲惫的心，是否应该找个安静的角落，独自诉说悲欢离合的断章，他不知道。他只知道，夜，是他排遣相思最好的突破口。

一个人，独坐在庭前，从日出到日落，从天明到暗夜。握一把月色，却抓到灵魂深处高贵的空虚与寂寞，蓦然回首，窗外的尘世纷扰，都已与他无关。他明白，灯火阑珊里，月斜夜已深，窗帘严丝合缝地贴拢，所有的寥落与伤痕，都会在这漫无边际的黑夜里逐渐平复。

独坐时，没有人会来敲门，也没有人会来惊扰，思绪会漫无边际地弥散开来，这是完全属于他的时刻，不需要任何人的认同，也不需要任何人的怜悯。虽然四周是那么的安静，那么的清冷，却往往又总带着些温柔的忧伤和甜蜜，让他在回忆中能够慢慢抵近最真实的自己，认清形势，明白自己接下来要怎么做才是对的。原来，这世间的所有前尘过往，终不过只是一瞬的经历，如果不是痛到无法再活下去，又何必继续纠缠执着下去？

想着她，所有沦落于寂静和久远里的角落，都在昏黄的灯火下逐渐明亮起来，而那些朦胧暧昧的意象，亦总是轻易便打开尘封的心门，让人欲罢不能。曾被刻意尘封的情，渐渐复燃，念着她，他情愿一直守着灯儿坐到天明，因为只有这样，他才能找到一生中最最温暖的记忆。

“此情不语何人会？时复长吁一两声。”徘徊着，在心里剪下一段有她的美丽时光，于灯火里染亮夜色，却不知这满腹的深情最终该归往何处。有关爱的天荒地老，有关情的长相厮守，有关心的执手相望，有关泪的相濡以沫，他都不知道该如何抉择、如何退让、如何参与。或许，无论怎样选择，伤害都在所难免，若是如此，又何必伤人又伤己？

对她深深的眷恋，究竟何人才能懂得？对她痴痴的情心，究竟谁人才能体会？花开的时候花最美，是鲜妍，也是缤纷，花落的时候却只能面对不期而至的枯萎与凋残，这是自然的定律，也是情爱红尘的法则，即便心有不甘，任谁也不能更改。放眼望去，风劲花残，爱情葬身于落红之下，而他满心的怅惘和眼角滑落的泪珠依旧是风儿吹不去的无奈与凄然。思念日深，不由得长长吁叹，愿只愿，来世的他是她窗前的梅花一朵，花瓣上写满他们的因缘，即便无法永远相守，也要用他的清丽，芬芳她每一天的期盼与清欢，不再让她为他心生疼惜。湘灵啊湘灵，我对你的爱，就像一滴水汇入大海，千百年的寻觅，只为遇见那一刻的交融，在触摸不到的地方，上穷碧落下黄泉，沉淀亘古不变的思念，炽热如火的情爱。可，何年何月，我才能渐渐流淌成你的梦？

Tips：

这首诗同样创作于元和九年（814年），与上两首诗表现了同一主题。因思慕湘灵，起坐不能平，表达了白居易内心对遗弃湘灵的深深懊悔及无尽惆怅。

第二十四章 有感

绝弦与断丝，犹有却续时。

唯有衷肠断，应无续得期。

——白居易《有感》

两两相望的，总是两颗相爱的心；两两相忘的，却是两颗痛到肝肠寸断的心。痴情总是不改，思念总是在心底汹涌澎湃，那三生石上刻下的爱的箴言，是不是都只是上天一厢情愿的注定？彼此凝望的目光，在姹紫嫣红的芬芳里交错，谁也不愿在无语的转身之后化作今生的蹉跎与哀伤。却不料，轩窗月影下，夜风依旧薄凉，一滴泪的跌落，便惊起了飞花万朵。那一瞬，心痛，终是碎了她，醉了他，一如既往地在日渐荒凉的城里纷飞如梦，让他来不及伪装，更来不及叹息。

细雨轻风，总是送走一段明媚如花的岁月，又迎来一个春暖花开的季节，而人生亦大抵如此，总是曲曲折折、层层叠叠地，在滚滚红尘里来回上演着那些或相同或相似的故事。漫步阡陌之上，依然想与她执手，却发现她早已穿破云烟踏浪而去，于是只能枕着一怀惆怅，在寂寞中为她写诗，念她一切安好，然后，在流年的光影里，用心珍藏起那份曾经的美好，不再让它们沾染点滴的悲哀。

光线兜兜转转，始终带着一笔洇开的水痕，在窗口迂回萦绕，抬眼望去，那并不局促的书房却略显昏黄和阴暗。湖蓝的瓷瓶里，几枝绯色的春梅依然散发出淡淡的暗香，开出细碎绵密的温软。于是，他把它们想象成某个朝代的仕女，正相携着，风华无限地转过岁月的长廊，隐约间有环佩叮当以及罗裙的窸窣声响，伴着软语轻笑款款而来。那里阳光静好，等她们抵达雕花砌香的深阔庭院时，屋角的樱花和杏花纷纷撩人地绽开，墙头一丛妩媚的蔷薇亦探出胭脂粉白的脸儿，与窗前火红的玫瑰眉目相映。转角处，翡绿的竹枝随手一笔，就在她们含情的眉目中把清风逸骨刻进了墙上的卷轴；幽暗里，珠帘半开半合，可以瞥见一把闲闲搁置的古琴，或许抚琴的女子刚刚起身，尚有余音共着袅袅的熏香，一并融入这错落的光影流年。

回首，一池澄碧的画屏，漾开浅醉微醺的涟漪，久远的时空里，扰人的香气袭来，杏黄的薄衫和雪白的纱裙上便落满了紫色的蝴蝶。风，长长地吹过，吹动她们乌黑的秀发和舒盈飘香的裙裾，还有婉转翠微的歌声。那一群玲珑妩媚的女子，迈着从容优雅的莲步，缓缓步入时光深处，当他把思绪收回，她们便在他眼底永久娟洁地存在。

时间便在这样恬淡柔美的冥想里，被他细致地分开，从脑海里飞出一些无法想象的美好和伤悲，仿佛雨水穿透年久月深的苍苔，从某个禅院的飞檐处滴落下来，发出木鱼敲出的冗长单一的诵音；又如从古乐府诗里走失的情节，被雨水洇染，墨迹苍黄而斑驳，且模糊不清。当他微合双目，便一厢情愿地以为这是个幽深的长梦，很静，静得能在清凉的水湄，将寡淡的时间也品出些许微温且润泽的余味。

蓦然回首，春回春又去。淡蓝色的阳光灼伤了眼眸，望着无边无际的苍穹，忆着她一脸花开的微笑，想着她淡淡的不言不语，内心依然惆怅万分。她依然静立水中央，抬起头，朝远方眺望，眺望那无人知晓的远方，而后，转身而来的却是溢满泪水的面庞。原来，她的微笑，只是用来看的，而不是真正的快乐，若是如此，那该如何让她绽放如花的笑颜？

很多时候，他都情愿在这样狭长安静的时刻，独自凝眉，沉默而安静地坐在藤椅上，让思绪变成穿越时空的魔镜，帮他打开尘封已久的过往。然后，目光一寸一寸地，轻拂那些风云变幻的盛世浮章，任所有的潮起潮落都如过眼云烟，在风雨飘摇的轮回里逍遥悲怆。

情似游丝，人若飞絮，他想，他的脚步，一定会沿着那些黛瓦青砖的古迹，走过昔日繁华，走过深幽清寂的青石小巷，一路无痕；尘心渐凉，岁华渐暮，他想，他的目光，一定会穿越那些被风雨剥蚀后锈迹斑斑的层楼深院，穿越灰绿的苔痕、古旧苍老的城墙，然后再穿越爬满绿萝和紫色牵牛花的篱栏，穿越白鸟衔起的水色时光，抵达被月色映照的某个寂静的村庄，那里便是他和湘灵初遇的符离。

符离，那是在梦里，他笑靥依旧温婉的地方。那里，成片成片的春花开得正好，一朵就深了一季；那里，波光潋滟的河水缓缓流淌着温暖和柔软，水草丰茂，花香袭人；那里，淡若轻痕的炊烟在薄暮里悠悠升起，牧童的影子和笛声被夕照拉得长长的，正踏着满地冷月悄然归去；那里，有她在流水边踟蹰徘徊，以无悔和执着，等待顺水而下的那叶兰舟，而兰舟之上那个玉树临风的白衣男子白居易，却不是她生命里的过客。

心如蝶舞，梦碎天涯。一切的一切，皆因他走得太久，纵然历经千百次轮回，还是来不及欣赏她的美，她的静，那匆匆的脚步终被疲累禁锢，无法与她再共。再回首，一切都来不及了，如果真的可以忘记，他愿意彻底忘记；如果真的还有来生，他愿意继续等候。可上天的注定里，还依然会有他们的明天吗？

情有多深，梦就有多长。当岁月与缘分密谋着，不动声色地囚他于指尖，他想他一定会变成一页泛黄的古卷，就那样静静地躺在那里，一动不动，只待冥冥之中的那只手，用晴和温润来翻阅。当雪藏于扉页上的灵魂被悄然打开的那一瞬，他定然会潇洒温柔地站定，望向她微微一笑，给她送去倾城的温暖。

只是，她早已远去，而今的他只能躲在幽暗的夜里细细地审视自己，任翩跹的思绪恣意流泻，无人能懂，也不需要任何人去解读。他知道，其实每对情侣都是彼此生命中的过客，无论是长久的相拥还是短暂的相处，最终都会归于永久的宁静和孤寂。所以，不想去刻意打破内心深处的那份从容，只想把默默的祈盼搁置在心中，任时光流逝，任岁月荏苒，哪怕今生注定他要与孤单寂寞永久相随，也不会祈望在这喧嚣冷漠的尘世间有人能懂。如果有人能懂，那也是在梦里，在春回的梦里。

梦里春回，曲江两岸已是杨柳依依、细雨绵绵，而他眼里望见的却是一泓清流、两处离愁。月夜里，孤单的舟楫在碧波中轻轻荡漾着，此时，岸边忽然有琴瑟之声在风中悠悠响起，声声入耳，丝丝不绝，宛如天籁之音，一点点地萦绕于心，那可是在水一方的湘灵又拨响了那管思念的琵琶？

梦里春回，花开无度，寂寞是春天里最绚烂妖娆的花朵，总是千娇百媚地盛放在每一个无法安然入眠的暗夜里。而苍茫的夜色则是一片广阔而幽暗的心海，在深邃中透着诡异，在浓烈中透着寒凉，像鬼魅一样任寂寞在其间沉沦，一点一点地吞噬着他的安然与清欢，让他再也找不见湘灵在花间轻舞飞扬的身影。

梦里春回，花落无数，在依稀的梦里，她是那一束隔山隔水隔世的彼岸花，虽然仍旧在亘古的荒芜中绽放如荼，可是，却只能静静地守望在与他生生相错的轮回里。没有今天，也没有明天，没有今生，也没有来世，有的只是长长久久的对视、眺望，以及再也望不到彼此的怅惘与失落。

几许柔情几许愁，几度相思几度殇。失去了她，爱情的羽翼，终于在思念的心绪里跌破曾经的等待，他薄如蝉翼的心，亦终于沦陷在深不可测的寂寞中，渐渐支离破碎。原来，比烟花寂寞的是她，而比她更寂寞的是他，怎不令人愁肠百结？其实，他一直都在她的世界里执着地守候，等着她靠在肩上诉说相思的那一天早早到来，从此不再让她流泪，不再让她难过。然而，他又比谁都明白，只怕那一天，他等到青丝变白发也不会等来，更不会收获他想要的结果。于是，只好在静谧中痴守这份半世的情缘，去等待很久很久以后，她再和他相遇在路上的机缘。

他爱她，可是她不信；他恨她，可是他不信。花若开，此情必可待，花若谢，此意无人知，又教他如何向她传达爱的信息？他不后悔在千万人之中只钟爱她一人，也不后悔在千万场遇见里只钟情与她相遇的画面，更不后悔为她耗尽毕生心血，只为与她厮守地久天长。但是，他不要她许他一个永远，他不要活在她“生为你的人，死为你的鬼”的誓言中，他不要她时而失踪、时而出现，只希望她安静地守在他身边，哪怕一句话不说也好。

深夜里，满天的繁星闪烁着耀眼的光芒，独自漫步于清清冷冷的曲江畔，他一路埋首走着，当额头撞上墙壁的时候才恍然发现，自己已走进一条深不见底的胡同，踏上一条不归的路。远处，东风吹散潇潇烟雨织成的帘幕，悠扬的琴声戛然而止，他终是凋零在她的指尖，痛不可当。湘灵啊湘灵，转身而过后，你我曾经路过的十里长亭何日才能回返？当岁月在彼此的窥视中缱绻起前世的芳梦，眉尖的朱砂一点成劫，你青丝染霞的从前，又该向风雪里凝望谁忘却的前缘？

沿着灰色的墙壁，醉了的他顺势躺倒在脚下冰凉的青石板上，此时此刻，地面的温度与心的温度吻合，回首曾经沧海，却是往事如烟。爱过流年的她，爱错交换的心，即使付出了全部，也不是自己想要的结果，那般咫尺的距离随着时光的流逝，被拉得越来越远，直至泪水模糊了双眼，再也看不见她的去向。爱来过，又走了，他带着天涯海角的距离，一次又一次地在红尘中捕风捉影，打探她的点滴消息，怎奈世事无常，怎么也寻她不见，所以只能于心冷处，和着断了的琴弦，把思念吟成一笺刻骨铭心的《有感》小诗，任其在春风里回旋、起舞：

绝弦与断丝，犹有却续时。

唯有衷肠断，应无续得期。

——白居易《有感》

“绝弦与断丝，犹有却续时。”弦绝丝断，还有机会续补，情缘断了，又要拿什么来弥补？灯火已阑珊，此情终不渝，一个人徘徊在时光深处，独守这一份难耐的寂寞，一遍遍地听着她藏身红尘之外的凄婉长叹，却教他想尽了办法也无法填补她那颗破碎到无法收拾的心。

落花憔悴了想她的容颜，泪眼沉醉了他长久的想念。此时此刻，耳畔飘过九天云上的梵音，将思念在冷月中调成漫天飞舞的残曲，不让他有机会唱完整一首守望的歌，而长安城繁杂的声音亦将他纷乱的思绪拒绝于千里之外，只任寂寞开遍他的周身，与星星闪烁的光芒格格不入。

相遇是缘，相思渐缠，相见却难，冥冥中这一场倾心的爱恋，终注定要沦为旷世绝美的风花雪月，轻含烟雨情何限，不道春来晚，便只为一场沉醉又何妨？怕只怕，酒醒时候人断肠，无言独上西楼，月如钩，寂寞梧桐深院锁清秋，剪不断，理还乱，是离愁，别是一般滋味在心头。

“唯有衷肠断，应无续得期。”春天来了，她走了，终归只不过是增添了更多的迷惘，还有那无法言说的伤悲，撕心裂肺般的绝望，只任他肠断天涯。然而，爱的心早已被扯烂过无数回，又有什么好怕的？

琴弦断了，尚有补救的方法，可情肠断了，又如何能续？伤与痛，在岁月的流逝里一再肆虐漫延，可有谁能读懂他的泪，又有谁能看透他的心？她突兀地放手，让他站立不稳，终至灵魂抽离了身子，四处扩散，想要去寻找昔日那个最熟悉的倩影，然，最漫长的等待换来的却是最坚决的转身，越是心急如焚，结果越是让人绝望。

或许，她的离去，终于换得他可以不再爱得那样疲惫，痛得那样难以呼吸，可终究还是迅速濡湿了他整颗心房。想着她，梦着她，风在吹，雨在下，无休无止的泪水奔腾而落，这芳草萋萋的季节里，究竟是谁的心，转瞬便碎成了漫天飞舞的残花，片片殷红滴血？

Tips：

《有感》诗作于元和九年（814年），从“绝弦”“断丝”入手，形象地描述了白居易和湘灵爱而不能的爱情悲剧。然绝弦与断丝尚能以胶相续，而断了的爱情却永无相续之期。全诗不着一“痛”，无一“伤”字，却于字里行间浸染着浓浓的愁绪。

第七卷

燕子楼：秋来只为一人长

几度风雨，几度春秋，暗涌于心的激情于似水流年中悄然逝去，再回首，她依然笑靥如花，而他却两鬓添霜。棋子闲落灯花处，窗外那些美到蚀骨的白牡丹，总是随风徜徉，任清新馥郁的幽香扑面而来。挥挥手，送走忧伤，抚平痛楚，抹去印迹，无论心中有多少难言的隐忍，在此时，只想与她琴瑟和鸣，共奏爱的永恒……

第二十五章 答劝酒

莫怪近来都不饮，几回因醉却沾巾。
谁料平生狂酒客，如今变作酒悲人。

——白居易《答劝酒》

夜，渐渐变深；月，依然明亮。

静坐窗下，听妻青萍抚琴一曲，四十三岁的白居易在孤独中享受着一种寂寞的美。日历在翻飞，元和九年（814 年）马上就要落下最后的帷幕，成为永久的过去，心，不禁有些怅然。抬手间，在那些被翻开的尘封了许久的书页里，他渐渐触摸到了曾经岁月的流痕，于是，那些人，那些事，便又清晰如昨地浮上了他的心头。

记忆里那一缕最真的情语，在夜晚的轻风里飘浮，湘灵的举手投足、一颦一笑，始终在生活的某个角落里如影随形，再次在这悠悠琴声里浮现。往日的心思，亦随着月光缓缓地流泻，在夜色里放飞所有的心疼与不舍，一回头，仿佛看见自己的影子，正搀扶着一颗颤动的心，于幽幽琴声里轻轻地哭泣。然而，颤抖的眼泪，怎能把握这缘分天定的恩赐，在人世的苦海里去体会最真实的感觉，最浪漫的爱？

或许，明天就是一个晴朗的春，桃红柳绿，鸟语花香，那翩跹的蝶舞，对影成双，是他永远的守望，更是他等待了无数个日日夜夜盼来的清欢。可他也知道，她不在，他就是远处枝头那只孤单的蝶，在无人问津的角落默默守候着属于他的季节，却始终都弄不清属于他的另一只蝶会在哪一处的山高水长里将他悄然等待，要与他双宿双栖这五彩斑斓的红尘。

多年以前，也是在这样的夜里，那时还有微凉的雨丝飘过窗台，随落叶一起在空中飞舞旋转，她则望向他莞尔一笑，温柔地伸出双手，轻轻拥抱着他，让他静静依靠在她的肩头。那一夜，周围的一切都在闪烁耀眼的光芒，所有的色彩都停留在他们身边，抒发着说不尽的甜蜜幻想。他和她紧紧拥抱着，任凭冰冷的雨滴打在温热的手上，任凭雨珠顺着脸颊不停滑落，打湿彼此的衣襟，始终浑然不觉。可是，她终究还是离他远去，此时此刻，他只希望苍天能让彼此的爱延续下去，能让他的梦深藏在她的心里，一直蔓延，直至地老天荒。

往事仿佛老去的暮霭，轻薄如纱，恍惚若梦，他依然清晰记得那个飘雨的夜晚，依然记得他们曾经的爱恋。失去她所有的讯息，惆怅里，他一直渴望着一个关于她的遇见，遇见幸福，遇见温柔，遇见那笑容绽放的面庞。那应是一个阳光四溢的午后，她紧紧偎靠在他的肩头，坐在杨柳依依的曲江水畔，任明媚的阳光透过柳梢洒在那洋溢着微笑的脸上，在他耳畔说着不尽的相思话。

湘灵，此去经年，应是良辰美景依旧。可你却远远地走了，独留热切的笑容在我青春的回忆里，徒然换得我一次又一次的潸然泪下。你藕荷色的长裙、纯真无瑕的面庞、温柔腼腆的情话、妩媚动人的神采、如水轻柔的眼神，依然深刻在我的记忆里经久不散，散发着清新甜美的味道。可你到底去了哪儿，为什么不肯再回到我的世界，为什么连你的去向都不让我知道？你可知道，因为你的出现，这浑浊的世界才在我眼里变得渐渐清晰，又可知道，失去你的日子里，我总是一个人徘徊在街头，只想被你那双温热的手紧紧握住，给我温暖，给我欣喜？

回眸，当心灵的繁花在萧萧冬色中悉数落尽，他终是弄不明白这世间还有什么可以用来慰藉渐已残碎的灵魂。很想就此停歇，很想就此憩息，任一切纷繁的过往如流水一般从记忆的河床上奔涌而去，越行越远，直至远到天涯，远到海角，再也无影又无踪。

疲惫的灵魂已经无法承载人世更多的悲欢与离合。很想一个人默默地远去，在连绵不断的细雨里，在随风摇曳的烛光里，在生命从此不再轮回的暗夜里。然而，对她的思念却是一张布满细密孔眼的滤网，欢乐的部分会随着荏苒的时光慢慢散去，进而淡出记忆的漩涡，不再盘踞在生命的年轮里，而痛苦的部分则被过滤积存在记忆的樊篱中，久而久之便如一坛封存的烈酒，越酿越浓。

青萍的琴声依旧，一曲《长相思》长长久久地荡漾在耳畔，激起他心底无数涟漪。青萍是个好女人，他本无心伤她，可他明白，自己永远都无法做到像爱湘灵那样地爱她，也无法给她写出那样深情悲切的诗句来。是的，他和青萍这一生只注定了夫妻之缘，而他和湘灵却注定了终生的情缘。可为什么，他最爱的人却不肯再为他停留，不肯再安之若素地坐在他对面，为他弹一曲《长相思》呢？

她走了，她“生为你的人，死为你的鬼”的誓言却永久地留驻在他心底。她发誓终身不嫁，可为什么又要离他而去？他本做好与之私奔的打算，而她却在最后关头毅然决然地回绝，从此与他咫尺天涯，置若罔闻，难道这就是她对他的爱吗？不，他不应该怀疑她对自己的痴心，她只是为了他好，她希望他在母亲陈氏的安排下娶一个门当户对的妻子，希望他拥有一个幸福甜美的家庭，希望他有一个如花似锦的前程，希望他有朝一日飞黄腾达、位极人臣，不辜负白氏家族对他的殷殷期盼。可是，他真的幸福了吗？他真的飞黄腾达了吗？

不，他什么也没有。母亲去了，女儿去了，妻子青萍又体弱多病，一切的一切都与她为他设计的人生差了许多，然而，她知不知道，此时此刻，他比任何时候都更依赖她。他需要有一个人陪他一起，说点什么，做点什么，或者什么都不需要说，什么也不需要做，只要给他一个慰藉的拥抱和温热的胸膛就好，而这个人除了她还能是谁？

湘灵啊湘灵，你再不回来，我真就要崩溃了！你知不知道，我现在过的日子并非像你想象的那般幸福、那般甜美，朝廷里的官员整天尔虞我诈、你争我夺，不斗个鱼死网破，誓不罢休，可那些安分守己的臣僚，他们又做错了什么？为什么大官僚的斗争进行到白热化的时候，每次都要牺牲掉一群毫不相干的人？

你知道，早在去年，元和八年的秋天，我就已经除服，可就因为长安城里那些明争暗斗，我迟迟没有受到重新任命，不得不继续滞留在这下邽紫兰村。可是，朝廷现在正在积极筹划对发生兵叛的淮西用兵，正是用人之际，我又怎能长久滞留在此，对外面发生的事不闻不问？

你知道，我历来都是讨厌战争的。从小到大，我经历了太多太多的战争，目睹了太多太多的生离死别。从洛阳到符离，从符离到越中，从越中到襄阳，每天都能看到背井离乡逃难的人，饿死、冻死的人更是不计其数。路边白骨累累，城中瘟疫肆行，叛乱还在持续，朝廷更是在不断地派兵平叛，然而，这些举措又有什么用呢？以暴制暴，深受其苦的只能是身陷兵乱之地的老百姓！那些当权者只想着战争，只想着争权夺利，可有谁设身处地地替那些老百姓想过？他们知不知道，战火一旦蔓延，会有多少无辜的百姓死于这场变乱，又会有多少百姓无家可归？

可说这些又有什么用？我现在无官一身轻，根本就没有机会在朝堂上向皇上进言。因为宰相李绛曾经和我同为翰林僚属，所以主张以武力削藩并与李绛不和的宰甫李吉甫一向视我为眼中钉、肉中刺，所以除去丧服一年半之后，我还是没能起复回朝！他们是在怕我，是的，他们怕我向皇上上书阻止这场战争，难道他们就不明白“水能载舟，亦能覆舟”的道理？拿数万万百姓的生命作赌注，即使打败了淮西叛将，又能如何？

元和九年二月，李绛罢相，守礼部尚书，李吉甫的势力空前强大。而就在李绛罢相的次日，白居易竭力声讨过的权宦吐突承璀自淮南监军被召回长安任命为左神策中尉，朝野上下更是陷入一片乌烟瘴气之中。辗转至冬，白居易仍然困守下邽紫兰村，未能接到回朝任命的消息，心绪自是起伏难平。壮志未酬身先老，忧国忧民的白居易深为自己不能在政治上有所作为，不能替老百姓做主，不能阻止即将发生在淮西大地上的战火而自责，可是，他又能如何呢？因为与宦官势力作对，早在元和五年，丧妻不久的挚友元稹就被贬至江陵，至今未能返还长安。而今，虽然权相李吉甫已于同年十月去世，而吐突承璀正是炙手可热、权倾朝野之际，加之他与李绅、元稹共同发起的“新乐府运动”把朝中重臣得罪了个遍，自是无人愿意伸出援手引他入朝。

湘灵啊湘灵！想着她，念着她，把那个远去女子的芳名在心底喊了又喊，唤了又唤，唯愿时光能把他与她共有的一切剪影，永远保存在记忆深处。知音少，弦断谁人听？或许，一生中会有很多朋友，然而，却没几个是真正能懂自己的，除了她，还有谁更能理解他，更能体会他此刻起伏不平的心绪？这世间也只有她才会给他一个淡然的眼神，缓缓对他说着：你听，你听……

是的，他在听。听那流水三丈的无奈，声声都是叹息，阵阵都是难以呼吸的痛，而她只能在沉默中沉默着；听那花开遍地的欢喜，片片都是笑语，四周亦是抹不去的倩影，而她也只能留下无声的祝福；听那痴情缠绵的纠结，夜夜都是无眠，日日都是说不完的喁喁私语，而她依旧只能默默陪伴，从不开言。

或许，有些话从不需要明言，只要心有灵犀，定会明了，正如她沉默中的所有语言，他文字里的所有情感，他懂，她亦懂。凝眸，风吹散了一地的落花，他在余晖中看见她一边牵着幸福的手，一边微笑着朝他走来，轻风的呢喃，是她相思的心语。她无须言语，亦无须解释，他便知晓。所有的一切都会因为她的存在而变得美好。盼只盼，起风的日子里，有她陪着；盼只盼，下雨的日子里，有她陪着；盼只盼，阳光明媚的日子里，依然还有她陪着。那种隐隐再现的感觉似乎从未在心头消失过，不管是曾经、现在，还是以后。

夜，已经很深很深，黑暗，也已经很深很深。此刻，站在黑暗的此端远眺黑暗的彼端，竟然看见前生的眷恋在今世的尘埃中一路摇曳，渐至飘散。黑暗中，所有斑驳的往事都犹如妖娆的彼岸花，在竞相开放着，虽然风情万种，却是染了寂寞无边。

曾经非常贪恋黑暗，贪恋黑暗中的冷寂，黑暗中的凄清，黑暗中的深邃，心念成灰的时候，仿佛只有黑暗才是他孤单的灵魂唯一可以休憩的地方。然而，在这样寂静的夜晚，一切的无奈和伤感都如潮汐般肆虐着奔涌而来，充斥着整个空间，久久驱散不去。此时灵智亦如空中的浮云，不知何去何从，只是漫无目的地游走于深邃的天穹。于是，一种心情，便如火一般泛滥成灾，焚烧着他灵魂深处的春夏秋冬，使心灵的花卉草木瞬间零落成泥，却还是不明了，究竟是爱已成灰，还是心已成灰。

自她走后，无情的雨总是轻轻打醒梦里的他，让泪变得如同雨水一样的冰，纵有柔情万种的守候，佳期如梦的等待，也只是将一切伴随他的情念化作冷雨，成就了一个心酸的浪漫。镜里的自己，日益憔悴，泪水融化不了万般无奈，蓦然回首，却看见她一张模糊不清的笑脸，原来，一切的一切都已烧成了灰烬，记忆亦变得漠然，他又该如何才能让颠沛流离的心在历经十数载磨砺之后变得轻柔温暖，少些浮躁，少些抑郁？

一曲琴音，洞彻古今，随他孤单的身影徘徊在幽幽深院，凄凄切切复铮铮。面对她的销声匿迹，他心痛莫名，肝肠寸断；面对青萍一低眉间的温婉，他左右为难，话在心口难开。朋友的酒宴推了又推，灯红酒绿的烟花地也少了他的足迹，他把自己包裹得严严实实，完完全全地藏在了悲伤的角落里，只用这夜色轻轻包围他的思念，就着青萍凄婉的琴声，再次为她写下一首寂寞断肠诗：

莫怪近来都不饮，几回因醉却沾巾。

谁料平生狂酒客，如今变作酒悲人。

——白居易《答劝酒》

“莫怪近来都不饮，几回因醉却沾巾。”缘聚缘散，缘生缘灭。心灰了，连酒也都懒得饮了，莫非，就这么憔悴着伤心着一直到老？

曾经，只想在醉乡里寻她千百度，却不料举杯消愁愁更愁，只是泪沾巾；曾经，醉眼蒙眬里，看到的都是和她一起走过的漫长岁月，一起走过的遥远路途，亦真亦幻，仿佛就在昨日，又仿佛已是隔世的轮回；曾经，醉酒后的他，在灵魂与躯体的间隙里，看到了陈旧的年轮在被层层撕裂，看到了羸弱的心房在被片片剥离，零落散乱，携带着一路的风尘，无数次地重复演绎着尘世的虚伪和迷乱。

流年似水，记忆恰似一座深不见底的峡谷，漫长而悠远、黑暗而幽深，虽历经岁月的变迁，却仍然无法抹净那些明明灭灭的痕迹。所以，只想赶在天明之前尽量去想念，在幻觉里找到一个绝对安静的角落，然后枕着她笑靥如花的容颜再做一个甜甜美美的梦，于梦境中梳理寂寞，静默与她的遇见。

“谁料平生狂酒客，如今变作酒悲人。”一页宣纸，滴了墨，把心中的思念写了千遍万遍，却是谁，在风中洇开一滴情泪，迷蒙了双眼，从此，天上人间，只传唱她一个人的婉约。又是谁，诗吟佳人春，词赋佳人秋，画染佳人眉，曲传佳人笑，把一个向来嗜酒的狂客，生生变作一喝酒就悲伤的人，以至于不再流连于风花雪月的花街柳巷，也不再沉溺在阿软的欢声笑语里肆意狂饮？

一点点爱的记忆，一处处情的遗迹，尽管一直在风雨中穿梭飘摇，却依然历久弥新，整整复斜斜，都在他回望的眼底平铺成一段水墨留白。推开落锁的门扉，任记忆在斑驳的苔痕里穿越时空，寻一管经脉，溯流而上，触摸岁月静淌的河流，他看到，别离或重逢，都是生命篇章里的一幕剧情，绵长且轻浅，心，不禁生出几分释然。然而，爱断情伤之后则是绵延不绝的痛楚，如漫天的沙尘，铺天盖地地笼罩在他生命的每一寸空间，她走了，在他心底纷纷剥落而下的只是记忆里残缺的枯萎碎片，而最隽永的诠释则镌刻在峡谷深处的枯藤上，除了他，永远不会有人能看到，也没有人能读懂。

文字与心声一样，只可意会，不可言传。在青萍十指纤纤下袅飞的琴音里，他孤独的思绪飘飞在幽暗的角落，仿佛行走在异界的天庭，看云雾缥缈，才终于相信，一切的过往，就如海底的泥沙，凄寂清冷不见天日，且终有一天会被岁月厚重的荫翳遮盖，继而掩埋，直至永久的沉溺。或许，她还会回来；或许，她永远不会回来。凛冽寒风过处，遍地落叶无数，再回首，与她的过往早是曲终人散、恍如隔世。只是，又有谁知，她曾经的绚烂妩媚究竟是为谁而绽放，他如今的飘逝零落又是为谁而残败?

深邃凄婉的夜里，依然无法安然入眠，只因心底的最后一抹眷恋，是他今生永远无法治疗的沉疴。而就在这孤寂的夜里，在新任宰相韦贯之及好友礼部侍郎崔群的帮助下，他终于出任太子左赞善大夫。左赞善大夫？那可是正五品上的官阶！可他心里怎么也高兴不起来，虽然得以起复，可以每天参与朝谒，可实际上这却是个无所事事的闲官，又如何能让他大展宏图，想老百姓之所想，替老百姓分忧解愁呢?

湘灵啊湘灵，难道这就是我的宿命？冬天即将过去，春天就要来了。那是一个万物复苏的季节，只是，那时的她，还会出现在他的世界里吗?她可知，他只想用仅有的温度去温暖她那冰冻三尺的心灵，却又怕惊醒了她的春梦？或许，一切都是冥冥之中的注定，命运的轨迹谁也无法改写，错过的人和事就此永远地错过，倒也不失为好的结局。可他还是盼望在那桃红柳绿的季节里描摹下渴望的曾经，以追溯的姿势，等待她凄美的转身。即使她不再归来，他亦将执笔在手，以一首绝句，写下她一生的传奇，以沉眠的方式，在她怀中永生。因为，他爱她，永远，永远。

Tips：

《答劝酒》的具体创作时间待考，但应在元和九年（814年）至元和十年间。笔者倾向于元和十年初，白居易结束近四年之久的闲居生活，回长安出任太子左赞善大夫后。左赞善大夫虽是正五品上的官阶，其实却是个闲职，拿现代话来说，相当于太子府的办公室主任，专门负责规讽太子，但每天都要朝参，号称常参官。其时，白居易居于位于长安城东南隅曲江畔的昭国坊，由于居处僻远，每天都要冒着风寒早朝，使他颇感不便，加上对这一闲职的不满，曾写有诸多发泄牢骚的诗章。其中包括写给时任国子助教李绅的《初授赞善大夫早朝寄李二十助教》，写给时任监察御史元宗简的《朝归书寄元八》，以及《重到华阳观旧居》《白牡丹》《答劝酒》等。本章所解析的《答劝酒》因内文情节需要，被调至元和九年末所作，特此说明。

第二十六章 白牡丹

白花冷澹无人爱，亦占芳名道牡丹。
应似东宫白赞善，被人还唤作朝官。
——白居易《白牡丹》

花开几度，岁月悠悠。时已四月，所有的花儿，好似都赶着要去奔赴一场隆重的花事，只任他孤身坐在一段暮春与初夏的锦帛里，寻找牡丹花在疏影暗香间散发出来的独特韵味。柔软的阳光映在他清瘦的面庞上，脆弱的微笑禁不起清风的吹拂，划过的瞬间，泪滴早已落在回忆的深渊。岁月如此静好，只是再次扬脸望向湛蓝的天空时，心底涌起的却是一股无法言明的艰涩。

陌上，云在笑，花弄影，蝶儿在花间翩然起舞，那落满小径的花儿，可是他远走天涯的湘灵？凝眸望去，寻来觅去，何时，映入他眼帘的，尽是那团团簇簇的白牡丹？传说中,白牡丹会给人带来一生一世的幸福。那么，这些花姿烂漫、绮丽动人的花儿，是否已爬上她日夜守望的篱笆墙？若是，就请那远方的佳人掬一捧芳馨，沾花香满怀，把这各色各样的素白的牡丹，全部都镌刻进心底吧！

喧嚣的长安城住着寂寞惆怅的他，在那灯红酒绿、醉生梦死的浮华中与形形色色的人缓缓进行着分离相聚，如若行尸走肉。时光短暂或是漫长，于他而言，或许只是一些摆设，繁乱的思绪，如千万发丝缠绕，终是剪不断，理还乱。站在时光的尾端，他翘首回望，旧日时光里的珍藏早已堆积成山，唯有安然地坐在城池的一端，静观那冰山轰塌的场景才能让他找到生命里的一丝牵挂。然而，曾经牵手走过的花径，却在失去记忆之后长满了荒草，让生命措手不及地错过与她相遇的刹那，所谓深渊，所谓低谷，所谓刺心，亦是接踵而至。

伸手抽出案底泛黄的素笺，想着她的容颜在空白处轻描淡写，颤抖着挥出一辙，提笔与落笔之间的距离仅仅是一秒，却改写了故事的结局。他知道，他和她，终是背道而驰，从此，无论是在天涯，还是在海角，再也难闻其声，难见其人。当初携手遇见的那些芳草萋萋的风景亦全部退出了他的世界，而那篇还没写完的长相厮守却在他的涟涟泪光中被画成了无人信服的童话。昔日相知如故，却叹仅仅只是一个回眸，便换得今朝的含泪转身，若早知如此，倒不如从未相逢。

清风一曲惹人醉，醉了是动情的人，还有那颗相思的心。站在急速前行的时光河流中，也曾倚着流年辗转的日子，朝朝暮暮地期期盼盼，以为风起的时候是想念，雨落的时候是念想，飘雪的时候是刻骨铭心，晴天的时候是欢颜绽放，然而，他却忘记了心的角落还住着未曾遗忘的往事，无论他是否倾其所有，都无法抹去走过的印迹。

自醉的时候总是会忘却时间的存在，当坚定的双腿迈着沉重的步伐，踱着千秋的光阴恍然停下时，回忆中的她是否依旧笑如春风？回首，掬起明月落下的影子，跟随轻风一路前行，浮云眼下的形形色色都淹没在他的伤心里。细细品尝嘴里溢出的酸涩味道，踩着城下不知是谁遗落的风筝，迎着大地，他站立成树的庞然，只想于风里大醉一场，像风筝一样飞越蓝天，和她一起翱翔，然而，回望里却始终不见她的踪影，心，终是忍不住地疼痛起来。如果，这场生命旅程中的飞翔没有她的参与，那么，清风一醉，他又能与谁共舞？

抬头，蔚蓝的天空在眼底移出大片大片的白云，有意无意地爬过头顶，缓缓飘向远处的青山，而他伤了的心却在大声呐喊：即是过往，又何须遮住灿烂的明天？侧目，浅笑，眼里却多了一丝莹莹的泪光，那是对她的想念。在他心底，远去的她是一首诗，更是一阕词，迷离而悠远，温婉而柔软，若碰上烟雨时节，总想那一篙撑过去，映入眼帘的便会是碧水蓝天，柳丝拂面。只是，他的不舍、他的多情又可曾是她伫立远方的眺望与期待？

那些寂寂的巷子，是她心甘情愿把自己隐匿起来的地方，他寻找了经年依然无法找出她的身影，于是，只能一如既往地穿行其间，为不惊动她，总是蹑手蹑脚地走过，每一次徘徊，足音都是轻轻地。然而这一次，踩在青石板铺成的巷道上，冷不防还是惊了某扇轩窗后的落寞，侧耳倾听，一声轻叹缓缓跌落在风中，仿佛有久远的遗忘正穿过老去的时光翩然而来，一点点地生发，一点点地茁壮，只片刻的工夫便将一场隔世离空的守望，写在了冷寂的心底。那一声叹息，悠悠幽幽，柔柔糯糯，似是风声踩响了时光深处的琴音，惊醒的也只是些尘封的旧事，然而，那些伤残的旧事里究竟又有多少是和他紧密相关的呢？

她居住的地方，每到黄昏时分，想必一定会有一抹橘黄色的斜阳，投在一扇古老的雕花窗棂上，而窗内则有她对镜描眉贴花黄，轻晕胭脂，妩媚瞬间便洇了淡淡桃红。他踮起脚尖轻轻地叹，在幻境中将她思了又思，念了又念。或许，此时此刻，她正执了罗扇，翘了兰花指，就这样袅袅婷婷地从屋里走出，髻边的兰花，在路过他身畔时，留下暗香一缕，经久不散。那安静的时光里，除了她，还有一池安静的荷，正如火如荼地开放在湖心，若他循香而至，在她流光溢彩的眸光中，定然会于心湖的涟漪中流转出一出感天动地的千古绝唱，缠绵悱恻的传世爱情。

可是，她在哪里呢？她早已离开了符离，沦落不知去向，他又该去哪里将她倩丽的身影寻寻觅觅？那迎风绽放的白牡丹是否能将她轻倩的笑容捎回他的身边？他找不见她，所以只能一次又一次地闲步陌上，在白牡丹铺天盖地的芬芳里，拾取关于她的所有记忆。一朵朵、一瓣瓣，柔美轻盈、绚丽曼妙的白牡丹，在如雪的阳光里，更让人觉得惊艳，美不胜收，如此静好雅致的美景，自然而然地便惹得他的心也随之沉醉。只是不知，那朵朵洁白的花儿到底是白牡丹，还是他心里惦念了许久的那个温暖明媚的湘灵。抑或，湘灵原本就是天上的牡丹仙子，只是怜悯他的一腔痴诚，才带着缤纷的花语，带着幸福的期望，踏山涉水，穿尘而来，可为什么兜兜转转之后她又消逝得无影无踪，不再顾及他的感受了呢？

伫立花间，他思念如雨。拈一抹暗香，盈满袖妩媚的风，就在牡丹倾城的花语中，回想她那比花儿还灿烂的温暖笑靥，暖意与芬芳，顿时幽幽散落在他的心间。想她定是柔美婉转的琴曲，在烂漫旖旎的季节里，突然止不住地涓涓流过，缓缓流淌至他心间；想她定是轻柔淡定的月光，在寂静的夜，陪他听一曲望月情怀；想她定是绵绵密密的雨丝，在清凉的初夏，洒下一帘的清新。想着想着，这切切的心情，早就被白牡丹装满了他的眉间心上。

踩着清幽的青石板前行，风儿在思念中传递着燕语呢喃声，声声都是他痴情的延续。沿着散发着泥土清香的小径，细数柔柔的心语，却看到她脸上写满笑意，随风在树下荡起秋千，裙裾翩翩，欢快得如同一条不知疲倦的小溪。他就那样静静地看着她，凝望之处，她绽放的笑靥，从他明亮的眸子里，一点一点地浸润至心底。回首与她走过的日子，美丽与忧伤，幸福与痛苦，刹那间便都在眼底交替前行。

那一年，那一月，那一天，她在他的心曲里陷落，他在她的深情里陶醉；这一年，这一月，这一天，他却不知道是该幸福地流泪还是无语而泣。只想着在爱的征途上前行，却忘记了这条路是否还有尽头。也许这就是爱的鬼魅，容不得陷落其间的人们多想什么，爱了便是爱了，任谁也挣不脱这尘缘的牵绊。明知没有归期，却依然故我，一往直前地走着。

湘灵啊湘灵，你到底去向了何方？他瞪大眼睛望着暗香四起的白牡丹，心，莫名地疼痛起来。你知不知道，你走了，我的心从此变得飘遥无依？你可知道，你走后，我总是沐浴着恐惧，怕你再也不会回来。如果你永不回来，我又该拿什么来洗濯你在我心里留下的痕迹？你说过的，在符离那个风清月朗的夜里，你说，这世上没有人比你更爱我，你不会无缘无故地远去，因为爱已在你的灵魂里流动；你还说，因为有了爱，你会一辈子用心守候着我，哪怕再遥远的距离，在你眼里都会是咫尺之近，哪怕一抬首看到的是落英缤纷的萧瑟，你也会让它们变成漫天飞舞的浪漫，任其盈满我们的怀抱。可你为什么还是要用不辞而别、消逝无踪在我心里种下痛苦，任那甜蜜与酸楚，时时刻刻纠缠吞噬着我？

求求你，别再这样折磨我了，好不好？当想念你成为一种痛楚的时候，才知道爱有多真又有多深，你不在，我早已跌进无法自救的深渊。隔山隔水，望断天涯，只因我知道自己注视的并不仅仅是我一个人的希望，更多的却是伫立在天涯尽头的你。忆往昔，桃花丛中，秋千飞舞时，你一下一下地靠近那些碧绿的枝叶，可知那一刹，蓝天、清风、丽日，都是开在我心上的玫瑰，柔美而又多姿？然而，时过境迁，你又打算何日归来，再为我跳一曲《霓裳羽衣》，唱一阕《长相思》呢？

曾经，你我借风放飞爱的纸鸢，那腾空飞起的不仅是希望与欢快，还有绵绵不尽的相思。那时的你，迎风漾起一张天真无邪的笑脸，放任青涩懵懂的情怀在暮春初夏的季节里出走，放任那颗少女的春心远行在我的天涯，把六朝的烟雨都珍藏成你我共同拥有的芬梦；而我，却在你不知疲倦的笑靥里催落了五月的花瓣雨，炫染了天边的彩虹，任心流泻成一汪碧水写下的绿色憧憬，幸福得一塌糊涂。只是，时过境迁，而今，少了你的做伴，我只能独自一人孤单地穿行在暮春时节里，即便沐浴着大好的春光，心情却非比四月的阳光灿烂，只是苍白一片。风过处，牡丹花素白浅醉，花瓣纷飞，拈花间香满衣袖，绽放的热情随风激扬，醉人心扉，我却难以攫住那一抹淡雅幽香，只能把所有的感知，和着飘飞的白牡丹，一点一点地记录在素笺之上，为你，亦为那冷澹无人爱的白牡丹：

白花冷澹无人爱，亦占芳名道牡丹。
应似东宫白赞善，被人还唤作朝官。
——白居易《白牡丹》

望空兴叹，却盼来一场毫无防备的瓢泼大雨。暮春初夏的雨，来得快，去得也快，然而，只是匆匆一幕，改变的却不只是天空的颜色，还有他紊乱的心绪。密密麻麻的雨丝似是断了线的珍珠，在他清瘦的面庞上铺成一场穿越时空的相思泪，纵是两岸相隔，腾空的思念亦在瞬间便贯穿了他的身心。

沿着花径，穿过雨帘，他默然转身，径直往书房深处走去，长吁短叹中才明白原来落下的不是雨水，是泪水，冲洗的不是记忆，是美好，残留的不是永恒，而是无法弥补的遗憾。寂静的雨季，只剩下他呼吸的疼痛，如果不是相隔遥遥，爱的路上，她是否还会在他的思念中始终相伴左右？

他不知道。一切都是未知。铺开素白的诗笺，轻握生花妙笔，他在案边跟随花舞的旋律写下心中所思所想。浩瀚无边的苍穹，始终容忍不了他的再度疯狂，寒凉的肌肤仿佛被细针穿过，浓烈的血腥味顿时弥漫了整个房间。窗外，风还在吹，雨还在下，屋内，心在流血，十指刺痛。此时此刻，除了那远在天涯的湘灵，又有谁会懂得，他寂寂的守候只为寻她一抹芳踪，曾经那么熟悉地落入眼前，而今却是物是人非，无从怜取。

素笺上跳跃的文字，不知不觉间便坠入他情感的空间，无论是旋转还是平放，都无法安置那颗躁动不安的心。湘灵啊湘灵，你可知，因为相遇，就有了思念，因为世间有你这样的女子，才有了我一世的感动。陌上花开缓缓归，花自飘零水自流，想你，已经成为一种习惯，幸福与否，只在转念之间。

有你的日子，生活就是溪畔阳光下盛开的白牡丹，迎着春风，揣着梦想，用生命抒写着一首首隽永缠绵的诗。想你的感觉很浪漫，满眼都是幸福翻飞，快乐轻扬；想你的感觉也很痛，那日渐瘦削的双肩，日益憔悴的脸颊，恐怕也唯有你才能知晓。只是，当我的思念越过你窗下的篱笆墙，轻轻拂过你如花的面颊之际，你又可曾把我深深浅浅地忆起？

湘灵，你已走得太久太久，而我也已等了你太久太久。你不在的日子里，我在下邽为母守丧；你消失的日子里，我在下邽默默等你，一年又一年，一季又一季，直等到我回赴长安，直等到我在曲江池畔的昭国坊安顿好家眷，直等到我被诏授太子左赞善大夫，而你却始终未能再度出现。太子左赞善大夫，品秩为正五品上，可我怎么也高兴不起来，不是因为官职卑微，而是这闲职毫无建功立业的机会，更无法直抒胸臆，指斥朝廷内外的不良风气。世风日下，还能如何？有个官职，总比在下邽守着一大家子人喝西北风强得多。可是，没有你的日子里，即便做上当朝宰相，又有什么值得庆幸的呢？

“白花冷澹无人爱，亦占芳名道牡丹。”心灵的短笛，把深情的思念轻揉成缕缕不断的笛声，放飞在无边无际的水云间，似她往日悠悠琴声的附和，亦是他多情的心在轻抚她曾经的沧海桑田，缥缈若云烟，翩然似蝶影。思念的日子，总是箫声漫漫，笛声悠扬，而她的笑，她殷殷叮嘱的话语，都在他瘦了的指尖下悄然入诗，然而，写来念去，终还是逃脱不了一个愁字再加一个痛字。

望向窗外零落无人珍爱的白牡丹，却是相思无语，唯有持久的沉默相伴。在那娇嫩的花瓣片片飞舞之际，泛滥的泪水终于停止了呼吸，不再滚滚四溢，陌上桑田亦于风中沉吟着红尘无悔，封锁住回忆的锁眼，再也无法将之开启。叹，白色的落花虽然清幽冷淡无人怜视，却也占得牡丹的芳名艳声，而他心底空装着湘灵的倩影，却是无法将她吹弹可破的肌肤再次轻抚，这样虚无的相思，即便长到天长地久又有何用？

情愫依旧在心灵深处蔓延滋生，似莫名的感应，似前世今生的缘分，他却无法用一行行冰冷的文字来表达出对她的依恋，更无法在笔尖轻轻敲响耳畔的时候，用一笺轻薄的素纸就梳理出感情的脉络。许多次，他都在幻境中无言地望着她，一如她曾经深情凝望着他，用灼热的眼神告诉他，她对他的爱有多深有多真。在那些凝望而泪的日子里，在那些无语的守望里，他总是幸福并痛苦着，既向往重逢又惧怕被伤害，心里便多了份沉重的牵挂，时常隐隐作痛，让人百转千回，梦里梦外地翘首。

“应似东宫白赞善，被人还唤作朝官。”白牡丹静静飘飞在窗前，任一眼清凉轻轻掠过他的心底，铺满落花的小径间，那一颗含在眼帘间的泪珠和即将滑落的心思，便沿着一抹温暖的思念轻轻荡漾在他的心湾。

清泉汩汩，青山幽幽，静静聆听掠过耳畔的瑟瑟风声，他仿佛嗅到她远方的思念已在初夏的风里轻舞飞扬。只是，当轻风低鸣之际，她是否还能够像从前那样，分辨出哪是风声，哪是他想她的心音？又可知，那满目飘飞、无人问津的白牡丹恰似他东宫白赞善，虽被人唤作朝官，却是无人将他放在眼里？

是的，他和白牡丹有着相似的际遇，一个空有国花的名声，却是牡丹中最不起眼的一族；一个空有朝官的声名，无奈却是个闲职，仿佛朝堂之上的摆设，只好过一具行尸走肉，终摆脱不了任人摆布的命运。然而，今天得到的这一切不都是母亲陈氏对他的殷殷期许吗？母亲一直希望他出人头地，将来出将入相，可是经历人生起落之后的他虽然位列朝官之列，却从未感受到一丝一毫的快感。而这所有的所有，又都是湘灵的隐忍与泪水换来的，她离开他只是为了他好，为了让他拥有世人眼里所谓的幸福与快乐。可是，他真的幸福了吗？

不！他一点也不幸福！湘灵，你离去的决定是错误的！你用自己的忍辱负重换来我锦绣前程，可这一切在我眼里终不过只是镜花水月罢了！为什么直到现在，你都不明白我要的幸福是什么，还不明白这世间真正的幸福是什么呢？映在别人眼眸里的并不是我想要的幸福，那些真正的幸福应该是烙在彼此心里，诉之不尽、写之不完的，这样的情怀只有你懂我懂，可你为什么偏偏还是选择了远遁？

掬一捧碧水轻烟，谱一曲缠绵诗行，盈盈的诗句里，往事被悄然风干，文字在幸福的边缘徘徊，空留千年的遗憾，俯拾可得的只是裹挟了无数隐恨的瓣瓣白牡丹。回眸，长安的细雨，在他忧伤的眼底瞬间湿了秦时的羽衣、唐时的罗扇，只留下一汪清眸在飘凉了的风中看尘烟四起的今昔。弯腰，拣起满目的绿肥红瘦，于一阕渐渐老去的词里醒来或者睡去，却只有静谧的温馨，伴着古时女子的叹息，在他伤感的心头悠然升起。梦里的那朵白牡丹，那轮皎洁的月光，那枝带露的梨花，依旧都在她流转的眼波里沉醉，带着雨意横斜的故事，于他烟波浩渺的记忆里不断地浮起、落下，直至安静。

Tips：

元和九年（814年）冬，白居易结束近四年之久的闲居生活，从下邽回至京师长安，出任太子左赞善大夫。因为左赞善大夫只是一个无足轻重的闲职，白居易心中自是多有不满。在他写给时任国子助教李绅的《初授赞善大夫早朝寄李二十助教》中就曾流露出掩抑不住的满腹牢骚：“病身初谒青宫日，衰貌新垂白发年。寂寞曹司非热地，萧条风雪是寒天。远坊早起常侵鼓，瘦马行迟苦费鞭。一种共君官职冷，不如犹得日高眠。”

元和十年初，白居易的挚友元稹、刘禹锡等人先后从贬谪之地重返长安，一时间，一众诗友游走于京师，过起了欢欣而又愉悦的诗酒生活。然而，好景不长，刘禹锡、柳宗元等人因得罪执政再次被贬，元稹也因受到牵连继贬荒僻之地的通州。这首《白牡丹》即作于其时，表露了作者不甘投闲置散的抑郁情绪，怨愤之情更是溢于言表。同时段的诗作还有《重到华阳观旧居》:“忆昔初年三十二，当时秋思已难堪。若为重入华阳院，病鬓愁心四十三。”以及寄给元宗简的《朝归书寄元八》:“进入阁前拜，退就廊下餐。归来昭国里，人卧马歇鞍。却睡至日午，起坐心浩然。况当好时节，雨后清和天。柿树绿阴合，王家庭院宽。瓶中鄠县酒，墙上终南山。独眠仍独坐，开衿当风前。禅僧与诗客，次第来相看。要语连夜语，须眠终日眠。除非奉朝谒，此外无别牵。年长身且健，官贫心甚安。幸无急病痛，不至苦饥寒。自此聊以适，外缘不能干。唯应静者信，难为动者言。台中元侍御，早晚作郎官。未作郎官际，无人相伴闲。”

第二十七章 燕子楼

满窗明月满帘霜，被冷灯残拂卧床。
燕子楼中霜月夜，秋来只为一人长。

钿晕罗衫色似烟，几回欲著即潸然。
自从不舞霓裳曲，叠在空箱十一年。

今春有客洛阳回，曾到尚书墓上来。
见说白杨堪作柱，争教红粉不成灰？
——白居易《燕子楼三首》

无眠的夜晚，一轮明月散发着如烟似雾般的迷蒙清辉，伴他静坐窗下，执着守望那心底的一帘幽梦。轻抚思念的琴弦，心与心的交融瞬时成就了一阕高山的回响，宛若行云流水，在宁静中重复着亘古的咏唱，才明白，红尘万千，他仍然只愿候她一人，只愿为她碾尽一池墨香。

她始终逗留在他的文字里，舍不得远离，成为他蓦然回首时的阑珊灯火。她在他的文字里不变的痴情，温暖了他的身心，美丽了他的文墨；他为她动了心，倾了情，醉了红尘，只想邀天上的清月入壶，就着那份流淌着的夜色轻煮，任她香飘万里，独醉在那柔情蜜意里，然后，温一壶酒，与月对盏，把想她念她的字字句句饱蘸浓情，写进红尘的最深处。

他知道，任时光辗转飞逝，任春秋几度轮回，他和她前世伫立奈何桥上的深情痴望，喝下孟婆汤前的誓言，都只是为了今生的相逢与不曾错过。究竟，是前世的约定，还是今生的情缘，才让彼此在红尘深处有了一见倾心的相遇？或许是有了那次满含深情的凝视与渴望，才唤起了心底久违的柔情，而笔下的诗文却是无法描绘前世今生情缘的瑰梦。湘灵啊湘灵，今生里如果不曾有你来过，那将是我流年中最苍白的一幕，可是你为什么来了又要走，连句招呼都不打一声？

花开几度，岁月更迭，黛色的夜幕碾过万千的滚滚红尘。晨风拂晓中，他枕着她曾经的欢颜浅笑，泪沾衣襟，宛如在风雨中跌跌撞撞一路漂泊而来的小舟，在岁月的风口浪尖承受着狂风暴雨的吹打，却依然执着地寻觅着那可以让他停泊的港湾。她就是他灵魂归依的港湾，自看到她第一眼时，他便知道她是他今生今世的守候，所以无论她走得多远，逃得多久，他都愿意用尽所有的温柔，穿越她心的隧道，让淡淡的回眸在怦然心动中酣畅淋漓，默默等待她的归期。

她说过，春天来了、百花绽放之际，她就会来长安看他。那时，杏花微雨正濡湿符离的风景，也润了远方一抹眉端的欣喜。她淡淡地说着，他指端的期盼却一日日凋零，待到初夏时，春天的花已在记忆里旧了颜色，偶尔会在阳光下翻晒，却只剩下一抹落寞残红在孤单冷寂中痴痴地追忆着旧时的春伤。于是，不断在梦境里揣想她沦落天涯后短暂居住过的城池，却从来不敢也无从靠近，甚至刻意疏离，因为害怕心底的想念，终将落入现实的脚边，变得与想象不符，白白任他念想了这许多年。

她说过，离开他是为了成全他，为了让他谋取锦绣前程。她不想拖累他，所以彻底走出他的世界，没捎来任何消息，更没遗下只言片纸。她是铁了心要与他分道扬镳，既然如此，找到她又将奈之若何？再次相逢，欣喜过后，面临的会不会是一场更大的失望？他轻轻地叹，若不想失望，恐怕唯有将希望留在心底，一直不去触及，权且当想象是真实，就当自欺，就当自圆其说。然而，他还是无可救药地想她，时时刻刻。每个孤寂静谧的夜里，远处缓缓流淌的琴音便会在指间氤氲缭绕着，轻轻飘进他忧郁的心海，而在摇曳的烛光下，他仍端坐案边守候着悠然一方的她，浸润在她如阳光般暖暖的微笑里，把对她的思念写进一弯冷清的月光，任淡淡的一缕暗香盈满心房，只想与她相濡以沫，直至老去。

窗外，微风裹挟着十里柔情，撞击着他惆怅的心扉。颔首沉思，人生如梦如幻，似烟似雾，而她什么时候才能明白，他内心深处的美丽和寂寞，一直都希望有她来读懂？世间有百媚千红，可偏偏是她植入了他的心，溢出了一种执着的爱。为了与美丽相逢，他深情的诗赋里吟唱出了无数的离愁，尽管文字堆积起来的情感憔悴了他，他却丝毫不在意，就那样任岁月在一旁看着他的苦苦煎熬于风中一寸寸老去，依然在她柔媚撩人、婉转回旋的目光里，发誓要用自己毕生的精力去爱她恋她。

湘灵。他再次低低呼唤着她的名字。你听，窗外撕裂的树叶青绿脆响，片片飘落在风里，那参差不齐的脉络，便是我对你一生一世的眷恋。可知，这些年，一路行走，一路遗忘，即使有再多的风景也只能是意外的衬托，因这世间的依恋执着只是为你一人。那些曾经最美的也是最深的情感，同样也是最易受到伤害的，而承受这一切的不仅仅是你是我，还有那些与我志同道合的诗朋挚友，所以每当我呢喃着把对你的相思写进诗文的时候，惆怅的从来都绝不只有在纸端两两相望的你和我。

不知道你还记不记得，曾经，在写给你的无数封信里，我跟你提到过的元微之和刘梦得。他们和我一样，空有一腔抱负，却总是没有施展的机会，因为才华横溢，屡屡遭受实权派的排挤打击。元和五年，我最好的朋友元稹，也就是微之，因为受我牵连被贬入蛮荒之地的江陵，还有刘梦得、柳宗元也早因为党争久贬异地。就在今年春天，好不容易才把他们从贬地盼回京师，指望着与他们再续前缘，在曲江畔流连把盏、指点江山、激扬文字，没想到执政者却以刘梦得的一首《玄都观桃花》诗语涉讥讽为由，将他和柳宗元等同僚同时贬出京师。而微之亦因与他们多有往来而被贬通州，甚至来不及安顿家小，就再一次灰头土脸地离开了长安。

留在长安？在朝为官？难道这一切真的就是你对我寄予的厚望？你真的以为我在长安为官就可以得到永恒的幸福和快乐吗？不，这些年我从来没有真正快乐过，而这一切都是因为你已不在。如今，微之和梦得又相继离我而去，前程难料，生死未卜，你就当真忍心继续藏身天涯海角，任我在这里行尸走肉般地活着吗？失去了你，我黯然伤神的目光早已在原本唾手可得的幸福上画上了句号，堆砌的文字也不再像从前那样缠绵悱恻，几乎透明得可以一眼便看到真心，净化到毫不费力便可以深入灵魂，而言行举止也不再像从前那样轻浮，可以旁若无人地坐在青石板上，数着星星等你到天明。我累了，真的累了，可我还是不知道，应该选择放下或是遗忘，或许，当我不再念你想你的时候，便是决绝的开始，然而，这终不是我想要的，永远都不想要。

人生自古多情痴。你可知，我为你留下了一方清雅的角落，要让纯真的爱意永远驻留？亦可知，一纸素笺，我只想与你在最深的红尘里拈墨闻香，对诗吟诵？还记得你我在符离结识的张仲素张大人吗？也就是那个曾在你家门前桃树下向你讨水喝的绘之兄，他已经当上司勋员外郎了。昨日他来看我，还带来了三首婉丽清芬的《燕子楼》诗。嗯，燕子楼，就是徐州的那座燕子楼，那一年，我在给你寄去的信笺里一再提到它，不知道你还有没有印象？贞元十九年，因为我们的婚事再次遭到母亲大人的阻挠，悲愤中，我在友人的陪同下，由洛阳踏上了东去徐州的路程。在那里，我拜访了尚书张愔大人，并结识了他的爱妾关盼盼，那个美艳袅娜得无以复加的北方佳人。是的，她是名副其实的北方佳人，酒席间，我曾为她写下“醉娇胜不得，风袅牡丹花”的诗句，一欢而去，尔后绝不相闻，屈指数来，至今已有十二年了。

绘之兄的《燕子楼》三首，都是为盼盼有感而作。绘之兄曾经任职武宁军中，所以对盼盼的始末了然于胸。那一年，我离开徐州不久，尚书张愔便即作古，归葬洛阳。听绘之兄说，张尚书没后，姬妾散亡，唯盼盼始终无法忘情，不肯离去，就一直居住在张氏徐州旧第的燕子楼中，居是楼十余年，幽独块然，于今尚在，所以绘之兄才作诗以哀其志：

楼上残灯伴晓霜，独眠人起合欢床。
相思一夜情多少？地角天涯不是长。

北邙松柏锁愁烟，燕子楼人思悄然。
自埋剑履歌尘散，红袖香消已十年。

适看鸿雁岳阳回，又睹玄禽逼社来。
瑶瑟玉箫无意绪，任从蛛网任从灰。

那是怎样的一个女子啊！她对尚书大人的痴情，令我辈多有愧颜。可是湘灵，难道你对我的感情还不如一个曾经沦落风尘的女子对她钟爱之人深挚真切吗？你走了，无数个日日夜夜里，我都强逼着自己，不再想念你的笑靥，不再想念你的声音，不再想念你的陪伴，不再想念一个人的独舞，不再想念仰望天空的苍凉，甚至不再想念行走在同一片夜空下的温婉浪漫。可是，说好不想念，为何还会感觉到窒息的痛楚？一段情，发生了，经历了，便是一生的情缘；两个人，相遇了，相爱了，便是一世的爱恋。而你为何偏偏选择离我而去，只留我一人空守孤寂，仿佛那独寝燕子楼中的盼盼，始终为所爱之人悲咽，为所爱之人伤怀，为所爱之人哭泣，为所爱之人心痛，还多了一份长长的忐忑与担心。

窗外，小鸟在枝头轻唱，那声声的鸣叫婉转而缠绵，却教听的人柔肠寸断。挚爱的人乘风远逸，又有几个人能像盼盼那样始终徜徉于无望的期盼中坐等季节穿越爱情，任如潮的思绪在春夏秋冬的轮回中铺就一条新的情恋之路？湘灵啊湘灵，可知道，你不在的日子里，却有我幽幽心绪，留一抹清愁，在遐想的时光里，始终守候着你的归期？

今夜，为你，我紧握湖笔，碾尽一池墨香，于一字字、一句句的诗行间，浅吟低唱起深深的情、浓浓的爱，任红尘中浮动的情缘暗香，成为你我一生的眷恋；今夜，为逝去的岁月，我饮尽一杯清酒，为我们曾经的刻骨铭心涂抹上最后一道彩虹，替故事的结局续上残缺的标志，尽管腾空一切的心，仿佛一座空旷的荒山野岭，漫天飞舞的碎片勉强能拼凑出你的轮廓，可是，过去的过去，又该如何回去？那流光溢彩的思念中，芳华依旧，情丝千万缕，已在笔下缠绕成了千千心结，欲语还休。然而，在何时，我才能驾着一叶轻舟，划向你心海的港湾？

他不知道。他什么都不知道。捧读着誊抄下的张仲素的三首《燕子楼》绝句，眼前一再浮现出十二年前在徐州张尚书府里结识的那位衣装袅娜、姿容绝世的女子。她的名字叫盼盼，她为自己钟爱的男子奉献了一生的韶华与冶艳，最后却甘愿放弃灯红酒绿的生活，独守在寂寂的燕子楼中，只为心中永存的那一份爱、一份牵挂、一片相思。“楼上残灯伴晓霜，独眠人起合欢床。相思一夜情多少？地角天涯不是长。”低声吟诵着绘之兄通篇沐着美丽忧愁的文字，他的心开始变得莫名疼痛起来。盼盼对张愔的痴情，正如他对湘灵的不舍，可是这莽莽红尘中，他该去哪里才能寻回那份丢失了的依恋呢？

作诗。是的，这时候，还有什么比作诗更能将他心底的沉痛表露得一览无余？于是，轻点砚墨，和着张仲素的三首绝句，一口气便在一笺素纸上写下三首备极凄婉的绝句来。字字句句,都纠葛着他心底的哀怨,似是为燕子楼中的盼盼而作，却又是为那远在天涯的湘灵而写：

满窗明月满帘霜，被冷灯残拂卧床。
燕子楼中霜月夜，秋来只为一人长。
钿晕罗衫色似烟，几回欲著即潸然。
自从不舞霓裳曲，叠在空箱十一年。

今春有客洛阳回，曾到尚书墓上来。
见说白杨堪作柱，争教红粉不成灰?
——白居易《燕子楼三首》

几度风雨，几度春秋，暗涌于心的激情于似水流年中悄然逝去，再回首，她依然笑靥如花，而他却两鬓添霜。棋子闲落灯花处，窗外那些美到蚀骨的白牡丹，总是随风徜徉，任清新馥郁的幽香扑面而来。挥挥手，送走忧伤，抚平痛楚，抹去印迹，无论心中有多少难言的隐忍，在此时，只想与她琴瑟和鸣，共奏爱的永恒……

温婉柔暖的初夏之夜，朦胧的月光斜斜映入窗内，以为可以伸手握到一把欢喜，却不料触摸到的只是眼前的潮湿一片。只怕是回忆触痛了心底的隐秘，那些曾经牵手一起走过的风云岁月，此时此刻，落入他的眼底，竟有了种望穿秋水般的缥缈迷离，散发着浓浓的忧伤，正悠悠浮过锦瑟年华的天空，一任指尖打捞起的温柔，徘徊于分岔路口，不断走走停停。

夜未央，梦醒时分，抽泣的声音一直回绕在耳畔，没有想她，可眼泪的肆意流淌，让他不得不强逼自己封锁有关她的所有记忆，然而，却又无法抑制对她的思念。铺开诗笺，淡淡的墨香切断思绪，笔下模糊的字迹，深藏着清晰而又纯真的青涩爱恋。此时此刻，唯愿在她的倾听里化作一曲袅袅的琴音，高高低低地倾诉自己不变的衷情，切莫负了红颜；唯愿在她的凝望中化作一行深情的诗赋，平平仄仄地书写自己永恒的心声，切莫负了爱恋。琴韵悠长，声声缭绕在有她的梦里水乡；墨染素笺，页页浸满对她的浓浓痴恋。没有她相伴左右的夜晚，他只能倾尽心力，研一砚浓墨，用文字与她情牵一生，继续徜徉在书香墨气里，沉醉在缱绻旖旎中……

“满窗明月满帘霜，被冷灯残拂卧床。”那场风轻云淡的离别之初，他日夜流连于花街柳巷，沉醉于纸醉金迷的浮华中无法自拔。就着歌女阿软含情脉脉递到嘴边的酒盅，他轻轻呡一口上好的女儿红，望着她微红的面颊，再也没有想到湘灵的一颦一笑、一点一滴，只是醒来后才知道，原来不是不会想，而是不敢想，因为想起便会撕心裂肺地痛。

张尚书弃世后，爱妾关盼盼静守香闺，如是者十年有余，陪伴她的唯有满窗的明月光，满帘的秋霜，还有那冷了的衾被，和那摇曳昏黄的灯火。她就那样日复一日、年复一年地守在燕子楼中，却不知道究竟是在等待情郎的归来，还是在固执地守候自己当初许下的诺言？他不知道张尚书弃世时，生前得他宠爱的盼盼有没有发下重誓，但盼盼却用十年的坚守向世人证明了她的高风亮节，以及对先夫浓得化不开的眷恋。是啊，若不是对爱人爱得无以复加，又有哪个女子会像盼盼那样为一个死去经年的男子默默守候十年，足不出户？

尽管无法洞悉盼盼在燕子楼中是如何度过那寂寂年华，但他明白，百无聊赖的生活填充不了那片她专属的心灵港湾，即使失去了所有记忆，也不会荒芜成一片没有绿意的沙漠。她仍在爱着她的亡夫，爱的天空，因那段不曾萎缩的眷恋而变得晶莹润泽；而情的世界，亦因她的守候而变得真实坚韧，即使从未开口，从未向世人索取过什么，她的心思，他亦能揣度明白几许。是的，她只想静静守在燕子楼中，直盼到香消玉殒的那天，便可与她心爱的男子双宿双飞，永远不再分离。可是，她的心思，地下的张愔能否明白？

恍惚中，他仿佛看到那个一袭素装的女子，正踏着缓慢的脚步，在浅浅的池水边缘驻足、俯身，望着水中的自己，已然失去了原有的青春芳华。苍白的容颜、憔悴的眼神、麻木的双手，还有未干的泪痕，想必都是夜里在梦境中挣扎而遗留下来的印记。他瞪大双睛紧张地望向她，却又看到她将青丝撩起，遮住了半边脸颊，倏忽立起，缓缓朝他身边走了过来。那究竟是十二年前见过的北方佳人盼盼，还是他心中一直念念不忘的湘灵？

他摇着头，已然分辨不清朝他走来的女子究竟是盼盼还是湘灵。还没等他回过神来，那女子却又轻轻转过身，朝背离他的方向走了过去。远处，是一片白雾茫茫的水域，女子走入迷蒙的雾霭中，倚栏望着水上行走的舟，那舟似乎也是安静的，轻悠地摇晃着一片温馨的静谧。总觉得佳人足迹所至之处，便应是那般舒缓而悠然的节奏，方能合了那一番雅致，怡然里，自有一份让人心安的妥帖。这样的时光里，应该也有一份不用言语阐释便会明了的清雅，仿若深夜，独自一个人倚着窗扉倾听远处依稀飘来的箫声，那抹袅然于碧水长天里的洞彻，便带了一缕若隐若现的禅意。无须多言，懂的人，自是懂了，不懂的人，终是永远也不懂……

凝眸，轻风乍起，吹来满天飞舞的落花，也吹散了那幻境中出现的女子。抬头，仰望万里无云的天际，墨蓝色的深邃让心瞬间遭遇无法避之的寒凉。原来他还在想念，因为还没有忘得彻底，亦不敢忘得彻底，所以心底总是在最不经意的时候充盈着一股逼人的寒气。我爱你，湘灵，是的，我爱你，只此一生，愿续来世，就像盼盼对张尚书那份浓得化不开的情。只可惜，心的倾情告白，遥远的远方听不到，湘灵更是无从听取。

“燕子楼中霜月夜，秋来只为一人长。”佳人身影消散的方向，掩映在一片葱郁的绿意里，始终都笼着一份绰约多姿的妩媚和西楚大地独特的韵致，精致中又带着一丝慵懒的气息，看上去仿若虚幻的景，似乎一不小心，就会跟随她扑朔迷离的影淡去无踪。然而，一切的一切却又都是那般真实地存在着，一眼望过去，彭城张家大宅、燕子楼，全是高高低低的白粉墙，通通在他眼底流转着岁月的痕迹。

那缥缈无依、袅娜而过的女子是盼盼，还是湘灵？他对着一泓清流轻轻地叹。或许，她是盼盼；或许，她是湘灵；或许，她谁都不是；或许，她谁都是。然而，那燕子楼中的霜月夜，想必秋来也只为盼盼一人而长，那他的湘灵呢？湘灵是不是也跟随盼盼藏身在燕子楼中，足不出户？不，湘灵与盼盼从未谋面，更无从相识，她又怎会藏在盼盼的燕子楼中呢？若真是那样，倒也了却了他一块心病，可他明白，这只不过是他的痴人说梦罢了。

“钿晕罗衫色似烟，几回欲著即潸然。”碧荷涨断清湖，摇曳的荷蕾，只为等待那惊世的展颜。深居简出的盼盼手捧旧日的钿晕罗衫，想起张愔在世时与她的种种燕好，唯愿再穿上这些衣裙为他在廊上一舞，凌波盈然，回眸，嫣然一笑尽芳菲，只为博他一笑。可是，他去了，再也无法与她把盏共欢，好几回手捧烟色罗衫正待披身，却又惹动哀思，只好和着一捧清泪忍痛将它放下。

念他，想他，为他痛断肝肠。良辰美景，谁来陪她一醉方休，不问今夕何夕？爱过也好，醉过也好，只因相遇太美，诀别便成全了一场刻骨铭心的真情演绎，倘若可以试着遗忘，又有何不可？

“自从不舞霓裳曲，叠在空箱十一年。”她始终无法将尚书大人忘怀，正如他无法不去想念不知所终的湘灵。张愔弃世后，关盼盼再也没为任何人跳过她引以为傲的《霓裳羽衣曲》，所以那些罗衫便被叠压在空箱整整十一个年头。十一个年头里，她无时无刻不在忍受着对张愔的刻骨相思，多少次打开箱笼，取出罗衫，夜以继日地抚摩，想再为他轻歌曼舞一曲，想再为他斟上一杯清酒看他欢颜，却换来自己一场又一场的伤心泪水。

张愔走后，她一直留在燕子楼中，只为守候一段来无影去无踪的情缘，可无论是红尘纷扰，还是岁月静好，流水潺潺的背后，总有悠然的情思悄悄漫过心头，让她终日浸在楚天阔别的忧伤中沉痛复沉痛。无法跨越的距离，犹如彼岸的花儿，开得再艳，终还是凋落成季节的附属品，伴随着时光前行的轨道，渐渐在风尘中淡去。她亦终于明白，有些人，有些事，去了便是去了，心里的绿意也渐渐被消磨殆尽。从此后，只是默默守在楼宇的一角，坐等一场花落的归期，要与他在另一个世界里永生相随。

盼盼自是世间少有的痴情女子，他的湘灵又岂比她逊色？为了他，她耗尽人生最美好的年华，蹉跎了岁月，错过了婚期，年过三旬仍然待字闺中，就这一份情意，他这一生又如何报答得了？含着泪花，想着盼盼的情事，唤着湘灵的芳名，他举杯对流水，独饮杯中酒，却是寸寸愁断肠。此时此刻，他多想她出现在眼前，置之一笑，而后给他一个美丽的转身，可以让他清楚地看见心的距离究竟有多远。即便下一个转身是她独舞爱的旋律拥抱空气，至少还能留存下一丝丝幻想供他慢慢咀嚼。

“今春有客洛阳回，曾到尚书墓上来。”那一年，因贪恋符离的婉约，才得以结识灼灼桃花下抿嘴笑个不停的她；那一月，因痴爱符离的细腻，才闻得她痴绝牵魂的琴音；那一日，更因为她的优雅，才开始重拾旧日的诗赋。而今，她已远去，正如死去经年的张愔，一切都难以挽回。然而，人死不能复生，只要湘灵还活在这个世上，就算耗尽毕生的心血，他也得将她找出来，亲手将幸福递到她的手中。

捧着绘之兄为盼盼赋就的三首《燕子楼》绝句，冷不防想起春天的时候，有客人从洛阳回至长安，提及曾去张愔的墓前祭拜，又想到那空守燕子楼中的关盼盼，心中的凄惶更是无以言述。尚书大人不在了，痴情的盼盼为他守节十有一年，怎能不教人钦佩仰慕？而湘灵不在了，他为什么还能独自于长安城中诗酒逍遥？湘灵啊湘灵，不是我爱你爱得不够深挚，而是实在不知道该为你做些什么！我寻不见你，唯有选择文字的临摹，一笔一画，一笺一页，期盼它的点点滴滴能够在宣纸上见证爱的奇迹。可是，你真的打算就此远遁，不再出现在有我的世界里吗？

你知不知道，此时此刻，我多么希望你能感受到我对你的那份微妙的想念？淡淡的，暖暖的，时而疯狂，时而寂静，时而缓缓流淌在心间；又多想此时的你能漫步在云端水湄，浅笑嫣然地向我走来，说好不再让我一个人承受思念的滋味，不再让自己独自漂泊，不再离开，不再消失，不再伤怀……

我真的不想让你忍受孤独的痛苦，不想让你像盼盼那样一辈子枯守在死寂得令人窒息的小楼里。那不是你想要的，也不是我想给你的。时至今日，我只想让一切都变得静止，只想让双手紧握住流年的温暖，放任某一段时光，不经意地在心间缓缓穿梭而过，而春光烂漫的阡陌之上，唯有咱俩的爱在蔓延，也唯有咱俩的情在流淌。

“见说白杨堪作柱，争教红粉不成灰？”听说张尚书坟前栽种的白杨树已经长大到可以用来做柱子的材料了。十一年的漫长岁月就这样从指缝间悄然漏去，一切的一切都在不经意间起着莫名的变化。蜻蜓轻轻飞舞，滴翠笼烟，美丽，在月夜下无声地漫延，倏忽间，他又想起了湘灵，想起了盼盼。是啊，盼盼，那个叫作关盼盼的女子为张尚书守节十一年，足不出户，每日每夜都浸在无边的思念与泪水中凄凉度日，仍是旧年的姣好模样，与其如此，何不与那心爱之人生死相随？即便化作灰尘，也总好过一人终日与悲恸做伴啊！

失去了今生最爱的那个人，活着又有什么意义呢？白居易手捧着新写好的《燕子楼》绝句三首，凝望着素笺上墨迹未干的字句，反复念叨着“见说白杨堪作柱，争教红粉不成灰”，泪水已然模糊了视线。死去的人已矣，可活着的人还要与痛苦做伴，这样生不如死的日子还不如自行了断了的好！湘灵走了，他已心灰意懒，这样行尸走肉般地活着，亦非他心中所愿。那么，就让他，还有那个同样为爱痴狂的女子关盼盼，一起为他们所钟爱的那个人奉献出他们最宝贵的生命吧！

Tips：

元和十年（815年），诗人张仲素作《燕子楼》诗三首，白居易阅后，当即一一和之，作诗三首，并特地为此作序云：

徐州故张尚书有爱妓曰盼盼,善歌舞,雅多风态。予为校书郎时,游徐、泗间,张尚书宴予。酒酣,出盼盼以佐欢。欢甚,予因赠诗云："醉娇胜不得，风袅牡丹花"。一欢而去，尔后绝不相闻，迨兹仅一纪矣。昨日，司勋员外郎张仲素绘之访予，因吟新诗，有《燕子楼》三首，词甚婉丽。诘其由,为盼盼而作也。绘之从事武宁军累年,颇知盼盼始末,云："尚书既殁,归葬东洛。而彭城有张氏旧第,第中有小楼,名燕子。盼盼念旧爱而不嫁,居是楼十余年，幽独块然。于今尚在。"予爱绘之新咏，感彭城旧游，因同其题，作三绝句。

以上所谓张尚书者，是名臣张建封之子张愔，做过检校工部尚书，后又征为兵部尚书，未及到任就去世了。盼盼是张愔的小妾，明郎瑛《七修类稿》中称其姓关，或说姓许，皆不足据，本文解析此诗时取小说之说，定其关姓。另，张仲素《燕子楼》三首是拟托盼盼口吻写的，所以后人多误题为盼盼所作。张诗拟写盼盼寡居十年中对张尚书的怀念之情，以及自伤之意；白诗遵循了最严格的唱和方式，不仅全依张诗原韵，而且依其诗意，只是创造了新语新词。其中“秋来只为一人长”“几回欲著即潸然”“争教红粉不成灰”等句，颇见新巧，由此亦可知古人唱和情景，更体现了二人精湛的艺术技巧。

由于《燕子楼》诗一唱三叹，哀婉动人，所以广为流传，并引起后代读者很大兴趣，生发出新的情节。盼盼的故事更被后人衍为小说，见于《丽情集》和《绿窗新话》，与白居易诗序所叙出入颇大。如称张仲素所作《燕子楼》三首为盼盼所作,白居易在和作三首之外又另赠盼盼一绝："黄金不惜买蛾眉,拣得如花四五枚。歌舞教成心力尽，一朝身去不相随。"

盼盼亦和作一绝："自守空楼敛恨眉，形同春后牡丹枝。舍人不会人深意，讶道泉台不去随。"旬日不食而卒，以明其志。其实均出于改窜附会，与史实真相不符。

第八卷

爱难聚：月明月暗总愁人

她走了，江面飘起他无限的愁思。孤孑的眼神，望向千年之后的云层，那满江粉荷碧叶，缀着一个个「残」字，却被一座座愁城渐渐围困。他在哭，他在笑，他在青萍悠扬的琴声里安然等待，等时光流逝，等岁月流转，等一场繁华落尽后的相知。

第二十八章 逢旧

我梳白发添新恨，君扫青娥减旧容。

应被旁人怪惆怅，少年离别老相逢！

——白居易《逢旧》

连绵的细雨，在花开的季节无声地落下，冷冷的风吹摇着轻薄的衫子，毫无眷恋的身躯便这样任由风雨敲打着，哆嗦着。没有温度的血液无法如常循环，终是惹来满身冰凉，一回眸，滚滚而过的红尘里只余下空白的天荒地老，依旧坚守着他一个人的寂寞世界。

岁月如歌，红颜易老，青春岁月空付了蹉跎。深夜的思念悄悄爬上他布满皱纹的额头，住进他孤独的心里，那些流逝的记忆便再一次浮现于他的脑海。然而，生活中早就掺杂了太多的黑与灰，一切的一切都离他远去，曾经的幸福色彩已找不到任何踪影，回忆只能让他更加怀念那些遗失的美好……

忘记了回去的路，那些美好的时光，都被回忆生生分割成无数密密麻麻而又细细碎碎的片段，仿若被遗弃在角落里尘封了经年的信物，伸出手，却抓不到任何想要的东西，那一阵心悸始终得不到释怀。

往事如昨，她的身影，依然瘦小得惹人生怜。时光太长，远远望去，曾经一起走过的那些深深浅浅的足迹，一直通到不能抵达的地方，是她，亦是他，可望而不可即的繁花海洋。那年，她从春风中走来，漫步在雨季中，享受着秋日的宁静，沐浴着深冬的暖阳，偎在墙头玩弄一枝青梅。惹得刚从青春打马而过的他探头张望，第一眼便望见她的娇羞满面，四目相对。莞尔一笑后，他继续行走，只任执笔定格瞬间的相思，伴着远处悠扬的琴音，在她嫣然的笑靥里烙下深深的眷恋。然而，杏花微雨，或是白雪盈尺的路上，与她再次相遇又该是何年何月？

灯红酒绿的长安城，有着太多太多的诱惑。歌女阿软婉转的歌喉里，伎人秋娘洒脱的舞步里，他依然站在天秤的此端，翘首相望彼岸的心上人，竟不知何年何月何日才能与之相逢。只是一直盼望着能有一天，与她十指紧扣，漫步于黄昏的曲江畔、灞桥下，任耳边清风，掠过温暖的指尖，任幸福的感觉在周身蔓延……

她走了，他的青春亦如流水般逝去，触目所及的琐碎日子，只是一个个被拉得长长的空洞的影子。再也找不到那样爱恋着一个人的心情。那些逝去的年华，转瞬便成了落满灰尘、被深深压在心最底层的记忆，偶尔翻起，更是心痛如绞。残酷的现实让他不得不抛开幼稚的想法而去面对现实，虽然明知前方的道路会遇到无数挫折、无数坎坷，无数痛苦、无数纠结，会让他遍体鳞伤，但他依然在坚持着朝前迈进，而这一切只因为心中还是放不下那个令他牵挂了无数个日日夜夜的她——湘灵。

他们失去联系已经太久太久。她离开的日子里，他心里积攒了很多很多想要对她说的话，却又不知该向谁人倾诉。每至夜深人静时，她便会清晰如昨地出现在他眼前，占据他整个心房，堵在他的胸口，让他欲罢不能。想起她，就再也没有睡意，曾经历经的一幕幕往事，都在他眼前变换着更替上演。湘灵，你知道吗，其实我们并未彼此走远。想你，我就能看到你的笑容；想你，我就能听到你甜美的声音；想你，我就能感觉到你纯真的温暖；想你，生活中那些不开心的事便会自然隐退，只留下你如梦如幻的容颜甜醉着我的心头。在这夜阑人静的时候，我好想把心底这一缕缕不灭的情丝绾成一朵朵纯洁的荷花寄到你的床前，让它伴你度过一个幸福而又愉快的夜晚，然后欢喜着看你在窗下简单而真实地描绘我们昨日与今天的感动。只是，若果真如此，你还会不顾一切地扑进我的怀里来吗？

坐在书房的窗下，他知道自己又在发傻，可还是无法控制自己的情绪。悄悄披衣走出户外，仰望群星，仿佛嗅到她身上的清香，满天都是她灿烂宜人的微笑。此等良辰美景，也许天一亮就会退隐，就会被琐碎的现实覆盖，可现在，幻境里她的每一个举手投足都让他觉得很幸福、很快乐，仿佛她的存在、她的微笑，只是为他一人而存在。

他在想她，她也在想他。是的，时时刻刻。纵使远隔千山万水，这种思念也能穿透重重阻力，让双方都感知到一种牵挂的力量存在。可是湘灵，你为什么还不回来，为什么还要逃避，难道你真想跟盼盼一样，一辈子都活在泪水与悲痛之中吗？回来吧，回来！我想用阳光般的温暖融化你那颗冰冷的内心，用一份永久的牵挂软化你坚硬的躯壳，用不变的思念轻轻抚慰你受伤的灵魂，从此，任你在这深深浅浅的红尘里来去自由，永远都欢喜安然。

依然记得，她曾要求他走进她的心里，可她却不曾知道，那时的他早已将她视为生命中不可缺少的一部分，深深地刻在骨子里，与生命同在，并肩而行。抬头远望，许下过的诺言仍在耳边回旋：执手相伴，相随一生。然而，遥远的记忆终是遮住了回身的起点，思念太久的心亦被风花雪月的曾经迷失了方向，突然就找不到她的归处，向来如影随形的踪迹也变得无从追寻，而他唯一能做的，便是守着黎明前的地平线，期待她的身影再现。

她不在了，岁月彻底荒了他的梦，也彻底锁了他的情。思念及天涯的距离，坐起云间，以漠然的目光缓缓飘过一切，最终锁定在她的身上，只因一直都知道，即使夏花绚烂，也抵不过她的如花笑靥。茫然的眺望，依旧在风中恪守着相约的幸福，心底的牵念，始终都牵连着海角两端的他和她。尽管笔端还是写满无奈寂寞，尽管忧伤还是固执地把记忆串联，并将往事折成一纸风筝，放飞天空，追风起落着或长或短，或悲或喜的歌，但相爱的心却从不曾远离或是消失。回眸，昏暗的院落里，歌声里萦绕的是他熟悉的声音，空气里流淌的是她温润的气息，不经意间，那一声声不由自主的呼唤，却是乱了他分寸的心动，绽放了他梦里的一树相思。

往事如风，逝者如歌，曾经的爱还温暖着，缱绻的似水柔情，依旧绕指成痴。风依然冷，拉长他一影的孤单，冷漠无情地拂落一朵刚刚绽开的娇艳，不见落红满地，只见一叶孤独，伸手拾起，轻捻那点点的离殇，不为怅惘曾经的那一抹嫣红，只为怜悯那瞬间的凋零。泪水在眸子里打转，一缕如丝的愁心在风中战栗，落寞涤荡着他挥之不去的惆怅，忍不住执心而问，终是谁的一声叹息生生换来这弦断曲残的伤？

掬一把相思泪，倾一壶浊酒，今宵只想别梦寒。此时此刻，好想回到符离城外那个青山碧水环绕的小山村，与她一起点燃一灯相思烛火，放在古旧的窗台上，然后，就着他的一份思念、半壶老酒，执她之手，欢喜着共听一曲《长相思》，共舞一曲《霓裳羽衣》。

或许，这一切都只能成为奢望。因身性耿直，遭奸人所构，刚刚回朝出任左赞善大夫之职还不到一年的他便被贬为江州司马。不久后就要收拾行囊、携妻扶女，成为远谪他乡的游子，又怎会回到那令他魂牵梦绕的符离城呢？

湘灵的失其所在，和自身被贬即将远赴他乡的现实，都让他身心两疲。风中，他轻轻地叹息，往事在模糊的泪水中一一飘落，执笔画牢的页卷陡地在眼前燃起了青烟，迅速焚烧了昔日所有的点点滴滴，终忍不住怅问清风，这漂泊的人生，到底会情归何处？

头顶，云影匆匆，片刻之后便弥漫遮盖住整个天空，季节的变化让人措手不及，而坚守一生的信念于此时亦转瞬轰塌成平地，令他再也无所适从。不用说，天空的泪水注定意味着忧伤，所以，当他以近乎窒息的呼吸告诉自己，一切的一切都会过去时，连他自己也不能相信生命里是否还会出现晴天。

同一片天空下，连珠般的雨滴噼啪作响，他踮起脚尖，伸手触及冰冷的空气，雨水滴落眼里，却不知，是不是要等到泪水流干后才会懂得珍惜，懂得隐忍，懂得呵护。他真的没有答案。如果期待可以让人兴奋，那么绝望亦可以让人坠入深渊，永远无法翻身。

就要去江州了，可什么时候才能再见上他朝思暮想的湘灵一面？他始终在等，带着如花的记忆，等她让他住进她心里。他是如此期待着永恒的真情，总想为她留守一片艳阳天；他是如此向往她的心境，总想与她一起追寻幸福的开端，携带两颗痴心飞往花开茂盛的地方。然而，一切的设想仿佛透明的琉璃，生生被现实拍案落地，瞬间便碎成无数细小细小的亮片，流散于各个方向。无论他如何努力地拼凑，如何撕心裂肺地呼唤，如何苦苦地哀求，最终只是换来无尽的悲伤与怅痛。原来，当思念背道而驰，意犹未尽的只是那些回不去的过去，他又如何能够改变天的注定，让梦焕发新的色调？

斜倚云窗，静听老歌犹在她的指尖流淌，举杯浅酌，品满嘴辛辣与苦涩，任执念在纠结中打开心锁，不意，痴心却深锁了寂寞。云开，梦醒，他终于看见这世界残酷的真实，终于在转身的瞬间，明白此生他们终将站在彼此的对岸，亦明白，他不是她的劫，她也不是他的执念，却无悔他们曾经一起走过的那些日子。

兜兜转转之后，梦碎了，天黑了，人散了，情也倦了。他知道，过多的不舍只会任思念更痛苦地沉浸在回忆里，而真情的路上，如果不想让自己痛到无可救药，那么唯一可做的便是不再让真心流连在任何的花开季节。浮生若梦，那些看多的人，还有那些见多的事，所有的所有，终不过都恰似一抹云烟，来去无影。即便落于眼前，也不会产生任何牵挂、任何臆想，既如此，又何必只为了她一人而让自己陷入万劫不复的深渊?

天知道，他有多么希望那个与他白首到老的人是她，能让他牵着她的手一直走到人生的尽头，相濡以沫，相伴左右，一生都不离不弃。只可惜，她过早地退出了他的世界，默无一言，以后的以后，还不知道有谁会来为他的真情守候安置一个温暖的角落，让他可以时时刻刻地感觉到她的存在、她的柔情、她的真心相融，又怎能奢望与她的相守一生?

他终是离开了长安，离开了那个长袖善舞的歌伎阿软，离开了他无法施展抱负的朝堂，走向了另一个未知的世界。却不知这慢慢人生的坎坷路上，站在拐角的方向远远遥望旧日流年里已逝的足迹，在湘灵眼里，是否还会有他那曾经蹒跚在风雨中等她的身影。如果有，是不是说明她还在默默地深深地爱着他?

缘起，缘灭。时光如水，世事如尘，无论拥有或失去，都不过是过眼烟云，转瞬成空。缘灭，缘起。指尖轻触写给她的《长相思》，思绪随着文字的牵引，不由自主地就落下泪来。那么多孤苦无依、相思无路的日子，知不知道他都是如何苦熬过来的?轻舟一叶，孤独地飘零于开阔的江面上，在这如烟的日子，拥有的却只是一份凄迷和断肠的思念。忧伤在风中传递着他的落寞，不舍伴他走进暮雨深处，那一刻，多想抓住她梦中的手，让冰冷不再，传入心底的唯有她的淡然与温柔；那一刻，多想与她再次相拥，不再谈别离，红尘万丈里，只为她独守空城，只为她一去不复返，任岁月变迁，任时光前行，纵是沦落在天涯海角，也要倾其所有地爱她一生一世。

想着湘灵的容颜，静伫船头的他望向江岸一株扶风的柳，不经意间就将那满目的翠意铺张得蓬蓬勃勃，且由它越过季节的更替，将尘埃一一洗去，在他眼底渐渐葱茏，写尽人间旖旎繁华。从从绿意在他心里轻轻荡漾，那梦里的江南，终还是出现在了他的记忆里，然而却少了她六月雨后的妩媚，无论怎样去铺排，都会有一些忧伤裹在回忆里，挥之不去的，总是那一抹似曾相识的熟悉，在这攘攘红尘里不由分说地混迹着。于是，只能取了纸笺笔墨，让那一番清彻的凉，在笔端凝了些幽，于风中安然地等待浮华落尽后的彻悟，唯愿一生都在这恍然里来去，不曾有来，不曾有往，有的只是彼此心间的相向。

远处，忽地传来一阵悠扬悦耳的琵琶声，时断时续。是《长相思》。他侧耳聆听，心底倏忽涌起一股莫名的感动，仿佛看到符离城外的风车旁，她正裹着一身的潋滟，一袭暗香入怀，在风移花影中舞乱一墙月色，一如那满树桂枝，潜藏暗涌的芬芳，有种说不出的恍惚与迷离。是湘灵？他瞪大眼睛朝那叶渐行渐近的小舟望去，却是只闻琵琶不见人。依稀中，却能看到湘灵怀抱琵琶幽怨的眼神，如同当年在符离分别时的模样。

真的会是湘灵吗？心剧烈地跳动着，抹去记忆最深处的画面，望着那孤舟一帆正朝他们的行船缓缓驶来，他忍不住仰天长叹，默默祈祷。祈祷这等待不会太过漫长，祈祷他魂牵梦绕的湘灵会走进这片靓丽惹眼的风景，任他将她的美丽一一采集，再共她上演一幕柔情万种的依恋。

近了，近了。小舟终于近了。那划着桨的老伯不正是他曾经熟识的湘灵的父亲吗？一曲琵琶音断，在老伯喜极而泣的呼唤声中，身着一袭藕荷色长裙的湘灵掀开舱帘，朝他紧紧蹙起的眉头瞅了过去。是她！真的是她！纵然分别经年，纵然天涯海角，纵然她已是四十岁的半老徐娘，只一眼，他还是认出了她来。一转身，她触手可及，那样真切，又那样熟悉，仿佛盈手一握，她便在他的掌心；而她，眉眼干净，神情清彻如水，正隐在苍苍暮色里，斜倚着窗棂，隔着一泓江水，温柔地送来一缕相思的呼吸，在他最意想不到的时候，给他最莫名的欣喜。

似乎从来都不用提起，重逢的喜悦，和心中想要倾诉的千言万语，到此刻，只一道彼此交汇的眼神，就将两颗疲惫的心紧紧扣到了一起。原来，她从不曾远离，他亦从不曾真正失去过她。眼前曳动的馨绿，全部朝着她的方向，凝成如玉的丰盈，幻成一只彩蝶，在那一湾清水之间的距离里翩跹、起舞。初秋的风，高举着思念，她的名字在他嘴边呼之欲出，如月色，填满空谷幽兰，顺着那朵浅香，在她的眉间、他的眸间，来来回回。是的，她从未远去，他亦从未脱离她的视线，酒后微醺的总是似醒还醉的情愫，一番思量，终是润泽了一曲新词，从她唇边脱口而出，悄然，栖落他的额上。

“湘灵！”

“乐天……”

他抑制不住激动，不顾舱中青萍的侧目，潸然泪下地跳上她的小舟。她亦放下舱帘，丢开琵琶，迫不及待地跑上船头，和他紧紧相拥在一起。仿佛除了心中的情意，这世间所有的一切都已与他们无关。

“是你吗，湘灵？”四十四岁的白居易伸手拭去她脸上晶莹的泪花，犹不敢相信眼前所发生的一切会是真的。

“乐天！乐天！”她紧紧伏在他肩头，忍不住悲伤地呜咽了起来。

“这些年，你和老伯都去了哪儿？”他紧紧拥着她，不无感伤地问，“为什么？为什么要不辞而别？我给符离的兄弟们写信，他们说你和老伯悄悄离开了那里，从此不知音讯，可你这么做到底是为了什么啊？”

她没有说话，只是以泪水代替了一切的言语。这还用问吗？她这是不想给他牵绊，不想让他继续活在痛苦的回忆里。可她又哪里知道，失去了她所有的音信，他活得更加压抑，更加了无生气。没有了她，他无论如何也活不出幸福，活不出快乐，活不出一个人的精彩。

风起、云动，空气里弥漫着她新浆洗过的旧衣裳的清新气息，而他，却在她亲手递来的一杯香茗里安然等待，等待她一个允诺，等待她答应和自己一起去江州赴任。她没有给出回答，只是轻轻抱起琵琶，和着泪水，再为他深情唱起一曲《长相思》。在她婉转的弦音里，他缓缓闭上双眼，却又怕被谁惊扰了梦中的温存，所以，片刻之后，他又瞪大一双眼睛，目不转睛地凝视着她，仿佛只一个浅淡回眸，她便又要失其所在。眼角溢出的泪水，渐渐温暖了他迷离的双眸，也慢慢冷却了他青春的梦想，更荒芜了她如花的容颜。于是，开始情不自禁地在午夜里亲吻着曾经的山盟海誓，然后又点燃一支爱的馨香，和她站在星光满天的心野，许下一个又一个华丽的愿望。

一辈子会有多远？今生又会有多长？那个在月下为他轻吟浅唱，用痴情目光替他抚慰受伤心灵，为他拭去相思泪痕的女子，过了今夜又会去向何方？是否会如他希冀的那样跟随他们一起去江州，还是会继续跟随白发苍苍的老伯辗转江湖，以卖艺为生？

“我不会跟你走的。”一曲唱毕，她收起泪水，冷冷地盯着他，斩钉截铁地说。

“为什么？你说过，你这一辈子都不会离我而去，为什么你要一次又一次食言？”

“我没有食言。我说过，生为你的人，死为你的鬼，所以这辈子我都坚守着这个誓言，从未适人。”

“可……”望着年已四旬，却为他蹉跎尽大好青春的湘灵，他内心涌起一股巨大的自责，“不管怎样，你都得给我一个赎罪的机会，不是吗？”

“你没有错，为什么要赎罪呢？”

“是我把你变成这样的，我有责任让你过上好日子，我……”

“这条路是我自己选择的。”湘灵轻轻叹息着，“我不怪你，也不怨天尤人，这就是湘灵的命。既然命该如此，湘灵也只好跟随老父继续漂泊江湖，以卖唱为生。”

“可我会让你过上好日子的！母亲大人已经过世，她再也无法阻挠我们的结合了！湘灵，求求你，听我一句，就算不为你自己着想，也该为体弱多病的老伯想一想，他一把年纪了，你怎么忍心让他跟着你一起过这种沦落江湖的日子？”

“沦落？”她轻轻瞟着他，“我觉得现在的日子过得很安详，也很幸福。父亲大人和我一样，我们都很知足。”

“可是……”

"你不要再说了。"她紧紧咬了咬嘴唇，"你那首《井底引银瓶》的新乐府诗我早已经读过了，你不是也说聘则为妻、奔则为妾吗？难道，你非得让湘灵跟着你做一个苟合的女子吗？"

"这……"

"你已经有了妻室，就不该再做非分之想。"她抬头看了看天色，"好了，天色不早了，你也该起身回自己的船上去了。"

"你这是在下逐客令？"

"我只是不想让尊夫人误会湘灵也是水性杨花的女子。"

"青萍虽然识字不多，可也出身名门，是个通情达理的好女子，你的事她早就听我说过，所以无论我要带你去向何方，她都不会阻挠，甚至还会将你当作亲姐妹一样看待。"

"既然知道她是个好女子，为什么还要伤她的心？"她忽地抬起头，目光如炬地盯着他，"咱们缘分已尽，今日能够江上一见，也算是了却了我多年的心病。看到你健健康康地活着，我已经了无牵挂，这一生，哪怕再无缘相逢，湘灵都已经知足了。"

"可我……"

"什么都别说了。如果你不想让她受到伤害，就趁着夜色未深赶紧回去，要不这以后我都不会再跟你相见的。"

"以后？"他缓缓站起身，满面憔悴地望向她，"你是说，以后我们还有机会再相见？可是，你若不跟我去江州，以后我又该到哪里去找你呢？"

"你是饱读诗书之人，又何必执着于朝朝暮暮的相聚？"

"可我们已经分别了太久太久，难道你都不想听我多跟你说些话吗？"

"有什么话，等天亮了再说吧。男女授受不亲，大人又是官命在身之人，岂能为我一个江湖卖唱的女子失了名节？"她亦站起身，轻轻推着他朝舱外走，忽地瞪着滚滚东逝的长江水起誓说，"你若不走，我就跳了这江水，死了也落个干净。”

“湘……灵……”

她做出意欲跳江的动作，他连忙一把揽住她的腰肢：“好好好，我走！我走，还不行吗？”他缓缓走到船头，正要跳到自己的舟上，又回过头盯着她紧张地问，“你当真没有哄我？”

“什么？”

“你说有什么话都留到天亮后再说，可是，你不会趁夜深人静之际再次不辞而别吧？”

“我什么时候哄过你？”她望向他嫣然一笑，“明天把尊夫人带来，湘灵还要在她面前露上一手，请她吃正宗的符离菜呢。”

是啊，湘灵什么时候哄过自己？回到自己船上，和青萍简单寒暄了几句，他就把自己一个人反锁进书房，埋首于书案中梳理着紊乱的思绪。时光如那舱外的一泓流水，在他眼前缓缓地流去，而这流水，带走的终将会是谁的芳梦，洗濯的又会是谁的罗衣彩带？都说滴水可以穿石，但爱情却放任这淙淙的流水不停地东逝去，怎不是一种遗憾与浪费？

窗外，水波微澜处，她的影子亦远亦近，时而清晰，时而模糊，唯有深坐案下的他依旧怡然不动，一抹微笑似是天边的彩虹，绚烂到极致。幻梦里，欢喜着与她十指相扣，奈何努力了许久却扣不住天长地久的拥有，手指间唯有从微笑里滑落的泪滴，一点点地，映出他浓烈如酒、疯狂似醉的心结。她总是来去如风、梦过无痕，任他睁开一双期盼的眼睛，寻来觅去，唯见山高水长的空阔，却握不住她温暖的手掌，所以总想找出一个一劳永逸的办法，把她永远留在他的身边。

轻轻，探出身，双手合拢，掬一捧清波，她的影子若隐若现，然而想使劲将她握在手心，却是无奈一次次水落影空，到最后，只剩下他稚笨的手掌，依然故我地做着最初的动作，那姿势就像水面突兀伸出的枝干，在灼灼的月光下，无奈地挥臂叹惋。

他知道，冥冥之中，那个最让他牵挂的人是谁，只可惜今生，还没有开始耳鬓厮磨的相守，却已经历尽天涯海角的漂游，遗失了前世的契约。不知道，除了她，以后的以后，还会有谁的微笑可以借他，引他度过这红尘凡世，共赏陶渊明采菊东篱下的那份悠然；也不知道，会有谁陪他在秦淮河畔的雨中徘徊，去寻觅王献之与桃叶的那叶爱的小舟；更不知道，会是谁驾着那辆相思成灾的油壁车，引他走过苏小小的西湖离殇，他所知道的，只是他情深不悔的爱，仅此而已。

抽出一张张泛黄的纸笺，那都是这些年他写给她却无法寄出的信。几行行云流水的文字，都随着时光的推移，渐渐变换成藏在心底的浓情依恋，或许也唯有这些文字才能表达他对她真挚不变的爱恋吧？铺开纸笺，不去问距离有多远，不去想永远有多远，更不用知道童话的结局是什么，一撇一捺，一横一竖，平平仄仄里，他又给她写下一首柔肠寸结、千回百转的情诗来：

我梳白发添新恨，君扫青娥减旧容。

应被旁人怪惆怅，少年离别老相逢！

——白居易《逢旧》

“我梳白发添新恨，君扫青娥减旧容。”偶然的相遇，于她，于他，都是一个美丽的意外，染指而过的青春依旧如芙渠般绚丽盛开，开得满江浮华，而那碧绿的叶片飘飞了千里，亦在这个季节，以明媚的姿势，细心雕刻出每一个他和她一起走过的脚印。

再次相逢，站在一丛荷花下的她，素手拈花，浅笑嫣然，倾泻而出的日光正好映在她粉红的脸颊上，那晕染的素妆恰到好处地透着一种与世隔绝的秀丽，让他怎么也看不够。然而，却恨见面的时间竟是那么那么的短，还没让他把心里想要说的话一股脑儿说完，就被她硬生生推了出去，怎不惹他心绪难平？

想着她如花的容颜，他对镜梳理半鬓霜白的头发，心里的惆怅却是越积越深。这一年，他已经四十四岁，而四十岁的湘灵亦已韶华早逝，不复往日的旧颜，怎能不让人感伤无奈？犹记得，与她初次遇见，笑逐颜开，而今，再次遇见，心牵情动，他带着本性的多愁善感靠近她，茫然的眼神分明能感觉到温暖的传递，她若不说，他亦深有体会。再回首，莫名的悸动迅速涌上心头，他坚信这次重逢是一场天注定的缘分，可是相逢之后又会是无尽的别离，他又该如何将这次邂逅轻轻折叠过去，只任花开的岁月，在她眉间雕刻下长相厮守的期盼，不让时光继续在眼底轮回？

“应被旁人怪惆怅，少年离别老相逢！”其实，他和她离得并不遥远。他始终都在她的身边，想她时，他会穿越人海，会随风而来，会踏波而上，会想方设法地抵近她，哪怕只多靠近了一寸，也会令他欣喜若狂。还记得吗，当弦月空寂的时候，曲折幽深的小巷里，他们便会满面迎笑着从轻涛中走向对方，深情相拥，唯余身后的寂寞在苍白的世界里风起云涌。

天知道，与她种种的相依，不过都是他的幻想罢了，也唯有在幻想中他才能走进她的温暖，抵近她如花的盈然，然而谁又能说那不是真相呢？所有在记忆中留下的印痕，都需要等待繁华褪尽后冰雪消融的那一刻，才能清楚地看见最初的本相。只是于他而言，看清了又能如何，难道那样，她就会毫不犹豫地回归他的世界来吗？

人生苦短，聚散无常，少年别离，老来相逢，许多的梦想都在和现实的比照中灰飞烟灭，荡然无存的不仅仅是希冀，还有一份曾经积存于心的灿烂情怀。此刻，此生，他真的感觉很累很疲惫，于是，他只想对她说一句：原谅我，不管你需不需要，我都将永远站在你的身后，为你撑起一把避风挡雨的油纸伞，成为你永恒的相依。

可是，她还是要走，还是要继续漂泊江湖，不肯随他而去。推窗望月，蔓延在他身边的是无边的悲伤和惶惧。愁随风起，绿波间那一片动荡凄凉的景象，对于大自然，只是即时变更的一种景象而已，可他却分明在那里看见了她在呜咽，看到了她的憔悴，和那片被零落了的伤。蓦然回首，只有一个“愁”字在他心间泛起，微风颤动之际，心莫名地疼痛，却终是无法在时光里留住她一抹青春的嫣红。

远处，莲花疏影清浅，回眸之际，却已是万紫千红开遍。那一帘落絮，正从他微蹙的眉尖缓缓滑落，跌进如黛的远山，而所有袅娜淡远的清梦，也都夹杂在这一江人生长恨的秋水中，波澜不惊地流走。转身，风声阵阵，震耳欲聋，他陡地拈起一支湖笔，在早已铺开的素纸白笺上，写下一缕冰心香魂，任雕梁画栋的廊檐在漫天游丝织就的雾霭朦胧的暗夜里锁住烟云几重，却是怎么也锁不住他深深的惆怅，还有她落泪的双眸。

那一夜，他和衣偎在案边，整整坐了一宿。等到天色微明之际，推开小窗，却只看到依旧的绿意葱茏和不期而遇的落红成阵，那一叶载着湘灵父女的轻舟已是失其所在，唯有一只孤单的雨燕在头顶寂寞地翻飞，衔着清风去了又来，来了又去。岁月无声去无痕，她终是违背了诺言，彻底走出了有他的世界。那水中残破的荷叶亦在他深深的凝望中凝成了凋零的缺口，浅浅飘落在潋滟的水波间，仿佛是不经意掉在绿漪中的一支哀哀的笙曲，正和着流逝的春光，随落花悲伤呜咽，再也不知道该何去何从。

湘灵啊湘灵，你说过不会再不辞而别的，可你为什么还是忍心抛下了我独自远去？浑浊的泪水模糊了他的视线，他却只能临风立在曾经有她的韶华深处，握笔而歌，浅唱这一季花谢花飞，掬一捧感时清泪，无语凝噎，且收拾起这满江残芳，自作香坟葬落英，而那一缕淡淡的轻痕，亦都在他眼底化作了寒潭鹤影，星星点点如染就的墨痕，在疾风中丝丝缕缕无力地摇摆，挽留不了一抹花香，更留不住她一襟红裳的飘拂。

她走了，江面飘起他无限的愁思。孤孑的眼神，望向千年之后的云层，那满江粉荷碧叶，缀着一个个“残”字，却被一座座愁城渐渐围困。他在哭，他在笑，他在青萍悠扬的琴声里安然等待，等时光流逝，等岁月流转，等一场繁华落尽后的相知。再回首，他默然，他无语，他在婵仆们无可奈何的目光中轻声叹息，依然坚定地等待着她的足音从不知名的方向徐徐而来，却又在悲痛欲绝中落尽心底最后一抹残红，任寂寞依然、惆怅依然，任那凋零的相思终化成一缕清幽的情意，无从再觅。

Tips：

元和九年（814年），唐宪宗在宰相李吉甫、武元衡的支持下，决心削平不受朝命的藩镇，并把矛头对准了重镇淮西。这一年，淮西节度使吴少阳病逝，其子吴元济图谋继立，匿不发丧，伪造少阳表，称病，自请留后，朝廷不许。吴元济未尝所愿，索性发兵侵扰邻境，焚舞阳、叶县，攻掠鲁山、襄城、阳翟数座城池，战火很快便延烧到与蔡州相邻的唐州，直接威胁到朝廷的安危。宪宗接报后震怒，立即下令发兵讨伐。时河北藩镇中，成德节度使王承宗、淄青节度使李师道都暗中与吴元济勾结，不仅出面为之请赦，还暗中遣人伪装盗贼，焚烧河阴粮仓，企图破坏唐军的军需供应。

元和十年，六月三日凌晨，淄青节度使李师道助吴元济为虐，派遣刺客刺死力主以武力讨伐叛军的宰相武元衡，并砍伤御史中丞裴度，企图打击主战派。时权相李吉甫已逝，宪宗即命裴度代武元衡为相，主持讨伐事宜。白居易只是因为替武元衡说了几句话，要求朝廷严缉凶手，就被一向视其为眼中钉的权宦吐突承璀和守旧官僚们找到了他先言官而言事的所谓“越职”借口，又称其母陈氏因看花坠井而死，诬其任盩厔县尉时所作《赏花》及《新井》诗为母丧期间所写，甚伤名教，故将其贬为江州刺史。白居易继而又遭到中书舍人王涯的落井下石，以所犯状迹，不宜治郡，又被诏除为江州司马。

在蒙冤贬谪江州途中，大约是天意怜人，白居易和夫人杨氏意外邂逅了沦落江湖、漂泊无依的湘灵父女。乍然相逢，当年的翩翩少年、如花红颜都已不再，唯有真爱历久弥新，白居易与湘灵当即抱头痛哭了一场，并写下题为《逢旧》的诗章以为纪念。那一年，白居易已经四十四岁，而湘灵也四十岁了，但尚未婚配。这首诗里白居易再次用到了“恨”字，此“恨”与《长恨歌》的“恨”有着千丝万缕的关联，所以说白居易亲身经历的这段悲剧式的爱情为《长恨歌》的创作打下了坚实基础并非不经之说。

第二十九章 舟夜赠内

三声猿后垂乡泪，一叶舟中载病身。

莫凭水窗南北望，月明月暗总愁人。

——白居易《舟夜赠内》

蒹葭苍苍，白露为霜。

凝眸，一叶蒹葭，缀了些许苍青色，若一缕碧烟从明净的白瓷中生发，而他的眼里便又多了一份忧伤，也多了一份希望。

《诗经》里的伊人正裹挟着远古的思念溯流而下，缓缓拨开两岸烟染的重楼，停驻在画里杏花微雨的江南，固执地找寻着那抹掉落在油纸伞后的幽幽丁香。放眼望去，氤氲的水色开始泼墨，无边的江堤被落花掩埋，那黛青色的一湾迷蒙里，一叶孤舟正泛波江上，不知在岁月的轮转中徘徊了几个千年，沉沉浮浮，端的都只是寂寞的影子。

一滴白露，在他眼中凝结成霜，从子夜吴歌的吟咏中定格，渐渐入住笔下的诗魂。晶莹的珠子闪着幽幽的光泽，疑是鲛人流了千年万年的泪，却不知泪水之后深藏的那颗痴心又是为了哪一家的翩翩少年。瘦了的指尖轻轻划过忧伤的眉眼，心，不由自主地痛到欲裂，而满含着深情的目光却泛出些许温柔，趁着流年浣洗尘埃的间隙，缓缓遗落于浩渺的江流。从此，沐清辉，吸精魄，是不是，假以时日，天长日久，它便会脱胎换骨为文人墨客笔下的相思子，名唤红豆？

所谓伊人，在水一方。水墨留白，江南始终是最最婉约的书写。剪影红尘，某年某月某日的青砖黛瓦下，他曾亲眼看见一个月白色的身影，执一叶绣花绢伞，轻轻绕过苍苔丛生的石阶，慢慢朝他的方向走来，近了，又远了，却始终没有抵近他栖身的地方，甚至连看都没看他一眼，便消逝于丁香缥缈的幽怨中，让他念了经年，也思了经年。

仿若隔世的记忆，那些斑驳琐碎的片段，始终都在他脑海深处轮番着上演，看似清晰明了，却又模糊虚幻得厉害。时过境迁，他只记得她在丁香花掩映的拐角处转身而去时，那一声低低的叹息迅即把她纤瘦的背影染得愁绪丛生。她在愁烦些什么？那般的年轻，那般的娇俏，那般的矜持，那般的清雅，本不该有什么可以让她发出那一声低低的叹息的啊！总是在不经意时想起她，想起她转身而去的背影，却不意，流年早把眼底的时光换了又换，前朝与今朝，仿佛隔了一帘青烟在对望。然而，望来望去，望见的总是云雾缭绕的天空，变幻莫测的变迁，还有那虚无缥缈的挂念，任他目光如炬、力透苍穹，也看不破这尘世喧嚣里藏着的那一份深远。

走过的路越多，经历的事越多，便越来越觉得生命就是那缥缈的云烟，风一吹就散，而情亦然，无论有多舍不得，终归要被清零、洗白，可这世间为什么还有那么多人，只为了一个“情”字，便要死要活，且前赴后继，从来都不曾断绝过？是不是，留恋云烟的缥缈，就是割舍不下心底的惦念？是不是，越在乎越放不下心头纠葛的那份情，生命便会变得越虚无越不真实？他不知道，也难以给出正确的答案。或许，这本就是一道无解的题，永远也不会有答案。但他还是认定爱情是这世间最最美好的情感，哪怕总是让他痛着疼着煎熬着，也是他生命中绝无仅有的一曲华章，所以即便上天拿永生的快乐来跟他交换爱情，他亦绝不会允诺。

传说佛祖掌中的那颗念珠，因痴恋忘忧河中的青莲，甘愿魂灭，只为圆一爱梦；又说缥缈于三界的桃妖，因助念珠重返佛的掌中，流下了第一颗红泪，终至魄散；还说人世间的痴男怨女，因爱凋零者皆葬于绝情谷，从哪里来就到哪里去，情是最后的归宿。或许，为自己深爱的人遭受非人的折磨，是一种荣幸，也是一种幸福，可为什么上天从不曾给过这份煎熬一个明确的限期？莫非，爱从始至终都是一种考验，而这考验从来也都不会设下期限，如若是，是不是今生今世他都要活在痛苦中苦苦挣扎，却永远都没有出头之日？

溯游从之，道阻且长。也许，寻觅就是惘然的迷途，不识前方的雾霭烟岚，不知前路的迂回曲折，只执着于自己的意念，寻寻觅觅，徘徊流连不去，又怎能找见正确的路径，行至终点？其实心里一直深知，在寻觅的路上，走走停停，来来回回，他在乎的并不是结果，而是那份寻找的过程，以及这一路上心与心的感应。道路再长，长不过他的思念，道路再曲折，曲折不过他的心路历程。寻她的路上，他经历了太多的坎坷与等待，还有什么是不可以逾越的鸿沟呢？

然而，半折人间走来，却又惊觉，经历的一切终不过是自欺欺人的假象，所谓真相只是蒙了层纱的镜中花、水中月，遥遥望去，仿若七彩云霞守护的神光，其实不过是他一时的眼花罢了。可还是心有不甘，不肯就此罢手，凡事不都有个例外吗，万一那些被他视作假象的经历和情感都是真得不能再真的真实呢？

不会的，即便天下的万事万物都是假的，包括他白居易都是不存在的虚幻，但她，他深爱的湘灵也不会是假的！怎么会呢？爱情是世间最美的存在，而她则是宇宙中最美的化身，无论如何，她也不会是假的。所以再苦再难，他也要努力着靠近她，把她的温暖紧紧握在手中，更要用他满腔的深情抚平她眉间的蹙起。

执念于此，便总是不顾风雨交加，不计较生死地，默默穿梭在紫陌红尘间苦苦追寻。而这一切，不仅只为揭开那一层轻薄的白纱，一睹她的真容，也是为了向自己证明，爱情它从来都不是虚幻的。

曾经的曾经，他为她倾其所有，为她笑看红尘，为她淋湿相思，为她千杯一醉，为她踏遍千山万水，哪怕隔着天涯海角的距离，也都在远远眺望并关心着她，与她分享着所有的秘密与快乐，给她永恒的祝福与欢欣，并在无人的时候偷偷在心里刻下和她心底直径相同的同心圆。只求心与心之间能够牵一线情缘，让梦的翅膀找到情的方向，带着执着的爱，永远守护她的幸福安然，哪怕历经刀山火海，亦是矢志不渝。然而，人生的迁徙，终其结果，还是觅多果少。回首察看，脚印深一个、浅一个，连绵不绝，而她依然不在，才明白，原来这世间所有不舍的追溯，都只是上天拟定的一场轮回，无论甘与不甘，一切，本都与他无关。

溯游从之，宛在水中央。总是怅惘，明明梦里还有她不即不离的身影相伴左右，为什么醒来时却又要一成不变地去面对这番的萧瑟落寞？每一次举目远眺，寻寻觅觅，望来望去，望到的都只是她消失之后的留白，而他倒被孤寒寂寞于瞬间一箭中的。在那细雨凄迷中，轻轻地叹息，恍惚中，眼前闪过的究竟是她依然不变的清丽容颜，还是往夕窗下低语时的缠绵？都是，抑或都不是，已无从知晓，只知道此时的细雨已化成断线的泪珠，划破了他极力掩饰的低垂的脸。

迷蒙中，她若佛前的青莲，宛在水中央，却留他在翘首以待的岸边，把一份难咽的苦涩当作甘醴一口饮尽。而那一溪忘忧的河，未曾让他忘掉心底积淀的忧伤与悲痛，却生生隔断了他和她的三生因缘。轮回百世，溯游从之，无论多么迤逦缠绵的剧目，最后都有曲终人散的时刻，只是不知道在面对作别西风的剧情时，那蚀骨的痛楚又该如何在亦真亦幻的时光里去慢慢救赎。终又与她擦肩而过，不知不觉间，咫尺仍是探手可及的此岸，而天涯已成千里之外的彼岸。他和她，仿佛被两块巨大的磐石横亘在彼此的生命里，只能遥遥相望于苍渺浩瀚的天际，任彼此，在婆娑的岁月中，渐渐褪去曾经的容颜，却无法抵近，也无法相偎着取暖。

雨声如漏，倍添凄冷，寂寂里，无语成伤然，却不知该如何遣散心中的哀情。人生是如此短暂，痛苦却为何偏偏如此绵长，总是让人痛到无药可救？或许，所谓伊人，便应穿过落寞，长眠于画，以缄默的方式成全诗魂，流传人间，才是对爱的拯救，也才能体现情爱的真谛，如若是，又将置他于何地？想着她的容颜，他泪眼模糊，此时此刻，真希望黑暗就是那铺天盖地的流沙，能够将他完完全全地淹没在这苍渺的尘寰里，从此不问归程，也不再倾心相思。

抬头，雨越下越大，彻彻底底地扰乱了心底的平静，寂静的世界里，只剩下他呼吸的疼痛，却溢着生命里最真的温软。多想与她携手共游于青山绿水间，欣赏山中的美景，聆听鸟儿欢快的歌唱；多想与她浪迹于天涯海角，伫立于山之巅，拥抱一整片蓝天，看她裙裾飘飞，行云流水般的婉约。可是，她再次远遁，消失得无影无踪，亦如青春已离他远去，自此后，只能一个人在寂寞流年里，孤独地吹响一曲离别的洞箫，轻叹那些逝去的韶华岁月。

雨珠划过冰冷的肌肤，硬生生地将那些苦苦寻觅的踪迹彻底淹没，每回忆一次，便揪心一次，寒江彻骨的温度正如此刻没有知觉的内心。芳菲花雨中，风也含情，云也轻笑，许是她螺细的指纹，许是她泛黄的诗笺，那一抹惊艳却在他心里搁浅，久久无法释然。在他眼里，她有如水的诗意，皎洁的心怀，不沾半点纤尘，浅笑轻吟间，纤指舞动，便是如歌的情怀，倾情地在光阴里流转。那年那月，符离城外的小村里，他时常倚在她身畔，看她轻舞霓裳，听她闲抱琵琶，享受她的温情脉脉，但觉那沁人心脾的幽香，只在顷刻之间，便能拂去他一身的疲惫，让他变得安然恬静。而那缕缕浪漫的情思便开始婉转绽放，化成他笔下浓浓的情愫，写就水墨千行，每一字，每一句，都是至美的心境。

湘灵，你为什么不肯回来与我携手红尘共叙爱意？你可知，想你时，我的眉间尽是悠悠萦绕的暖意？你可知，我只想与你执手流年，在花前月下微微笑着细数芳华？你可知，你不在的日子里，每个夜深人静的时候，我都怀着美好的期待，唯愿入梦的瞬间，你那份温暖的情怀能陪我走过喧嚣，走过繁华，直至天之尽头，始终不离不弃？

为什么又要不辞而别？为什么又要丢下我任我一人独自苦痛？为什么不肯给我一次机会，也成全你自己一回？我等你，盼你，可等来盼来的终究还是镜花水月。是否，你我的擦肩终将会为这场无期的永远落下伏笔？他悲痛莫名,泪如雨下。湘灵再次离他远去,他的心是彻底死了。可他还在想着她，念着她，想她如水的温柔，绵绵的叮咛，带着深切的关爱，带着尘世的素朴，带着落落的温暖，在他思念的眉眼之间轻轻地抚过；想她灿烂的笑容，想她袅娜的风姿，想她给他的轻怜浅爱，想她的絮絮私语，想她的喜怒哀乐……

举目望去，碧波间竟然早已辗转换作了残荷千里，他亦终于开始明白，她是他心里永远的伤，亦是他永恒的思念。犹记得，那年在符离城外的风车旁，她紧紧偎在他怀里，望着他悠悠说道："时光深处，缘来有你。"他听着，不语，却有满眼的感动在蔓延。然而，以后的以后，他又要到何时何地才能听到她的谆谆叮咛，才能将她再次拥入怀中亲怜蜜爱？蹲下身，轻轻摘下一支残荷，放在掌心，感受着和她一样的美丽清纯,心里却多了一份温暖妥帖,但又是那么那么的痛,那么那么的刺骨。

她总是这样，能在寂静的时光里，用自己的芳菲温暖别人，而他却始终像个孩子，撒娇在她呵护体贴的怀抱里，像颗纯净的莲子，被她包容着，宠爱着。她的爱里容纳着太多太多的关爱与叮咛，而那娇小的躯体里，承载的却是多愁的魂魄和那些没有缘由的感伤与落寞。到底，该怎样才能抚平她受伤破碎的心？他不知道，他已经失了所有的主张。

他只知道，她是一颗从遥远的天际，坠落在他心空的恒星，用最远的距离成就了他最近的爱；他只知道，无论她在不在自己身边，他都会一如既往地爱着她，恋着她。或许，喜欢她，只是因她有着天成的翦翦风情，于素色年华里，用水墨点染流光，在一曲慢歌里，轻轻舞，低低吟，便可把寻常的日子梳理成动人的风景；或许，爱上她，只是因她有着恬淡的情怀，不着尘烟，淡泊名利，只在静静的光阴里，小心翼翼地珍藏起最简单的幸福，珍惜着每一段遇见的缘分。然而，深深久久的怀念，其实并不需要太多的理由，爱就是爱了，即便爱到相恨，爱到不能爱，他这辈子也是无法把她从灵魂深处剔除出去了。

“相公！”青萍撑着油纸伞从舱中缓缓走出，替他挡住瓢泼的大雨，“湘灵姐姐她……”

“她走了。”他难以抑制地再次泪眼模糊，丝毫不打算在妻子面前掩饰自己对另一个女人的感情。

“都是妾身不好。”青萍嗫嚅着嘴唇，“如果昨晚妾身能亲自去湘灵姐姐的船上请她过来一叙，或许她就不会像从前那样不辞而别了。”

“这不是你的错。”他轻轻摇着头，“你不了解湘灵。她决定了的事，是从来不会更改的。”

“妾身揣度，湘灵姐姐的船并没有走远，如果现在追上去，一定能打听到她的踪迹的。”

“她是铁了心不想跟我们一起去江州的。”他不无感伤地说，“不，从她和老伯离开符离，漂泊江湖之际，她心里就有了最后的主张。”

“或许还有转机，也不一定啊。”青萍轻轻咳嗽着，“现在追上去还不晚，迟了恐怕就真的再也没有相会之期了。”

他摇摇头：“往事已矣。既然湘灵心里已经有了主张，我们就不必再强求她了。或许，她觉得现在这样的日子才是她想要的幸福吧？”

“可是……”青萍继续咳嗽着，“可是湘灵姐姐孤苦无依，相公就真放心眼睁睁看着她继续沦落天涯吗？”

“你怎么了？”他关切地盯着青萍，“怎么咳得越发厉害了？是不是……”

“妾身不要紧。”青萍微微蹙了蹙眉头，“只是偶感风寒，睡上一觉便没事了的。”

“真不要紧？”

青萍点着头："眼下最要紧的就是把湘灵姐姐追回来。相公要是追她不回，妾身这辈子心里也不会安生的。"

"青萍……"

"我知道，湘灵姐姐不是不想跟你去江州，而是心里有所顾忌。"她瞪大眼睛望着他，"是因为妾身，对吗？其实湘灵姐姐大可不必担忧，这一路山高水长，有她做伴，倒是能替妾身解了许多乏闷。如她不弃，从今后，我便与她姐妹相称，不分彼此，只是……"

"青萍！"他感激地将她紧紧揽入怀中，"得妻如君，夫复何求？可是……"

她伸手替他拭去眼角的泪花与雨水，忽地偏过头去对着舱中大喊了一声："船家，赶紧掉头，跟上昨天我们遇上的那艘小船！"

船夫忙不迭地从舱中探出头来："夫人，这雨势……"

"你没看见雨势已经小了许多吗？追人要紧，我们给你加倍的佣金就是了！"

"青萍！"他不无歉疚地盯着她，"我……"

"什么都别说了，找到湘灵姐姐要紧。相公也不想看她总这样风餐露宿，不是吗？"

"我……"他扶着青萍进了船舱，四目相对，心野茫茫。痛到极致的时候，连泪水都失去了落下的资格，仿佛是在嘲笑多情的人、多余的心。记得曾有人说起，因为缘分而来的东西，终有缘尽而别的时候，原来这就是所谓的永远。于是，他总算相信缘聚缘散，即便是爱到心破碎，别离照样会让人措手不及，甚至是肝肠寸断。

在青萍温婉的目光中，他明白，生活，永远不会像泼墨的山水画那样，一处简洁的留白，便能躲过那么些琐碎、尴尬、煎熬。湘灵走了，他仍不由自主地守在她的眉眼里等待她的承诺，等待她终身相伴的许诺，无法自拔。

一叶兰舟在烟雨蒙蒙的江面上穿梭，准备了一肚子的情话不断在心间跌宕，远处仿佛又飘来了她身上的女儿香。恍惚间，青翠欲滴的春，宛若一幅静止的图画在他脑海中驻留，于金色初秋的时节肆无忌惮地闯进他的眼底，那绿意盎然的季节里，有着红衫的她在画里慵懒斜倚，并不是他想象的罗衫羽衣，只是简单的一抹红色，却在那满目绿意里点缀了一番别有韵味的春。想着她，念着她，莫名的柔情温暖了他潸然的泪眼，只是不明白，为何四季的记忆，却要画外的他用一辈子去记忆？忘记，或许只在于时间，可为何她不见，他还会泪雨千行？

萧瑟秋风过处，遍江落荷无数。看似不经意的相遇，却是一番岁月中刻意的雕琢。掉头，望向窗外，雨仍没有停下的迹象，他又记起曾经青涩的日子里，雨中，一把伞，两双脚印，山水之间，跌宕着他的惬意，放纵着她的妩媚,周遭安静得只能让他嗅到她淡淡的体香。那一场雨里，他们相识，那一场雨里，他们相知；那一场雨，淋湿了他们的背影，那一场雨，滴落的雨声呢喃着迷失的风情。而今，风依旧，雨仍然，几经春归，真的已经无力回眸，曲巷深处，寂寥的人家，那一窗清帘之后再也找不见她的身影，叵耐这还未说出口的一往情深，在心底久久痛楚着的却是那份难舍难分。

他终是没能觅到她的踪迹。她再次远出了他的有情世界。或许，这一次失之交臂便是永远的擦肩而过，那梦里的娉婷女子，兜兜转转之后终还是成了他生命中最深的记忆，任它千回百转、百转千回，亦不能抚慰他的破碎。心中，涌起太多太多伤感的词汇，悲痛于不知不觉中选择了往返、回避，只是不知，在他和她逆向而行的路途里，彼此是否已经想好了最后的归期？

独立舟头的他，不曾有那梦里的旖旎，却让惆怅，于无意间破碎了心底最唯美的景象。回到原本平静的生活里，却留下了记忆里的美好，与心上不能抹去的印痕。无论有多少不舍，无论有多少不甘，他知道，转身过后，他还是会将她安置在心底的某个角落。

俱往矣,一切的一切都过去了。泪水若断了线的风筝划伤他的面颊，此时此刻，能呈现给她的也只是晶莹剔透的思念而已，只是这一颗心，在尘世的流离里，已经于漠然里习惯了关闭，太多的敏感已在时光的暗结里缓缓归去。看着行走在时光激流里的容颜,他开始惊觉光阴的迅捷，亦开始懂得，逝者如斯其实不然，那许多的时光，原来都在心底、在身体发肤之间烙下了永远无法磨灭的印迹。

雨停了，风止了；云低了，天暗了。转眼间，又是一个朦胧且扑朔迷离的月夜。江边杨柳，垂拂青条；江中流水，平如镜面。秋夜阑珊何所思？今夜里不再徘徊，却依然有不渝的情感，在飞絮间轻轻地摇来荡去，而琴弦里张扬的旋律却是心的私语，剪不断，理还乱，问苍茫大地，问碧波秋水，还是一笔算不清的糊涂账。

因为她的极致与完美，他开始远离纠缠的世界；因为她的温暖与清芬，心海里总是风起云涌；因为她的决绝与冰凉，他知道，最恰当的思慕在隐约之间……终于开始明白：人生，有了情，便有了期待；有了期待，便有了精彩；有了精彩，便有了遗憾；有了遗憾，便有了怎么写也写不完的伤悲。泪水倾城的时候,她远行的足迹在他的牵挂里徐徐展开，心终被囚禁，一片荒芜，仿若没有翅膀的青鸟，再也触摸不到蓝天白云的清澈和高远，从此，只能与丛生的杂草一同感受路人的悲哀。

流云过处，他看到落花正孤单地玩弄着自己寂寞的影，于是，一种撕心裂肺的疼开始在周身漫延。他知道，疼，只是一种感觉，疼到尽头，就会变得麻木，那叫爱已尽，痛已散，人去，梦空，所以即便痛到痛不可当，他也不要片刻的止疼。天明后，游子还要继续前行，那抹深不见底的伤感，再次开始于痛彻心扉的哭泣，无法收尾，也无法抑制。过了今夜，他又要去哪里寻觅湘灵的芳踪，又该如何撷取一缕花香，与她啜饮一盏玉露，为她轻唱祝福的歌谣？

舱内，青萍的咳嗽声一阵紧似一阵，他的心也跟着咚咚跳个不停。紧步走进舱内，但见青萍斜卧榻上，正在灯下为他缝制新衣，不觉两眼一热，再次掩面抽泣起来。

“相公……”青萍轻轻放下针线活，抬眼瞥着他，“妾身……”

“不是跟你说了嘛，身子不好就不要熬夜，你怎么还……”他伸手轻轻拍着她的背，“怎么样，好点没有？”

“我没事的。”青萍望向他淡淡一笑，“睡一觉，发发汗，早上起来就好了。”说着，便伸手重新拿起针线，继续替他缝制着新衣。

“都咳成这样了，还不放自己闲下来吗？”他不无关切地盯着她，一把抢过她手里的衣裳，胡乱丢到床边的椅子上，“听话，好生歇息着，等天亮了，我就到前面的市镇为你请个大夫过来瞧瞧。”

“妾身真的没大碍的。”青萍一边咳嗽着一边哽咽着说，“只是湘灵姐姐她……都怪妾身不好，如果昨晚能给相公提个醒，或许她就不会……”

“这不怪你。”他紧紧攥住妻子的手，“这就是我跟她的命，不管是谁，这世间从来都没有人斗得过命的。”

“可是……”青萍黯然神伤地望向他，“如果，如果……”

他将她紧紧搂入怀中，轻轻吻着她乌黑油亮的秀发：“为什么要对我这么好？为什么你对我一点埋怨也没有？为什么？”

“因为我是你的妻子啊！”青萍潸然泪下地盯着他，“爱一个人，就要爱他的全部。既然相公对湘灵姐姐始终无法忘怀，妾身又怎能无视相公的喜怒哀乐？相公快乐，妾身便会快乐；相公悲痛，妾身便会悲痛。只要相公快活，就算让妾身上刀山下火海，也是万死不辞。”

“青萍，我……”

她望着他摇摇头：“到江州后，我们再慢慢派人打听湘灵姐姐的下落。妾身坚信，精诚所至，金石为开，相公对湘灵姐姐的一片痴情，老天爷一定会看得到的。只要我们心诚，就一定会找到湘灵姐姐，到那时，我们一家就能过上幸福安康的日子了！”

“青萍！”拥着温柔大度的青萍，白居易心里仿若打翻了五味瓶，什么滋味都有。窗外，风以轻快的速度，抚去昨日的忧伤，睁开眼、闭上眼，看到的都是这八年来青萍陪他度过的无数个日日夜夜里被拉长的影子。原来，这些年来，他始终忽略着这个女人，尽管她一直都守在自己身边，可他记得的仅仅是她模糊的背影，还有那双失神的眸光；而今，望向她，如莲心事，搁浅未央，才明白始终与他如影随形的青萍才是生命里不可或缺的部分。八年了，是啊，他们已经成亲八个年头了，他带着自己和她的影子，度过每一个春秋时节，每一个日出日落，每一场风花雪月，早已分不清哪个是她，哪个又是他自己。

江边，万家灯火，忽明忽暗，他站在她的世界里看到自己的沧桑，坠入她眼底的都是自己的微渺。推开船窗，窗棂上似乎沾染着些许水意淋漓，但那不是雨，却是她柔润的气息，于是，眉间终于多了一份舒心的笑，是那么闲暇，那么坦然。而她，却在左顾右盼中欣赏着，思索着，放飞着每一刻的思绪，以及每一个有他有她的情节。

望着她，拥着她，心里陡然升起一股感激之情。月夜下，碧波上，他们穿越在梦想和现实之间，透过尘世的纷扰，十指紧扣。与她面对，不知道从什么时候起，他开始发现自己所有固有的悲痛不见了，那些温软的诗句便情不自禁地脱口而出：

三声猿后垂乡泪，一叶舟中载病身。
莫凭水窗南北望，月明月暗总愁人。
——白居易《舟夜赠内》

这是白居易被贬江州途中，写给伴他左右，始终不离不弃的青萍的第一首诗。搂着她，抱着她，他笑了，幸福地笑了，因为他知道，他们将在文字里相依相偎，彼此温暖，永不分离。

回忆流年往事，那片一起笑过、哭过的天空，那方一起努力过、辛苦过的心灵土地；回忆她会心的一笑，那双明亮清澈的眸子，那张干净如花的容颜；回忆与她的心灵相守，那份默默久久的祝福，那颗真挚感恩的心……却是没有多少痛彻心扉的感觉，没有什么抱憾终生的感言，有的只是平平淡淡的真。

“三声猿后垂乡泪，一叶舟中载病身。”失去的已经一去不复返，只留下美好的回忆久久萦绕在心头。伤心过后，他终于明白，把握当下，珍惜自己所拥有的，才是生命中最最重要的事。远处，深山里的老猿发出尖锐的嘶鸣，三声过后，又惹起他思乡的感情，却是无语泪潸然。青萍一如既往地病着，虽然她总是说不妨事，可他知道，她咬紧牙关不说，只是不想让他为她担忧。她是那般的温柔善良，却让他更加内疚万分。

“莫凭水窗南北望，月明月暗总愁人。”静静的期待，让他将自己的信念拉长。他将自己沉寂在万籁俱寂的深夜，在夜的冷寂里，踯躅，徘徊，一任晚风将自己的伤感搁浅在涟涟的波光里。捧给青萍的茶，凉了又热，热了又凉，水气升起的袅袅烟岚，将面色倦怠却强打精神的她环绕在惊鸿一瞥的梦里，梦里满是紫色的氤氲，带着或沉默或灿烂的微笑，便锁住他一生的喧嚣。

莫愁烦，莫苦闷，莫在愁人的月夜下斜靠着水窗眺望南来北往的风景，更不要为他的事伤心抑郁。轻轻劝慰着青萍，他低吟一曲，用如花的歌谣唱给她听，从此后，纵是天涯之上、海角之外，他也会与她携手一起，奔赴一场流年的盛宴。哪怕无关风月、无关情感、无关思念，只要与心的温度有染，他都愿意用一颗简单素朴的心，在每个寂寂的角落里静静地守候着她，直到永远。

湘灵去了，青萍却在他如泣如诉的歌声里，从他涛起的文字中穿梭而过，伸出温暖的双手，牵他绕过层层叠叠的山峦，伴他一路行云流水，于汉赋唐诗里追逐他最初的梦想。她把自己置于了比尘埃还低的位置，不管他做什么，从来不问缘由，不问来去，不问方向，而这一切的牺牲与付出，只是为着一场永恒的遇见，只是为了一句轻声的问候，只是为了一份心与心的交流，只是为了她心中深藏的那份无悔的爱。

往事已矣，只要身边还有个她，便可绚烂他一生的美梦。捧起她那张素颜朝天的脸，他细语呢喃，深情款款，于是，骨子里的那些悲伤又漫漫散开，如牡丹般妖娆殷红，染遍他抚过她的每一寸肌肤的指尖，悄无声息，没有波澜，不着痕迹，斑斑点点的湿印，随即蒸发在她半边明媚、半边忧伤的面颊上。

青萍。他低低唤着，亲吻着她的额头，窗外流光溢彩的光芒是他看不透的隔膜，即使是划破手指，也不曾有过任何变迁。当所有棱角都被磨平时，他抚着她憔悴的面庞，恋了那份唯一的暖，将他知道的一切情结，都纠葛于文字里，于诗赋里演绎成一出缠绵悱恻的剧目，生生将喧嚣里的繁华尘世、滚滚红尘，都期望成自己想要的静谧。在微笑中为她采撷来一朵最最芳艳的粉荷，放在红尘最清静的深处，只等着她借来风轻云淡，将一切快乐与不快都堆砌成回忆的碎片。

Tips：

唐宪宗元和十年（815年），身为东宫左赞善大夫的白居易因率先上书请求朝廷急捕刺杀宰相武元衡的凶手，为执政所忌，被贬为江州刺史，未行，再贬为江州司马，即日离开长安，夫人杨氏随行。途中，一向体弱多病的杨氏因丈夫无辜遭受贬谪以及湘灵之事心生忧烦，终导致病体缠绵。白居易有感于此，特作诗《舟夜赠内》，温情脉脉地劝慰妻子不要因自己遭贬而伤心，更要她多加注意身体。然而，此诗更是诗人因直言遭受打击、贬官外任而万分悲痛的间接流露，字里行间，委婉含蓄，耐人寻味。

第三十章 江楼闻砧

江人授衣晚，十月始闻砧。

一夕高楼月，万里故园心。

——白居易《江楼闻砧》

深沉的暮色在渐渐远去的鸟啼声中缓缓洒落在寂寞的窗台，傍晚时分的景色美得恰到好处，抬眼之间，微弱的日光遮住远眺的视线，由不得感叹一声：夕阳无限好，只是近黄昏。

往事，已然沉溺在过去的岁月里，而今日的时光再美，也不能找寻到任何似曾相识的画面，美好的，温婉的，或是悲伤的，忧郁的。放眼望去，滚滚长江东逝水，依旧在他门前重复着日复一日、年复一年的奔流，那声声的呜咽、咆哮，透着一股来自远古的庄严与肃穆，仿佛从盘古开天辟地时起就没有过丝毫的变化。

他多希望心里的那个她也和眼前这茫茫的江水一样，即便历尽沧桑风雨，也未曾有过任何的变化，再回首，依然是当年的桃花娇颜，依然还是那个整天跟在他身后逗弄鹦鹉的懵懂少女，一张嘴便乐天哥哥叫个不停，更不会连句告别的话都不肯说就从他身边匆匆逃开。她的浅眉含笑他还记得，正浮泛在涟涟的江水之上，于潋滟的波光里开成他向往的小花。可他不解的是，心里始终不曾把他丢开的她，为什么不能像奔腾不息的江水那样，永远都流向他为她敞开的怀抱呢？

一样的心意隽永，一样的情深义重，江水永远执着地奔向大海，纵百转千回，也要靠近想要抵达的终点，而她，竟然一次又一次地与他背道而驰，让他始终无法靠近她的温暖。这到底是因为天的注定，还是因为他给过她的伤太多太重，以至于让她总是对他望而却步？湘灵，你知道的，我是一个懦弱的男人，也许我不配爱你，但请你相信，我对你的爱从来都没有改变过。如果你肯回来，我一定会努力着让自已活成一个可以替你遮风挡雨的巨人，再也不会让你受伤难过，更不会让你心生恐惧。回来吧，湘灵，让我们一起携手，坚强着走向那未知却又唾手可得的未来与幸福，好吗？

回眸，一声声意味深长的叹息在轻柔的晚风中将往事一页页翻开，任他在窗前借着一缕斜阳看了一遍又一遍，而那些重复了几次的柳暗花明，那些历经几许折折叠叠的失而复得，倏忽间便又惹起他无尽的相思，让他越来越想抵近她的明媚，紧握她的温暖在手。然而，尽管依然按捺不住地想她，但此时的心与情，却是再平静也不过，一抬手，便轻轻抹去了那些印在岁月里的关于悲伤与难过的痕迹，只留下一抹安然与妥帖，随她倩丽的身姿，深深地扣入他的眼底。

就那样静静地坐着，静静地想着，整座城池在不知不觉中陷入亘古的寂静。抬头，万物在静谧中缓缓沉睡过去，黑的夜以黯然的忧伤触及他心底最柔软最隐秘的地方，在他模糊了的目光中把她那年的温柔与青涩挖掘得没了任何的隐私，而他依然一动不动地坐着。悄无声息地想着，仿佛一转身、一开言，老去的故事便无法再沉浸在新的思绪里继续。岁月悠长，情路漫漫，却是弹指一挥间，大半生的纠结便被深深地埋葬到昨日的清风明月里。是不是，如果自己依然坚守曾经的那份情、那份爱，前方正牢牢守候着他的必定会是另一番无可回避的凄风冷雨？

不管前方等着他的会是什么，也不管未来还有怎样的煎熬要继续把他折腾下去，他只想拥抱着她的温暖一路走下去，一直走到生命的尽头，无怨无悔，无欲无求。只要有她做伴在侧，途经的道路上是祸是福，是喜是悲，又有什么要紧？谁也无法预知前程后事，难道只因为害怕恐惧便要放弃近在咫尺的幸福吗？想着她，他的眉头锁着一抹深秋初冬的晚风，那滴滴的清凉是她多情的泪水，正隐匿在归去来兮的路上，不忍让他直视，然而一个不经意，最终还是随风悄悄爬上了他的额头，在他眺望的眼中心疼着一份莫名的相知。

这个深秋，他坐在她给的萧瑟里，和着最后一滴泪水，以一叶飘萍的姿势，风干了岁月的眸。他知道，季节正与诗歌密谋一场盛大的落寂，古老的江州城也不甘落后，在半城阑珊的灯火后荒芜着深刻，而在异乡为她写诗的人，却被思绪生生阻断了爱的出口，再也看不清风吹来的方向。

素月盈空，一梦就是千年。月光，依然明媚着忧伤，枫叶开始勃然变色，那枚哭成深红的眼睛，一次次向着凋零坠落。风声里，落叶开始了最后的叹息和温柔，把呼啸着远去的岁月，藏进最深的深处，一并收拢的，还有那些风霜雪雨的日子。他缓缓闭上双眼，在黑暗的静默中望断水云间她如画的身影，试图拼接起时光的碎片，在月色中打捞她如水的葱茏，却发现那些往日的温存早早地就被风吹落，再也堆叠不下任何的故事。

踩着浅淡的月色，听一曲羌笛吹破的《白雪》，用那缠绵婉转的旋律，遥扣山长水阔的千万里浮云，思念便又在他低低的叹息声中剪下一段段美丽的时光，于岁月里浮泛着种种的清欢。想她，念她，所有老去的故事都在他眼里活色生香地上演，却不意，思念越多，终成他今日的累赘。只是一句不得已，便让他忽地在掌心里触摸到错位的终结，于是，慌乱终于成就了永久的错开。而他只能靠着回忆支撑着自己所有的信念，将湘灵远去的笑靥放在潮起的脑海中思了又思，却不敢再放任自己站在风口浪尖一声声地唤她。

恍惚里，暮色渐浓，眼前唯有她盈盈似水的目光，正温柔地抚遍他的全身，而那些等待后遗留下的伤口，亦在她温婉如花的笑里悄悄地弥合。蓦然回首，月色仿似一盏琉璃白，携着一缕翩跹双飞的蝶梦，轻轻落在了他守候的窗口,转瞬间便把他的恋慕揉成了一曲素玉含香的音韵，而她的微笑，恰是一朵冰清玉洁的莲花，颔首低眉间，便迅速洇开了时光的倩影，与他的心思紧紧扣在一起。因为爱她，这个深秋，才会有纯白的雪花始终在心底飘盈着，最终缓缓落入他温柔的掌心，只是，如果她一直不来，这一曲盈然的《白雪》他又将唱给谁听？

她不在，夜色里的故事，讲过了，便又都在他沉香的回眸里倏忽远去。梦，忽然变得很柔很轻，她远去的曼声吟哦，仿佛一片泊窗的云朵，一曲,便唱醉了他枝头的梅语纷飞；而那萦绕在窗前沉淀了千年的水墨，只一个瞬间，便在他眼底洇开了一纸泛黄的江南，一个有他也有她的江南，只是，那里始终都弥散着潮湿的烟雨，不知道是他悲伤的泪还是她早已伤残了的梦。

放眼望去，他看到，天青色的烟雨，正随着一曲《长相思》的熟悉旋律,慢慢落入水乡古老的相思,又从梦的深处,借一缕遥远年代里的风，轻轻摇来一船旖旎的荷塘月色。流光碎影中，她错开爱的时光，跟着粉墙黛瓦、小桥流水，缓步走过二十四桥明月夜，任远处那些绵延起伏的青山，都在岁月苍白的巨手之上，饱蘸雨水和潮湿，沉默着铺染。而他则在她的背影后踩着色重如墨的文字，把绕指的琴弦化作一句句脍炙人口的诗篇，辗转流落至今。

水湄的窗口，月色涨满了一整个天空。多年之前的那个渡口，早就被斑斑锈迹封锁，无论他以怎样的方式，都穿不透她纠结的迷雾。她走后，从此，这浮生滚滚的万丈红尘中，他只能以盛世倾城的冷漠与落寞，在孤寂中始终执着地等她摇落一船烟雨，来渡他打马而过的烟雨夕阳，可他等了经年，依然是不变的失意与失落。到底，要他怎么做，她才能相信他不再会令她伤心失望?

泪雨纷飞的日子里，那些吱吱呀呀的摇橹声，总会迅即惊起白鸟翩飞的水色时光，而她深入季节的舞步，却在踏碎青春的璞玉后，惊起光阴的瘦笔，终在他永恒的守望中成就了一段冰魄葬魂的雪莲传奇。于是，开始慢慢地懂得，前生的缘深缘浅，只不过是一场盛世浮华的烟火，即便刹那之间错过，那凝香落月的一瞥，亦会漫过千山，终归于暮雪，任谁也无法改变。

久久的思念之后，沉醉梦中的他在晨钟暮鼓中醒来，而她，却在孤独的宁静中悠然远去。她远去的微笑，不经意间，便咯疼了他模糊的泪水，于是，文字里的沧桑与酸楚，通通被一场不期而至的冷风驱赶而来，只一瞬，寂寞便丛生在他的眉梢眼角，任她如花的身影流水般从他瘦长的指尖倾泻，宛若一只妖娆而决绝的蝶。轻轻，在心底念着她的芳名，却看不到她回望的眼，终于明白，原来，握紧双手的那一刻，一切，都已经来不及。即便她的名字是穿破他灵魂的那一粒朱砂，他也握不住她蝶翅般的划过。

江人授衣晚，十月始闻砧。

一夕高楼月，万里故园心。

——白居易《江楼闻砧》

轻风吹散所有的回忆，满城风雪摇曳，眼前的风景一幕幕掠过，脑海中的对白，全被她的影子一一覆盖。曾经，只是在茫茫人海中多看了她一眼，便无法忘记她的容颜，总梦想着有那么一天，能够与她携手到老；而今，在这黯然惆怅的季节里，真心与真情相遇后，她却再次远去，不辞而别，让他再也来不及在芸芸众生之中回眸，更来不及追寻转角处的幸福春天。

天长地久的诺言似乎太过漫长，半杯酒醉的回忆，仿若流淌在掌心的水，不经意间便悄然逝去，而此时的天幕，更是忧郁得有点深沉，深沉得有点疯狂，疯狂得有点残酷。此时此刻，好想痛哭一场，却又怕她不能理解，所以只能忍住满眼的泪水，不停地告诉自己一定要坚强，因为只有他坚强了，她才能相信他能够给她想要的明天。

总是倔强地以为天无绝人之路，可这陌生的城池却让他出乎意料地惶恐，那种恐惧甚至远比绝望更痛苦。她已经走得太远太远，而他亦已渐渐忘却她曾经温暖的气息，以后的以后，他又该如何像从前那样，轻而易举地便抵近她如花的笑靥？恨只恨，岁月太短，而他们离别的时间太久，如果可以，他宁愿放弃一切也要走进她的世界，因为他怕，怕再经历日久天长的等待，而那等待之后，则是他对于人间的冷暖早早地失去了知觉。

“江人授衣晚，十月始闻砧。”远处，砧声四起，是思夫的闺妇们在月夜下为心中牵挂的夫君浆洗衣裳，而这眼前的十月凉城，却是他承担不起的爱的无怨无悔。一切尽在不言中，他挥霍着青春，消磨着记忆，却不知道，来年的这个季节能否再次等到她，等到她那灿灿会心的一笑。

这世间，总有一些注定不属于他，冥冥中，亦总有一些无奈纷纷又扰扰，总是没个停歇。或许今生，他注定只是她的路人而不是她的良人，所以只能在水波微澜里将她拥抱，只能怀抱一泓清波，揉碎一世情愁。

而他伤感的文字，早已在她的心窗剪下洞房花烛的梦，简陋的诗篇，亦早在她的梦里留下淡淡的却又挥之不去的墨痕，总让他们无法找到一个皆大欢喜的出路，倒把遗憾与悲恸深深地熔铸在彼此的心底。

湘灵啊湘灵，倘若风能听见心的呼唤，倘若海能聆听爱的箴言，倘若泪水能承受珍爱的分量，倘若距离能融化噬骨的思念，远在彼岸的你，会不会总有一天，终能看得见我的真心？想着她，念着她，冷风吹乱了长发，一团乱如麻絮的思绪，瞬间被时光凝结在窗口，那些苦苦缠绵的依恋最终仍是没有收获任何的结果，他亦只能浸在无奈的情绪中继续惆怅着，彷徨着，困惑着。

“一夕高楼月，万里故园心。”循着她玲珑优雅的余韵，他一个人默默穿过孤寂，缓缓步上高楼，却看见自天而降的她，随同那洁白的雪花，在眼前飘旋着，飞舞着，悄无声息地，于刹那之间还了人间一份蜡染的纯粹和晶莹，也惊起他一片思慕故园的心绪。

在这纯白的素锦年华里，沿着记忆在风中洒下梅花盛开的芳菲，一颗心写下从容，而另一颗心却画下满满的温情和感动。她微微翕动的眼帘扑闪如蝶，优柔的气息里漾起一圈又一圈的温柔甜蜜，在他欢喜的目光里轻触着尘世间所有的美好光洁。而那如玉的指尖，亦采撷来流淌的爱意，一点一点地沁入他的心底，任他急不可待地与她相拥着一起醉倒在岁月深处。从此，不言寂寞，不问忧伤，只听一朵花开的声音，在耳边轻轻地萦绕。

是你吗，湘灵？轻轻念着她的名字，挥一挥袖，倾尽今生的晚风，任它流年似水，花谢花飞，他只想与她拥抱着一同谛听彼此的心音，然后携手穿透曼珠沙华的轮回，让所有老去的时光都在旖旎的景致中缓缓落幕。知不知道，即便年华转瞬老去，万丈红尘在一夕之间陷落，他仍愿意锁住时间，从心底捧出最深最真的祝福，拓下她倾城一顾的凝眉浅笑，在思念的季节里，让所有动情的时刻，都刻成光阴故事里不会走旧的场景。

他爱她，无论岁月如何流转，无论雨雪霏霏会掩盖多少的情深不悔，她，依然还是那朵他心中的冰山之巅的雪莲，总是为他绽放着最真最美的妩媚；而他，不管经历多少风霜，不管路经多少坎坷，也会把那些琉璃般晶莹剔透的朝朝暮暮，在眉心里镌刻成一抹相思的烟缕，然后，手执素琴，只为她低吟浅唱，只为她低语缠绵，纵是天涯海角走遍，亦心甘情愿，为她站成一棵花树，洒落一地花雨……

Tips：

唐宪宗元和十年（815年），白居易扶妻携女，从繁华绮丽的京师长安远赴当时地处蛮荒的江州城，出任江州司马，《江楼闻砧》即作于此时。

白居易的一生，以四十四岁被贬江州司马为界，可分为前后两期，前期是“兼济天下”时期，后期是“独善其身”时期。唐德宗贞元十六年（800年），二十九岁的白居易高中进士，先后任秘书省校书郎、盩厔县尉、翰林学士，唐宪宗元和年间任左拾遗，写下大量讽喻诗，代表作有《秦中吟》十首、《新乐府》五十首，这些诗使权贵切齿、扼腕、变色。

四十四岁被贬谪江州给其以沉重打击，早年的佛道思想开始滋长。三年后由于好友崔群的帮助，白居易得以升任忠州刺史。元和十五年（820年），唐宪宗暴死长安，其子唐穆宗继位。穆宗爱惜白居易的才华，特地将他召回长安，先后出任过司门员外郎、主客郎中知制诰、中书舍人等职。但当时朝局动荡，大臣间的争权夺利、明争暗斗从来就没有停止过，穆宗更是政治荒怠、不听劝谏，于是他竭力请求外放，于穆宗长庆二年（822年）出任杭州刺史，杭州任满后又改任苏州刺史。晚年以太子宾客分司东都，七十岁致仕。比起前期来，这段时期的白居易消极多了，但他毕竟还是一个曾经有所作为的、积极为民请命的诗人，此时所作的一些诗，仍然流露了他忧国忧民之情。

完

2011 年 5 月 28 日第一稿
2011 年 7 月 7 日第二稿
2016 年 8 月 27 日修订版